D0592655

Pierre A . Dauth .

<u>0670</u>

Cadavres chinois
à Houston

Peter May

Cadavres chinois
à Houston

*Traduit de l'anglais
par Ariane Bataille*

ÉDITIONS FRANCE LOISIRS

Titre original : *Snakehead*

À Dick et Michelle

Édition du Club France Loisirs,
avec l'autorisation des Éditions du Rouergue.

Éditions France Loisirs,
123, boulevard de Grenelle, Paris.
www.franceloisirs.com

© 2002, Peter May
© 2007, Éditions du Rouergue, pour la traduction
ISBN : 978-2-298-00798-5

Prologue

Une demi-heure plus tôt, un soleil gelé luisait dans le plus pâle des ciels bleus. Devant les visages emmitouflés pour résister à une température de moins quarante degrés centigrades, des particules de glace colorée dansaient au rythme des respirations. Brusquement, le ciel s'est obscurci, le vent s'est levé. L'hiver arctique est imprévisible. Le créneau météorologique favorable s'est rétréci. Les silhouettes alourdies par le poids des équipements protecteurs se pressent sur la glace. Si les morts peuvent attendre éternellement, les vivants savent que la vie est brève.

Des pétrels tournent en cercle autour du brise-glace. Leurs cris plaintifs s'envolent avec le vent qui secoue de plus en plus violemment les parois de la tente de décontamination. Les câbles en acier du bras de levage crissent et gémissent tandis que la glace bouge et que le sous-marin s'incline un peu sur bâbord, du côté où ont été installés à grand-peine les supports qui doivent l'empêcher de sombrer à nouveau dans son tombeau. Une croûte gelée recouvre déjà le corail orange accumulé sur sa coque.

De la tente émergent au ralenti cinq silhouettes maladroites, encombrées par leur équipement de protection. On dirait des astronautes. Derrière la visière incurvée des casques, les visages sont pâles et anxieux. Chaque membre de l'Équipe apporte au projet ses connaissances propres : microbiologie, virologie, médecine, archéologie médicale, pathologie. Après douze mois de préparation, le but est proche.

— We all live in an orange submarine, orange submarine...[1]

La voix discordante du Dr Ruben grésille dans les casques.

— La ferme, Philip !

La voix du Dr Catherine Oxley exprime l'autorité du chef de l'Équipe, mais elle est nouée par le stress. Pourquoi tous les pathologistes partagent-ils ce même humour puéril ?

Le Seadragon dresse au-dessus d'eux sa masse menaçante. Au début, quand le navire a été sorti de l'eau, Catherine s'est étonnée de sa petite taille. Comment vingt-deux hommes avaient-ils pu vivre, travailler à son bord – avant d'y mourir ? À présent, elle trouve énorme cette carcasse de baleine échouée sur la glace avec ses vingt-deux Jonas dans le ventre.

Ils escaladent lentement l'échafaudage recouvert de glace. Chaque mouvement doit être précis. En grimpant sur le kiosque, ils voient les gueules des quatre lance-torpilles légèrement en

---

1. « Nous vivons tous dans un sous-marin orange... » (Allusion à la chanson des Beatles *Yellow Submarine*.)

saillie sur l'avant. L'écoutille principale a été nettoyée et graissée, mais pas ouverte.

Catherine observe le Dr Ruben et le Pr Marlowe s'agenouiller avec raideur et saisir le volant qui ferme l'écoutille. À leur grande surprise, il tourne presque facilement. L'équipage du brise-glace a fait du bon boulot. Mais déboîter le panneau de son joint est une autre affaire. Catherine détourne un moment les yeux vers les membres de l'équipage, debout en groupes dans leurs combinaisons rouges, comme des traces de sang sur la glace blanche, des étudiants bénévoles pour la plupart. Le financement a été un cauchemar. Elle regarde le ciel, presque noir maintenant, et sait qu'il leur reste une heure, peut-être moins.

En vingt ans d'archéologie médicale, elle a extrait de nombreux corps de tombes diverses. Mais, pour la première fois, elle sent un malaise planer autour de l'ouverture de ce tombeau accidentel; elle essaye de ne pas visualiser les horreurs qu'elle s'attend à trouver enfermées dans ses entrailles obscures.

Elle se retourne quand le panneau d'écoutille s'ouvre finalement; des gaz s'échappent de l'intérieur avec un gémissement qui leur fait dresser les cheveux sur la tête.

Ils restent un moment immobiles face aux ténèbres avant que Catherine n'allume sa lampe torche et repère les barreaux de l'échelle qui les conduira au cœur du sous-marin. Elle amorce prudemment la descente. Le pied de l'échelle baigne dans une trentaine de centimètres d'eau. Au fil des ans, la mer a rongé les rivets et s'est infiltrée lentement. L'Équipe suit. Catherine pénètre dans le compartiment batterie. Elle pointe sa lampe vers le cabestan et le moteur immobile au-dessus de sa tête, puis sur les casiers personnels des membres de l'équipage. Elle a déjà effectué plusieurs fois des visites virtuelles de ce sous-marin de fabrication canadienne, mais la réalité est très différente. Elle pénètre dans le mess et ne peut s'empêcher de laisser échapper un petit cri à la vue du visage momifié qui la regarde de l'autre côté de la table. Il a le teint terreux, les yeux desséchés, le nez enfoncé; des traces de sang et de vomi se voient encore autour de la bouche. Son uniforme est presque intact mais, là où les pieds et le bas des jambes ont séjourné dans l'eau, la chair a disparu depuis longtemps, laissant à nu les os blancs délavés.

— Nom de Dieu...

Le juron étouffé de Marlowe vient de l'avant. Elle se hâte de le rejoindre. Dans les faisceaux croisés des lampes, elle voit les corps ratatinés des marins se balancer doucement, en silence, dans des hamacs. Ils sont enveloppés de couvertures et de manteaux. L'horreur de la mort qui les a saisis près d'un siècle plus tôt s'est figée sur leurs visages pour l'éternité. Catherine frémit à l'idée que la maladie qui a emporté ces hommes va revenir, d'une manière ou d'une autre. Ce n'est qu'une question de temps.

Chapitre 1

Le shérif adjoint J.J. Jackson, Jayjay pour ses collègues du comté de Walker, planta entre ses dents une allumette qu'il se mit à mâchonner. Puis il ouvrit sa braguette et projeta un jet jaune dans le lit asséché du Bedias. Un peu de vapeur s'éleva dans l'air frais du matin tandis qu'il s'efforçait de viser la limite du comté de Madison. Quelque part au nord, au-delà des arbres qui rompaient la plate monotonie du paysage texan, les prisonniers de Ferguson Unit sortaient des cellules à l'appel de leur nom pour affronter une nouvelle journée d'incarcération. Lui, il était libre de pisser dans le vent ; il lui restait un peu plus d'une demi-heure avant d'aller pointer, avant la fin de son long service de nuit. Ensuite, il retrouverait son lit vide. Il cracha l'allumette et regretta d'avoir arrêté de fumer. Sûr qu'il mourrait d'un empoisonnement au bois.

Les voix des Dixie Chicks s'échappaient par la portière ouverte. Absolument contraire au règlement, mais, merde, il fallait bien se tenir éveillé. Il enfila sa grande carcasse derrière le volant, engagea sa voiture de patrouille sur la 45, complètement déserte, et fila vers le sud. Avant, Martha lui laissait des crêpes à la mélasse et une assiette de gruau de maïs sur la table. Mais depuis qu'elle avait filé avec son vendeur de clim, il allait prendre son petit déjeuner à Huntsville, au Café Texan, en face du tribunal du comté, sur Sam Houston Avenue. Il s'asseyait toujours dans la salle fumeurs pour pouvoir respirer la fumée des autres.

Il se mit à chanter avec les Dixie Chicks.

Un fast-food mexicain se dressait un peu plus loin sur la droite. Autant Jayjay aimait la bière avec sa rondelle de citron coincée dans le goulot, autant il évitait la cuisine mexicaine. Elle lui filait des brûlures d'estomac. Il bifurqua sur la route défoncée qui menait au parking, une vaste étendue de macadam poussiéreuse et vide. Enfin, vide à l'exception d'un gros semi-remorque frigorifique rouge. Normal. Les routiers s'arrêtaient souvent pour fermer les yeux quelques instants. Mais la portière du chauffeur était grande ouverte et il n'y avait personne dans les parages. Et le restaurant n'ouvrirait pas avant plusieurs heures.

Jayjay descendit de voiture sans couper le moteur. Il ne savait pas pourquoi le camion avait attiré son attention. Peut-être parce que le chauffeur l'avait garé n'importe comment, sans respecter les lignes blanches à moitié effacées. Peut-être tout simplement par instinct. Jayjay croyait très fort à son instinct. Il avait senti que Martha allait le quitter, au moins deux ans avant qu'elle se décide à le faire. Mais ça, ce n'était peut-être pas de l'instinct, plutôt un souhait. Mais, nom de Dieu, ce camion avait quelque chose de bizarre. Il paraissait... abandonné.

Il enfonça son Stetson sur sa tête, planta une allumette entre ses dents et plaqua les mains sur les hanches, l'index droit posé sur le cuir de son holster.

Lentement, il s'approcha de la portière ouverte en lançant des coups d'œil nerveux de droite à gauche.

— Hé, là-dedans !

Personne ne répondit.

— Y'a quelqu'un ?

Il s'arrêta devant le camion vide en chassant son allumette d'un coin à l'autre de la bouche. Puis il se hissa dans la cabine et se pencha vers la couchette. Elle était vide.

Il redescendit sur le macadam et regarda autour de lui. Où le chauffeur avait-il bien pu passer ? Les Dixie Chicks chantaient du R&B dans la voiture de patrouille. Une légère brise soulevait la poussière du parking ; le soleil levant colorait en rose les nuages du petit matin. Plus tard, ce même soleil brûlerait tout.

Jayjay longea la remorque sur les flancs de laquelle figurait en grosses lettres noires fraîchement peintes : TRANSPORTS GARCIA.

En voyant les grandes portes arrière de la remorque entrouvertes, il eut un mauvais pressentiment. Il sortit son pistolet du holster, plia le bras et pointa le canon vers le ciel.

— Hé ! Y'a quelqu'un ? cria-t-il à nouveau.

Il ne s'attendait pas à obtenir une réponse, mais fut tout de même déçu de ne rien entendre. Il cracha son allumette et tira à lui le battant gauche qui s'ouvrit lentement. Immédiatement, une odeur de pourriture lui sauta au visage. Avec cette chaleur, la marchandise devait être périmée depuis longtemps. Il vit des caisses empilées les unes sur les autres : tomates, aubergines, avocats, concombres. Il agrippa une poignée fixée sur la porte pour se hisser à l'intérieur de la remorque. La puanteur était insoutenable maintenant, lourde, aigre ; ça sentait le vomi et les excréments. Il blêmit.

— Bon Dieu... siffla-t-il entre ses dents.

Des caisses étaient renversées de chaque côté ; il dut les tirer pour pouvoir avancer vers le fond. Des tomates et des concombres roulèrent sur le sol métallique. Soudain, un bras nu s'abattit entre deux caisses, la main tendue comme pour lui faire signe. Jayjay poussa un cri et sentit ses cheveux se dresser sur sa tête. Rengainant son arme, il commença à écarter les caisses qui s'écroulèrent autour de lui. Elles n'occupaient que le quart de la superficie de la remorque. Mais l'obscurité l'empêchait de voir ce qu'il y avait au-delà. Pris d'un haut-le-cœur, il décrocha à tâtons la torche pendue à sa ceinture et l'alluma. Un cri s'étrangla dans sa gorge lorsque le rayon lumineux perça les ténèbres, révélant des douzaines de corps figés dans la mort. Bras et jambes entrelacés, visages tordus par la douleur. Vomi, sang, vêtements déchirés. Visages livides d'Asiatiques, yeux écarquillés, sans vie, comme sur les photos des camps de concentration. Il recula en chancelant, trébucha sur les caisses,

14

glissa sur les légumes pourris, et atterrit sur le macadam avec une violence qui lui coupa le souffle. Il
resta un instant immobile, à se demander s'il était
tombé en enfer. Au loin, les Dixie Chicks chantaient
*I've seen 'em fall, some get nothing and, Lord,
some get it all*[1].

Journal de Wang

J'ai les doigts en sang, brisés à force d'avoir frappé les portes jusqu'à ne plus pouvoir lever les bras. Je peux à peine tenir mon crayon. J'ai du mal à respirer. La chaleur est insupportable. La pile de ma lampe stylo est presque morte. Je ne vois plus les visages qui m'entourent. Je ne veux plus les voir. Ils reflètent la peur et le désespoir que je ressens. Cheng s'est évanouie. Je ne sais pas si elle respire encore. Ses doigts ne serrent plus mon bras. Pauvre Cheng. Mon petit canard. Tout ce qu'elle voulait, c'était une vie meilleure. C'est ce qu'ils voulaient tous. Quelle cruauté : arriver si près du but et n'être séparé du pays rêve que par du métal et du caoutchouc. Et la mort. Je la sens passer sous moi. Sur le macadam. Le sol américain. Pourquoi personne ne nous entend? Pourquoi personne ne s'arrête? Si vous trouvez ceci, s'il vous plaît, dites à ma mère et à mon père que je les ai aimés. Dites à ma petite fille que ma dernière pensée a été pour elle. Dites-lui...

Chapitre 2

I

Bâti sur une colline, le centre de droit pénal George J. Beto donnait sur Walls Unit, le quartier de la mort de la prison de Huntsville. Il faisait partie de l'université d'État Sam Houston. À une cinquantaine de kilomètres de là, dans un endroit appelé Woodlands, sur la route de Houston, dix-sept étudiants assistaient au cours du Dr Margaret Campbell grâce à un circuit de télévision fermé. Chacun pouvait envoyer sa voix et son image au professeur en appuyant sur un bouton encastré devant lui. À son tour, Margaret pouvait diriger la caméra vers elle ou l'écran sur lequel on voyait l'image d'une femme pendue par le cou au plafond de son garage.

— Comme l'agent n'était pas venu prendre son service, et qu'on ne réussissait pas à le joindre par téléphone, le brigadier de garde a décidé d'envoyer deux hommes chez lui. Ces derniers savaient que sa femme était partie voir ses parents pendant le weekend ; ils pensaient qu'il avait fait des excès et avait besoin d'être réveillé.

Margaret laissa échapper un petit rire.

— Ils avaient raison pour les excès. Pour ce qui était de le réveiller, ils n'avaient plus aucune chance.

Elle continua :

— Comme personne ne répondait, les deux hommes ont fait le tour de la maison en regardant par les fenêtres.

Elle pointa une flèche lumineuse sur l'écran.

— Et voilà ce qu'ils ont trouvé dans le garage. Une grande et grosse femme pendue au plafonnier, le visage caché derrière de longs cheveux noirs. Ils ont tout de suite appelé une ambulance avant de s'introduire à l'intérieur. Et là, ils ont constaté deux choses : la première, que la femme était morte ; la seconde, que ce n'était pas une femme, mais leur collègue et ami, Jack Thomas Doobey, décoré trois fois en vingt-cinq ans de service dans la police.

Quelques ricanements se firent entendre dans la salle de cours. Margaret savait que ses conférences sur les décès auto-érotiques fascinaient et amusaient ses étudiants. C'était un thème qui touchait à la condition humaine, peut-être à la peur latente de la face obscure de la sexualité de chacun.

— Il était doué pour se transformer en femme, poursuivit-elle. Comme vous pouvez le constater. Assez pour tromper ses collègues, au moins jusqu'à ce qu'ils le voient de près.

Tout en parlant, elle enchaîna sur d'autres vues, dont des gros plans du visage soigneusement maquillé de l'agent Doobey, la perruque noire, les faux ongles rose fuchsia au bout des doigts poilus, la robe, les couches de rembourrage à la place des hanches et des seins.

— Il s'est étranglé lui-même et s'est attaché les mains derrière le dos.

— Comment a-t-il fait? demanda une fille noire assise au premier rang.

— Levez-vous, dit Margaret.

La fille jeta un coup d'œil gêné à ses camarades et se leva à contrecœur.

— Venez ici, joignez les mains devant vous.

La fille s'exécuta.

— Maintenant, penchez-vous en avant, les mains vers le sol, et enjambez-les sans les détacher.

La fille parvint sans trop de difficulté à suivre les instructions de Margaret, sous les rires de ses camarades. Puis elle se redressa, mains jointes derrière le dos.

— Vous voyez? C'est facile.

Une autre série de vues projetées sur l'écran révéla que l'agent Doobey avait installé un mécanisme à poulies permettant de faire monter et descendre le nœud coulant à travers un gros crochet camouflé dans le toit.

— Il contrôlait la poulie avec une télécommande. Ainsi, habillé, maquillé, bâillonné et attaché, il montait sur une chaise avec le nœud coulant autour du cou et la télécommande dans les mains, derrière lui. Il pouvait faire monter le nœud jusqu'à ce qu'il le serre suffisamment pour le soulever un peu et l'étouffer. Et au dernier moment, il pouvait le faire redescendre.

Les élèves la regardaient médusés. Le visage d'un jeune homme brun assistant au cours depuis Woodlands apparut alors sur le moniteur et sa voix sortit du haut-parleur :

— Mais pourquoi, docteur Campbell? Je veux dire, pourquoi faire ça?

19

— Bonne question, répondit Margaret qui réfléchit un instant sur la façon dont elle allait formuler sa réponse.

— Il faut savoir qu'en se privant d'oxygène, un individu peut intensifier sa jouissance sexuelle.

Elle remarqua la consternation qui se peignait sur les visages des étudiants en train d'essayer d'imaginer ce qu'il pouvait y avoir de jouissif à revêtir des vêtements de l'autre sexe et à se pendre.

— Mais je vous déconseille d'essayer chez vous, ajouta-t-elle en souriant.

Ce qui leur permit de rire pour se détendre.

— Quand je suis arrivée, poursuivit-elle, je me suis très vite rendu compte que l'agent Doobey avait, par mégarde, tourné la télécommande à l'envers après avoir actionné la poulie ; il ne pouvait plus faire redescendre le nœud coulant. Vous imaginez la scène. Le voilà, pendu par le cou, étouffant sous son propre poids. Le lien de ses poignets, assez lâche quand il les avait devant lui, est tordu et serré dans son dos. Il n'a plus aucune liberté de mouvement des mains. Il essaye désespérément de retourner la télécommande pour pouvoir redescendre. Mais elle lui glisse des doigts et s'écrase au sol. Il sait qu'il va mourir. Il se débat un moment, donne des coups de pied dans le vide, puis abandonne et succombe.

Le plus grand silence régnait dans la salle de cours. Margaret aperçut sa propre image sur le moniteur. Sa peau pâle, semée de taches de rousseur, ses cheveux blonds tombant sur les épaules. La caméra ne lui faisait pas de cadeau. Elle faisait nettement plus vieille que son âge. Beaucoup plus que 34 ans, pensa-t-elle. Peut-être toutes ces images de mort qu'elle devait affronter depuis des années avaient-elles laissé des traces sur son visage.

Du fond de la salle, un jeune homme aux cheveux blonds coupés ras demanda :

— Comment pouvez-vous en être sûre ? Est-ce que quelqu'un n'aurait pas pu monter cette mise en scène pour donner cette impression alors que ce serait en réalité un crime ?

— Oui, Mark, c'est possible. Mais cette hypothèse a pu être écartée tout de suite.

— Comment ?

— Parce que non seulement l'agent Doobey aimait se pendre, mais il aimait aussi se regarder. Il avait installé une caméra ; tout le drame est enregistré. Si tous les cas que j'ai à traiter étaient disponibles en vidéo, ça me simplifierait la vie.

Elle referma son dossier.

— C'est tout pour aujourd'hui.

Dans le couloir, le brouhaha des voix excitées des étudiants s'éloigna. Ils allaient boire un café et fumer une cigarette sans doute. Margaret était sidérée par le nombre de jeunes qui fumaient. Alors que toute une génération avait arrêté, eux ne semblaient pas se soucier de leur santé. Pendant son séjour en Chine, elle avait eu l'impression que tout le monde ou presque fumait. Mais la moindre allusion à l'empire du Milieu lui mettant les nerfs à vif, même au bout d'un an, elle préféra penser à autre chose. Elle enfila son blouson de cuir et se dirigea vers une fontaine en inox pour boire un verre d'eau.

— Madame ? Je peux vous dire un mot ?

Elle leva les yeux et vit le garçon aux cheveux blonds qui était assis au fond de la salle. Il souriait

21

timidement, son cartable serré sur sa poitrine. Elle se sentit soudain accablée ; il s'arrangeait toujours pour trouver quelque chose à lui demander après le cours.

Elle se redressa et enfonça ses mains dans les poches de son jean.

— Mark, je vous ai déjà dit de m'appeler «docteur» ou «Margaret». Madame me fait l'effet d'être... une institutrice.

Elle sourit.

— Appelez-moi Margaret.

Mais Mark ne se sentait visiblement pas assez à l'aise pour ça.

— J'ai réfléchi, docteur Campbell, vous savez, sur ce que je veux vraiment faire.

Margaret s'éloigna de la fontaine. Le jeune homme lui emboîta le pas.

— Et aujourd'hui, vous avez enfin compris, dit-elle.

— Quoi ? fit-il en fronçant les sourcils.

— Autoérotisme, travestisme et asphyxie.

Il rougit jusqu'à la racine des cheveux.

— Non... Je... Je... veux dire, bégaya-t-il. Je veux dire... que... je voudrais être médecin légiste.

Et il ajouta inutilement :

— Vous savez, comme vous.

Ils étaient arrivés dans le hall où des drapeaux représentant tous les étudiants étrangers du centre pendaient mollement au-dessus de la cage d'escalier. Margaret commençait à perdre patience. Elle se retourna vers le jeune homme.

— Si vous voulez devenir médecin légiste, Mark, vous devriez être en fac de médecine. Mais franchement, je ne suis pas certaine que vous en ayez l'étoffe.

Le visage de Mark se décomposa. Implacable, Margaret ajouta :

— Autre chose, Mark... Essayez plutôt de draguer quelqu'un de votre âge.

Elle lui tourna le dos et passa rapidement devant le portrait de l'homme aux cheveux blancs et à l'air bienveillant qui avait donné son nom au centre. George J. Beto, elle en était sûre, n'aurait jamais parlé de cette façon à un étudiant. Mais Margaret ne mâchait pas ses mots. Elle souffrait encore trop elle-même pour épargner les autres.

II

Margaret habitait sur O Avenue, au sommet de la colline, à deux pas du campus de l'université. Sa maison de plain-pied en briques rouges, comme le collège, était entourée d'un jardin verdoyant protégé de la rue par un rideau d'arbres. Au moment de la prendre en location, elle avait eu dans l'idée de s'y retirer pour mener une vie paisible d'universitaire. Mais, trois mois plus tard, le poste de médecin légiste en chef du comté de Harris s'était libéré. Le comté de Harris était le troisième des États-Unis ; il englobait Houston, la quatrième ville. Elle avait longtemps pesé le pour et le contre ; le doyen de l'université l'avait soutenue et encouragée en lui promettant qu'elle pourrait continuer à donner un cours une fois

23

par semaine. Il avait ajouté qu'il serait fier de compter le médecin légiste en chef du comté de Harris parmi ses conférenciers. Elle n'avait jamais su exactement quelle influence il avait exercé, mais elle avait entendu dire que le job lui avait été accordé dès qu'elle avait postulé.

Elle regarda sa montre en arrivant sur la 17e Rue. Elle avait le temps de prendre une douche et de se changer avant de retourner à son bureau de Houston, à une bonne quinzaine de minutes en voiture s'il n'y avait pas trop de monde sur l'autoroute. Son moral retomba quand elle vit un pick-up rouge vif aux roues énormes garé devant chez elle. Son propriétaire l'attendait sous le porche, les bras croisés sur la poitrine. À côté de lui, un homme plus jeune en salopette et casquette de base-ball était accroupi devant la porte ouverte.

Margaret claqua la portière de sa Chevy et remonta l'allée à grandes enjambées.

— Qu'est-ce qui vous prend, McKinley?

L'air apeuré, le jeune homme bondit sur ses pieds. Mais McKinley la défia du regard. C'était un péquenaud enrichi, propriétaire de plusieurs maisons sur la colline.

— C'est pas une façon de causer pour une dame, dit-il d'une voix traînante et désagréable.

Margaret lui lança un regard noir. Il ressemblait à une caricature de Texan : jean Wrangler, bottes de cow-boy, chemise à carreaux, Stetson repoussé en arrière.

— Vous n'avez pas répondu à ma question, McKinley.

Le jeune homme les regarda alternativement.

— Je ferais peut-être mieux de partir, dit-il en se penchant pour ramasser sa trousse dans laquelle les outils s'entrechoquèrent.

Mais McKinley tendit la main pour l'arrêter.

— Bouge pas, fiston.

Puis, à Margaret :

— Vous avez fait changer les serrures.

— Vous voulez savoir pourquoi? demanda-t-elle en s'adressant au jeune homme.

Et bien que ce dernier n'eût pas vraiment l'air d'en avoir envie, elle continua :

— Parce que dès que j'avais le dos tourné, il venait fouiner dans mes affaires. Et je retrouvais les marques de ses gros doigts graisseux sur mes soutien-gorge et mes petites culottes.

Le visage de McKinley devint rouge brique.

— Ça, c'est pas vrai. Vous avez pas le droit de raconter des bobards pareils.

Le menuisier contemplait obstinément ses pieds.

— Vous voulez voir la preuve? Les deux heures de vidéo enregistrées par la caméra cachée dans la penderie?

C'était un coup de bluff, mais un coup gagnant. McKinley blêmit. Sa bouche se crispa.

— Vous avez changé ces foutues serrures, ma petite dame. Et ça, c'est une infraction pure et simple aux termes de votre bail. Je veux que vous foutiez le camp.

À cet instant, le téléphone mobile de Margaret sonna. Elle fouilla dans son sac, le trouva et aboya :

— Quoi?

— Voilà une heure que j'essaye de vous joindre.

C'était Lucy, sa secrétaire, une dame d'un certain

âge, presbytérienne et très croyante, qui n'appréciait pas trop sa patronne.

— J'éteins toujours mon téléphone pendant mes cours, Lucy. Vous le savez. Pourquoi n'avez-vous pas essayé de téléphoner au collège ?

— C'est ce que j'ai fait. Je vous ai ratée.

Margaret entendit Lucy soupirer.

— Docteur Campbell, nous avons reçu un appel du bureau du shérif du comté de Walker. Ils ont besoin de vous dans un Tex-Mex de la 45. Il semble qu'il y ait un camion avec quatre-vingt-dix et quelque morts.

— Nom de Dieu. J'arrive.

Elle raccrocha et poussa McKinley pour entrer dans la maison. Elle y gardait, prête à emporter en cas d'urgence, une mallette contenant les instruments et accessoires indispensables à sa profession.

— Vous m'avez entendu ? Je veux que vous foutiez le camp.

— Dites-le à mon avocat, répondit Margaret en lui claquant la porte au nez.

III

Elle prit la 45 en direction du nord-ouest, dépassa les unités Wynne et Holliday de la prison de Huntsville, le petit aéroport municipal qui s'élevait sur la droite, puis l'embranchement du cimetière Harper. Plusieurs panneaux d'affichage proposaient des postes de gardiens de prison. À Huntsville, on

26

travaillait soit pour la prison, soit pour l'université. Le chaud soleil d'octobre blanchissait le ciel. Bientôt, elle aperçut au loin les gyrophares bleus et rouges signalant l'emplacement du camion. En fait, l'endroit était en dehors de la juridiction de Margaret ; mais le shérif avait appelé son bureau parce que le coroner du comté de Walker n'était pas équipé pour faire face à un drame de cette ampleur.

Elle tourna à gauche sur la 190 pour s'engager ensuite sur la voie d'accès du fast-food mexicain. Trois corbeaux perchés sur une palissade blanche observaient avec curiosité, au-delà des broussailles, le parking où les policiers s'agitaient comme des fourmis, autour du périmètre délimité par un ruban. Plus d'une douzaine de véhicules en bouchaient l'entrée. Margaret reconnut la Pontiac de l'un de ses enquêteurs et deux fourgons blancs de la police scientifique. Le centre de toute cette activité était un énorme semi-remorque frigorifique. La portière du conducteur était ouverte, telle que Jayjay l'avait trouvée. Le shérif du comté de Walker s'avança à sa rencontre. C'était un homme imposant d'une soixantaine d'années, en costume gris et Stetson, son insigne accroché à la poche de poitrine d'où dépassait un prospectus électoral rouge et jaune. Sa grande main avala celle de Margaret et l'écrasa.

— Merci d'être venue, madame.

Margaret repensa aux paroles désagréables qu'elle avait adressées un peu plus tôt au pauvre étudiant.

— On est dans un beau merdier, ajouta-t-il d'un air sombre.

Un autre homme l'avait suivi. Un peu plus jeune,

front dégarni, cheveux gris, air blasé. Il était trapu et bedonnant.

— Merci, shérif, dit-il. Vous avez fait du bon boulot.

Il lui signifiait clairement son congé. Le shérif adressa un signe de tête à Margaret et s'éloigna aussitôt.

— C'est vous le légiste?

Margaret tendit la main et répondit froidement :

— Docteur Margaret Campbell.

— Agent Michael Hrycyk.

La paume de sa main était moite et chaude. Il sortit un porte-carte en cuir pour lui montrer son badge.

— INS.

Margaret fronça les sourcils.

— Qu'est-ce que le service de l'Immigration vient faire ici?

— Et les quatre-vingt-dix-huit Chinois qui sont morts là-dedans, ça ne nous concerne peut-être pas? fit-il en montrant du pouce le camion, par-dessus son épaule.

Le cœur de Margaret se serra.

— Des Chinois?

— Enfin, des Asiates. Mais probablement des Chinois. Presque certainement illégaux. C'qui fait qu'ils sont à nous.

— Ils ne sont à personne, excepté à moi, s'ils sont morts.

— Vous savez bien ce que je veux dire.

Il sortit un paquet de cigarettes.

— Ne l'allumez pas ici, ordonna Margaret. C'est une scène de crime.

— Ça m'étonnerait.

Au loin, Margaret vit le premier des camions de télévision arriver. Ils n'avaient pas mis longtemps. Quatre-vingt-dix-huit Chinois morts à l'arrière d'un camion – les stations locales feraient un beau coup en vendant l'histoire à toutes les chaînes.

— Pourquoi? demanda-t-elle.

Il lui prit le bras et l'entraîna vers le semi-remorque.

— Il y a quelque chose comme cent mille Chinois ESC qui arrivent chaque année aux États-Unis. La plupart via la frontière mexicaine.

— ESC? fit-elle en dégageant son bras.

— *Entré Sans Contrôle*. Ce qu'on appelle un immigrant illégal. Et dans ce cas, un AQM.

Sa bouche s'étira en un grand sourire sans humour.

— *Autre Que Mexicain.*

— Vous avez une terminologie intéressante, observa sèchement Margaret.

— Oh, il y a encore mieux que ça, doc. On appelle les Mexicains les «Dos mouillés» parce qu'ils se trempent toujours en traversant le Rio Grande. Mais ce n'est plus politiquement correct. Sauf que c'est comme ça qu'ils se surnomment eux-mêmes. *Mojados*. Et je vois pas pourquoi je les appellerais autrement. *Latinos*, peut-être.

Margaret lui lança un regard écœuré.

— Et alors?

Hrycyk n'apprécia pas son ton et se rebiffa.

— Alors, docteur Campbell, ces Chinois illégaux valent un paquet de pognon. Jusqu'à soixante mille dollars par tête aujourd'hui. Ce qui fait, si je sais compter, pas loin de six millions de dollars de viande morte dans ce semi. Qui serait assez fou pour gaspiller six millions de dollars ?

À l'arrière du camion, un groupe de policiers observait deux enquêteurs de la police scientifique aller et venir à l'intérieur de la remorque. Les enquêteurs avaient enfilé une combinaison protectrice blanche zippée en Tyvek, avec bottes et capuche intégrées. Ils portaient en outre un masque chirurgical et des gants en latex. Un photographe, vêtu comme eux, prenait des clichés de cette horreur avec un détachement très professionnel, alternant photos et vidéos. Ses projecteurs illuminaient un spectacle terrible, et sous l'effet de leur chaleur, l'odeur devenait de plus en plus nauséabonde.

Mais Hrycyk ne paraissait pas incommodé.

— À mon avis ? Le camion venait probablement de Brownsville par la 77, ou peut-être la 281, ou même la 59 depuis Laredo. Ce sont les routes habituelles.

— Destination ?

— Houston.

Margaret fronça les sourcils.

— Mais on est à cent kilomètres au nord de Houston, ici.

Hrycyk haussa les épaules.

— Ils ont fait un détour pour éviter les contrôles sur l'autoroute. Mais c'est à Houston qu'ils allaient.

— Pourquoi ? Qu'est-ce qu'il y a à Houston pour des immigrés clandestins chinois ?

— Une population de trois cent mille Chinois pour commencer. La quatrième communauté chinoise la plus importante du pays.

— Je ne savais pas.

30

— Peu de gens le savent. Les Chinois aiment rester entre eux. Ils ont construit un nouveau Chinatown au sud-ouest de la ville et en sortent rarement.

Il allait allumer une cigarette quand il surprit le coup d'œil de Margaret et la remit dans le paquet.

— Houston possède aussi un nombre impressionnant de consuls. Soixante-dix au dernier recensement. Ça veut dire des papiers – preuve d'identité, pays d'origine. Quand on a des papiers, on est sur la bonne voie pour devenir résident légal. C'est tout un business, les papiers.

Il se gratta le menton d'un air pensif.

— Sûr, la plupart ne restent pas. C'est New York la destination finale. Mais en attendant, ils se planquent à l'abri dans des maisons et travaillent seize à dix-sept heures par jour dans des ateliers clandestins, des restaurants ou des bordels pour rembourser l'argent qu'ils doivent aux *shetou* [1].

— *Shetou* ? répéta Margaret avec l'aisance de quelqu'un qui a passé pas mal de temps à Pékin.

— Les têtes de serpent. Les passeurs. Ceux qui s'occupent de tout : transport, cachette, papiers. Des Chinois, en général. De vraies ordures.

— Donc, si ces gens, dans le camion, sont réellement des immigrés clandestins, ils n'ont pas remboursé ce qu'ils doivent à leurs têtes de serpent ?

— Hé, vous comprenez vite, doc, fit Hrycyk avec un sourire condescendant. Leurs familles auront

---

1. Tête de serpent. Les « têtes de serpents » sont les chefs de gang qui supervisent l'organisation du passage des immigrés clandestins chinois et en retirent les plus gros bénéfices. Les intermédiaires – fonctionnaires corrompus, pêcheurs, marins, pourvoyeurs de planques... – forment la queue du serpent.

payé une petite avance en Chine. Mais une fois ici, ils doivent payer le reste eux-mêmes. Précieuse cargaison. Aucune raison de les tuer.

Il indiqua le semi-remorque d'un signe de tête.

— Vous voulez savoir c'que j'en pense? Quelqu'un a fermé la ventilation par accident, ou a peut-être oublié de l'ouvrir. Le chauffeur s'arrête ici au milieu de la nuit pour les laisser descendre pisser un coup et les trouve tous morts. Étouffés. Alors, il panique et se tire.

Il gloussa avant d'ajouter :

— En épargnant un tas d'emmerdes à l'INS.

— Je suis persuadée que les familles seront ravies de l'apprendre, dit sèchement Margaret.

La perspective d'avoir à s'occuper de quatre-vingt-dix-huit corps était déjà assez pénible sans avoir à supporter en plus les propos racistes d'un agent de l'Immigration.

— Hé! se rebiffa Hrycyk. Pas la peine de pleurer ces petits avortons. Ils introduisent le crime dans ce pays. Ils traficotent dans la drogue, les jeux et la prostitution pour payer leurs dettes. Quand ils se font prendre, ils réclament l'asile politique, se font remettre des cartes d'immigration C-8 qui leur permettent de trouver un emploi légal, et puis ils disparaissent à nouveau quand la cour d'immigration rejette leur cause.

Il s'arrêta un instant pour reprendre son souffle avant d'ajouter :

— Pour moi, un bon Chinois est un Chinois mort.

— Eh bien, pour moi, agent Hrycyk, ces pauvres gens ont droit sans réserve, comme n'importe qui, à toute mon attention professionnelle afin que je puisse déterminer comment et pourquoi ils sont morts – quelles que soient leur race, leur couleur, leur religion ou leur nationalité.

Il y avait maintenant trois camions de télévision alignés sur la 190, au bout de la voie d'accès, et au moins une demi-douzaine d'autres véhicules de presse arrêtés derrière. À l'endroit où les corbeaux s'étaient perchés un peu plus tôt sur la palissade, un groupe de journalistes discutait âprement avec deux des hommes du shérif pour obtenir le droit de passer. Les corbeaux étaient partis. Les vautours arrivaient.

— Margaret...

L'un des enquêteurs de la police scientifique se tenait dans l'encadrement de la porte de la remorque.

— Il y a un truc que vous devriez peut-être voir.

— Deux minutes, dit-elle.

Elle courut à sa voiture, ouvrit le coffre, se débarrassa de son blouson et de ses chaussures et passa une combinaison en Tyvek dont elle rabattit le capuchon sur sa tête avant d'enfiler un masque et des gants. Puis elle retourna au camion avec un petit sac. L'enquêteur l'aida à monter ; elle resta un instant interdite devant la scène qui s'offrait à elle. Un amas monstrueux de bras, de jambes, de visages blêmes tassés dans le fond de la remorque. Il se dégageait quelque chose d'infiniment triste de ces Chinois pâles et fragiles dont le rêve américain avait si brusquement pris fin. L'enquêteur lui tendit ce qui ressemblait à un petit carnet enfermé dans un sachet en plastique transparent. Margaret le prit et le sortit pour le feuilleter avec précaution. Ses pages étaient couvertes d'un gribouillage frénétique de caractères chinois indéchiffrables.

— Trouvé sur la poitrine d'un des cadavres. Le crayon était encore dans sa main.

— Qu'est-ce que c'est? cria Hrycyk d'en bas, en se dévissant le cou pour essayer de voir ce qu'elle tenait.

Il paraissait vraiment frustré de ne pas être au cœur de l'action.

— Un carnet.

— Quelque chose dedans?

— Oui.

— Eh ben quoi? Qu'est-ce qu'il dit?

Il commençait à perdre patience.

— Désolée, mon chinois n'est pas assez bon, et le vôtre?

Hrycyk poussa un juron et grommela :

— Le Chinois qu'on nous envoie de Washington servira au moins à quelque chose.

— Quel Chinois? demanda Margaret, la gorge soudain serrée.

— L'agent de liaison de l'ambassade chinoise. C'est déjà une affaire politique.

Elle se détourna de peur que Hrycyk ne perçoive sa détresse. Pour lui, l'agent de liaison de l'ambassade de Chine à Washington n'était qu'un Chinois comme un autre. Mais pour elle, Li Yan, chef de section adjoint de la Section n° 1 du Département des enquêtes criminelles de la police municipale de Pékin, était un homme qu'elle connaissait intimement, un homme dont le souvenir lui faisait mal. Elle s'enfonça à l'intérieur du camion, préférant affronter les horreurs qu'il recelait plutôt que les sentiments qui la tourmentaient depuis un an, des sentiments d'amour et de trahison qui s'étaient lentement mués en colère.

— Où est le corps? Où avez-vous trouvé ça? demanda-t-elle d'un ton sec à l'enquêteur.

Ils se frayèrent un passage au milieu des douzaines de corps, hommes et femmes qui, de désespoir, avaient lacéré les flancs du camion et leurs propres vêtements. C'était un spectacle pitoyable. Un homme en jean et baskets gisait à moitié affalé contre la paroi gauche. Ses rares cheveux lissés en arrière découvraient un visage étonnamment sombre, orné d'une maigre moustache. Margaret remarqua les traces de nicotine sur les doigts qui tenaient encore le crayon avec lequel il avait gribouillé ses derniers mots.

Journal de Wang

La première fois que j'ai vu Cheng, c'était au Fujian, le soir où on nous a emmenés jusqu'au cargo qui attendait dans les eaux internationales. Assise au fond du petit bateau, elle serrait un sac marron contre elle, elle avait l'air si vulnérable. Je me suis vraiment senti un imposteur. Elle, c'était sa vie qu'elle mettait en jeu. Pleine de danger et d'incertitude. Je sais que la plupart de ces gens ne font pas le voyage pour eux-mêmes mais pour pouvoir envoyer de l'argent à leur famille. Dès le début je l'ai surnommée mon petit canard. Je sais que c'est le terme utilisé pour les immigrés clandestins. Il ne m'a jamais paru aussi approprié que pour ma pauvre petite Cheng. J'ai décidé, alors, de faire de mon mieux pour la protéger pendant ce long voyage périlleux. Si j'avais su que je serais incapable de la sauver des viols et des coups, je l'aurais fait redescendre du bateau cette nuit-là, et j'aurais renoncé à toute l'entreprise. Tout ce que j'ai pu lui apporter, c'est un peu de réconfort. Je ne sais pas si elle s'est rendu compte que j'étais tombé amoureux d'elle. Je ne pense pas que ce soit réciproque. J'ai deux fois son âge. Elle m'aime bien, elle me fait confiance, peut-être comme une fille a confiance en son père. Je sais que dès que nous arriverons en Amérique, je la perdrai. Je regrette d'avoir entrepris ce voyage.

Chapitre 3

I

Li Yan passa en roue libre devant les résidences en pierre brune nichées dans l'ombre pommelée de vieux arbres noueux. Elles avaient d'étranges noms à résonance écossaise, comme *Dumbarton House* ou *Anderson House,* peints sur des panneaux fixés aux grilles de fer forgé. Il laissa derrière lui les rues étroites bordées d'arbres de Georgetown pour traverser le pont de Rock Creek. Sheridan Circle était encombré de voitures ; il engagea sa bicyclette dans un labyrinthe de rues résidentielles qui montaient puis redescendaient vers Connecticut Avenue.

L'ambassade s'était installée dans les murs de l'ancien hôtel Windsor, deux ailes de sept étages à angle droit, au nord de la rencontre de Rock Creek avec le cours paresseux du Potomac. À une dizaine de minutes à vélo de la Maison Blanche.

On lui avait offert une voiture qu'il avait refusée. À Pékin, il se déplaçait toujours à vélo : une heure de trajet entre le district de Dongzhimen, où se trouvaient les bureaux de la Section n° 1, et l'appartement qu'il avait partagé avec son oncle dans l'ancien quartier des légations, non loin de Tiananmen. En comparaison, les vingt minutes depuis sa maison de

Georgetown n'étaient rien du tout, bien qu'il ait mis un certain temps à s'adapter aux pentes. En outre, il savait qu'il avait besoin de cet exercice physique quotidien pour faire circuler le sang dans ses veines, alimenter son cerveau en oxygène, aiguiser ses sens – et nettoyer ses poumons des trente cigarettes quotidiennes qu'il avait arrêté de fumer depuis peu.

En un an, ses voisins s'étaient habitués à le voir pédaler dans O Street par tous les temps, tourner vers le nord, puis disparaître en direction des cimetières du sommet de la colline, la sueur dégoulinant sur son visage osseux en été, un nuage de buée tourbillonnant autour de sa tête en hiver. Aujourd'hui, en descendant de Kalorama Heights vers Connecticut Avenue, il était en bras de chemise ; l'air chaud caressait ses joues et balayait ses cheveux noirs coupés court. C'était, en principe, son jour de congé. Jusqu'à ce qu'un appel sur son portable le convoque sèchement à l'ambassade. Une affaire dont il était impossible de discuter au téléphone.

Il franchit à grandes enjambées le tapis rouge du hall de l'ex-hôtel Windsor, et grimpa les marches de l'escalier deux par deux. Le Premier secrétaire l'attendait dans une pièce spacieuse du deuxième étage dont les fenêtres donnaient sur une petite pelouse ombragée ; il laissa tomber un billet d'avion sur la surface étincelante de son bureau et demanda :

— Vous n'êtes jamais allé à Houston, Li, n'est-ce pas ?

— Non, Premier secrétaire.

Il se sentit gagné par une certaine appréhension.

— Votre avion décolle demain à la première

heure. L'ambassadeur en personne vous en dira plus ce soir.

— Que se passe-t-il ?

— Une centaine de *renshe* trouvés morts dans un camion par la police locale. Après toutes ses promesses d'endiguer le flot des clandestins en provenance de Chine, Pékin est extrêmement embarrassée. Nous perdons la face. À vous de limiter les dégâts.

L'espace d'un instant, Li fut incapable de penser à autre chose qu'à l'éventualité de se retrouver confronté à Margaret. Et il appréhendait ce moment.

II

Debout à la fenêtre de son bureau du centre médico-légal Joseph A. Jachimczyk, à l'angle de William C. Harvin Boulevard et Old Spanish Trail, Margaret contemplait la cité de la médecine en essayant de chasser Li de ses pensées. Elle se concentrait sur le spectacle des tours de verre étincelantes, une ville dans la ville. Le Texas Medical Center. Quarante-deux établissements médicaux au service de cinq millions de patients par an, une centaine de bâtiments répartis sur quatre cents hectares, vingt et quelques kilomètres de routes. Avec un budget d'exploitation de plus de quatre milliards de dollars et des subventions de recherche supérieures à deux milliards, la cité de la médecine employait cinquante mille personnes, attirait dix mille bénévoles et cent mille étudiants. Elle avait l'ambition d'être la plus grande et la meilleure – et elle l'était probablement.

Le petit empire de Margaret se situait à la lisière sud de cette métropole médicale, dans le secteur des parkings. Les jours calmes, elle regardait de sa fenêtre les navettes emporter les employés au cœur de la cité. Mais aujourd'hui n'était pas un jour calme. Lucy l'appela par l'interphone :

— Les voilà, docteur Campbell.

— Merci, Lucy, faites-les entrer.

Sam Fuller, l'agent du FBI, était plus jeune qu'elle ne s'y attendait ; il avait environ le même âge qu'elle. Assez beau, mais fade. Des traits bien dessinés, une mâchoire volontaire, des yeux bruns au regard franc, une chevelure épaisse. Sa main était ferme et sèche.

— Voici le major Steve Cardiff, dit-il en se tournant vers l'homme en uniforme bleu marine qui se tenait derrière lui, sa casquette coincée sous le bras gauche.

Margaret le regarda. Il était plus jeune qu'elle. Peut-être trente ans. Grand, large d'épaules, avec une tête carrée aux cheveux sombres coupés ras, la peau légèrement grêlée comme s'il avait eu de l'acné à l'adolescence. Avec un pincement au cœur, elle se rendit compte qu'il ressemblait beaucoup à Li Yan, en version occidentale. Cela éveilla en elle un flot d'émotions contradictoires qu'elle s'efforça de dissimuler.

Elle lui serra la main. Il sourit et ses yeux verts parsemés d'éclats orange étincelèrent.

— Vous pouvez m'appeler Steve. Même mon

41

ex-femme m'appelle comme ça. Sauf qu'en général elle ajoute, «espèce de salaud».

Malgré sa nervosité, Margaret ne put s'empêcher de sourire.

Mais l'agent Fuller n'était pas là pour plaisanter.

— Vous savez sans doute, docteur Campbell, que le Bureau a un protocole d'entente avec l'institut médico-légal des forces armées. En fait, ce sont nos médecins légistes. Nous les appelons dès que nous avons besoin de l'avis d'un expert. Le major Cardiff, ici présent, est détaché pour diriger les autopsies de cette affaire.

Le sourire de Margaret s'évanouit. Personne n'aimait le FBI. Il prenait tout et ne donnait rien. Et c'était l'organisation qui enquêtait sur les irrégularités de toutes les autres agences. Il ne pouvait être qu'impopulaire.

— Bien, dit-elle avec un calme qu'elle était loin de ressentir, j'apprécie votre offre, messieurs, mais nous sommes tout à fait capables de nous débrouiller seuls, je vous remercie.

Ce qui était un mensonge. Après déjeuner, elle avait passé deux heures à téléphoner dans toute la cité de la médecine pour essayer de réunir une équipe capable de réaliser les quatre-vingt-dix-huit autopsies. Mais elle n'allait pas laisser le FBI piétiner ses plates-bandes.

— Vous n'avez pas bien compris, docteur Campbell. Washington souhaite que nous agissions avec toute la rapidité et l'efficacité possibles.

Fuller marqua une pause puis ajouta :

— Nous ne vous offrons pas notre aide. Nous prenons l'affaire en main.

— Eh bien, je vais vous apprendre une chose, agent Fuller, dit Margaret en posant les mains à plat devant elle sur son bureau. Ici, nous ne sommes pas à Washington DC, mais au Texas. Et dans le comté de Harris, ces corps relèvent strictement de ma juridiction.

— Les corps ont été trouvés dans le comté de Walker. Ils ne relèvent pas de votre juridiction.

— Les corps sont maintenant dans le comté de Harris, sur la base de l'armée de l'air d'Ellington où je les ai fait transférer il y a une heure. Ils sont à moi.

Steve leva alors le doigt, comme un écolier.

— Excusez-moi.

Ils se tournèrent vers lui.

— Je ne voudrais pas me mêler de ce qui ne me regarde pas, mais nous parlons bien d'êtres humains, non ? Ils n'appartiennent à personne – sauf aux familles qui pourraient vouloir leur donner des funérailles à peu près décentes.

Margaret rougit. Il avait raison, bien sûr. Ils étaient en train de se disputer ces corps comme des vautours. Mais l'homme du FBI ne voulait pas changer de sujet.

— Comment avez-vous pu déplacer quatre-vingt-dix-huit corps en...

Il regarda sa montre.

— ... à peine quatre heures ?

— Très facilement. J'ai compris qu'il faudrait une journée pour obtenir une flotte de camions réfrigérés équipés. Sans compter le temps passé à étiqueter les corps et à les mettre dans des sacs. Alors, j'ai demandé à la police locale de louer un tracteur. On a attelé la remorque et on l'a emmenée à Ellington avec les corps toujours à l'intérieur.

Steve agita un doigt vers elle en souriant.

— Hé, ça, c'était une bonne idée, docteur.

Fuller lui lança un regard noir.

— Mon bureau a un protocole d'entente avec la NASA pour la location de l'un de ses hangars en cas de catastrophe majeure, continua Margaret. À mon avis, cela entre dans cette catégorie. Et nous avons à Houston une société, Kenyon International, spécialisée dans la fourniture d'équipements sophistiqués permettant de réaliser des autopsies multiples partout dans le monde. J'ai déjà pris contact avec eux. Ils sont en train d'installer leur matériel dans le hangar de la NASA.

— Parfait, dit Fuller. Beau travail, docteur Campbell. Mais à partir de maintenant, nous prenons le relais.

— Certainement pas, rétorqua Margaret. Vous contestez que l'affaire relève de ma juridiction, d'accord. Mais le temps que vous obteniez une décision officielle, il sera bigrement plus difficile de dire de quoi ces pauvres gens sont morts.

— Hé, attendez une minute, intervint Steve. Juridiction est un grand mot, et j'ai un problème avec les grands mots. C'est pour ça que j'ai acheté le *Webster*[1]. Mais comme je ne l'ai pas sur moi – il ne tient pas dans la poche de ma veste – je vous suggère d'attendre que nous puissions le consulter avant de nous mettre d'accord sur une interprétation. Comment pouvons-nous nous disputer sur l'attribu-

---

1. Dictionnaire américain *(N. d. T.)*.

tion d'une juridiction alors que nous ne savons même pas ce que ça veut dire?

Margaret et Fuller le regardèrent comme s'il était fou.

— Comme ça, ajouta-t-il avec un grand sourire, on met nos compétences en commun et on avance. Qu'est-ce que vous en pensez?

Margaret comprit que Steve leur offrait un compromis – un moyen de sortir de l'impasse sans perdre la face. *Mianzi.* Très chinois de sa part, pensa-t-elle. Elle jeta un coup d'œil à Fuller qui n'avait pas l'air décidé.

Steve insista :

— Sam, vous amenez vos spécialistes des empreintes digitales. Je fais venir deux enquêteurs et quelques-uns de mes pathologistes pour les mettre à la disposition de Margaret – ça ne vous dérange pas que je vous appelle Margaret, n'est-ce pas?

Pourquoi cela me dérangerait-il, pensa Margaret. Mais elle n'eut pas le temps de répondre qu'il poursuivait :

— Vous n'allez pas me dire que vous n'avez pas de mal à réunir assez de fines lames pour faire le boulot?

Elle ne put s'empêcher de sourire.

— Je serai ravie d'accepter votre offre, major.

— Steve.

Rayonnant, il se tourna vers Fuller.

— Sam?

Fuller hocha la tête à contrecœur.

— Bien, dit Steve en remettant sa casquette qu'il retira aussitôt.

45

— Oh, merde, pardon. Je ne suis pas supposé la remettre avant d'être dehors.

Il haussa les sourcils.

— Le règlement. J'oublie toujours. Je peux utiliser un téléphone?

Chapitre 4

I

La base d'Ellington occupait une vaste étendue d'herbe et de macadam, au sud-est de Houston, sur la route de Galveston. C'était là qu'Air Force One atterrissait lorsque le Président venait en visite, et de là que s'envolait le gouverneur quand il se rendait en voyage officiel à Washington. La NASA maintenait sa présence sur une partie du terrain : un hangar blanc à proximité de l'une des pistes principales. Ce hangar était équipé de trois énormes systèmes de climatisation soutenus par un échafaudage, et de gigantesques portes coulissantes, ce qui en faisait l'endroit idéal où accueillir les morts et les blessés des grandes catastrophes. Il était 8 heures du matin ; une douzaine de pathologistes s'apprêtaient à commencer les examens post-mortem des quatre-vingt-dix-huit immigrés clandestins chinois, vingt-quatre heures après leur découverte par le shérif adjoint J. J. Jackson sur la 45.

Six semi-remorques réfrigérés attendaient en rang sur le tarmac devant les portes du hangar. Quatre d'entre eux contenaient chacun seize corps rangés sur deux plateformes de fortune en contreplaqué. Les deux autres en contenaient dix-sept. Deux équipes de deux légistes envoyés par le Bureau médico-légal des Forces armées avaient travaillé jusqu'au milieu de la nuit pour sortir les corps du camion remorqué depuis Huntsville. Chaque corps avait reçu un numéro, inscrit en noir sur une plaque en plastique jaune de quinze centimètres de large placée à côté de lui, avant d'être photographié individuellement puis collectivement. Ensuite avait eu lieu l'examen superficiel établissant la présence de blessures flagrantes et estimant la rigidité cadavérique. La température avait été prise avec un thermomètre inséré dans le foie à partir d'une petite incision pratiquée sur la partie supérieure droite de l'abdomen. Enfin, un numéro identique à celui de la plaque jaune avait été inscrit sur chaque pied avant d'enfermer le corps dans un sac blanc, son numéro attaché au curseur de la fermeture Éclair. Tassés les uns contre les autres dans les semi-remorques réfrigérés, tous attendaient maintenant d'être autopsiés. Ce n'était certes pas l'Amérique dont ces Chinois avaient rêvé.

Margaret traversa le hangar d'un pas rapide en clignant des yeux sous la lumière violente des projecteurs halogènes de cinq cents watts qui éclairaient la vingtaine de postes installés le long d'un mur. Des draps de plastique tendus sur des structures tubulaires les isolaient les uns des autres. Douze d'entre eux étaient exclusivement réservés aux autopsies – chacun équipé d'une table à roulettes et de seaux en plastique. D'autres étaient affectés aux procédures auxiliaires telles que collecte et examen des effets personnels, relevé des empreintes digitales, examen des dents, radiographie des corps.

Une table et un ordinateur avaient été installés en face de chaque poste ; trois assistants s'occupaient de l'enregistrement des renseignements. Le son des voix et le bourdonnement des appareils résonnaient tout autour du vaste espace en tôle ondulée.

Margaret était toujours frappée par la dépense de temps, d'argent et d'efforts nécessaires, simplement pour consigner le passage de vie à trépas. L'obsession humaine de la mort. Peut-être nous imaginons-nous qu'en l'examinant aussi attentivement on trouvera un jour le moyen de la vaincre, pensa-t-elle.

— Docteur Campbell, bonjour.

Steve sortit du poste qui lui avait été attribué.

— Belle journée pour manier le scalpel.

Il désigna le hangar d'un geste du bras et ajouta :

— Très impressionnant comme installation.

— Je crois vous avoir autorisé à m'appeler Margaret.

Les sourcils de Steve se soulevèrent derrière son masque chirurgical.

— C'est vrai. Mais je ne voulais pas paraître impoli – au cas où vous auriez oublié.

Dans leur blouse de chirurgien et leur tablier de plastique, la tête protégée par une charlotte, des lunettes et un masque, leurs silhouettes semblaient un peu incongrues dans ce hangar de la NASA.

— On est prêt ? demanda Steve.

— Les premiers corps arrivent.

— On se verra au déjeuner, alors.

Et il réintégra l'espace qui lui avait été attribué.

Malgré l'assurance qu'elle affichait, Margaret se sentait pleine d'appréhension. Au cours de la journée, elle devrait affronter une rencontre qu'elle ne pouvait éviter – avec celui qu'elle aurait voulu haïr, mais ne pouvait s'empêcher d'aimer encore.

En se dirigeant vers le poste numéro 1, elle se hérissa à la vue de Hrycyk qui l'attendait à côté de la table. Il portait une blouse de chirurgien par-dessus son jean et avait l'air ridicule avec sa charlotte verte en plastique enfoncée sur le crâne.

— Je suis venu paré, dit-il en baissant les yeux vers sa blouse.

Un sac mortuaire destiné à un autre médecin légiste passa sur un chariot. Hrycyk sourit.

— Et un chinetoque emballé prêt à découper.

— Vous êtes un vrai malade, agent Hrycyk.

— On me l'a déjà dit, rétorqua-t-il nullement décontenancé.

Margaret étala ses instruments étincelants sur une petite table en acier et prit en main le couteau de cuisine français qu'elle préférait de loin aux autres.

— J'ai hâte de vous découper un jour pour en découvrir la cause, dit-elle.

II

Fuller attendait Li à l'aéroport Houston Hobby. Les deux hommes s'étaient déjà parlé au téléphone mais c'était la première fois qu'ils se rencontraient. Et c'était la première fois que Li mettait les pieds au Texas même s'il vivait aux États-Unis depuis presque un an. Ils échangèrent une poignée de main chaleureuse et Fuller l'emmena au parking de courte durée où il avait laissé sa Jeep Chrysler.

— Li Yan, dit-il comme s'il s'exerçait à prononcer le nom. Il paraît que chez vous, le nom de famille vient en premier.

— C'est vrai.

— Donc, on doit vous dire, euh, monsieur Li, ou agent Li?

— Li tout court me va parfaitement.

— Oh, bien. Votre anglais est excellent.

Li avait renoncé à compter le nombre de fois où on le lui avait dit, comme s'il était extraordinaire qu'un Chinois parle aussi bien anglais qu'un Américain. Mais c'était son boulot d'entretenir de bonne relation entre les représentants de la loi des deux pays et il restait toujours très poli.

— Mon oncle m'a appris à le parler dès mon plus jeune âge. Et puis j'ai passé un certain temps à Hong-Kong avec la police britannique avant la cession. J'ai aussi séjourné à Chicago où j'ai enrichi mon vocabulaire de quelques expressions intéressantes.

— Comme?

— Comme «putain d'enculé» ou «vieux tas de merde».

Fuller se mit à rire.

— Pas mal! On dirait presque que vous êtes né là-bas.

Li avait très vite appris que cela amusait toujours les Américains de l'entendre jurer dans leur langue.

Fuller traversa un réseau enchevêtré de routes au milieu d'une forêt de panneaux publicitaires et prit la direction de la base d'Ellington.

— Donc... vous êtes agent de liaison. Ça consiste en quoi exactement?

— À servir de pont entre la justice criminelle des États-Unis et celle de la Chine. Et à me mettre à la disposition de votre pays pour apporter mon aide à toute enquête impliquant des Chinois. Drogue, contrebande, escroqueries, ce genre de choses.

— Rien que pour essayer de connaître tous les services chargés de faire respecter la loi existante aux États-Unis, vous devez avoir du boulot.

Li s'autorisa un petit sourire.

— Quand des officiers supérieurs de la police chinoise viennent ici pour rencontrer leurs homologues américains, les Chinois sont dix fois moins nombreux que les Américains. J'avoue que nous avons du mal à comprendre pourquoi vous avez besoin d'un si grand nombre de services : département de la Justice, FBI, INS, DEA, services secrets, NSA... Quand les Américains viennent chez nous, ils trouvent tout dans la même boutique.

Fuller éclata de rire.

— J'adore votre sens de l'humour, Li.

— J'ignorais que j'avais dit quelque chose de drôle, affirma ce dernier impassible.

Ne sachant pas trop s'il était sérieux ou non, Fuller préféra changer de sujet.

— Vous savez ce qui se passe à Houston?

— Quatre-vingt-dix-huit Chinois trouvés morts dans un camion. Presque certainement des *renshe*, des immigrés clandestins. Les autopsies commencent aujourd'hui.

— Ren... quoi? Comment les appelez-vous?

— *Renshe*. Serpents humains. C'est le nom

52

qu'on donne aux Chinois passés illégalement à cause de leur capacité à se glisser à travers les contrôles des frontières.

— Je vois, dit l'homme du FBI. Le problème, Li, c'est que cela commence à devenir embarrassant. Enfin, ce n'est pas mon boulot de me mêler de politique, mais Washington n'apprécie pas la multiplication de ces incidents avec des immigrés chinois clandestins retrouvés morts sur des bateaux flottant dans les eaux américaines, ou dans des camions arrêtés sur le sol américain. Et cela ne fait qu'augmenter depuis l'affaire du naufrage du *Golden Venture* au large de New York, il y a une dizaine d'années. Votre gouvernement était supposé faire quelque chose pour y remédier. Or il y en a de plus en plus.

— Une énorme campagne a été lancée en Chine contre l'émigration clandestine. Mais dès que nous arrêtons les petites têtes de serpent, d'autres prennent leur place. Ce sont les grosses têtes de serpent, celles qui financent le trafic, que nous devons attraper. Comme Big Sister Ping à New York. On ne peut pas tuer le serpent sans lui couper d'abord la tête.

— Et comment comptez-vous vous y prendre?

— La plupart des immigrés chinois arrivent maintenant de Mexico. Houston est la plateforme d'où ils s'éparpillent dans tout le pays. Depuis qu'on a interrompu le flux d'argent venant de New York, on peut supposer que les opérations sont financées à partir d'ici.

— Ce n'est qu'une hypothèse, fit remarquer Fuller.

— C'est un point de départ.

De chaque côté de l'autoroute, les routes étaient bordées d'une profusion de panneaux publicitaires et d'immenses parcs de voitures d'occasion au-dessus desquels flottait une multitude de petits drapeaux. Ils sortirent de l'autoroute et bifurquèrent vers l'est. Le soleil levant les éblouit. Fuller baissa son pare-soleil puis chaussa une paire de lunettes noires réfléchissantes et enveloppantes qui lui donnaient l'air passablement sinistre. Il se tourna vers Li en souriant.

— Presque obligatoire maintenant pour tout agent du FBI qui se respecte. Impénétrable, hein ?

Puis il se rappela soudain que c'était ce qu'on disait toujours des Chinois.

— Heu, sans vouloir vous offenser, ajouta-t-il très vite.

Li sourit en lui-même et répondit :

— Il n'y a pas de mal.

— Voilà, on y est, annonça Fuller.

La route passait entre des petits groupes de logements de plain-pied, des pelouses vertes, des bosquets d'arbres.

— Vous allez rencontrer l'agent de l'INS, Hrycyk. C'est un crétin, mais malheureusement nous allons devoir travailler avec lui. Il, euh... il n'aime pas beaucoup les Chinois.

Li haussa les épaules.

— Je suis ici depuis assez longtemps pour savoir que beaucoup de gens n'aiment pas les Chinois, agent Fuller.

Fuller hocha la tête, embarrassé, content de pouvoir se cacher derrière ses lunettes noires.

54

— Vous allez aussi rencontrer le médecin légiste en chef. Belle femme, mais je pense que ça ne va pas être facile de travailler avec elle. C'est un sacré numéro, ce docteur Margaret Campbell.

Li eut l'impression de recevoir un coup de poing dans le ventre. Son cœur se mit à cogner si fort qu'il était sûr que Fuller pouvait l'entendre. Pourtant, en dehors de la légère coloration de ses pommettes, son visage ne trahit aucune émotion.

III

Malgré la climatisation, Margaret transpirait sous la chaleur des lampes halogènes. Le corps jaunâtre allongé devant elle sur le ventre était presque glabre. Elle procédait à l'examen externe, en criant de brèves observations sporadiques à l'assistant qui les enregistrait dans l'ordinateur. Elle rédigerait un rapport complet plus tard, et remplirait la montagne de papiers qui allait avec. Les articulations des doigts du sujet étaient sévèrement endommagées – sans doute à cause de ses tentatives désespérées pour sortir du camion. Plusieurs ongles, arrachés, avaient saigné. Il y avait du sang séché autour de leur base, et des traces de sang sur le carnet et le crayon trouvés sur le corps. Elle avait noté une hémorragie pétéchiale autour des yeux et dans la bouche. Elle s'attendait à trouver la même à la surface de certains organes de la cage thoracique. Le bout des doigts, les orteils et les lèvres étaient bleus.

— Alors, qu'est-ce que ça veut dire? demanda Hrycyk.

Il suivait attentivement chacun de ses gestes et de ses mots.

— Hémorragie pétéchiale... C'est quoi?

— Des hémorragies punctiformes, là où de petits vaisseaux ont éclaté.

Margaret soupira et ajouta :

— À première vue, on dirait que vous aviez peut-être raison. Ce sont des signes d'asphyxie. Mais je ne veux pas me prononcer tout de suite.

— Pas la peine, dit Hrycyk. J'ai déjà examiné l'arrivée d'air de la remorque.

— Moi aussi.

Il eut l'air surpris.

— Vous savez donc qu'elle était fermée?

— Je sais qu'elle était fermée quand je l'ai examinée.

— Bon Dieu, vous ne voulez jamais vous engager, vous autres?

— Oh, si. Je m'engage tout de suite à commettre un meurtre si vous persistez à me gêner.

Margaret reporta son attention sur une petite contusion et un trou minuscule dans le pli de la fesse gauche, presque à l'endroit où celle-ci rejoint la droite.

L'œil de lynx de Hrycyk le repéra immédiatement.

— Qu'est-ce que c'est?

— Une trace de piqûre, on dirait.

Hrycyk fronça les sourcils.

— Vous croyez qu'il se droguait?

— Vous avez déjà essayé de vous piquer là?

Hrycyk fit un effort d'imagination. Sans succès.

— Pas vraiment.

— En plus, c'est la marque d'une injection unique, pas de plusieurs. Et très récente. Probablement moins de vingt-quatre heures.

— Qu'est-ce qu'on lui a injecté?

— Aucune idée. On en saura plus quand on aura les résultats de la toxico.

— Combien de temps?

— Demandez au major Cardiff. C'est son équipe qui fait les analyses de toxicologie.

— Docteur Campbell...

La voix de Fuller se détacha du vacarme ambiant. Quelqu'un, quelque part, écoutait du rock à plein volume. Certains pathologistes ne pouvaient travailler qu'en écoutant de la musique, comme si la musique pouvait noyer le sentiment aigu de vulnérabilité que semblait susciter chaque cadavre étendu sur une table d'autopsie. Elle se retourna.

— Voici l'agent de liaison de l'ambassade de Chine à Washington.

Margaret se retrouva face à une silhouette curieusement étrangère debout à côté d'un Fuller qui paraissait sur ses gardes. Elle avait oublié à quel point Li avait l'air chinois. Quand elle était avec lui, elle ne le remarquait jamais. Il était simplement Li Yan. L'homme avec qui elle faisait l'amour. L'homme avec lequel elle parlait, riait, pleurait. Maintenant, c'était un étranger. Un grand Chinois large d'épaules aux cheveux coupés ras, au visage plutôt laid qu'elle avait appris à aimer. Elle en connaissait les contours par cœur. Il portait une simple chemise en coton blanc rentrée dans un pantalon noir à pli.

57

Ils se regardèrent pendant un long moment sans parler.

— Bonjour, Li Yan, finit-elle par dire.

— Vous vous connaissez? s'étonna Fuller, stupéfait.

— Oui, répondit Li, certain que Fuller était en train de se demander s'il n'avait pas sorti, dans la voiture, des choses qu'il aurait mieux fait de garder pour lui.

Il ne pouvait pas quitter Margaret des yeux. Il avait l'impression qu'une main glacée lui étreignait la poitrine. Combien de fois l'avait-il vue comme ça? Cachée derrière un masque et des lunettes, chaque centimètre carré de son corps recouvert de coton ou de plastique. À l'exception de l'espace nu entre les gants et les manches courtes de la blouse. Il mourait d'envie de toucher sa peau pâle, semée de taches de rousseur.

Le charme fut rompu par la brusquerie avec laquelle Margaret se retourna vers le corps allongé sur la table.

— Monsieur Li et moi nous sommes rencontrés lorsque la police de Pékin a demandé mon assistance sur une enquête. Il était chef adjoint de la brigade criminelle.

Sa voix était froide et calme.

— Je suis contente que tu sois là, ajouta-t-elle. Comme aucun d'entre nous ne sait lire le chinois, tu pourras peut-être nous dire ce que cet homme a écrit dans son journal.

En regardant pour la première fois le corps étendu devant lui, Li eut l'impression que le monde s'arrêtait de tourner. Il se retint d'une main à la table.

— Wang, murmura-t-il.

— Vous connaissez ce type? grogna Hrycyk.

— Wang, répéta Li rauque. Inspecteur Wang Wei Pao. Police municipale de Tianjin.

Il se tut un instant.

— Je ne le connaissais pas vraiment, mais je lui ai donné des instructions.

Margaret comprit que la mort de cet homme l'affectait profondément; elle regretta de s'être montrée aussi dure. Elle passait sa vie à regretter ce qu'elle faisait, ce qu'elle disait, le mal qu'elle infligeait à ceux qu'elle aimait.

— Qu'est-ce qu'un flic de Tianjin venait foutre dans ce camion? demanda Hrycyk.

— Il était infiltré, répondit Li en retrouvant son aplomb.

Hrycyk et Fuller échangèrent un coup d'œil.

— Une opération montée il y a six mois, poursuivit-il. Wang s'était porté volontaire. C'était l'agent idéal. Il était né dans la province du Fujian, point de départ de la plupart des émigrants clandestins. Il parlait le dialecte. Il ne lui était pas difficile de prendre contact avec une tête de serpent locale pour embarquer sur le premier bateau.

Li se souvenait de l'enthousiasme de Wang, fatigué de la routine de Tianjin, déçu par l'échec de son mariage, impatient de faire quelque chose d'autre pour remplir sa vie.

— Il nous téléphonait dès qu'il le pouvait, sous prétexte d'appeler sa famille, et il nous a envoyé par la poste plusieurs rapports qui nous ont permis de le suivre à la trace. Mais nous ne savions pas que ce serait si long.

Il marqua une pause.

— Ni que ça finirait comme ça.

— Attendez une minute, dit Fuller. Vous êtes en train de me raconter que vous avez monté une opération unilatérale ici, sans nous en informer?

Il se tourna vers Hrycyk.

— L'INS était au courant?

— Bon Dieu, non!

Hrycyk fusilla Li du regard comme s'il incarnait tout ce qu'il détestait chez les Chinois.

Le visage de Fuller s'était empourpré de colère. Il n'en revenait pas.

— Mais quelle sorte d'agent de liaison êtes-vous donc pour infiltrer un flic chinois sur le sol américain sans nous prévenir?

— Nous avons décidé de ne rien faire qui puisse mettre la vie de notre espion en danger, répondit Li sans se départir de son calme.

— Ha! Parce que tenir l'administration américaine au courant mettait la vie de votre homme en danger, peut-être? s'écria Fuller.

— C'est une question de confiance.

— Pourquoi? *Vous* ne *nous* faites pas confiance! s'étrangla Hrycyk en levant les mains au ciel comme s'il n'avait jamais rien entendu de plus absurde.

— La coopération entre les services chargés de faire respecter la loi dans nos deux pays ne s'est jamais illustrée par une brillante réussite. Souvenez-vous de l'affaire «Poisson rouge».

— C'est de l'histoire ancienne, soupira Fuller, excédé.

— Qu'est-ce que c'est, cette affaire «Poisson rouge»? demanda Margaret.

Li s'adressa directement à elle pour la première fois.

— À la fin des années quatre-vingt, un gang de Shanghai remplissait d'héroïne des préservatifs et les cousait dans le ventre de gros poissons rouges expédiés à San Francisco. Il était normal qu'un certain nombre de poissons meurent pendant le transport, mais les autorités de San Francisco ont commencé à avoir des soupçons en voyant des cicatrices sur le ventre des poissons.

— C'est absolument hors de propos, protesta Fuller, sur la défensive.

— Vraiment? Quand les membres du gang basés à San Francisco ont été traduits en justice, l'accusation a demandé aux Chinois de relâcher un Shanghaïen pour venir témoigner au procès. Les Chinois ont accepté. C'était la première coopération entre les États-Unis et la Chine dans une affaire de drogue. Mais quand le type s'est présenté à la barre, il en a profité pour demander l'asile politique. C'était il y a plus de dix ans. Aujourd'hui, il se promène en liberté.

— Il a dit que la police chinoise l'avait torturé, qu'il avait été battu et piqué avec un aiguillon électrique, précisa Hrycyk.

Li eut un petit rire sans joie.

— Évidemment, qu'est-ce qu'il allait dire d'autre? Surtout dans un pays où les gens sont préparés à croire le pire sur la République populaire de Chine, c'était gagné d'avance.

Hrycyk pointa un doigt accusateur en direction de Li, au-dessus du corps étendu sur la table.

— Vous voulez me faire croire que des trucs comme ça ne se produisent pas en Chine ?

— Non, se contenta de répondre Li en lui coupant l'herbe sous le pied. Mais jamais dans mon équipe. Et si vous m'affirmez, la main sur le cœur, qu'aux États-Unis, on n'a jamais soutiré des aveux d'un prisonnier en le frappant, je vous traiterai de menteur.

Hrycyk semblait prêt à sauter par-dessus la table et étrangler Li.

— Je ne pense pas que l'inspecteur Wang ait sacrifié sa vie pour que la Chine et l'Amérique se fassent la guerre, intervint Margaret.

Elle alla prendre sur la table de l'ordinateur le sachet contenant le carnet taché de sang de Wang et le tendit à Li.

— Voilà son journal.

Chapitre 5

Journal de Wang

10 avril

Le cargo qui doit nous faire traverser le Pacifique attendait notre flottille de petits bateaux dans le noir, à plusieurs miles de la côte. C'est un vieux cargo coréen à trois cales. On nous a entassés : une centaine dans la cale arrière, une soixantaine dans la cale du milieu. La troisième contient de l'eau et de la nourriture pour le voyage. Il n'y a pas de hublots, et un seul ventilateur au plafond. Il fait froid, l'air empeste. Nous dormons à même le sol, côte à côte. Les toilettes se limitent à deux seaux, un pour les hommes, un pour les femmes. J'ai attrapé une infection aux yeux. Ils sont rouges et brûlants, je souffre le martyre si je les frotte, ce que je fais en dormant ; je me réveille en pleurant. On dit qu'avoir les yeux rouges, c'est être envieux. J'envie ceux qui ne sont pas à bord de ce bateau.

La nourriture est épouvantable. Eau, riz, cacahuètes, quelques légumes. Jamais de viande ni de poisson. Ma femme me harcelait toujours pour que je perde du poids. Elle serait contente.

Ils nous laissent monter sur le pont une fois par semaine pour qu'on puisse se laver à l'eau salée.

J'ai les cheveux poisseux, la peau aussi blanche que si je m'étais roulé dans la farine. Nous sommes constamment surveillés par les ma zhai. *Parfois, ils nous battent; ils savent que nous ne pouvons pas riposter à cause des trois Cambodgiens armés de mitraillette qui sont à bord. Des mercenaires khmers rouges. Nous savons qu'ils n'auront aucun scrupule à tuer même si les* shetou *tiennent à nous livrer entiers en Amérique. Nos têtes valent soixante mille dollars pièce, à condition de tenir sur nos épaules.*

25 avril
Trois ma zhai *sont descendus dans la cale hier soir. Ils avaient bu. Ils ont traîné trois jeunes femmes dehors et personne n'a rien fait pour les en empêcher. Bien que je sache qu'il est inutile de s'opposer à eux, je me sens coupable de ne pas avoir bougé. Si seulement j'avais mon insigne, mon arme, le pouvoir d'arrêter ces ordures pour les jeter en prison.*

Quand ils ont ramené les trois femmes, elles avaient le visage strié de larmes et elles baissaient les yeux. Personne n'a rien dit. Nous savions tous ce qui s'était passé. Et je sais que mon petit canard, dans la cale voisine, doit subir la même chose. Ça me rend malade et furieux d'y penser, mais je ne peux rien faire. Rien. Rien. Rien.

Li se sentait de plus en plus accablé par la lecture du récit effroyable de Wang. On l'avait installé dans un petit bureau, sur une passerelle surplombant l'intérieur du hangar. Douze pathologistes étaient en train d'ouvrir les corps de ses compatriotes. Ceux de Wang, d'hommes et de femmes comme lui. Des gens qui, pour une raison ou une autre, s'étaient soumis à la souffrance, la honte, l'humiliation d'un voyage interminable vers la terre promise, entre les mains d'individus sans pitié qui les violaient et les battaient pour le plaisir et l'argent. Pour finir ici. Étalés sur une rangée de tables en acier inoxydable. Les larmes qui brouillaient les pages qu'il avait sous les yeux étaient les leurs.

15 juin
Nous sommes en mer depuis cinq semaines. Quinze mille kilomètres sur l'océan Pacifique et, heureusement, un temps clément. Jusqu'à hier soir. Nous avons essuyé une tempête épouvantable. Le cargo a roulé d'un bord sur l'autre pendant quinze heures, ballotté par des vagues géantes; l'eau s'engouffrait dans les cales. Nous avons cru mourir. Beaucoup de gens ont été malades et aujourd'hui l'air empeste, mais ils ne nous laisseront pas nettoyer. Un homme est mort, je crois. Il avait une femme et un jeune enfant. Il se sentait mal depuis plusieurs jours. Après la tempête, il est resté plusieurs heures inconscient. Ils sont venus le chercher cet après-midi. Sa femme les a suppliés de la laisser venir avec eux, mais le ma zhai a refusé. On dit qu'ils l'ont jeté par-dessus bord.

17 juin
Un désastre. La nuit dernière, nous avons atteint la côte du Guatemala. Il faisait trop mauvais pour que le cargo puisse s'approcher de

la terre. On nous a fait descendre dans le noir sur un petit récif, à huit cents mètres du rivage. On avait de l'eau jusqu'aux cuisses. Sept bateaux ont fini par venir nous chercher, avec des Taïwanais à bord. Une fois à terre, on a marché pendant des heures dans des champs jusqu'à une route où des fourgons nous attendaient. La moitié d'entre nous seulement avaient débarqué. On nous a entassés à l'intérieur. On a attendu toute la journée sous une chaleur suffocante. Mais, il y a une demi-heure à peine, un homme est arrivé en courant pour nous prévenir que la police avait arrêté tout le monde. Il a dit que des paysans nous avaient vus débarquer et nous avaient dénoncés à la police. Maintenant, il paraît qu'on nous emmène à Guatemala City.

2 août

Cela fait six semaines que nous sommes dans le ranch d'un Taïwanais, pas très loin de Guatemala City. Nous dormons dans des granges et des remises. C'est exigu et inconfortable, mais au moins on est au sec et au chaud. La nourriture, comme toujours, est exécrable. Ils disent qu'on doit encore attendre. La police guatémaltèque nous cherche toujours, paraît-il.

Nous avons été choqués de voir comment vivent les paysans ici. Quelles que soient les raisons qui poussent les gens à quitter la Chine, ils sont plus heureux qu'ici. La pauvreté est épouvantable, les soins médicaux pratiquement inexistants. Et pourtant on voit des grosses maisons et des grosses voitures. Il y a des gens riches. Le

Taïwanais qui possède le ranch est un homme riche. Une fortune acquise, sans aucun doute, sur le dos des émigrés clandestins comme nous.

Cheng dort blottie contre mon dos, les bras serrés autour de moi. Elle est pâle, fragile, adorable. Elle a été violée et battue, mais garde le moral. Pas comme moi. Parfois je me dis que c'est elle qui me donne la force de tenir.

C'est étrange, je ne me considère plus comme l'inspecteur Wang de la police municipale de Tianjin. Je suis l'un d'eux maintenant. Un émigré clandestin. Sans foyer, impuissant, impatient d'arriver en Amérique. Le Beau pays. La Montagne d'or. Après tout ça, on est obligé de croire que c'est vrai.

Li continua à lire, le cœur lourd, l'évolution des relations entre Wang et Cheng. Un jour, plusieurs camions étaient arrivés au ranch du Taïwanais. Wang et ses compagnons avaient dû ramper sous un faux plancher à l'arrière des camions qui avaient été ensuite chargés de pamplemousses. Ils étaient partis vers le nord, au Mexique. Quarante heures sans boire, ni manger, ni bouger. Serrés comme des sardines, ils n'avaient d'autre choix que de se soulager sous eux.

Puis on les avait relâchés dans une forêt, emmenés dans une clairière et parqués dans des huttes où d'autres Chinois attendaient de passer aux États-Unis. Ils étaient restés là plusieurs semaines, puis, à deux reprises, avaient encore marché, de nuit, pendant de longues heures.

10 octobre

Ce soir, nous pénétrerons aux États-Unis. Quelqu'un m'a dit que la frontière n'est qu'à quelques heures d'ici. Enfin un espoir de sortir de cet enfer. Nous sommes dans une sorte de ranch, dans une région où les gens font de l'élevage. On nous a donné des vêtements propres. Peu importe qu'ils soient ou non à notre taille. J'ai pu me laver convenablement pour la première fois depuis des semaines. C'était divin.

L'un des coyotes est venu nous offrir des cigarettes. Ce sont eux qui s'occupent de la dernière partie du voyage. Des Mexicains, je crois. Il paraît que ce sont des trafiquants de drogue reconvertis dans l'émigré clandestin parce que c'est moins risqué et mieux payé. J'ai essayé de parler avec lui, mais aucun échange possible à cause de la langue. Son anglais est encore pire que le mien. Je dois donc me fier à ce que les autres racontent. Les cigarettes sont bonnes. Ça faisait longtemps que je n'avais pas fumé.

Tout à l'heure, un homme est arrivé au ranch. Vêtu d'un costume, il portait un sac noir. L'un des ma zhai *a dit que c'était un docteur, que nous devions être vaccinés contre quelque chose qui s'appelle l'encéphalite du Nil occidental. Il paraît qu'elle est fréquente dans les États du Sud. Nous devons être protégés. C'est le* ah kung *qui l'a ordonné. Quand j'ai demandé au* ma zhai *qui était ce grand-père, il m'a répondu que ce n'était pas mes oignons, que personne ne savait qui était Kat, mais que lorsqu'il donnait un ordre, on lui obéissait. Kat. J'ai trouvé ça bizarre comme surnom.*

68

C'est le mot cantonais pour mandarine, un symbole de chance. Pour ma part, je me sens tout sauf chanceux.

Quand mon tour est venu d'entrer dans la pièce, le docteur m'a dit de baisser mon pantalon et de me pencher en avant. Il avait des gants en caoutchouc et un masque blanc. Il s'est agenouillé derrière moi et m'a planté une aiguille dans le cul, près des couilles. Ça m'a fait un mal de chien.

Maintenant nous sommes prêts à devenir des citoyens américains.

Un très gros camion frigorifique est entré dans la cour. On nous a dit qu'on passerait la frontière cachés à l'intérieur, derrière des caisses de fruits et de légumes. Demain, nous serons à Houston, au Texas. Nous serons en Amérique.

Li eut du mal à trouver le courage de lire les derniers gribouillages du carnet taché de sang. *Dites à ma petite fille que ma dernière pensée a été pour elle. Dites-lui...* Une ligne descendait ensuite jusqu'au bas de la page comme si Wang n'avait plus eu la force de tenir son stylo.

Li transmettrait le message lui-même à sa fille. C'était la dernière chose qu'il pouvait faire. Elle saurait que son père l'aimait. Et pourtant, comment lui dire qu'il n'était pas mort en vain ? Qu'il n'était pas parti pour rien ? Son véritable travail n'aurait commencé qu'après son arrivée. Le voyage ne servait qu'à le rendre crédible, à écarter tout soupçon afin qu'il puisse s'infiltrer chez les organisateurs, peut-être jeter un coup d'œil au repaire du serpent

– et approcher d'assez près ce *ah kung* qu'on appelait Kat.

Li se sentait stupide de l'avoir envoyé sur cette mission. Coupable. Coupable à vie.

Il se cacha le visage dans les mains et pleura.

Chapitre 6

I

Margaret leva les yeux quand Steve entra d'un pas nonchalant. Elle commençait sa deuxième autopsie, les nerfs à fleur de peau après l'épreuve qu'avait représentée celle de Wang perturbée par l'arrivée de Li. Fuller et Hrycyk s'étaient installés à la table de l'ordinateur et passaient des appels depuis leurs portables. Le sourire amical de Steve lui fit du bien.

— Salut, dit-il.

Il indiqua d'un signe de tête le corps étendu sur la table, une jeune femme d'une vingtaine d'années, poitrine ouverte, les côtes exposées comme une carcasse de boucherie.

— Votre deuxième ?

— Oui, répondit-elle d'une voix tendue.

— Vu quelque chose qu'ils pourraient avoir en commun ?

Sa question posée avec désinvolture la fit s'arrêter et le regarder en face.

— Des traces de piqûre dans la fesse, par exemple ?

— Hé, rien ne vous échappe, hein ?

Elle fit la grimace.

— Je suppose qu'il y en a d'autre?

— Cent pour cent jusqu'à maintenant. Ça fait plus de vingt. Un de mes enquêteurs vérifie le reste des corps dans les camions.

— Drôle d'endroit pour faire une piqûre.

— Sûr. Il faut un professionnel pour ça.

— À votre avis, qu'est-ce qu'on leur a injecté?

— Aucune idée. Mais je me demande si nous ne devrions pas prendre des mesures de précautions renforcées. Nous ignorons de quoi ces gens peuvent être porteurs, ni pourquoi quelqu'un a trouvé nécessaire de leur faire à tous une piqûre.

Il marqua une pause, un petit sourire flottant sur les lèvres.

— Je me suis un peu documenté sur les émigrés clandestins avant de venir. Apparemment, trente-quatre pour cent des Chinois clandestins mis en garde à vue sont porteurs de l'hépatite B.

— Oh, c'est un pourcentage très élevé, dit Margaret.

— Puis elle haussa les épaules.

— Mais nous avons les protections adéquates contre l'hépatite B, et autres saletés. À condition d'être prudents.

Elle réfléchit un instant et lui demanda en le regardant attentivement :

— Qu'est-ce qui vous fait penser que nous pourrions avoir besoin de protections renforcées?

Pour la première fois, Margaret vit ses sourcils se froncer.

— Je ne sais pas, Margaret. Parfois, je me flanque la frousse tout seul quand j'ignore ce que j'affronte.

J'étais complètement parano avec mes premiers cas de SIDA. J'allais jusqu'à porter des bottes avec des bouts renforcés en acier au cas où je laisserais tomber un scalpel ou autre...

Il eut un rire un peu gêné.

— C'est bizarre, c'est tout.

— Qu'est-ce qui est bizarre?

Fuller venait d'entrer dans le poste de Margaret, suivi de Hrycyk.

— Des traces de piqûre sous la fesse, répondit-elle. Ce n'est pas un endroit qu'on choisit normalement pour planter une aiguille.

— Vous voulez dire qu'il y en a sur les autres aussi? demanda Hrycyk.

— On dirait qu'ils ont tous été piqués, dit Steve.

Fuller se gratta la tête.

— Mais pourquoi aller piquer sous la fesse?

Margaret haussa les épaules et jeta un coup d'œil à Steve.

— Peut-être pour que cela passe inaperçu au cours d'un examen superficiel. Je ne pense pas que quelqu'un ait pu se douter qu'ils finiraient le voyage étalés sur des tables d'autopsie et soumis à ce type d'observation minutieuse.

— Vous n'avez aucune idée de ce qu'on a pu leur injecter? insista Fuller.

— Un vaccin contre l'encéphalite du Nil occidental.

Surpris, ils se retournèrent et virent Li debout à l'entrée du poste.

— Comment le sais-tu? demanda Margaret.

Elle s'aperçut immédiatement qu'il avait pleuré. Il avait au coin des yeux des taches rouges révélatrices qu'elle avait déjà vues. L'espace d'un instant, elle eut envie de le serrer dans ses bras et de tout lui pardonner. Mais elle demeura totalement impassible.

— Le journal, dit-il. Wang raconte qu'un médecin est venu les vacciner toute la nuit, avant le passage de la frontière.

Il laissa tomber sur la table le journal qu'il avait remis dans son sachet en plastique et retira ses gants.

— On leur a dit que c'était contre l'encéphalite du Nil occidental.

— Foutaises! s'écria Hrycyk. Les têtes de serpent ne vont pas dépenser un rond pour vacciner des clandestins.

— Enfin, pas contre l'encéphalite du Nil occidental, en tout cas, ajouta Margaret. Les seuls cas dont j'ai entendu parler au cours des six derniers mois concernaient un couple de corbeaux.

Elle chercha du regard l'approbation de Steve.

Il haussa les épaules.

— Ce n'est pas un problème sérieux. Je veux dire, je doute que quiconque autour de cette table ait été vacciné contre ça. Et ce n'est pas obligatoire pour pénétrer sur le territoire des États-Unis.

Li fronça les sourcils.

— Qu'est-ce qu'on leur a injecté, alors? Est-il possible qu'il aient été assassinés?

— Bien sûr que non, affirma Hrycyk d'un ton cinglant. Pourquoi les assassiner alors que, vivants, ils valent six millions de dollars?

74

II

Une rangée de lavabos en acier inoxydable – avec eau courante, chaude, froide et distributeurs de savon liquide antibactérien – avait été installée à une extrémité du hangar pour les pathologistes. En une journée, ils avaient effectué quatre autopsies chacun et procédé à l'examen préliminaire de la moitié des quatre-vingt-dix-huit corps. Les conversations étaient animées devant les lavabos, tournant autour de questions aussi primordiales que le choix de l'endroit où aller boire un verre et manger un morceau. Tout le monde avait été logé à l'Holliday Inn de West Holcombe Boulevard, à la lisière de la cité de la médecine, y compris Margaret.

Debout à côté de Steve, elle se savonnait les mains et les bras. Elle avait chaud et se sentait fatiguée, distraite. Elle s'était déjà débarrassée de sa blouse et de son tablier pour se remettre en jean et tee-shirt, et avait attaché ses cheveux avec un élastique.

Li était parti quelques heures plus tôt ; elle ne savait pas si elle le reverrait. Cette rencontre l'avait déstabilisée, avait ébranlé la carapace qu'elle s'était fabriquée au cours des quinze derniers mois, depuis son retour de Chine. Les prétextes qu'elle avait trouvés pour se convaincre qu'ils ne pouvaient pas vivre ensemble n'en étaient pas : il était absolument indéniable que leurs différences de langage et de culture étaient insurmontables ; qu'elle serait plus heureuse aux États-Unis sans lui ; qu'il serait plus heureux en Chine avec une Chinoise.

Et maintenant, il était en Amérique. Depuis presque un an, elle le savait, et sans avoir fait la moindre tentative pour la contacter. Ce n'était pas comme s'il n'avait pas été au courant qu'elle donnait des cours au centre de droit pénal de Huntsville puisqu'elle lui avait dit qu'elle acceptait ce poste. Mais, étant donné sa réaction lors de leur rencontre, il était évident qu'il ignorait qu'elle avait été nommée médecin légiste en chef du comté de Harris.

— Donc...

La voix de Steve la fit sursauter.

— ... asphyxie ?

— On dirait, dit-elle. Bien qu'ils aient probablement déjà passé environ vingt-quatre heures dans le camion – et enduré la chaleur de la journée précédente.

— Ah, fit Steve. La température du foie.

— Tous les miens atteignaient ou dépassaient les quarante et un degrés.

— Les miens aussi.

— Ils avaient mangé, et toutes les vessies étaient pratiquement vides ; ils avaient donc pu se soulager.

— Ce qui veut dire que la ventilation était ouverte quand ils sont partis...

— Et qu'elle a été accidentellement ou volontairement fermée quand ils se sont arrêtés quelque part en route.

— Et qu'ils sont morts d'asphyxie ou d'hyperthermie.

— Ou d'une combinaison des deux.

Ils réfléchirent en silence un moment. Margaret vit

alors une trace de sang dans l'eau du lavabo de Steve. Inquiète, elle le regarda.

— D'où vient ce sang ?

— Oh, ce n'est rien, fit-il avec un sourire presque convaincant.

Mais elle remarqua pour la première fois à quel point il était pâle.

— Vous vous êtes coupé ?

Il ne répondit pas tout de suite.

— J'ai l'habitude de laisser les organes en tas à un bout de la table avant de les découper. Quand je suis revenu après vous avoir parlé des traces de piqûre, ils avaient glissé sur la planche de découpe et j'ai senti une piqûre au doigt en les ramassant. J'avais laissé mon couteau sur la planche. Ma main gauche est bien protégée. Je porte une cotte de maille sous mon gant. Mais à la droite, celle qui coupe, je ne porte que du latex. C'est avec celle-là que j'ai ramassé les organes. La pointe du couteau m'a légèrement entaillé le médium.

Il tendit sa main pour lui montrer ; elle vit un peu de sang suinter d'une coupure imperceptible.

— Je ne pensais pas que je m'étais coupé.

Il fit la grimace.

— J'avais tort.

— Bon Dieu, Steve. Et qu'avez-vous fait ?

Ils savaient tous deux que des accidents aussi minimes suffisaient pour attraper une infection virale ou bactérienne.

Il haussa les épaules.

— Qu'est-ce que je pouvais faire ? J'ai prélevé plein d'échantillons de ce type et demandé à l'AFIP de Walter Reed de faire une analyse de sang complète. J'ai prélevé un peu du mien et je pense que, pendant un an, je vais devoir faire des contrôles HIV et hépatite B et C toutes les six semaines.

Margaret sentit l'angoisse la gagner.

— Et ce qu'on a injecté à ces gens ?

— J'ai demandé au labo une série de tests pour couvrir un spectre aussi large que possible. On devrait le savoir assez vite.

Il sourit crânement.

— Si c'est le Nil, j'aurai la chance d'être immunisé gratuitement.

Il se sécha les mains et s'entoura le doigt d'un sparadrap couleur chair.

— J'allais vous inviter à dîner ce soir. Normalement, je devrais dire : «Je connais un endroit génial...» malheureusement, ce n'est pas le cas. Pas à Houston, en tout cas.

— C'est drôle que vous disiez cela. Parce que moi, je le connais cet endroit génial.

Elle avait complètement chassé Li de ses pensées.

III

Li contemplait les rues avec étonnement tandis que le chauffeur du consul général Xi les emmenait au cœur de Chinatown. Il ne savait pas exactement à quoi s'attendre, mais certainement pas à ça. À Washington, le quartier chinois se limitait à deux blocs de vieux immeubles avec quelques restaurants et magasins. Ici, tout était entièrement moderne. Les places succédaient aux rues piétonnes bordées de boutiques annonçant en chinois et en anglais ce qu'elles proposaient. Peggy, Institut de beauté. Fast-food chinois. Orient Pacifique voyages. Une enseigne de kung-fu voisinait avec la plaque d'une association d'échanges culturels Est-Ouest, un panneau publicitaire «Immigration Passeport Photos et Carte verte» avec celui d'un centre d'acupuncture.

— Vous voyez? Partout où nous allons, nous créons une petite Chine, dit en souriant le consul général Xi.

Li remarqua qu'il s'était fait arranger les dents pour avoir un sourire américain. Apparemment, il y avait des dentistes partout dans Chinatown. Peut-être commençait-on par là quand on avait un peu d'argent, on se faisait refaire les dents pour ressembler un peu plus à un citoyen américain. Les problèmes de dents étaient endémiques en Chine.

Il y avait aussi une prolifération de médiums – sans doute offraient-ils l'espoir d'une future citoyenneté. Et un grand nombre de cliniques spécialisées dans la réversion de la vasectomie pour tenter de compenser des dizaines d'années de politique de l'enfant unique, une chance de procréer sans être puni – ni avoir peur de voir ses enfants mourir de faim.

Mais Li n'y voyait pas la Chine. Il y voyait l'Amérique recouverte de caractères chinois, comme des graffitis.

— Question superficie, Houston possède la troisième Chinatown des États-Unis, dit le consul général en écrasant sa cigarette.

Il baissa la vitre pour laisser échapper un peu de

fumée, puis la remonta rapidement à cause de la climatisation.

— En surface, on dirait n'importe quel quartier de banlieue tranquille. Mais dessous, c'est un repaire de criminels. Jeu, prostitution, racket. Et comme, la plupart du temps, la police locale préfère ne pas s'en mêler, le crime fleurit. Les Américains estiment que le trafic des émigrés clandestins génère des revenus de plus de trois milliards de dollars par an.

Ils dépassèrent un grand centre commercial baptisé Diho Square. Le parking était presque plein et Li n'apercevait que des visages chinois. Un vieil homme en veste et pantalon blancs, sandales et Stetson, déboucha devant eux sur un vieux vélo déglingué.

— Et qui dirige les syndicats du crime ? demanda Li.

— La plupart des grandes affaires, légales ou non, sont dirigées par des organisations qu'on appelle ici des *tongs*. Les *tongs* font appel aux services des gangs de rue pour surveiller salons de massage et tripots. Les gangs se financent en protégeant des petits commerçants. C'est une structure très rigide, avec une hiérarchie bien établie, des *ma zhai*, ou petits chevaux, les seconds couteaux, aux *dai lo*, les grands frères, ceux qui les dirigent, jusqu'aux *shuk foo*, les oncles qui font la liaison avec les *tongs*.

— Qui est le *ah kung*, Consul général Xi ? Vous le savez ?

Le consul général lui jeta un regard surpris et légèrement ennuyé.

— Visiblement, je perds mon temps à vous raconter tout cela puisque vous êtes déjà au courant.

Li inclina légèrement la tête.

— Il est toujours utile de rassembler des informations basées sur la connaissance du terrain, Consul général.

Xi haussa les sourcils.

— Ils ont raison de dire que vous ressemblez à votre oncle.

— Vous l'avez connu?

— Seulement de réputation.

Li soupira intérieurement. Même ici, en Amérique, le fantôme de son oncle continuait à le hanter. Depuis son premier jour à l'université de la Sécurité publique, il avait dû supporter le poids de la réputation de son oncle, l'un des meilleurs policiers qu'ait jamais connus la police municipale de Pékin. De deux choses l'une, ou il se montrait à la hauteur de sa réputation, ou pas. Mais jamais on ne le jugeait sur ses propres mérites, toujours par rapport à son oncle Yifu — un homme qu'il avait d'ailleurs profondément aimé.

— Je ne lui ressemble pas du tout, en fait. Mais j'essaye d'honorer sa mémoire en suivant son enseignement.

Il repensa au spectacle horrible du vieil homme assassiné gisant dans un bain de sang, embroché sur sa propre épée de cérémonie. L'image était toujours aussi présente, la douleur aussi vive.

— Chaque *tong* a son *ah kung*, était en train de dire le consul général en réponse à sa question. Il est communément admis que l'un d'eux est supérieur aux autres. C'est lui *le* grand-père. Mais en dehors d'un cercle très restreint, personne ne sait qui il est.

— Il s'appelle Kat, du moins c'est son surnom.

Le consul général se tourna vers lui.

— Comment le savez-vous?

— Parce que l'un de ceux qui sont morts dans le camion de Huntsville était un policier chinois infiltré.

Le consul général parut choqué.

— Vous êtes sûr?

Li hocha la tête.

— C'est moi qui lui ai donné ses instructions. Il devait arriver en Amérique en tant qu'immigré clandestin et infiltrer les gangs dans l'espoir de dénicher des indices permettant d'identifier le *ah kung*.

Li marqua une pause.

— J'ai lu son journal. Au moins, il a pu me donner un nom.

— Kat, répéta le consul général d'un air pensif. Le jour de la fête du printemps, ma femme m'offre toujours un mandarinier pour me porter chance.

Il sortit ses cigarettes et en proposa une à Li qui déclina l'offre. Depuis qu'il était en Amérique, il avait décidé d'arrêter de fumer. Pourtant, en compagnie d'autres Chinois, il était toujours tenté de replonger.

— J'ouvrirai la porte et regarderai la montagne avec vous, Li.

Li sourit intérieurement. Chaque fois que quelqu'un prétendait vouloir être loyal avec lui, cela signifiait généralement le contraire.

— J'ai parlé aujourd'hui avec le ministre de la Sécurité publique. Le gouvernement est embarrassé par l'ampleur de cette affaire.

— Surtout depuis qu'il essaye de négocier un accord plus favorable avec l'OMC, glissa Li avec cynisme.

Le consul général lui lança un coup d'œil surpris, puis sourit.

— Je vois que vos voyages ont aiguisé votre jugement politique.

Mais son sourire s'effaça aussi vite qu'il était apparu.

— Le ministre aimerait régler cette affaire une fois pour toutes. Des mesures de répression drastiques vont être prises au Fujian et à Canton. Il veut que, de votre côté, vous arriviez à tout stopper ici. Les Américains ont été informés que vous seriez à leur entière disposition. Les autorités de Pékin veulent que vous coupiez la tête du serpent américain.

Chapitre 7

Les flammes des torches marquant l'angle de l'escalier extérieur du restaurant dansaient dans le vent tiède. Le long de la façade semi-circulaire du Canyon Café, une terrasse dominait les lumières de Westheimer ; un peu plus loin, le doigt étincelant de la Transco Tower se dressait dans le ciel noir.

Margaret sentit l'air du soir lui caresser le visage et elle fut contente qu'ils aient réussi à obtenir une table en terrasse, loin de la foule bruyante et de la musique mexicaine beuglée par les haut-parleurs. Elle dégustait son Coyote Margarita à petites gorgées, savourait sa douceur soulignée par le goût du sel enrobant le bord du verre.

Pourtant, ses sentiments étaient mitigés. Elle se demandait si Li était déjà reparti à Washington. En même temps, elle se sentait flattée par l'intérêt évident que lui portait Steve – cela faisait longtemps qu'un homme ne l'avait pas invitée – mais l'angoisse qui le tenaillait depuis l'accident dans le hangar faisait planer une ombre sur la soirée. Elle l'avait observé attentivement : il faisait le maximum pour la cacher. Néanmoins, elle percevait de temps en temps l'abîme de son incertitude, dès qu'il se relâchait.

Le hors-d'œuvre pour deux arriva : brochettes de dinde grillées à la sauce barbecue, servies avec une salsa de papaye et une salade verte à la menthe et au concombre. Steve fit bouger ses sourcils.

— C'est bon. On ne mange pas beaucoup de cuisine mexicaine dans le Maryland.

— C'est là que vous vivez ? Dans le Maryland ?

— L'institut médico-légal des Forces armées est juste en dehors de DC, dans le Maryland. J'habite une petite ville qui s'appelle Gaithersburg.

— Tout seul ?

— Depuis que ma femme a emmené ma petite fille avec elle pour s'installer à Alexandria chez un banquier. Elle m'a déclaré qu'il se mettait un after-shave très agréable et ne sentait pas la mort quand il rentrait le soir à la maison. Et aussi qu'il gagnait dix fois plus que moi.

— Sévère concurrence, plaisanta Margaret.

— Impitoyable, confirma Steve en souriant.

Mais il redevint sérieux quand il ajouta :

— Mon seul regret, c'est ma petite fille. Je ne la vois plus beaucoup.

Préférant ne pas s'étendre, il changea de sujet.

— Et vous ?

— Rien de plus que ce que vous voyez.

— Oh, ça m'étonnerait. Médecin légiste en chef du troisième comté des États-Unis ? Pas mal pour une femme de 34 ans. Sans parler des deux ans et demi passés en Chine, à travailler avec la police chinoise sur des affaires terrifiantes.

Margaret haussa les sourcils.

— Vous avez révisé ?

— Internet est un outil merveilleux.

Et il ajouta en agitant le doigt vers elle :

— Je suis désolé.

— Désolé de quoi ?

— Les sourcils. C'est contagieux. Je ne m'étais jamais rendu compte que je le faisais moi-même avant de me voir à la télé pendant une interview.

Il agita ses sourcils.

— Comme deux chenilles folles qui s'agitent chaque fois que j'ouvre la bouche. J'essaye de les dompter, mais pas moyen de les faire tenir tranquilles.

Margaret éclata de rire et sentit aussitôt sa tension se relâcher. Steve lui plaisait beaucoup. Elle comprit à l'éclat de ses yeux verts tachetés d'orange qu'il était content de la faire rire.

— Parlez-moi de vous et de Li Yan.

— Qu'est-ce qui vous fait croire qu'il y a quelque chose à raconter ? demanda-t-elle, soudain sur la défensive.

— Il m'a suffi de réviser pour savoir que vous vous étiez rencontrés en Chine.

Il marqua une pause, à l'affût de sa réaction, et ajouta :

— Sur un plan professionnel, ou...

Il laissa sa phrase en suspens.

Margaret hésita brièvement. Jamais elle n'en avait parlé mais, au fond d'elle, une digue n'attendait que l'occasion de se rompre.

— Nous étions amants.

Elle se demanda si c'était de la déception ou de la désapprobation qu'elle perçut dans les yeux de

Steve. Elle savait qu'en Chine il était chic pour un homme d'avoir une maîtresse américaine, mais qu'une Chinoise ayant une liaison avec un Blanc passait pour une putain. Elle se demanda si les Américains la voyaient de la même façon.

— Mais c'est fini, dit Steve.

— Oui.

Il se recula sur sa chaise en la regardant attentivement.

— C'est curieux, mais je ne vous crois pas.

— Peut-être parce que c'est fini dans ma tête seulement, pas dans mon cœur.

— Je ne comprends pas vraiment.

— Il faut que vous compreniez que la vie en Chine est très différente, Steve. Ils ont beau dire que les femmes soutiennent la moitié du ciel, c'est toujours une société dominée par les hommes. Les femmes sont des individus de second ordre. Même des professionnelles comme moi. Li Yan, lui, ne m'a jamais traitée ainsi. Mais ses supérieurs voyaient d'un mauvais œil sa liaison avec une étrangère. Nous n'avions pas le droit de vivre ensemble officiellement sans être mariés. La vie n'était pas facile.

Elle repoussa ses cheveux en arrière, un peu embarrassée.

— Et puis il y avait la différence de langue et de culture. Chaque fois qu'une Chinoise regardait Li Yan je me sentais vulnérable. Comment rivaliser ? Il y avait tant de choses qu'il ne pouvait partager avec moi et qu'il aurait pu partager avec une Chinoise. Et puis, étais-je réellement prête à passer le reste de ma vie en Chine ?

Elle eut un petit haussement d'épaule plein de tristesse.

— Non. Je savais que non. Tout comme je savais que je ne pouvais pas lui demander d'abandonner son pays pour venir en Amérique avec moi. Que ce soit dans un sens ou dans l'autre, l'un de nous serait comme un poisson hors de l'eau.

Le garçon vint desservir. Absorbés par leur conversation, ils avaient à peine mangé la moitié du hors-d'œuvre. Une serveuse apporta ensuite les entrées. Elle déposa devant Margaret une assiette de crevettes grillées frottées aux épices, piquées sur des brochettes avec des légumes. Steve avait choisi du thon frais avec éventail d'avocat et sauce au piment chipotle. Malgré la délicieuse odeur des plats, ils n'avaient plus d'appétit. Le garçon remplit les verres de vin.

Après avoir picoré son assiette en silence pendant quelques minutes, Steve but une gorgée de vin et demanda :

— Des regrets ?

Elle croisa son regard.

— À chaque minute.

La déception de Steve était presque palpable.

— Et maintenant qu'il est en Amérique, vous allez vous remettre ensemble ?

— Pas de danger, dit-elle d'une voix pleine de douleur et de colère.

— Pourquoi pas ? demanda-t-il, à la fois perplexe et soulagé.

— Parce que ça fait un an qu'il est à Washington, Steve. Parce qu'il n'a pas essayé une seule fois de me contacter. J'ai appris sa nomination en janvier.

Pendant des semaines j'ai attendu chaque soir à côté du téléphone qu'il m'appelle. Il ne l'a jamais fait. Manifestement, il n'éprouve plus la même chose que moi. Il a eu un sacré choc aujourd'hui. Il ne s'attendait pas à me voir à Ellington, dans ce hangar.

Il lui semblait extraordinaire de pouvoir dire ces choses tout haut. Des choses qu'elle avait refoulées jusque-là. Et tout d'un coup, elle se livrait à un homme qu'elle venait de rencontrer. Mais il y avait quelque chose dans le regard de cet homme, une sympathie qui l'autorisait à se libérer des obsessions qui l'empoisonnaient depuis si longtemps. Elle se sentait mieux.

— Je me posais des questions sur l'alliance que vous portez, dit-il.

— Bon Dieu, Steve! s'esclaffa-t-elle. Vous aimez appuyer là où ça fait mal, n'est-ce pas?

— Oh oui, et surtout enlever la croûte qui gratte. Ça fait encore plus mal, mais, au moins, ça ne gratte plus pendant un moment.

— La plaie à vif vaut mieux que la démangeaison?

— Exactement.

Elle vida son verre de vin et le lui tendit pour qu'il le remplisse.

— OK. Voici la plaie à vif. Je me suis mariée quand j'étais trop jeune. Avec un enseignant en génétique, à Chicago. Beau, terriblement intelligent, beaucoup d'avenir. Il s'est pendu après avoir été reconnu coupable du viol et du meurtre de l'une de ses étudiantes.

Elle but une longue gorgée de vin.

Stupéfait, Steve en resta sans voix pendant quelques secondes.

— Bon sang, Margaret, voilà une croûte que je n'aurais peut-être pas dû gratter.

— Si, vous avez raison. La douleur est préférable à la démangeaison.

Elle fit tourner l'anneau en or autour de son doigt.

— En fait, je n'ai commencé à la porter que pour tenir à distance des mecs comme vous – et les empêcher de poser des questions gênantes.

Il avança la main pour prendre la sienne. Elle était ferme, fraîche et douce.

— Plus de questions, déclara-t-il en la regardant dans les yeux. Promis.

— Un peu tard, maintenant, dit-elle en riant.

— Il n'est jamais trop tard, affirma-t-il très sérieusement.

Leur taxi tourna au coin d'un Pizza Hut et entra dans le parking du Holiday Inn. De l'autre côté de South Main, le cœur illuminé du Texas Medical Center éclairait le ciel. Le hall de l'hôtel était, comme toujours, très animé. Des gens se déplaçaient en fauteuil roulant, d'autres avec des béquilles. Il y avait des Arabes accompagnés de femmes voilées de la tête au pied dont seuls les yeux étaient visibles, des enfants d'Europe de l'est d'une pâleur effarante, aux grands yeux cernés de noir. Des malades. De riches étrangers venus acheter en Amérique les meilleurs soins médicaux. Un groupe de pathologistes et d'enquêteurs était en train de boire un verre au bar.

— Hé, Steve, appela l'un d'eux. Où étais-tu passé? Viens boire une bière.

Un autre cria :

— Et amène la légiste. Ce n'est pas juste de la garder pour toi tout seul.

Steve sourit, gêné.

— Je vais me coucher tôt, les gars.

Un murmure de «ooohh» suggestifs lui répondit.

— Et vous feriez bien d'en faire autant. On a une journée chargée demain.

— Oui, *monsieur*, brailla quelqu'un, imité par tous les autres.

— Doucement, les garçons, ou je déchaîne mes sourcils contre vous.

Ils les entendaient encore rire lorsque les portes de l'ascenseur se refermèrent sur eux.

Au cinquième étage, ils remontèrent lentement le couloir afin de retarder le moment où ils s'arrêteraient devant la porte de Margaret. Une fois arrivés, ils restèrent un long moment sans savoir quoi dire. Finalement, Margaret leva la tête et l'embrassa sur la joue.

— À demain, alors.

— Margaret...

Elle lui posa un doigt sur les lèvres pour l'arrêter.

— On ne peut pas courir avant de savoir marcher, Steve. Et je réapprends seulement à marcher.

Il hocha lentement la tête.

— Je pourrais vous prêter un vélo.

Elle sourit et l'embrassa à nouveau. Sur les lèvres, cette fois. Puis elle lui souhaita une bonne nuit, ouvrit sa porte, et entra dans sa chambre plongée dans le noir.

Elle sut immédiatement qu'il était là. Elle sentait sa présence presque aussi nettement que si elle le voyait. Mais ses yeux n'étaient pas encore habitués à l'obscurité et tout ce qu'elle pouvait distinguer, à travers les voilages, c'étaient les sommets jumeaux de la St Luke's Medical Tower. Elle cherchait l'interrupteur à tâtons, sans le trouver, quand la lampe de chevet s'alluma et révéla Li assis au bord du lit, le visage tendu par l'appréhension.

— Espèce de salaud, murmura-t-elle. Tu as une idée de ce que tu me fais endurer depuis dix mois?

Il eut l'air surpris.

— Tu savais que j'étais à Washington?

— Bien sûr que je le savais, bon Dieu! C'était dans tous les journaux. On n'est pas en Chine, Li Yan. Ce n'est pas un secret d'État quand quelqu'un est nommé à un nouveau poste.

Penaud, il évita de croiser son regard.

— C'est uniquement pour toi que j'ai accepté ce poste.

C'était à la fois ce qu'elle voulait et ne voulait pas entendre.

— Il t'a fallu tout ce temps pour trouver mon numéro de téléphone?

Li se leva. Il paraissait géant dans cette chambre, aussi imposant par sa stature que par sa présence. Mais c'est d'une petite voix qu'il dit :

— Je me suis dégonflé.

— Oh, je t'en prie! s'exclama-t-elle avec impatience. Tu es un grand garçon maintenant, Li Yan.

Puis elle se rappela les taches rouges au coin de ses yeux. Il avait pleuré sur Wang. Comme tout le monde, il avait ses faiblesses.

— C'est toi qui es partie, ne l'oublie pas, dit Li.

— Tu sais parfaitement pourquoi.

Mais Li insista :

— On ne s'était pas parlé pendant près de six mois. Quand j'étais encore en Chine, je pensais que ce serait facile. J'arriverais en Amérique, je prendrais le téléphone, et nous serions à nouveau ensemble.

— Pourquoi tu ne l'as pas fait?

— Parce que tu étais encore très loin, Margaret. Parce que je ne savais pas si tu avais envie de me voir.

— Oh, bon Dieu!

Elle se mordit la lèvre et regarda par la fenêtre.

— Comment pouvais-tu en douter?

— Rien de plus facile, Margaret. Je t'aimais et quoi que tu dises, c'est toi qui m'as quitté. Tu as pris l'avion pour rentrer chez toi. Je ne pouvais pas savoir qu'il y avait un espoir de retour en arrière. Et j'avais peur de demander, au cas où il n'y en aurait pas eu.

Il tendit les mains devant lui dans un geste de désespoir.

— Dès que je suis arrivé ici, j'ai été submergé de boulot. Vingt-quatre heures sur vingt-quatre, sept jours sur sept. Le temps a passé. Et il est plus facile de vivre dans l'ignorance qu'avec une vérité difficile à accepter.

Mais elle n'était pas prête à lui pardonner si facilement.

— Encore un de tes proverbes chinois, Li Yan? Une de ces petites perles de sagesse qui roulent si facilement sur la langue? Parce que, tu sais, rien n'a été facile pour moi depuis quinze mois. Nous n'avions pas d'avenir en Chine, tu le sais. Mais il ne s'est pas passé une minute sans que je me demande si je n'avais pas fait une erreur, tellement j'étais malheureuse seule, ici.

Elle le foudroya du regard, le haïssant de la rendre si amoureuse de lui. Le haïssant d'être si faible.

— Margaret... commença Li en s'avançant vers elle.

Elle lui tourna le dos et regarda, sans les voir, les feux de signalisation sur South Main.

— Je ne veux rien entendre, Li Yan. Va-t'en.

Li ne bougea pas. Il avait toujours redouté d'être rejeté de la sorte. Mais il s'était armé de courage pour monter jusqu'ici, affronter son hostilité, essayer de s'expliquer. Il n'allait pas abandonner maintenant. Il s'approcha d'elle et posa une main légère sur son épaule. La vitesse avec laquelle elle fit volte-face pour le gifler le prit au dépourvu. Sa joue le brûla. Piqué au vif, il attendit le second soufflet qui vint, cette fois de l'autre côté. Il eut beau détourner la tête en même temps pour en atténuer la violence, il en sentit la douleur cuisante. Margaret avait beaucoup de force dans les bras et les mains. Mais maintenant qu'il les tenait, elle ne pouvait plus bouger.

— Tu as fini de me faire mal ?

Elle fit une vaine tentative pour se libérer.

— Certainement pas, murmura-t-elle.

Elle sentit alors sa bouche douce, chaude, humide sur ses lèvres, et eut l'étrange impression de tomber. Li la souleva dans ses bras comme si elle ne pesait rien, pour la porter jusqu'au lit. Il se laissa tomber sur elle ; sa bouche se pressa contre la sienne, sa peau douce l'enveloppa, ses mains la caressèrent, puis ses lèvres descendirent sur ses seins et en mordillèrent les pointes l'une après l'autre. Quand, finalement, il se glissa en elle, elle soupira :

— Doux Jésus.

Jamais elle n'avait connu cela avec un autre.

Chapitre 8

I

Margaret était sortie du hangar de la NASA en blouse et en tablier. La lumière limpide du soir prenait une teinte rose, promettant un coucher de soleil spectaculaire. Depuis le matin, bombardiers, jets, avions de chasse de la Seconde Guerre mondiale n'avaient cessé de décoller, atterrir, descendre en piqué au-dessus de leurs têtes à la plus grande joie de la foule agglutinée à la lisière du tarmac. Des stands de boissons et de hamburgers avaient été installés pour ravitailler le public qui admirait les Polikarpov russes, les Hurricane anglais et les Wildcat américains, sans soupçonner qu'à quelques mètres de là, quatre-vingt-dix-huit cadavres attendaient à l'intérieur du grand hangar blanc. Les parkings étaient bourrés de voitures. Le meeting aérien Wings Over Houston remportait toujours un énorme succès.

Le dernier des camions frigorifiques avait quitté la base. Les autopsies étaient terminées, et les corps maintenant entre les mains des entrepreneurs de pompes funèbres qui devaient les préparer avant leur retour en Chine – retour qui aurait lieu une fois qu'on les aurait identifiés. Pour l'instant, plus des deux tiers demeuraient inconnus. Cinquante-deux hommes et quatorze femmes. Tous âgés d'une vingtaine d'années. Aucun n'ayant de pièce d'identité, même fausse. Le journal de Wang avait donné quelques informations sur des noms ; des objets personnels, des lettres, des photos, des bijoux gravés permettraient peut-être d'en identifier d'autres.

— Encore une journée de canicule demain.

Margaret se retourna et vit Steve debout à côté d'elle. Un brusque sentiment de culpabilité l'envahit au souvenir de ce qui s'était passé la nuit précédente. Il méritait mieux.

— Vous avez l'air fatigué, dit-elle.

De profonds cernes marquaient ses yeux qui avaient perdu un peu de leur éclat.

— Je n'ai pas trop bien dormi.

Instinctivement, Margaret jeta un coup d'œil au pansement qu'il avait sur le doigt. Steve surprit son regard.

— À cause de ça, entre autres.

Elle sentit à nouveau la culpabilité la tenailler.

— J'imagine que vous n'avez pas encore de réponse de Washington pour les tests du labo.

Elle savait que non, mais elle voulait à tout prix détourner la conversation. Quelle ironie de rencontrer pour la première fois depuis des années un homme susceptible de l'intéresser, au moment précis où Li Yan réapparaissait dans sa vie, comme si ce dernier avait décidé de la maintenir prisonnière de sa tristesse. Puis, avec un léger frémissement, elle repensa à ce qu'elle éprouvait en faisant l'amour avec lui et se dit que cela effaçait tout le reste.

— Je pense qu'il faut attendre demain avant

d'avoir une réponse définitive, dit Steve. Et je serai déjà rentré à DC.

— Et moi à Huntsville pour tenter de régler mes problèmes avec mon propriétaire.

— Quels problèmes ?

— Il essaye de me virer parce que j'ai changé les serrures.

— Pourquoi avez-vous fait ça ?

— Parce que ce type est un vrai dégueulasse. Non seulement il me harcèle de réflexions suggestives depuis que j'ai signé mon bail, mais je l'ai surpris en train de fouiner dans mes affaires.

— Pourquoi vous ne déménagez pas ?

— Oh, mon bail dure encore six mois et j'ai payé d'avance. En plus, je n'ai pas envie de me casser la tête à chercher autre chose pour le moment.

Il la regarda longuement, puis demanda :

— Pourquoi ai-je le sentiment que vous essayez de parler de tout sauf de nous, Margaret ?

— Parce qu'il n'y a pas de nous ! rétorqua-t-elle brusquement, furieuse qu'il l'oblige à faire face.

Mal à l'aise, elle lui tourna le dos et retourna d'un pas vif dans le hangar. Elle se débarrassa de son tablier, de sa blouse et de ses surchaussures, et se dirigea vers les lavabos alignés au fond où elle se frotta vigoureusement les mains et les avant-bras au savon antibactérien comme s'ils étaient souillés de sang. Au bout d'un moment, elle se retourna et vit Steve en train de se laver calmement les mains au lavabo voisin.

— Ça veut dire que je ne vous emmène pas dîner ce soir ? demanda-t-il avec un petit sourire résigné.

— Monsieur !

Le ton insistant de la voix les fit se retourner tous les deux en même temps. L'un des enquêteurs de l'AFIP arrivait en courant. Il s'arrêta et annonça, un peu essoufflé :

— On s'en va.

Steve fronça les sourcils.

— Quoi?

— Rappelés à Washington, monsieur. Une urgence. Un avion décolle de Hobby dans moins d'une heure.

Steve se tourna vers Margaret.

— Voilà la réponse à ma question.

— Vous devez venir aussi, madame, dit l'enquêteur.

— Moi? Pourquoi?

— Aucune idée, madame. On ne nous a rien dit.

— Hé, je connais un endroit génial à Washington... s'esclaffa Steve.

II

Debout dans le parking du bureau régional de l'INS de Houston, Li regardait les immigrés, principalement des Latino-Américains, rassemblés sous les arbres devant la porte du bâtiment qui faisait l'angle de Greenspoint et Northpoint. Il entendait au loin la rumeur de l'autoroute. Un policier noir en uniforme s'approcha de lui.

— Monsieur, vous parlez anglais?

Li hocha la tête.

— Monsieur, vous ne pouvez pas rester ici. Ou vous faites la queue, ou vous sortez dans la rue.

Li soupira et sortit sa carte.

— J'attends l'agent Hrycyk.

Le policier examina la carte plastifiée aux emblèmes des États-Unis et de la RPC.

— Pardon, monsieur, dit-il en portant un doigt à sa casquette, je vous avais pris pour un immigré.

Gêné, il s'éloigna vers le groupe, devant la porte.

Li observa la version miniature de la statue de la Liberté qui dominait le parking du haut de son socle. Parmi les premiers immigrés venus peupler ce vaste pays, beaucoup avaient dû passer devant l'œil vigilant de la dame en approchant Ellis Island. Plus de deux cents ans plus tard, au Texas, ils devaient toujours faire la même chose.

Hrycyk traversa en courant la foule de ces aspirants Américains et lança à Li tout en se dirigeant vers sa voiture, une vieille Volkswagen Santana cabossée :

— Que ce soit clair entre nous. Vous êtes ici en observateur. Pas en participant actif. Quand j'aurai besoin de votre aide, si j'en ai besoin, je vous l'dirai.

Il avait déjà ouvert sa portière quand il se rendit compte que Li ne l'avait pas suivi.

— Alors, vous vous ramenez ? Parce que sinon, j'vois pas d'inconvénient à vous laisser en plan.

Li soupira, s'approcha de la voiture et monta sur le siège passager. Hrycyk mit le contact et alluma une cigarette. Li baissa sa vitre.

— J'vous ai dit d'ouvrir la fenêtre ? grogna Hrycyk. J'vous ai pas dit que vous pouviez l'ouvrir. Ça fait déconner la clim. Fermez-la, je vous prie.

— Si vous éteignez votre cigarette.

Hrycyk lui jeta un regard furibond et écrasa violemment sa cigarette dans le cendrier débordant de mégots.

— J'sais pas d'où vous vient l'idée que vous pouvez vous pointer ici et nous dire ce qu'on doit faire, mais si vous vous imaginez que je vais obéir à vos quat' volontés, vous vous fourrez le doigt dans l'œil.

Il enclencha sa vitesse et fonça vers la sortie où il fut bien obligé de freiner avant de pouvoir s'infiltrer dans la circulation.

De l'autre côté de la rue, une rangée de bâtiments de plain-pied en briques proposaient des photos de passeport réalisées en cinq minutes. Les affaires marchaient bien, même à cette heure-là. Hrycyk suivit le regard de Li.

— Immigration fast-food. Une industrie en plein essor par ici.

Il prit d'abord la direction du sud, sur la 45, où le trafic était intense, puis tourna vers l'ouest sur la 160, finit par rejoindre Westheimer et arriva, dans le soleil couchant, au joyau des centres commerciaux de Houston, la Galleria. Ils allaient rencontrer un agent de l'INS infiltré dans la communauté chinoise depuis près de dix-huit mois.

— Un Chinois, je présume, ironisa Li.

— Bien sûr qu'c'est un putain d'Chinois! éclata Hrycyk sans saisir l'humour de la remarque. Vous croyez qu'on aurait envoyé un Blanc maquillé à la Yul Brynner?

Li ne voulut pas l'exaspérer davantage en demandant qui était Yul Brynner.

— Et quand je dis en douce, c'est en douce. On

n'a pas eu de contact depuis plus de trois mois. M'étonnerait pas qu'il nous ait fait un enfant dans le dos en repassant de l'autre côté. Sûr que je ne me fierais jamais à un de vous autres si j'étais pas obligé.

Li laissa glisser l'agressivité et les préjugés racistes de Hrycyk sans les relever. Un jour, peut-être, il lui réglerait son compte. Mais ce n'était pas le moment.

— Pourquoi prenez-vous contact avec lui maintenant?

— À votre avis? Quatre-vingt-dix-huit Chinois morts dans un camion, et les huiles de Washington qui assaillent le département de la Justice pour exiger des résultats. On ne voulait pas faire sauter la couverture de ce type tant qu'on pouvait l'éviter. Mais il est temps de savoir ce qu'il fout.

La Galleria était un centre commercial aux proportions typiquement texanes, sur trois niveaux, avec des extensions tentaculaires de tous les côtés. Il y avait foule à l'intérieur. Li suivit Hrycyk jusqu'à un Starbucks dominant une énorme patinoire. Hrycyk regarda autour de lui comme s'il s'attendait à voir quelqu'un. Puis il s'approcha du comptoir et commanda un cappuccino.

— Désolé, ils ne font pas de thé, dit-il avec rudesse.

— Je prendrai un *caffè moka*.

Hrycyk lui jeta un regard étonné.

— Je commence à y prendre goût.

— Premier Chinois que je vois sans sa Thermos de thé coincée sous le bras, grommela Hrycyk. Vous croyez peut-être que je vous invite?

— C'est gentil de le proposer.

Ils s'assirent à une table proche de la balustrade et regardèrent la patinoire. Une douzaine de gamins glissaient sur la glace sous le regard plein de fierté de leurs parents, en enchaînant des triples saltos avec l'aisance intrépide de la jeunesse. Leurs cris de joie résonnaient sous la voûte en verre du toit, à vingt mètres au-dessus de leurs têtes, ponctués par d'occasionnelles salves d'applaudissements.

Hrycyk arrangea sa chemise dans son pantalon, sur son ventre proéminent, et sortit un paquet de cigarettes.

— Objection?

Li secoua la tête.

Hrycyk l'alluma.

— Au fait, on a trouvé à qui appartient le camion. Acheté il y a cinq jours par une société qui venait de se faire enregistrer au Mexique la semaine d'avant. Les noms du registre sont bidons, bien sûr. Pas moyen de les retrouver.

Il avala une longue gorgée de cappuccino, tira sur sa cigarette, puis regarda sa montre.

— Alors, qu'est-ce qu'on fait ici? demanda Li en buvant à petites gorgées son mélange de café et chocolat.

— Vous avez déjà vu un Chinois dans un Starbucks?

— Vous en avez un en face de vous.

— À part vous, bordel!

Li réfléchit. Il allait souvent dans un Starbucks, à Georgetown, mais les seuls Asiatiques qu'il y voyait étaient de la seconde ou de la troisième génération. En règle générale, les Chinois ne buvaient jamais de café.

— Je ne crois pas.

— Vous voyez ?

Hrycyk pointa un doigt accusateur vers lui.

— C'est le problème avec vous. Vous venez en Amérique sans chercher à vous intégrer. Vous prenez un coin de la ville où vous échouez, vous l'appelez Chinatown et vous arrivez à le faire ressembler à l'endroit d'où vous venez.

Li jeta à Hrycyk un regard plein d'aversion.

À cet instant, son téléphone vibra. Il le sortit de sa poche, l'ouvrit d'un coup sec et aboya :

— Hrycyk !

Après avoir écouté attentivement pendant quelques secondes, il jura et le referma.

— Notre homme ne viendra plus.

Yu Lin habitait sur Ranchester, au cœur du nouveau Chinatown. Son appartement était au premier étage d'un immeuble en briques roses, en haut d'un escalier métallique peint en vert. Plusieurs voitures de patrouille, une ambulance, un fourgon de la police scientifique et d'autres véhicules banalisés encombraient le petit parking. Une foule de badauds s'était amassée dans la rue. Les gyrophares de la police qui perçaient le crépuscule éclairaient des yeux sombres et des visages patients.

Hrycyk arrêta sa Santana sous un arbre poussiéreux, brandit son insigne et se faufila, avec Li sur les talons, au milieu des policiers assemblés au pied de l'escalier. Ils montèrent les marches et longèrent le balcon sur la gauche jusqu'à la porte ouverte de l'appartement de Yu, composé d'un petit séjour avec un coin cuisine et d'une chambre minuscule. Yu se trouvait dans sa chambre, étendu sur le dos, en travers du lit devenu rouge foncé à cause du sang. Il avait été taillé en pièces. Hrycyk le regarda sans la moindre émotion.

— Pas joli joli.

Li avait à moitié espéré trouver Margaret sur place, mais elle était occupée ailleurs bien sûr. Un médecin légiste examinait le corps pendant qu'un photographe prenait des clichés. Les éclairs du flash jetaient sur la scène une lumière sinistre. L'inspecteur de la police criminelle serra la main de Hrycyk.

— D'après le doc, c'est une machette. Peut-être plusieurs. Il a déjà compté trente-six plaies.

— Qui l'a signalé? demanda Hrycyk.

Li se rendit compte que malgré sa sale mentalité, Hrycyk n'était pas un imbécile. Il allait droit à l'essentiel.

— C'est sa petite amie qui l'a trouvé, dit l'inspecteur en faisant un signe de tête vers le séjour. Elle est là. Parle pas un mot d'anglais. Elle était hystérique, à ce qu'il paraît. C'est un voisin qui a téléphoné.

Li se pencha vers Hrycyk.

— Sait-elle qui il était?

— Sûrement pas, répondit Hrycyk en secouant la tête.

— Vous voulez que je lui parle?

Hrycyk hésita. Ça lui restait en travers de la gorge, mais il n'avait pas le choix.

— Allez-y.

Li retourna dans le séjour où une fille menue aux cheveux longs était assise sur le canapé. Âgée de dix-huit ou dix-neuf ans, elle semblait n'avoir que la peau sur les os. Une femme policier lui tenait la main. Li fit un signe de tête à cette dernière qui se poussa.

— Vous voulez me raconter ce qui s'est passé? demanda-t-il en mandarin.

Interloquée, la fille leva les yeux sur lui pour la première fois. La peur se lisait sur son visage. Elle eut un mouvement de recul.

— Qui êtes-vous?

— Je suis policier, dit-il en prenant doucement sa main entre les siennes. Personne ne va vous faire de mal. Personne ne vous obligera à faire ou à dire quoi que ce soit si vous n'en avez pas envie. D'accord?

Rassurée par son ton et son attitude, elle hocha la tête.

— D'accord.

— Connaissiez-vous Yu Lin depuis longtemps?

— Deux mois environ.

— Vous ne parlez pas anglais.

— Non.

— Depuis combien de temps êtes-vous en Amérique?

Elle lui jeta un coup d'œil inquiet.

— Ça va, je ne leur dirai rien. Quant à moi, je me fiche complètement que vous soyez entrée légalement ou pas en Amérique.

— Huit mois, dit-elle. Je suis venue avec mon frère.

— Et Yu Lin?

— Je l'ai rencontré au club où je travaille. Mais ça ne plaît pas à mon frère que je le voie. Nous sommes du Fujian. Il est taïwanais. Mon frère dit que ce n'est pas un vrai Chinois.

Li fit un signe de tête en direction de la chambre.

— Vous croyez que c'est votre frère qui a fait ça?

Sa lèvre inférieure frémit, puis son visage se chiffonna et elle fondit en larmes.

— Je ne sais pas. Je ne sais pas.

— Calmez-vous, dit-il en la prenant dans ses bras.

Elle pressa son visage contre la poitrine de Li qui sentit ses sanglots secouer son corps fragile. Il ne pouvait rien pour elle. Son amant avait été taillé en pièces. Son frère avait le profil du suspect. Il ne faudrait pas longtemps avant que les autorités ne découvrent qu'elle était une immigrée clandestine, ne la traînent devant la cour d'immigration et ne menacent de la rapatrier. Son rêve américain allait très vite se transformer en cauchemar.

Il fit signe à la femme policier de reprendre sa place et se dégagea tout doucement. Hrycyk était sur le balcon. Appuyé à la rampe, il fumait une cigarette.

— Alors? demanda-t-il à Li en le regardant d'un air songeur.

— Yu avait des problèmes avec le frère de la fille. C'est peut-être aussi simple que ça.

— Ou alors il a été percé à jour, et ils ont décidé qu'il en savait trop.

— C'est également possible. Dans ce cas, il y a des fuites chez vous.

Hrycyk se hérissa.

— Qu'est-ce que vous voulez dire?

— C'est quand même une drôle de coïncidence qu'ils décident de l'éliminer le jour où il devait sortir à découvert et vous rencontrer. Comment pouvaient-ils être au courant?

107

Hrycyk lui lança un regard noir, mais ce que Li venait de dire n'était pas tombé dans l'oreille d'un sourd. À cet instant, son téléphone sonna. Il lança sa cigarette dans la rue avant de répondre. Il écouta en silence, jeta un bref coup d'œil à Li, et dit simplement :

— Bon.

Puis il raccrocha, réfléchit un moment et regarda Li à nouveau.

— On a cinquante minutes pour se pointer à Hobby et embarquer sur le prochain vol pour Washington.

Chapitre 9

La pluie tombait à l'horizontale sur le tarmac de Dulles. La température était presque tombée à zéro degré. Le véhicule de sécurité de l'aéroport traversa lentement l'aire de stationnement dans l'obscurité, laissant derrière lui les lumières du terminal principal. Li scrutait la nuit à travers le pare-brise pour essayer de voir où ils allaient. Il n'avait rien tiré de Hrycyk, sans doute parce qu'il ne savait rien lui non plus.

Soudain, il aperçut des lumières et entendit le rugissement d'un moteur. Un hélicoptère de l'armée secoué par le vent, tous feux allumés et rotors en marche, se dessina dans le noir. Il les attendait. Le chauffeur s'arrêta à côté, et Hrycyk jura quand il comprit qu'il allait être obligé de se mouiller. Il remonta son col, arrondit le dos pour affronter la pluie, et se glissa dehors. Li courut derrière lui. Des mains jaillirent de la porte pour les tirer dans le ventre de l'hélicoptère. À la faible lueur jaune de l'éclairage intérieur, il vit des visages sans couleur le regarder. Margaret, Fuller, le major Cardiff dans son uniforme bleu de l'armée de l'air. Quelqu'un lui tendit un casque avec écouteurs incorporés, puis des mains puissantes le poussèrent sur un siège en toile.

Ensuite, la porte se referma et il entendit la voix de Hrycyk dans son casque.

— Ça rime à quoi ce bordel, Sam?

L'hélicoptère décolla. La voix de Fuller s'éleva au-dessus du rugissement du moteur :

— On nous emmène dans une petite ville du Maryland qui s'appelle Frederick. À la base militaire de Fort Detrick.

— Qu'est-ce qu'il y a là-bas, bon Dieu?

— L'USAMRIID.

En voyant la mine déconcertée de Hrycyk, Fuller précisa :

— L'institut de recherche de l'armée américaine sur les maladies infectieuses.

— Nom de Dieu!

C'était la première fois que Li voyait Hrycyk impressionné par quelque chose.

— C'est là que se trouve le labo de défense contre les risques de guerre biologique.

Il demeura un instant pensif, regarda Li, puis se tourna à nouveau vers Fuller.

— Et on va laisser un ressortissant étranger y pénétrer? Un *Chinois*?

Fuller se contenta de hausser les épaules. Hrycyk n'en revenait pas.

— Mais, bordel, Sam, qu'est-ce qui se passe?

— Vous le découvrirez quand on sera arrivé, Mike, cria Fuller.

Dans l'espoir de comprendre quelque chose, Li chercha le regard de Margaret qui haussa légèrement les épaules. Il s'aperçut alors que Steve Cardiff, assis à côté d'elle, était pâle comme la mort.

Lorsque l'hélicoptère toucha l'aire d'atterrissage de Fort Detrick, la pluie avait cessé. Des étoiles scintillaient dans le ciel d'un noir d'encre, masquées de temps à autre par des nuages filant à toute vitesse. Une lune presque pleine projetait sa lumière argentée sur le paysage ; les montagnes de Catoctin se profilaient à l'horizon. Pendant qu'ils traversaient la base à bord de deux Jeeps de l'armée, Li aperçut les lumières clignotantes orange des grilles de sécurité au moment où ils se garaient sur le parking extérieur de l'USAMRIID. Le bâtiment sans fenêtres était un assemblage assez laid de blocs de béton conçus pour enfermer les organismes les plus dangereux de la terre – pas pour gagner un prix d'architecture.

À la réception, on leur demanda de remplir des formulaires, puis un responsable de la sécurité leur remit des sauf-conduits. Une jeune femme en uniforme les conduisit le long d'un couloir aux murs couverts de boiseries et des portraits des anciens commandants de l'USAMRIID, jusqu'à la salle de conférence Joel M. Dalrymple où une grande table rectangulaire avait été garnie d'une vingtaine de chaises. Une douzaine de personnes, dont plusieurs en uniforme, étaient déjà dans la pièce, bavardant debout par petits groupes. Li saisit l'occasion pour chuchoter à l'oreille de Margaret :

— Qu'est-ce qu'on fait ici ?

— Je ne sais pas, dit-elle d'un air sombre. Mais je n'aime pas ça.

Steve arriva en compagnie d'un homme plus âgé, vêtu d'un costume foncé, qu'il voulait présenter à Margaret. Li s'éloigna.

— Margaret, voici le docteur Jack Ward. Le

docteur Ward *est le* médecin légiste des Forces armées.

Ce dernier serra solennellement la main de Margaret.

— Je suis enchanté de vous rencontrer, docteur Campbell. J'ai beaucoup entendu parler de vous.

Le regard de Margaret alla de l'un à l'autre.

— Vraiment?

— Oui. Vous avez...

Il choisit ses mots avec soin.

— ... une certaine réputation.

— Ah oui? Les réputations peuvent être bonnes ou mauvaises. J'espère que la mienne n'appartient pas à la seconde catégorie.

— Un gentleman ne juge pas, dit le médecin avec un petit sourire froid.

Margaret regarda Steve pour savoir s'il était à l'origine de cette obscure plaisanterie. Mais il avait les yeux dans le vague. Dès qu'il sentit qu'elle le fixait, il revint à lui.

— Pardon?

— Je n'ai rien dit.

— Oh. Excusez-moi. J'avais l'esprit ailleurs.

Une voix autoritaire s'éleva à cet instant au-dessus du brouhaha de la salle de conférence.

— Mesdames et messieurs, voudriez-vous prendre place autour de la table?

Il fallut quelques minutes à l'assemblée pour s'asseoir, et au propriétaire de la voix, en grand uniforme, pour se présenter – colonel Robert Zeiss, commandant de l'USAMRIID, hôte de cette réunion organisée à la hâte. Il y avait deux médecins de l'institut médico-légal des Forces armées, plusieurs officiers supérieurs de l'USAMRIID, deux représentants du FBI en plus de Fuller, trois représentants d'une organisation que Zeiss appela sans autre explication la FEMA, un homme d'un certain âge en costume gris appartenant à la CIA, et une secrétaire détachée du bureau du commandant pour prendre des notes. Des yeux curieux dévisagèrent Li et Margaret lorsque leur tour d'être présentés fut venu. Assis les bras croisés au bout de la table, Hrycyk observait et écoutait sans rien dire.

— Nous attendons également d'une minute à l'autre quelqu'un du CDC.

Le commandant regarda Li et précisa :

— Pour les non-initiés, il s'agit du centre de lutte contre les maladies, d'Atlanta.

Le pâle sourire que Steve adressa à Margaret de l'autre côté de la table manquait de conviction ; l'impression de catastrophe imminente qui planait sur elle depuis deux heures commença à s'intensifier. Pourquoi étaient-ils ici ? Pourquoi tous ces gradés du corps médical de l'armée ?

Assise le dos à la porte, elle ne se retourna que lorsqu'elle entendit Zeiss dire :

— Oh, et voici Felipe Mendez, professeur émérite de génétique, anciennement attaché au Baylor College de Houston.

Margaret sentit son cœur se serrer. Elle pivota sur sa chaise et vit le professeur Mendez entrer nonchalamment dans la salle de conférence. Il était aussi débraillé que dans son souvenir, avec son manteau ouvert sur une veste à laquelle manquaient plusieurs boutons, et un pantalon deux fois trop grand, serré à la ceinture, tombant en plis sur ses mocassins. Ses cheveux étaient plus blancs que la dernière fois qu'elle l'avait vu, moins épais, mais tout aussi indisciplinés. Seuls sa moustache et son bouc soigneusement taillés semblaient avoir droit à une certaine attention.

Ses yeux bruns humides sourirent aux visages qui lui faisaient face.

— Toutes mes excuses, marmonna-t-il. Désolé d'arriver en retard.

Il trouva un siège vide en face de Margaret, posa sa vieille mallette en cuir sur la table et s'assit. Elle crut qu'il ne l'avait pas vue, jusqu'à ce qu'il lève les yeux et lui adresse un grand sourire affectueux.

— Hello, ma chère Margaret. Ça fait longtemps.

Elle n'eut pas le temps de répondre. Le colonel Zeiss était pressé de commencer la réunion.

— Mesdames et messieurs, que personne ne se fasse d'illusions, si vous êtes réunis ici ce soir, c'est parce que nous pensons devoir faire face à une situation d'urgence nationale.

Tout le monde avait les yeux fixés sur lui.

— Comme certains d'entre vous le savent déjà, le sang et les tissus prélevés sur les corps découverts dans le camion de Huntsville ont révélé que les victimes ont probablement été contaminées par le virus responsable de la pandémie de grippe espagnole de 1918.

Sa déclaration suscita des réactions variées autour de la table.

— La grippe? fit Hrycyck d'un ton dédaigneux. C'est tout? Je me fais vacciner tous les ans contre la grippe.

Pour la première fois, le Dr Ward prit la parole :

— La grippe espagnole a tué plus de gens en trois mois que la peste en trois cents ans. Et il n'existe pas de vaccin capable de vous protéger contre ce virus, agent Hrycyk. Vos propres chiffres sur l'immigration illégale devraient vous apprendre que les quatre-vingt-dix-huit Chinois découverts dans ce camion ne représentent probablement que la partie visible de l'iceberg. Ils sont morts par accident. Nous n'avons aucune idée du nombre de Chinois porteurs du virus ayant réussi à pénétrer aux États-Unis.

Margaret était perplexe.

— Je ne comprends pas, dit-elle. Comment savez-vous qu'il s'agit du virus de la grippe espagnole ? Je ne me rappelle pas avoir séché les cours de virologie à la fac, or j'ai cru comprendre qu'on ne connaissait même pas l'existence des virus en 1918. On n'a donc aucun point de comparaison.

— Peut-être étiez-vous trop occupée à aider la police chinoise pour vous tenir informée, docteur Campbell. Une équipe de chercheurs de l'AFIP a réussi à séquencer partiellement le virus de la grippe espagnole il y a quelques années.

Margaret se sentit rougir.

— Alors, peut-être pourriez-vous m'éclairer, docteur, dit-elle en essayant de rester le plus digne possible.

— Vous n'êtes pas la seule autour de cette table à avoir besoin de certaines explications, mademoiselle Campbell.

Margaret trouvait ce docteur Ward de moins en moins sympathique. Après un petit temps de réflexion, il commença :

— Dans les années quatre-vingt-dix, une équipe

de chercheurs du QG de l'AFIP à Washington, dirigée par le docteur Jeffrey Taubenberger, a découvert que des tissus prélevés sur soixante-dix victimes de la grippe espagnole avaient été stockés à l'AFIP. Ils ont réussi à récupérer des fragments d'ARN viral dans le tissu pulmonaire d'un soldat de vingt et un ans mort de la grippe en 1918 à Fort Jackson, en Caroline. À l'aide d'autres tissus prélevés dans une tombe esquimaude en Alaska, ils ont pu séquencer suffisamment de fragments pour affirmer que la pandémie de 1918 avait été causée par un virus de type H1N1 et que ce virus était complètement différent de tous les autres virus de grippe humaine identifiés au cours des soixante-dix dernières années.

Il marqua une pause afin de laisser à ses mots le temps de faire leur effet, puis continua :

— La souche la plus proche qu'ils aient trouvée est celle que l'on connaît sous le nom de Swine Iowa 30, une grippe porcine isolée en 1930 et conservée dans plusieurs banques de cultures. Cela confortait la thèse des scientifiques persuadés qu'il s'agissait d'une souche qui, après mutation, s'était transmise des oiseaux au porc, puis à l'homme – une succession unique de mutations donnant au virus des propriétés pathogènes sans précédent.

Il se rassit avant de poursuivre :

— Et c'est grâce à une succession unique de coups de chance, ou de malchance, que nous avons pu identifier le virus chez ces immigrés chinois. Le panel viral demandé par le Dr Cardiff incluait un test de routine de dépistage de la grippe. Mais c'est par un pur hasard que quelqu'un de l'équipe du docteur Taubenberger a jeté un œil sur les résultats. Cette personne a immédiatement reconnu une partie de la séquence et demandé d'autres tests qui se sont révélés positifs.

Il se pencha en avant, coudes sur la table, doigts croisés. Tout le monde était suspendu à ses lèvres, il en profitait.

— Mesdames et messieurs, nous sommes certains, à quatre-vingt-dix-neuf pour cent, d'avoir affaire au virus original de la grippe espagnole. La dernière fois qu'il a sévi, il a tué quarante millions de personnes. Cette fois, ce pourrait être encore bien pire.

— Je suis désolée de vous interrompre, dit Margaret en coupant la parole au Dr Ward, mais je commence à me demander si je n'ai pas effectivement séché les cours de virologie. Enfin, si tous ces gens ont été contaminés par ce virus, comment se fait-il qu'aucun d'eux n'ait développé de symptôme ?

— Parce qu'ils n'avaient pas la grippe, ma chère.

L'intervention de Mendez prit Margaret au dépourvu. Elle se tourna vers lui en plissant les yeux.

— Que voulez-vous dire ?

— Ils étaient seulement porteurs du virus. Ils n'en étaient pas malades.

L'attention de tous les participants s'était maintenant reportée sur lui. Il passa ses doigts tachés de nicotine dans ses moustaches blanches.

— Le virus qu'on leur a injecté a été génétiquement manipulé de façon que l'ADN de leur génome soit transformé pour contenir son code.

Margaret avait du mal à suivre.

— Je pensais que les virus à ARN ne pouvaient pas pénétrer dans le génome humain.

Mendez sourit.

— Ma chère, sur un plan technique, vous avez absolument raison. Mais avec les méthodes de la thérapie génique, ce n'est pas trop difficile.

Il se pencha en avant et, enivré par son propre savoir, regarda successivement tous les visages tournés vers lui.

— Il suffit d'utiliser un rétrovirus qu'on appelle le virus de la leucémie murine de Moloney pour fixer le code ARN du virus de la grippe, avec les quelques gènes nécessaires qui rendront celui-ci actif.

— Ooohhh... Hé, attendez! protesta Hrycyk. Tout ça me dépasse complètement.

Mendez lui jeta un coup d'œil et dit :

— Bon, je vais essayer de faire simple.

Hrycyk s'agita sur sa chaise comme si Mendez laissait entendre qu'il n'était pas assez intelligent pour comprendre.

— Les virus sont soit à ADN soit à ARN. Dans le cas présent, notre virus de grippe est à ARN. Bref, on colle le code du virus à ARN de la grippe dans le virus de Moloney qui devient le porteur. Puis on enveloppe ce virus pour en faire un rétro-virus capable de convertir son ARN en ADN et de s'insérer dans l'ADN de son hôte.

— Attendez doc, l'interrompit à nouveau Hrycyk, au risque de paraître totalement ignare. Vous deviez faire simple.

Mendez sourit avec patience. Il avait toujours su s'y prendre avec ses étudiants, et pour lui, ce n'était qu'une classe comme une autre. Il y avait toujours un étudiant plus obtus.

— En termes les plus simples, pour ce monsieur au bout de la table, l'ADN de ces Chinois pleins d'espoir a été modifié pour faire d'eux des virus de grippe ambulants.

Il leva les sourcils en direction de Hrycyk, comme s'il l'invitait à poser une autre question. Comme elle ne venait pas, il poursuivit :

— Mais la grippe n'aurait pas été active tant que leur ADN n'aurait pas retrouvé sa forme d'ARN infectieux.

— Et comment cela se serait-il produit ? demanda l'un des médecins de l'AFIP.

— Bonne question, dit Mendez sans cesser de sourire et en s'appuyant au dossier de son siège. Je ne sais pas. Enfin, je ne sais pas comment la reconversion aurait été déclenchée, ni ce qui l'aurait déclenchée.

Il posa les mains à plat devant lui sur la table.

— C'est pour que je le découvre qu'on m'a arraché à ma retraite, dit-il sur un ton bizarre en regardant Zeiss. C'est l'argument du gouvernement, n'est-ce pas colonel ?

Zeiss parut gêné.

— Le département de la Défense vous considère comme le plus grand spécialiste en ce domaine, professeur.

— Oui, quand ça l'arrange, dit Mendez en hochant la tête.

— Hé, pardon de troubler cet échange d'amabilités, intervint Hrycyk. Je veux bien passer pour un imbécile mais je n'ai toujours pas compris.

— L'agent Hrycyk préfère les mots d'une syllabe, ironisa Margaret.

119

— Qu'est-ce que vous ne comprenez pas exactement, agent Hrycyk ? demanda Mendez sans se départir de son sourire patient.

— Tout ce truc sur les porteurs et les déclencheurs...

Et il ajouta, en lançant un regard mauvais à Margaret :

— Si vous pouviez l'expliquer simplement en anglais.

— OK.

Mendez réfléchit un moment, et dit :

— Le virus de la leucémie murine de Moloney a été utilisé pour masquer notre virus de la grippe et l'insérer dans le génome. Il a également été génétiquement manipulé – il n'est pas nécessaire que j'essaye de vous expliquer comment parce que vous ne comprendriez pas. Mais il a été manipulé de façon à contenir les gènes capables d'activer le virus masqué de la grippe en procédant à la transcription inverse de sa forme d'ARN infectieux.

Hrycyk commença à protester, mais Mendez leva la main pour l'arrêter.

— Laissez-moi finir. Ces gènes ont été programmés pour être activés par une protéine rencontrée dans l'environnement – très probablement celle d'une odeur ou d'un goût se trouvant dans une boisson ou un aliment particulier.

— Quoi, vous voulez dire qu'en mangeant une côtelette de porc ils peuvent attraper la grippe tout d'un coup ? demanda Hrycyk.

— Sommaire, mais juste, répondit Mendez. Le problème, c'est que nous ne savons pas ce qui va déclencher la réaction.

Il agita la main vers le plafond.

— Et le chercher...

Il chercha l'image la plus appropriée.

— ... équivaut à chercher un grain de poussière au milieu de la Voie lactée.

Un long silence plana sur la table tandis que chacun digérait ce qu'il venait d'entendre. De plus en plus oppressée, Margaret fut la première à le rompre. Évitant de regarder Steve, elle s'adressa directement au professeur Mendez :

— Professeur, vous nous dites qu'on a injecté à ces gens une forme de grippe espagnole qui ne deviendrait active qu'en mangeant, buvant ou sentant une chose particulière.

Elle marqua une pause avant de reprendre :

— Pourquoi ? Je veux dire, pourquoi quelqu'un ferait-il cela ?

Ce fut Zeiss qui répondit :

— Je crois que nous devons considérer que nous avons affaire à une attaque bioterroriste contre les États-Unis. Une attaque très intelligente, très subtile, au potentiel létal puissant.

Incrédule, Margaret secoua la tête.

— Mais c'est dément ! La grippe espagnole ignore les frontières nationales. Il n'y a pas que les Américains qui mourront. Un virus pareil tuera des gens dans le monde entier.

— Nous n'avons pas forcément affaire à un ennemi sensé, docteur Campbell. Ce sont peut-être des extrémistes fanatiques qui se moquent des conséquences. N'importe lesquels, des islamistes fondamentalistes aux groupuscules d'extrême-droite nourrissant une haine farouche contre les Chinois.

— Ou peut-être les Chinois eux-mêmes pour mettre l'Amérique à genoux, lança Hrycyk du bout de la table.

Il jeta un œil noir à Li qui lui retourna un regard que Fuller aurait qualifié d'impénétrable.

— En tuant leurs propres ressortissants ? rétorqua Margaret sur un ton cinglant.

— Les Japs utilisaient bien des pilotes kamikazes, non ?

— Bon Dieu... fit Margaret, exaspérée, en reculant sa chaise. Je refuse d'en entendre davantage.

— Asseyez-vous, docteur Campbell ! Et vous, agent Hrycyk, taisez-vous. Nous ne sommes pas ici pour écouter vos divagations racistes.

Le visage de Hrycyk vira au rouge, de colère plus que de honte. Margaret eut droit à son tour à un regard meurtrier.

Zeiss poursuivit :

— Le but de cette réunion est de constituer une cellule de crise capable de faire face à cette urgence dans sa phase initiale. Nous avons besoin de dénicher et de démanteler les organisations qui font entrer les immigrés clandestins. Nous devons savoir qui leur a injecté le virus et pourquoi. Et nous devons savoir combien de porteurs de ce virus se baladent en liberté, et comment il va être déclenché.

— Il fit un signe de tête au professeur.

— Voilà pourquoi nous avons fait venir le professeur Mendez.

— Sans aucune garantie de succès, ajouterai-je, dit ce dernier. Même si j'arrive à identifier le déclencheur, ce sera peut-être trop tard. Le génie est peut-être déjà sorti de la bouteille, et nous ne le savons pas.

— Jusqu'à preuve du contraire, coupa Zeiss, nous devons partir du principe que nous sommes toujours en phase préventive de l'opération.

Il jeta un coup d'œil à sa montre.

— Malheureusement, le docteur Anatoly Markin du CDC n'est pas encore là. Le docteur Markin est un spécialiste du bioterrorisme. Il faisait partie des meilleurs scientifiques responsables du programme soviétique de guerre biologique Bioprepa-rat jusqu'au milieu des années quatre-vingt-dix. Maintenant, il travaille pour nous.

Il se leva.

— Il nous dira exactement à quelle sorte de catastrophe nous devons nous préparer. En l'attendant, je vous propose de faire une pause.

Autour de la table, l'atmosphère était sombre et tendue. Les implications de l'information communiquée étaient terrifiantes et difficiles à assumer. Li se leva lentement. La séance l'avait éprouvé. Même s'il parlait parfaitement anglais, le jargon technique lui avait donné du fil à retordre. Néanmoins, le sens de tout cela n'était que trop clair. On avait injecté à des immigrés clandestins en provenance de son pays un virus de grippe mortel qu'ils avaient introduit sans le savoir aux États-Unis. Une telle situation pouvait très facilement dégénérer en un conflit de grande envergure entre les États-Unis et la Chine. Des millions d'Américains partageaient sans doute la position de Hrycyk. La décision d'impliquer Li dans l'enquête était certainement politique, afin de maintenir une espèce d'équilibre entre les deux pays. Il était impossible de prévoir la façon dont la réaction populaire influencerait les réponses politiques le jour où cela deviendrait public. Li eut l'impression qu'on lui demandait d'exécuter un numéro d'équilibriste sur une lame de rasoir. S'il ne tombait pas d'un côté ou de l'autre, il serait coupé en deux. Mais il ne pouvait pas se permettre de penser à ça. Tout ce qu'il pouvait faire, c'était garder profil bas et se concentrer sur l'enquête. Il devait ignorer tout le reste et faire ce qu'il savait faire. Il chercha Margaret des yeux, elle sortait en hâte de la pièce.

Steve était déjà au milieu du couloir lorsque Margaret le rattrapa.

— Steve... ?

Il s'arrêta. Elle crut voir la mort dans ces yeux qui, vingt-quatre heures plus tôt seulement, étincelaient de vie.

— Est-ce qu'ils ont fait les tests pour le virus ?

Il hocha la tête. Elle trouva à peine la force d'ajouter :

— Et alors ?

— Je ne sais pas encore. Je n'ai pas les résultats, dit-il d'un air sombre.

— Oh, Steve...

Margaret lui prit la main.

— Jusqu'à preuve du contraire, il faut vous dire que vous n'avez rien.

— Je ne peux pas, Margaret. J'ai peur de manger ou de boire. Si j'ai le virus, comment savoir ce qui va le déclencher ?

— Il faut manger chinois, alors.

Il lui lança un regard incrédule.

— Ce n'est pas drôle, Margaret.

— Je n'essaye pas d'être drôle. Réfléchissez. Si la nourriture chinoise déclenchait le virus, ce serait déjà fait. C'est sûrement autre chose.

— Steve?

Le Dr Ward s'approchait d'eux à vive allure, la mine sévère.

— On vient de me prévenir que les résultats sont arrivés. On ferait mieux d'y aller tout de suite.

Il jeta un coup d'œil en biais à Margaret qui comprit qu'elle était une intruse dans une affaire privée.

Steve ne remarqua rien.

— À plus tard, dit-il.

Elle le regardait s'éloigner d'une démarche raide en compagnie du médecin légiste en chef des Forces armées quand un bras se glissa sous le sien. Elle se retourna. Le professeur Mendez lui souriait affectueusement.

— Tant de choses à rattraper et si peu de temps pour le faire, ma chère.

Le cœur de Margaret se serra car ces choses à rattraper ne pouvaient signifier qu'une seule chose, une confrontation avec un passé qu'elle préférait oublier.

Debout à la porte de la salle de conférence, Li vit Margaret disparaître avec le professeur Mendez. Son sentiment de solitude et d'éloignement fut soudain si profond qu'il arrêta Hrycyk qui passait devant lui.

— Où allez-vous? demanda-t-il en se doutant à l'avance de la réponse.

— Qu'est-ce que ça peut vous faire?

— Si vous allez fumer une cigarette, je me joins à vous.

Hrycyk fronça les sourcils.

— Je croyais que vous ne fumiez pas.

— J'essaye d'arrêter. Mais là, tout de suite, j'en ai envie.

— Et je suppose que vous allez m'en taper une? ricana Hrycyk.

— C'est gentil de le proposer.

— C'est la deuxième fois que vous me faites le coup aujourd'hui, grogna Hrycyk. Je peux vous en donner une, mais il faut aller dehors, ajouta-t-il.

La camaraderie des fumeurs, même entre deux hommes qui se vouaient une telle antipathie, était plus forte que tout – surtout quand venait s'y ajouter le sentiment d'exclusion né de l'obligation de supporter le froid et l'humidité pour partager la même habitude.

La salle de repos était calme. Margaret reconnut des visages aperçus autour de la table de conférence. Il y avait aussi quelques femmes en tenue de camouflage faisant une pause au milieu de leur service de nuit. Elle pressa plusieurs boutons du distributeur de boissons et obtint un café noir sucré.

— Comment voulez-vous le vôtre? demanda-t-elle à Mendez.

— Je n'en bois pas. Jamais. Je suis allergique à ce fichu machin. Un verre d'eau m'ira très bien.

Elle lui tendit un gobelet d'eau froide et ils se dirigèrent vers une table inoccupée. L'endroit était sinistre avec ses tubes de néon et son odeur de vieux sandwich.

— C'est ici que se trouve l'un des rares laboratoires de niveau P4 au monde, dit Mendez. Ils s'occupent des bactéries et des virus les plus dangereux

126

que l'on connaisse. En fait, ils les nourrissent et les élèvent dans des boîtes de Petri. Vous étiez déjà venue?

Margaret secoua la tête.

— Moi, oui. Plusieurs fois. Et j'ai toujours passé la journée entière du lendemain à me laver. Non qu'un bain puisse empêcher le virus Ébola de transformer mes organes en bouillie, ou l'anthrax de remplir mes poumons de liquide. Mais je me sentais chaque fois... contaminé.

Il sourit.

— Les fenêtres qui donnent dans le laboratoire P4 sont très petites, avec des verres de plusieurs centimètres d'épaisseur. Un panneau «photos interdites» y est affiché. Pas parce qu'on pourrait photographier quelque chose de particulièrement secret ou compromettant. Non, ils ont juste peur que le flash fasse sursauter le mec en combinaison d'astronaute qui travaille à l'intérieur et qu'il laisse tomber une de ces petites boîtes en verre. Et là, ce serait vraiment la merde.

— Mais comment se fait-il qu'ils gardent ces trucs?

Mendez haussa les épaules.

— Vous verriez les énormes douches de décontamination, juste pour les cages des singes. Les pauvres petites créatures sont bourrées de toutes les maladies que prétendument Saddam préparait contre nous. Toute l'eau et tous les déchets des labos P3 et P4 sont évacués dans un système d'égout indépendant pour être décontaminés avant de rejoindre l'égout principal. L'air est filtré trois fois. Quand

127

vous sortirez, vous verrez une rangée de cheminées à l'arrière. C'est le système d'aération des labos.

Il gloussa avant de poursuivre :

— Mais vous savez, ils ont beau dire, je n'aimerais pas vivre à Frederick. Si jamais il y a un problème, cette jolie petite ville allemande avec ses vieux magasins et ses flèches d'églises sera la première à s'en apercevoir.

Il se pencha en avant et baissa la voix.

— Vous savez, ils disent que cet endroit sert uniquement à la défense. Mais le gouvernement nous ment...

Il se recula sur son siège et laissa Margaret en tirer ses propres conclusions. Puis il haussa à nouveau les épaules.

— Qui est vraiment au courant ?

Il but une gorgée d'eau et changea soudain de sujet.

— J'ai appris votre nomination à Houston par les journaux. J'avais l'intention de passer vous voir.

— J'ignorais que vous étiez à Baylor. La dernière fois que j'ai eu de vos nouvelles, vous étiez encore à Chicago.

— Oh, ça fait quelques années que j'ai déménagé, ma chère. Vous l'auriez su si nous étions restés en contact.

Son ton s'était fait légèrement accusateur.

— Et Michael ?

— Il est mort.

Elle n'avait pas eu l'intention d'être si brutale. Mais son ton l'avait piquée. Mendez avait été le mentor de son mari à l'université de Chicago avant que ce dernier obtienne son diplôme et prenne, contre l'avis de Mendez, un poste peu glorieux de maître assistant en génétique à Roosevelt. Margaret n'avait jamais su ce qui s'était passé entre les deux hommes – Michael ne le lui avait jamais dit – mais il y avait eu une brouille.

Le sang se retira du visage de Mendez qui parut sincèrement bouleversé.

— Pauvre Michael. Je l'ignorais. Au Texas, on n'est jamais au courant de ce qui se passe dans le reste des États-Unis. J'ai souvent pensé que les Texans se croyaient dans un pays étranger.

Il marqua une pause avant de demander :

— Qu'est-ce qu'il lui est arrivé?

Margaret secoua la tête.

— Franchement, Felipe, je préférerais ne pas en parler. Pas maintenant en tout cas. Une autre fois, peut-être.

Il posa la main sur les siennes. Une main chaude et réconfortante.

— Je suis désolé, ma chère Margaret. Je ne voulais pas faire ressurgir de pénibles souvenirs. Mais c'est... un tel choc. Un homme à l'intelligence si vive, à l'avenir si prometteur.

Oui, pensa-t-elle avec amertume, et à la libido si incontrôlable.

— Vous avez pris une retraite anticipée?

Le visage de Mendez reprit un peu de couleur; il dit d'une voix légèrement tendue :

— Je crains que ma retraite n'ait été plus forcée que volontaire. Il me restait quelques bonnes années devant moi.

Margaret était sidérée.

— Que diable s'est-il passé?

Il sembla se perdre dans ses pensées pendant un bon moment, avant de se rendre compte qu'elle l'observait. Un sourire triste flotta sur ses lèvres.

— J'étais en poste au centre de recherche biomédicale Michael E. Debakey du Centre médical du Texas. C'était fantastique. On était sur le point de faire des découvertes extraordinaires en thérapie génique.

Il s'arrêta un instant pour reprendre sa respiration et se préparer à la révélation qu'il allait faire.

— Et puis deux de mes patients sont morts pendant des essais cliniques.

— Oh, mon Dieu, murmura Margaret en portant une main à sa bouche.

Le vieux professeur de génétique continua d'une voix pleine de rancœur :

— J'avais omis, du moins mon département avait omis de se procurer un consentement préalable en connaissance de cause. Ça a déclenché un énorme scandale. Avec procès. On m'a suggéré de prendre une retraite anticipée. L'alternative était l'humiliation d'un renvoi. À la perspective de l'humiliation, j'ai préféré la première solution.

Il s'adossa à sa chaise en se forçant à sourire.

— Une fin prématurée pour une carrière prometteuse.

Puis il se pencha à nouveau en avant pour ajouter sur le ton de la confidence :

— Bien sûr, le gouvernement choisit fort commodément de tout oublier chaque fois qu'il a besoin de mon aide.

Margaret savait ce que cela avait dû signifier, pour un esprit aussi brillant, de décrocher, de voir soudain qu'on n'avait plus besoin de lui. Mendez ne lui avait jamais été sympathique, mais elle se sentait sincèrement navrée pour lui.

— Ça a dû être un vrai cauchemar, Felipe.

L'expression de son regard n'échappa pas à Mendez.

— Je n'ai pas besoin de votre pitié, ma chère. Mais de votre compagnie. De ces petites joutes verbales acerbes auxquelles nous nous livrions quand vous désapprouviez que Michael soit mon disciple.

— Ce n'est pas vous que je désapprouvais, riposta Margaret. Je trouvais simplement que Michael était trop malléable. Il avait besoin de penser par lui-même.

— Voulez-vous dire que c'était son idée et non la vôtre d'aller à Roosevelt?

— C'était une décision commune.

— Ah. Une bonne façon de penser par lui-même?

Margaret respira à fond.

— Je n'ai pas envie de me battre avec vous, Felipe. Tout ça, c'est du passé. Et c'est mieux comme ça.

Mendez parut se détendre et son sourire redevint affectueux.

— Bien sûr. Je suis désolé, je ne veux surtout pas raviver de vieux souvenirs pénibles. Croyez-moi, ils sont tout aussi pénibles pour moi.

Il prit les deux mains de Margaret dans les siennes.

— Mais j'aimerais apprendre un jour, quand vous vous sentirez d'attaque, ce qui est arrivé à Michael. J'ai cru comprendre que vous habitiez à Huntsville.

Mal à l'aise, les mains prisonnières de celles de Mendez, elle répondit :

— C'est exact.

— Et moi j'habite à cinquante kilomètres de là, à Conroe. Un vieux ranch au bord du lac. Je me sens un peu perdu parfois, tout seul dans cette vieille maison.

Il lui serra les mains.

— J'aimerais que vous veniez me voir. Ça me ferait vraiment plaisir.

— Je m'arrêterai un jour en passant.

Mais elle savait qu'elle n'en ferait rien.

Li frissonna dans le vent froid qui balayait les cent hectares de Fort Detrick. La lune éclairait les rangées de jeunes arbres alignés sur les parkings ; il entendait le vent dans leurs feuilles. Des lumières scintillaient encore dans les bâtiments bas blottis les uns contre les autres. La première cigarette lui avait semblé amère, pas aussi agréable qu'il s'y attendait. La deuxième, dont Hrycyk s'était séparé à contrecœur, était bien meilleure.

Les deux hommes faisaient les cent pas devant le bâtiment, en silence. Ils avaient décidé de fumer une deuxième cigarette après avoir constaté qu'il ne se passait rien de nouveau à l'intérieur. Hrycyk finit par demander à Li :

— Alors, vous portez toujours ces costumes Mao bleus là-bas ?

— Plus depuis longtemps.

Hrycyk lui jeta un regard dubitatif.

— Pourtant, j'en ai vu à la télé.

— Probablement des archives datant de la Révolution culturelle. Enfin, il y a des vieux qui les portent encore. Ils étaient bon marché et très résistants.

— Mais vous vous déplacez toujours à vélo, non?

— La plupart des gens possèdent un vélo, admit-il. Mais beaucoup possèdent aussi leur propre voiture. Il y a tellement de voitures à Pékin que la circulation est complètement bloquée aux heures de pointe. C'est l'une des villes les plus polluées du monde.

— Sans blague!

Apparemment, pour Hrycyk, pollution était synonyme de civilisation.

— Le jeune Pékinois moyen travaille aujourd'hui pour une entreprise privée, ou pour lui-même. Il fume les mêmes cigarettes que vous, utilise le même téléphone mobile et conduit la même voiture.

— Une Santana? fit Hrycyk, très sceptique. Allez!

— En fait, elles sont fabriquées en Chine. Par millions, dans une usine des environs de Shanghai.

Il sourit.

— Qui sait, agent Hrycyk, en conduisant une voiture de fabrication chinoise, vous contribuez peut-être à la croissance économique de la Chine.

— Le pire de tous mes putains de cauchemars, grogna Hrycyk en lançant sa cigarette dans la nuit. La prochaine fois, je ferai attention d'acheter une bagnole cent pour cent américaine, comme... une Jeep Chrysler.

— Oh, nous en fabriquons aussi en Chine. Dans une usine des environs de Pékin. On les appelle les Jeep pékinoises.

Pour une fois à court de réplique, Hrycyk lui jeta un regard mauvais. Il enfonça ses mains dans ses poches et ils retournèrent en silence vers l'entrée principale.

— Peux pas croire qu'on est en train de parler au milieu de la nuit d'une putain d'épidémie de grippe. La grippe ! Bordel ! Ça peut pas être aussi grave que ça, si ?

Des phares balayèrent les arbres et une voiture les dépassa. Elle s'arrêta devant l'USAMRIID ; un petit homme bossu enveloppé d'un grand manteau en descendit précipitamment.

— On dirait que celui qui doit nous en dire davantage vient d'arriver.

Chapitre 10

Anatoly Markin était petit. Pas plus d'un mètre soixante-cinq. Margaret lui donnait environ cinquante ans. Il avait le teint gris, la peau flasque, les cheveux gras, des pellicules, et des dartres autour de la bouche et des yeux. Elle remarqua aussi des rougeurs sur les articulations de ses doigts, probablement du psoriasis. Sous des sourcils étonnamment blonds, ses yeux d'un bleu très pâle avaient un regard trouble. On aurait dit un poisson resté trop longtemps hors de l'eau.

Il prit place au bout de la table et regarda en plissant les yeux les visages qui l'entouraient. Le docteur Ward, revenu sans Steve, s'était assis assez loin de Margaret. Elle redoutait le pire mais ne pouvait pas lui poser de question. Bizarrement, Li et Hrycyk s'étaient installés l'un à côté de l'autre.

Le colonel Zeiss fit les présentations puis se rassit, laissant la direction de la réunion à Markin. Ce dernier resta silencieux un bon moment, se contentant de regarder tout le monde en respirant bruyamment, par à-coups. Puis, finalement, il dit avec un accent russe digne d'un dessin animé :

— Mes cheveux, mesdames et messieurs, étaient noirs comme de l'encre.

Il passa un doigt squameux sur ses épais sourcils blonds.

— Mes sourcils aussi.

Il avait capté l'attention générale. Sa respiration tour à tour rauque et sifflante résonnait dans le silence de la salle de conférence.

— Ils ne sont pas devenus gris prématurément. Ils n'ont jamais retrouvé leur teinte après avoir été décolorés par le désinfectant au peroxyde d'hydrogène qu'on pulvérisait dans la Zone 1 du bâtiment 107 à Omutninsk. C'est là que nous avons mis au point la tularémie comme arme biologique. Introduite dans des petites bombes, elle a tué beaucoup de singes sur Rebirth Island. C'était au début des années quatre-vingt. Dix ans après avoir signé la Convention de 1972 sur les armes biologiques.

Il sourit.

— Nous avons beaucoup menti.

Il posa les mains sur la table, devant lui, comme pour attirer l'attention sur sa peau rouge, sèche, craquelée et ses articulations squameuses.

— Dans ma vie, j'ai été vacciné contre presque tout ce qu'on peut imaginer, de l'anthrax à la peste. Beaucoup, beaucoup de fois.

Il marqua une pause.

— Vous voyez le résultat : un homme au système immunitaire foutu.

Il laissa échapper un rire amer qui se mua en toux, et se racla la gorge avant d'ajouter :

— J'ai plus d'allergies qu'on peut en compter. J'ai perdu le goût et l'odorat. Ma peau s'en va par plaques. Si je ne passais pas chaque matin une heure à m'enduire de crème hydratante et d'huile, je serais rouge vif.

Le regard de Markin se fit soudain intense. Il se pencha en avant, appuyé sur les coudes.

— Et vous vous imaginiez que la variole avait disparu ! Qu'il n'en restait que deux stocks au monde – un ici, en Amérique, et l'autre à l'institut de virologie Ivanovsky à Moscou.

Il se tut un instant, puis frappa la table des deux mains.

— Ha ! Nous en avions mis au point une variété destinée à la fabrication d'armes, dans un laboratoire secret de Zagorsk. On en produisait cent tonnes par an à Koltsovo.

Il haussa les épaules, comme pour s'excuser.

— D'accord, le taux de mortalité est bas – seulement cinquante pour cent. Mais le taux de morbidité excellent. Jusqu'à quatre-vingt-dix pour cent de personnes non vaccinées exposées au virus contracteraient la maladie.

Il paraissait s'amuser maintenant.

— Et puis, il y a l'anthrax. Merveilleux taux de mortalité. Jusqu'à quatre-vingt-dix pour cent si on ne traite pas dans les quarante-huit heures. Une mort horrible. La bactérie envahit votre système lymphatique avant de pénétrer dans votre sang pour produire les toxines qui attaquent vos organes. Votre peau devient bleue, vos poumons se remplissent de liquide et vous vous noyez. On a vu ce que ça faisait quand on a eu notre petit Tchernobyl biologique à Sverdlosk. Des spores se sont échappées accidentellement de nos installations et ont tué presque toute l'équipe de nuit d'une fabrique de céramique, de l'autre côté de la route. Dans de bonnes conditions atmosphériques, la libération de cent kilos de spores sur n'importe quelle ville des États-Unis tuerait environ trois millions de personnes. Nous étions en train de mettre au point une souche d'anthrax à utiliser dans un missile SS-18. Un seul aurait suffi à anéantir la population de New York. À Stepnogorsk, on produisait deux tonnes d'anthrax par jour.

Autour de la table, certains participants étaient déjà au courant. Mais pas Margaret. Elle demeura pétrifiée sur son siège pendant que Markin continuait à énumérer les monstrueux outrages commis par l'ex-Union soviétique avec son programme de guerre biologique.

— Bien sûr, la variole et l'anthrax ne sont pas les seuls ingrédients que nous préparions pour armer les SS-18. Il y avait aussi la peste, la variété bubonique, celle qui a tué un quart de la population de l'Europe au Moyen Âge. Et puis Marburg, un filovirus très rare qui ressemble à Ébola. Et tout ça pendant que vous, les Américains, vous considériez Mikhail Gorbachev comme le grand réformateur, l'homme qui pouvait sauver le monde d'une confrontation entre superpuissances. Eh bien, je vais vous livrer un petit secret. En matière de guerre biologique, il n'y avait qu'une seule superpuissance. L'Union soviétique.

Il sourit et ajouta d'un ton supérieur :

— Et le plus beau ? C'est que vous ne le saviez même pas.

Il se leva, comme si son siège était soudain devenu brûlant.

— Je vous dis cela afin que vous sachiez que nous

138

étions conscients de ce que nous faisions. Nous avons consacré des milliards à la recherche, construit des installations gigantesques capables de produire des armes bactériologiques et virales à grande échelle. Nous avions des milliers de scientifiques et de chercheurs travaillant à plein temps sur les moyens de détruire la population de l'Ouest avec des agents infectieux.

Il prit le temps de regarder chacun des participants dans les yeux.

— Et brusquement, ce fut fini. L'Union soviétique n'existait plus. Plus d'argent. Le programme a été arrêté, les stocks d'armes détruits.

Il haussa les épaules.

— De toute façon, leur durée de vie était limitée. Une date limite de consommation, comme au super-marché. Mais le savoir-faire était toujours là. Que croyez-vous qu'il arriva à ces milliers de scientifiques lorsque le gouvernement arrêta de les payer ?

Il pointa un doigt sur sa poitrine.

— Comme moi, ils sont allés se vendre au plus offrant. Mais, contrairement à moi, ils ne sont pas forcément allés travailler pour des gens bien.

Le regard pétillant, il se rassit soudain.

— Mes amis, nous avons semé les graines de notre propre destruction aux quatre coins du monde. Beaucoup de mes anciens collègues, je crois, tra-vaillent maintenant pour les nouvelles républiques. D'autres sont passés au service de la mafia russe. D'autres, et ils sont encore plus nombreux, sont partis à l'étranger. En Irak – Saddam payait bien – et dans d'autres pays arabes. En Inde et au Pakistan. Certains travaillent pour des multinationales, d'autres pour des entreprises privées. J'ai entendu dire que des terroristes arabes payaient généreusement ce savoir-faire. Mais qui sait, peut-être quelqu'un d'autre attend-il avec impatience de pouvoir éliminer les Américains avec les super virus que nous avons créés.

— Nom de Dieu! grommela Hrycyk dans sa barbe. Putain de bordel de nom de Dieu de merde!

Margaret baissa les yeux sur ses mains. Elles tremblaient. Le monde que dépeignait Markin, plein d'abominables virus et bactéries, et de gens cultivés et intelligents trop heureux de les déchaîner, était aussi grotesque que lui.

Markin savait très bien quel effet il produisait. Un sourire se dessina lentement sur ses lèvres à la vue de l'expression des visages qui l'entouraient.

— Pourquoi? demanda à nouveau Margaret.

Markin la regarda, perplexe.

— Pourquoi quoi?

— Pourquoi avez-vous fait ça? Violer la Convention? Dépenser tous ces milliards pour créer des armes biologiques de destruction massive?

Il ouvrit les mains devant lui, comme si c'était une évidence.

— Parce que nous pensions que vous faisiez la même chose.

— Et ce n'était pas le cas? demanda Hrycyk.

Markin soupira.

— Apparemment non. Je sais que c'est difficile à croire, n'est-ce pas? C'est ce que nous pensions aussi.

Il haussa à nouveau les épaules.

— Je doute malgré tout, comme vous pourriez le prétendre, que cela ait quelque chose à voir avec votre supériorité morale. Il est plus probable que votre gouvernement n'aurait jamais pu dépenser les milliards de dollars nécessaires sans que personne ne le sache. La différence, je suppose, entre la démocratie et le totalitarisme. Mais je m'égare.

Il se pencha à nouveau, très concentré cette fois.

— Le problème, c'est que le type de technologie génique utilisé sur ces immigrés chinois n'est pas la chasse gardée d'une poignée de scientifiques à la pointe de leur discipline. Beaucoup de mes anciens collègues auraient été capables de réaliser ce genre de manipulation. Mais peu auraient été assez malins. Parce que, ne vous y trompez pas, nous nous trouvons ici face à un petit chef-d'œuvre. Ce n'est pas du bricolage de terroriste à la noix. C'est l'œuvre d'un professionnel accompli, doué d'une logique perverse qui force l'admiration.

Fuller intervint pour la première fois :

— Je ne vois pas ce que cela à d'admirable, monsieur Markin.

Margaret lui jeta un coup d'œil. Il avait l'air très sombre.

— Ah, mais on doit toujours respecter son ennemi. L'admirer, même. Et surtout ne jamais le sous-estimer. Dans ce cas particulier, nous avons affaire à un esprit d'une grande ingéniosité. Même l'utilisation du virus de la grippe espagnole est ingénieuse. Parce qu'il n'existe pas de vaccin.

— Comment ces gens ont-ils réussi à se procurer ce virus s'il n'en existait pas de culture vivante en stock ? demanda Margaret.

Markin répondit avec un certain dédain :

— Oh, on a tenté plusieurs fois de récupérer des tissus pour cultiver le virus vivant. On a organisé une expédition pour aller déterrer un groupe de mineurs du permafrost en Norvège. On a aussi prélevé des tissus sur les membres de l'équipage d'un sous-marin prisonnier des glaces arctiques pendant la pandémie de 1918.

Il hocha la tête vers le contingent de l'AFIP.

— On en a aussi extrait d'une tombe esquimaude en Alaska.

Il se frotta la mâchoire et une avalanche de peaux mortes tomba sur la table.

— Évidemment, personne n'a été capable de cultiver un virus vivant.

— Pourquoi on l'aurait fait ?

La question venait de Hrycyk.

— Vous devez comprendre, monsieur, que nous ne savons pratiquement rien des raisons pour lesquelles le virus de la grippe de 1918 fut aussi virulent et mortel. Beaucoup de médecins croient qu'une pandémie semblable frappera à nouveau, ce n'est qu'une question de temps ; nous serions en fait dans une période interpandémique. Que l'on puisse étudier le virus de la grippe espagnole et savoir ce qui en a fait un tel tueur devrait nous aider à nous protéger contre une future attaque.

— Mais vous n'avez pas répondu à la question, insista Margaret. Si personne n'a été capable de cultiver le virus vivant, d'où est-il venu ?

Markin eut un geste dédaigneux de la main.

— Facile. Pas besoin du virus vivant. Si vous pouvez extraire un échantillon raisonnablement intact d'ARN viral d'un tissu, vous pouvez le transformer en ADN. Vous amplifiez l'ADN en l'ajoutant aux plasmides d'une bactérie, vous injectez ces plasmides

142

dans les cultures de cellules d'un homme ou d'un singe et, bingo, vous avez un virus vivant. En fait, vous avez cloné une réplique identique de l'original.

— Tout simplement, grommela Hrycyk.

Si la situation n'avait pas été aussi grave, Margaret aurait éclaté de rire.

Markin ne releva pas. Il jubilait.

— La grippe espagnole est un choix particulièrement judicieux. En général, une grippe attaque les plus faibles d'une communauté. Les très jeunes et les vieux. Mais, pour une raison inconnue, la grippe espagnole a touché les plus forts, le groupe des 14-40 ans. Et elle agissait à une vitesse extraordinaire. En quelques heures, elle pouvait réduire un adulte vigoureux à l'état d'épave tremblante, en anéantissant complètement les défenses naturelles du corps. On a beaucoup de comptes rendus là-dessus. En général, les victimes de la grippe meurent d'une infection secondaire. La pneumonie. Qu'on soigne aujourd'hui avec des antibiotiques. Mais la grippe espagnole agissait si vite qu'elle tuait ses victimes avant même que la pneumonie ne se déclare. Le virus provoquait une hémorragie impossible à arrêter qui envahissait les poumons ; les victimes se noyaient dans leur propre sang. Elle a balayé les États-Unis en un peu plus de sept jours, tuant plus d'Américains que ne le fera plus tard la Seconde Guerre mondiale. On estime qu'elle a tué, en trois mois et dans le monde entier, entre trente et quarante millions de personnes. La Première Guerre mondiale n'en a tué que neuf millions en quatre ans.

Markin fit une pause assez longue pour que les

faits et les chiffres pénètrent les esprits. Sentant qu'il tenait son public sous sa coupe, il continua :

— La grippe espagnole était incroyablement contagieuse. En 1918, les Américains ne sortaient plus de chez eux. S'ils y étaient obligés, ils mettaient un masque. Les magasins étaient fermés, les réunions publiques annulées, les enterrements interdits. Des communautés isolées postaient sur les routes, à l'entrée de leur ville ou village, des gardes armés qui tiraient sur quiconque approchait. Aujourd'hui, avec les moyens de transport modernes de plus en plus nombreux et l'accroissement de la population, le bilan serait catastrophique. On aurait peut-être des centaines de millions de morts. Les hôpitaux et les services de santé publique ne pourraient tout simplement pas faire face. Ils seraient rapidement dépassés. Personne ne serait immunisé. Soldats, officiers de police, personnel soignant seraient aussi vulnérables que les autres. Il s'ensuivrait une totale décomposition de l'ordre et de la loi. Croyez-moi, je le sais. Nous avons fait beaucoup de recherches sur les effets d'une attaque biologique à grande échelle.

Il prit un verre sur la table, le remplit d'eau et le but pendant que les autres l'observaient en silence. Ils savaient que ce n'était pas tout.

Lorsqu'il eut vidé son verre, il passa la langue sur ses lèvres fendillées et poursuivit :

— L'un des problèmes que nous avons rencontrés en Union soviétique, dans la mise au point d'armes biologiques efficientes, fut de trouver une méthode efficace de diffusion. La plupart des organismes sont anéantis dans l'explosion d'une ogive au moment de l'impact. Créer un type d'aérosol capable de transporter et diffuser la bactérie ou le virus dans l'air était pratiquement impossible. Je connais le scénario du petit avion privé survolant Washington DC pour pulvériser des spores d'anthrax, comme si c'était de l'insecticide. Dans ce scénario, personne ne s'aperçoit de rien et des millions de gens meurent après avoir inhalé les spores. Dans la réalité, ce serait presque impossible. Le moindre coup de vent disperserait le spray et détruirait son efficacité. Il n'y aurait qu'une poignée de victimes. En revanche, l'espèce humaine est dotée du plus efficace des aérosols – la respiration. En contact rapproché avec d'autres êtres humains, c'est un moyen de transmission extraordinairement efficace des maladies contagieuses. Tousser, éternuer, ou simplement respirer dans un espace confiné suffit à remplir l'air ambiant d'un spray contaminé invisible. Toussez dans votre main, vous y déposez le virus. Serrez ensuite la main de quelqu'un, ou supposons même que cette personne prenne une feuille de papier que vous avez touchée puis qu'elle se frotte les yeux ou mange un sandwich. La voilà infectée. Il n'existe pratiquement rien de plus efficace pour transmettre une maladie que le contact entre les êtres humains. Ce qui, naturellement, fait de l'homme le système de diffusion parfait pour une attaque biologique – et des immigrés clandestins chinois, des porteurs idéaux. Le cheval de Troie attendant d'être activé.

Il marqua une dernière pause avant de porter le coup de grâce.

— Et quand leur maladie se déclarera, ce sera l'apocalypse.

Chapitre 11

I

Lorsque la réunion se termina, Margaret vit que Li avait été coincé par le colonel Zeiss; ils discutaient en aparté avec Fuller et Hrycyk. De son côté, le docteur Ward sortait en hâte de la pièce avec la secrétaire du commandant. Elle se préparait à le suivre quand Mendez la retint par le bras.

— Margaret...

— Je suis désolée, Felipe, je vous verrai plus tard.

Elle courut après le médecin légiste en chef des Forces armées qu'elle rattrapa au bout du couloir, au moment où il présentait son badge électronique devant un lecteur mural. La double porte s'ouvrit. Ward parut irrité de voir Margaret à côté de lui.

— Qu'y a-t-il, docteur? demanda-t-il avec agacement.

— Où est Steve?

Le visage de Ward s'assombrit.

— Nous avons reçu la confirmation que le major Cardiff a été contaminé par le virus de la grippe. Jusqu'à nouvel ordre, il est confiné en quarantaine sur la base.

Une jeune femme en tenue de camouflage lui fit traverser un dédale de couloirs éclairés à intervalles réguliers par des néons dont la lumière blanche se réfléchissait sur le sol d'un blanc brillant. Les murs tapissés de toile de jute étaient couverts d'affiches. Des portes électroniques s'ouvraient devant elles chaque fois que la jeune militaire présentait son badge magnétique devant un lecteur. Soudain, Margaret entendit un brouhaha de voix ; le couloir débouchait sur un espace ouvert équipé d'un bureau en L, comme dans n'importe quel service d'admission d'un hôpital. Sauf qu'ici, tout le personnel était en tenue de camouflage de l'armée. Sur sa gauche, elle vit, par une porte ouverte, des combinaisons de protection bleu pâle suspendues à des crochets. Sur sa droite, la salle d'isolement était fermée par une porte hermétique pourvue d'une ouverture vitrée à hauteur de l'œil ; au-dessous, un guichet sécurisé permettait de faire passer les plateaux de repas et autres objets, via un sas baigné de lumière ultraviolette. À droite de cette porte, un autoclave à double entrée encastré dans le mur servait à récupérer le matériel potentiellement contaminé. À gauche, se trouvait la porte du vestiaire communiquant avec la douche de décontamination, une zone stérile pour le personnel entrant ou sortant de la salle.

Margaret tremblait. Elle avait la nausée. Les paroles de Mendez lui revinrent. *Je me sentais contaminé*, avait-il dit. Elle comprit ce qu'il éprouvait. Malgré son expérience de médecin, elle ne pouvait s'empêcher de se sentir extrêmement vulnérable. Elle prit soudain conscience que la jeune militaire lui parlait.

— Voilà la salle 200, disait-elle. Au départ, elle dépendait de l'hôpital militaire Walter Reed de Washington. Elle contenait quatre lits. Mais nous l'avons équipée d'un seul lit par chambre. Ça fait plus de quinze ans que nous n'avons eu personne ici.

Elle montra un appareil fixé au mur, à droite de la porte.

— Vous pouvez utiliser l'interphone pour communiquer avec le patient.

Elle pressa le bouton et annonça :

— Docteur, votre première visite.

Margaret regarda avec appréhension par la fenêtre. Elle vit un vestibule aux murs blancs. À gauche, la porte en acier inoxydable menant à la douche de décontamination. Au fond, les portes des deux chambres. D'épais câbles jaunes en tire-bouchon sortaient des murs. Le personnel médical qui y pénétrait en combinaison protectrice pouvait se brancher à ces câbles pour s'alimenter en oxygène. Steve était assis au bord du lit de la chambre de gauche. Il portait un pyjama blanc et des pantoufles en papier. Derrière lui, on apercevait un arsenal de moniteurs, câbles et appareils divers. Une télévision fixée au mur diffusait un dessin animé. Il sauta du lit et s'approcha de l'interphone en souriant. Margaret entendit sa voix grésiller dans le haut-parleur.

— Quel soulagement, hein ?

Elle fronça les sourcils.

— Pardon ?

— Eh bien, maintenant que je sais que je l'ai, je peux arrêter de m'angoisser en me demandant si je

148

vais l'attraper. Désormais, je peux me concentrer sur ce qui va la déclencher.

Elle sentit les larmes lui monter aux yeux.

— Oh, Steve...

— Hé, pas la peine de larmoyer. Si je dois tomber malade, je ne peux pas rêver d'un meilleur endroit. Ce n'est qu'une grippe, après tout. On vous a dit que cette unité faisait partie de Walter Reed?

Elle hocha la tête, incapable de parler.

— Vous saviez qu'on appelait cette salle « la taule » ? Peut-être qu'on m'a mis là parce que je n'ai pas payé mes P.-V. de stationnement. Est-ce que George Dubya n'avait pas décrété que c'était un crime capital quand il était gouverneur du Texas? Coup de bol que nous soyons dans le Maryland, j'aurais pu me retrouver dans le couloir de la mort.

Ses tentatives pour être drôle à tout prix frisaient l'hystérie, comme s'il avait peur que la réalité ne reprenne le dessus s'il arrêtait une seconde. Margaret ne put lui offrir qu'un pâle sourire.

— Est-ce que je peux vous apporter quelque chose? demanda-t-elle.

— Des livres. Quelque chose à lire. J'ai passé ma vie à éviter de regarder la télévision et c'est tout ce qu'il y a ici. Pas particulièrement édifiant, à part un passage de *South Park*.

— Vous ne voulez rien d'autre?

— Si, mon walkman. Il est dans mon bureau. Mes cassettes sont sur une étagère de la bibliothèque.

— On ne me laissera jamais entrer dans votre bureau, Steve. Il vaudrait mieux que ce soit un militaire.

Il parut soudain embarrassé.

149

— Heu... il y a quelque chose d'autre. Que je n'ai pas envie de demander à un militaire, vous comprenez?

Elle ne put cacher sa surprise.

— Que pourriez-vous me demander que vous ne pouvez pas demander à quelqu'un d'ici?

Il haussa les épaules, et elle vit ses yeux se remplir de larmes.

— J'ai une photo sur mon bureau. Dans un petit cadre en argent. C'est ma fille. Ma petite Danni.

Il essaya de sourire.

— On me prendrait pour une chiffe molle.

Margaret s'étonna qu'il puisse se sentir gêné pour une chose pareille. Parfois, les hommes étaient bizarres quand il s'agissait de partager leurs émotions avec d'autres hommes. Comme si c'était un signe de faiblesse. Elle n'aurait jamais cru ça de Steve. Mais, après tout, elle ne le connaissait que depuis quelques jours. En réalité, elle ne le connaissait pas du tout. Tout ce qu'elle savait de lui, c'était qu'il avait peur, qu'il se sentait vulnérable et qu'il essayait désespérément de le cacher – surtout à lui-même.

— D'accord. Je ferai ça pour vous – si votre patron me laisse entrer.

Ce fut au tour de Steve d'être surpris.

— Pourquoi refuserait-il?

— Je crois qu'il ne m'aime pas beaucoup, Steve.

— Bof, c'est juste un vieux bougon. Il est comme ça avec tout le monde.

Margaret n'en était pas convaincue.

— Pourquoi ne porte-t-il pas l'uniforme? Est-ce qu'il se considère au-dessus de ça?

150

— Oh, non. Il ne le porte pas parce qu'il ne fait pas partie de l'armée.

— Ah bon ? Mais vous, oui. Et tous les autres médecins légistes aussi.

— Oui, mais nous venons tous de corps différents. Le médecin légiste en chef des Forces armées est un civil. Qui n'a de compte à rendre à aucun corps particulier. Donc, pas de risque de parti pris.

— Possible, mais il en a un contre moi, quoi que vous disiez.

Elle savait qu'en le faisant parler, elle l'aidait à penser à autre chose.

— Si c'est le cas, je vais régler ça avec lui. Patron ou pas patron. De toute façon, je ne peux pas m'attirer plus d'ennuis que je n'en ai déjà, pas vrai ?

Margaret sourit.

— Sans doute.

Pendant un moment, ni l'un ni l'autre ne trouvèrent rien d'autre à ajouter. Ils avaient épuisé tous les sujets superficiels.

— Bon, vous avez intérêt à vous dépêcher de sortir d'ici, finit par lancer Margaret. Je n'aime pas les hommes qui ne tiennent pas leurs promesses.

Il sourit tout en fronçant les sourcils.

— C'est-à-dire ?

— Vous avez promis de m'emmener dans un endroit génial que vous connaissez à Washington.

Le sourire de Steve s'évanouit.

— Maintenant, vous iriez parce que vous avez pitié de moi.

Elle eut l'impression de recevoir une gifle en pleine figure, méritée, sans doute. Il ne s'était écoulé que

151

quelques heures depuis qu'elle avait décliné son invitation à dîner.

— J'irais parce que j'apprécie votre compagnie.

Il la regarda longuement à travers la vitre. Elle le vit se mordre la lèvre inférieure puis poser la main sur la vitre. Elle plaça la sienne au même endroit, de l'autre côté, paume contre paume. Mais il n'y avait ni chaleur ni réconfort dans ce contact. Juste la surface froide et dure du verre.

— Je suis désolée, Steve. Vraiment désolée.

Les yeux de Steve se remplirent à nouveau de larmes.

— Vous n'avez pas idée de ma solitude ici.

Il avala sa salive.

— J'ai peur, Margaret.

II

Margaret trouva le docteur Ward à la réception de l'entrée principale, en pleine discussion avec des collègues de Steve et plusieurs officiers de l'USAMRIID qui avaient assisté à la réunion.

— Puis-je vous dire un mot, docteur Ward?

Il lui lança un regard furieux.

— Je suis occupé, dit-il en tournant le dos.

Piquée au vif, elle insista :

— L'un de vos médecins est en train de mourir en quarantaine et vous être trop «occupé» pour en parler avec moi?

Elle vit sa nuque devenir écarlate. Un grand silence se fit dans le groupe.

— Excusez-moi, messieurs.

Ward se retourna et déclara d'un ton sec :

— Je n'aime pas qu'on me parle sur ce ton, docteur.

— Eh bien, nous avons au moins quelque chose en commun, rétorqua-t-elle en soutenant son regard.

Elle vit des taches rouges apparaître sur ses pommettes, signe d'une colère rentrée.

— Que voulez-vous ?

— Steve m'a demandé de prendre des affaires dans son bureau. Je voulais savoir si je pouvais passer demain.

— Je demanderai à quelqu'un de les lui apporter.

— Non. Steve m'a demandé de les prendre, insista Margaret. Certaines sont personnelles.

— Personnelles ? Pourquoi vous demanderait-il de lui apporter quelque chose de personnel ?

— Avec le plus grand respect que je vous dois, dit Margaret sans manifester le moindre respect, qu'est-ce que ça peut bien vous foutre, docteur ?

Ward blêmit et la fusilla du regard.

— Vous êtes une jeune femme très agressive.

— Non, pas du tout. Mais quand les gens me font clairement comprendre qu'ils ne m'aiment pas, je ne vois pas pourquoi je serais courtoise avec eux.

Elle avança le menton d'un air vindicatif.

— Qu'est-ce que vous n'aimez pas chez moi,

docteur Ward? Je ne crois pas vous avoir offensé – du moins, pas avant ce soir.

Ward prit tout son temps, se demandant peut-être s'il allait répondre ou non. Finalement, il dit :

— Mon père était médecin en Corée dans les années cinquante, quand j'étais adolescent. Il est mort entre les mains des Chinois. D'une façon assez horrible.

— Et alors?

— Il me semble que c'est évident.

Margaret comprit alors que sa liaison avec Li était aussi mal acceptée aux États-Unis qu'elle l'avait été en Chine. Elle regarda Ward avec mépris.

— Je croyais, docteur Ward, que l'intelligence et le bon sens allaient de pair. Je me trompais, de toute évidence.

Elle respira à fond et ajouta :

— Je passerai chercher les affaires de Steve demain.

Elle commença à s'éloigner vers la porte puis s'arrêta et lança en tournant la tête :

— Au fait, je vous signale que beaucoup de Chinois ont eux aussi perdu leur père en Corée.

Elle jeta son badge de sécurité sur le bureau et sortit.

L'air froid lui piqua les joues et elle sentit le vent la transpercer comme une lame glacée. Une file de voitures attendait au bord du trottoir, moteur en marche. Les chauffeurs en uniforme attendaient patiemment leurs passagers. Elle pensa soudain qu'elle était loin de chez elle et ne savait pas comment rentrer. La portière arrière de la deuxième voiture s'ouvrit alors et Li se pencha à l'extérieur.

— Tu viens ?

Elle n'avait pas besoin qu'on le lui répète deux fois. Elle se glissa à côté de lui.

— Où allons-nous ?

— À Washington. Les militaires assurent le transport.

— Mais je ne trouverai pas d'avion pour Houston à cette heure-ci.

En disant cela, elle se rendit compte qu'elle ne savait même pas quelle heure il était. Elle regarda sa montre : 1 heure du matin.

— Les militaires nous offrent aussi l'hôtel ?

— Je pensais que tu pourrais venir chez moi. J'habite à Washington, tu te rappelles ? Ou plus exactement, à Georgetown.

Elle eut un choc à l'idée que, même de retour aux États-Unis, son pays natal, elle se trouvait encore dans le secteur de Li.

— Oui, ça serait moins cher, et conforme aux consignes de restrictions de budget de Bush.

Puis elle ajouta en souriant :

— À condition que tu aies une chambre d'ami.

— Je ne pensais pas qu'on en aurait besoin.

Margaret éprouva une certaine gêne. Le chauffeur écoutait certainement leur conversation. Elle pensa au docteur Ward, à son animosité, et se sentit aussitôt coupable de sa gêne. Coupable aussi envers Steve. Elle revoyait son visage derrière la vitre, il transpirait la peur.

— D'accord.

Elle se pencha en avant :

— Georgetown, s'il vous plaît, chauffeur.

Mais quand elle s'enfonça de nouveau dans la banquette, son esprit était confus et indécis. La nuit précédente, il lui avait été facile de faire l'amour avec Li. À présent, elle savait que le monde extérieur s'interposerait toujours entre eux.

III

Il y avait peu de circulation sur Wisconsin Avenue. Les rares bars et restaurants déversaient leurs derniers clients dans le petit matin. Des étudiants de retour d'une fête flânaient en bavardant avec animation comme s'ils n'avaient pas eu assez de toute la soirée pour parler. Margaret sourit en se rappelant l'époque où elle était elle-même étudiante. Comme les choses les plus insignifiantes revêtaient une importance cruciale alors, comme ses amis et elle se sentaient prêts à changer le monde. Elle se doutait qu'il en allait de même pour chaque génération. Quelles déceptions les attendaient quand ils comprendraient que c'étaient eux qui avaient changé et non le monde.

Li demanda au chauffeur de les laisser au coin de Wisconsin et O. Le magasin de fleurs Peter était fermé. Quelques tiges et corolles écrasées, abandonnées, jonchaient le trottoir en briques rouges. Margaret réfléchit à l'étrange coïncidence qui voulait qu'elle et Li aient chacun loué une maison dans des rues baptisées «O». L'ombre des arbres éclairés par la lune s'allongeait sur la chaussée. Les premières feuilles mortes s'accumulaient dans le caniveau, tristes et mouillées après la pluie.

Ils marchèrent en silence, côte à côte, sans se toucher. Margaret contempla les maisons de ville à un ou deux étages peintes en vert, rouge, blanc, les fenêtres géorgiennes, les fers forgés, les voitures coûteuses garées le long du trottoir. Elle jeta un coup d'œil à Li.

— Comment peux-tu t'offrir le luxe d'habiter là ?

L'appartement de trois pièces qu'il avait partagé avec son oncle à Pékin, modeste aux yeux des Américains, était somptueux pour des Chinois. Mais ici, c'était réellement un quartier de milliardaires. Elle savait que Kennedy avait habité pas très loin, dans l'une des rues donnant sur Wisconsin, à l'époque où il était sénateur. Sa dernière maison avant son déménagement pour la Maison Blanche.

— C'est l'ambassade qui paye. Avant de prendre ce poste, j'ai eu une longue conversation avec celui que je devais remplacer. Comme la plupart des autres membres du personnel, il disposait d'un minuscule appartement dans les locaux de l'ambassade, sur Connecticut. Il m'a confié qu'il était impossible d'échapper au boulot. Quand c'est la nuit ici, c'est le jour en Chine, et vice versa. En étant sur place, il se retrouvait de service vingt-quatre heures sur vingt-quatre. J'ai donc accepté de venir à Washington à condition d'avoir un appartement indépendant.

— Et ils ont accepté ? Comme ça ?

Li haussa les épaules.

— Apparemment, ils possèdent cette maison

157

depuis des années. Je ne sais pas à qui ou à quoi elle servait avant, mais j'avais une autre bonne raison de demander un endroit plus grand.

— Laquelle ?

— Je ne suis pas seul.

Margaret se figea sur place et le regarda avec des yeux mi-furieux mi-consternés.

— Tu es venu avec une femme ?

Il hocha gravement la tête.

— Je voulais te le dire. Mais je n'ai jamais trouvé le bon moment.

Elle n'en revenait pas.

— Je la connais ?

Li hocha de nouveau la tête.

— Elle regrette ces jours froids d'hiver où tu l'emmenais faire voler des cerfs-volants place Tiananmen.

Margaret eut l'impression de recevoir un coup de poing balancé par une main très douce jaillie de la nuit. Elle retint son souffle.

— Xinxin ? dit-elle d'une voix étranglée. Xinxin est ici, en Amérique ?

Il lui avait été presque aussi douloureux de se séparer de la petite fille que de Li.

— Je l'ai adoptée officiellement. Son père a eu un enfant avec une autre femme. Il ne veut plus d'elle. Et personne n'a de nouvelles de ma sœur depuis qu'elle est partie dans le Sud pour accoucher de son fils.

Il haussa les épaules.

— J'avais donc besoin d'une chambre pour elle et d'une autre pour sa nounou.

La maison était située en retrait, au fond d'un petit jardin. Elle avait des volets bleus et du lierre sur la façade. Des marches et une allée en terre cuite menaient à la porte d'entrée au milieu d'arbustes luxuriants. À leur approche, un projecteur s'alluma avec un petit cliquetis, inondant le jardin et la rue de sa lumière froide. Li ouvrit la porte et alluma une veilleuse dans l'étroit vestibule. Sur la droite, un escalier assez raide montait au premier étage. Une bicyclette était appuyée contre le mur. Li sourit.

— Je continue à me rendre au bureau à vélo.

Une jeune femme apparut presque aussitôt en haut de l'escalier. Pieds nus, vêtue d'une longue chemise de nuit, des cheveux noirs coupés au carré autour d'un visage rond et plat de Mongole. Elle se protégea les yeux d'une main et demanda :

— C'est vous, monsieur Li ?

— Oui, Meiping. J'ai une invitée avec moi, le docteur Campbell. Elle va passer la nuit ici.

Il marqua une pause puis demanda :

— Est-ce que Xinxin dort ?

— Oui, monsieur Li.

— Nous allons passer la voir avant de nous coucher.

— Bien, monsieur Li. Vous avez besoin de quelque chose ?

— Non, merci, Meiping. Vous pouvez vous recoucher.

— Merci, monsieur Li. Bonne nuit, monsieur Li.

Et elle retourna dans sa chambre.

— J'ai vraiment eu de la chance, dit-il à Margaret. C'est l'ambassade qui l'a trouvée pour moi. Xinxin l'adore.

Il la fit entrer dans une pièce dont les fenêtres

géorgiennes donnaient sur la rue. Elle était meublée à la chinoise, avec des meubles laqués anciens peu confortables. Li haussa les épaules.

— Ça allait avec la maison.

Elle le suivit dans une cuisine intégrée, avec une petite table ronde au centre. Une suspension à hauteur réglable en éclairait juste le plateau, laissant le reste de la pièce dans la pénombre. Li appuya sur un interrupteur et des éclairages indirects s'allumèrent sous les rangements muraux. Il ouvrit le réfrigérateur.

— Une boisson?

— Je préférerais voir Xinxin d'abord. Je promets de ne pas la réveiller.

La maison était étroite mais très longue. En haut de l'escalier, un couloir menait à une chambre située sur le devant, et un autre, un peu tortueux, partait vers le fond. Ils descendirent trois marches, passèrent devant une petite salle de bains, puis remontèrent deux marches en direction des deux chambres du fond. Celle de Xinxin se trouvait à droite. Li tourna la poignée avec précaution, et ils se glissèrent dans l'obscurité. La lumière du couloir éclairait faiblement la tête de la petite fille posée sur l'oreiller, tournée de côté, la bouche entrouverte. Le bruit profond de sa respiration lente et régulière emplissait la pièce. Margaret se pencha doucement au-dessus du lit pour la regarder, s'émerveillant à la fois de la familiarité de ce visage et du changement qui s'était opéré en un an et demi. C'était une longue période dans la vie d'une enfant de 7 ans. Elle avait minci, ses traits étaient mieux définis. Ses cheveux, que Margaret avait toujours attachés en couettes, étaient plus longs. Une mèche retombait sur sa joue et sa bouche. Elle l'écarta avec beaucoup de précautions, et les paupières de l'enfant s'ouvrirent. Ses yeux embués de sommeil la fixèrent pendant un très long moment.

— Tu me lis une histoire, Magret? demanda-t-elle d'une petite voix endormie.

— Demain, ma chérie, murmura Margaret en essayant de retenir ses larmes.

— On fera des raviolis demain?

— Bien sûr, mon ange.

Un petit sourire flotta sur les lèvres de Xinxin, puis ses yeux se refermèrent et le bruit profond de sa respiration emplit à nouveau la chambre.

Margaret se redressa et passa rapidement devant Li en s'essuyant les yeux. C'était comme si elle ne l'avait jamais quittée. Une chose, pourtant, avait changé. Elle se tourna vers Li qui venait de refermer la porte.

— Tu sais, dit-elle d'une voix rauque, c'est la première fois que j'ai une conversation en anglais avec elle.

De retour dans la cuisine, elle s'assit et regarda Li lui préparer une vodka tonique dans un verre rempli de glace, avec une rondelle de citron. Le pétillement des bulles lui chatouilla les lèvres et le nez quand elle en but la première gorgée et sentit presque aussitôt l'alcool lui fouetter le sang. En même temps, la fatigue la submergea et elle se souvint qu'elle n'avait pas dormi depuis longtemps.

Li s'installa en face d'elle, dans le cercle de lumière, une bouteille de bière fraîche à la main. Il avait passé un tee-shirt et enlevé ses chaussures. En le regardant boire au goulot, en voyant ses bras minces et puissants, elle éprouva la même sensation de chute que la nuit précédente. Elle avala une autre gorgée de vodka et se força à concentrer son esprit sur autre chose. Les événements de la journée resurgirent alors, et elle se sentit aussitôt déprimée en repensant aux corps qu'elle avait autopsiés, aux traces de piqûre dans le pli de la fesse, aux révélations sur la grippe espagnole, aux horreurs dévoilées par l'abominable Anatoly Markin. Elle revit le pauvre Steve derrière la vitre de la salle d'isolement, elle se demanda combien de malheureux dormaient cette nuit sans savoir que le virus niché dans leur ADN attendait le déclencheur inconnu pour se déchaîner.

— Je ne comprends pas pourquoi ils veulent que je fasse partie de cette cellule de crise, dit-elle. Ils ont tout le personnel de l'institut médico-légal des Forces armées à leur disposition.

— Tu es le médecin légiste en chef de Houston. C'est là que va se concentrer l'enquête. Il est essentiel que tu en fasses partie.

— Et toi ?

— Je suis l'élément politique, dit-il avec une certaine ironie. Mais mon pays veut que j'y participe aussi. Les Chinois veulent régler ce problème autant que les Américains. Des contacts ont déjà été pris entre la FEMA et mon ambassade.

— La FEMA ? répéta Margaret.

Elle se rappela les trois représentants de ce mystérieux organisme assis à la table de conférence de Fort Detrick.

— Je devrais probablement le savoir, mais qu'est-ce que c'est que ce truc?

— Federal Emergency Management Agency[1], expliqua Li. C'est elle qui finance et gère toute l'opération.

— Comment sais-tu tout ça, Li? demanda-t-elle, étonnée.

— C'est mon boulot, Margaret. J'ai passé dix mois à Washington à me familiariser avec les agences gouvernementales dont on voulait bien me parler. Ce qui n'était pas le cas pour toutes.

Il secoua la tête.

— Ce pays a vu naître énormément de bâtisseurs d'empire, et aujourd'hui, les puissants veillent jalousement sur leur budget et leur territoire. Jamais je ne me suis penché sur un sujet d'étude plus labyrinthique et obscur que celui des services chargés de faire respecter la loi aux États-Unis. Je n'en comprenais même pas l'utilité, jusqu'à maintenant.

Elle vida son verre.

— Il faut que je dorme.

Li se leva en même temps qu'elle, la prit par le poignet et l'attira contre lui pour la serrer dans ses bras. Elle sentit son souffle sur son visage, et la légère odeur alcoolisée qu'il dégageait. Il l'embrassa doucement.

— Je ne crois pas que ce soit une bonne idée, Li Yan, dit-elle en le regardant dans les yeux.

Il s'écarta légèrement.

— Qu'est-ce que tu veux dire?

1. Agence fédérale des situations d'urgence (N.d.T.).

163

Elle comprit, au ton de sa voix, qu'il était déçu et blessé.

— Je crois que nous devrions peut-être nous contenter d'une relation professionnelle pendant quelque temps. Dès que cela commence à devenir personnel, toi et moi...

Elle soupira, exaspérée par sa propre incapacité à trouver les mots justes.

— ... on dirait que nous n'arrivons à rien d'autre qu'à nous faire du mal.

— Je n'ai pas le souvenir qu'on se soit fait mal la nuit dernière.

Il avait raison. Ils n'avaient eu que du plaisir. Mais comment pouvait-elle lui dire que le plaisir ne compensait jamais la douleur qui suivait. Revoir Xinxin avait fait remonter le passé à la surface. Elle avait besoin de temps et d'espace pour s'y retrouver.

— Les choses sont toujours trop compliquées entre nous, Li Yan, dit-elle d'une petite voix.

Elle se demanda en même temps si elle ne choisissait pas la solution de la lâcheté. De peur d'affronter les contradictions d'une relation mixte dans son propre pays, de peur de s'exposer à la désapprobation de ses pairs. Ou peut-être redoutait-elle simplement de se retenir à la chose à laquelle elle tenait le plus au monde, de crainte de la voir lui échapper une fois de plus.

La sonnerie du téléphone mit fin à cette tension en vrillant les ténèbres de son timbre aigu. Li traversa d'un bond la cuisine pour décrocher avant qu'elle ne réveille Xinxin.

— *Wei*? dit-il automatiquement en chinois avant de se reprendre. Allo?

Une voix lourde d'allusions cochonnes demanda :

— Je ne vous ai pas tiré du lit au moins?

Li mit un petit moment à reconnaître Hrycyk.

— Non.

— Elle est là pourtant, hein?

— Qu'est-ce que vous voulez, Hrycyk?

— Je vous veux tous les deux sur le vol de 7 heures pour Houston. Mes gars ont procédé à une série de rafles à Chinatown. On commence à arrêter autant de clandestins qu'on peut. Je veux que mes agents soient correctement protégés au cas où l'un des chinetoques aurait la grippe. Alors on a besoin de la petite dame aussi.

Il marqua un temps d'arrêt.

— Elle est là où je dois chercher ailleurs?

— Elle est là, fut bien obligé de répondre Li.

Un gloussement presque inaudible se fit entendre à l'autre bout de la ligne.

— M'en doutais. Faites de beaux rêves tous les deux.

Et il raccrocha.

Li resta un instant sans bouger, furieux, humilié. Puis il reposa lentement le combiné et se tourna vers Margaret pour la mettre au courant de ce que Hrycyk venait de lui dire.

Elle l'écouta en silence et hocha la tête.

— On ferait mieux d'aller dormir, alors.

Une fois qu'il l'eut accompagnée au premier et laissée dans sa propre chambre pour aller dormir ailleurs, Margaret s'approcha de la fenêtre baignée par le clair de lune et regretta de ne pas lui avoir

165

demandé de rester. Elle se sentait seule, désorientée. Puis, avec un sursaut douloureux, elle se souvint de la promesse faite à Steve d'apporter la photo de sa fille le lendemain. Ce n'était plus possible maintenant.

Chapitre 12

I

Ils étaient quinze agents de l'INS, dont Hrycyk, dans deux fourgons blancs banalisés garés devant la galerie marchande, en face du petit immeuble Dong'an. Margaret avait passé la plus grande partie de la journée à vérifier les équipements de façon que le groupe d'attaque soit convenablement protégé. Ils étaient inconfortablement accroupis à l'arrière, dans leur combinaison blanche en Tyvek indéchirable, la tête couverte d'une capuche serrée. Chacun avait le visage protégé par un masque HEPA en plastique, alimenté en air filtré par un système portatif fixé au bas des reins.

Li et elle avaient revêtu le même équipement. Ils savaient qu'ils offriraient un spectacle étrange à ceux qui les verraient fondre sur l'immeuble.

Des renforts de police avaient été demandés pour régler les problèmes susceptibles de survenir dans la rue. Ils devaient couper la circulation sur Bellaire pour permettre aux fourgons de l'INS de traverser les six voies et pénétrer dans le parking du vieil immeuble. Il leur restait deux minutes à attendre.

Dehors, le soleil couchant teintait le ciel de rouge et la chaleur commençait à baisser. Le contraste avec l'atmosphère glaciale de Washington était frappant. Au pied de l'immeuble, tout était calme. Il n'y avait que quelques voitures disséminées sur le macadam ondulé du parking. Chez Susie, un groupe de Chinoises assises derrière la vitrine attendaient de se faire faire une manucure. Dans le café à côté, deux vieux Chinois sirotaient du thé en mangeant des *dim sum* chauds et sucrés tout juste sortis du panier vapeur.

Hrycyk était accroupi à la gauche de Margaret.

— Vous prenez votre pied, hein? dit-il en se penchant sur elle. Elle fronça les sourcils.

— De quoi parlez-vous?

— En couchant avec des Chinois?

Si elle avait eu assez d'espace, elle lui aurait flanqué son poing dans la figure. Écumant de colère, elle siffla:

— Oui. Et je préférerais me taper tous les Chinois de la terre plutôt que de coucher avec vous.

À cet instant, la radio grésilla à l'avant. Une voix cria:

— Allez-y!

Ils entendirent les pneus crisser, les moteurs s'emballer. Les véhicules bondirent en avant, raclèrent le sol quand ils descendirent du trottoir, et traversèrent le boulevard en dérapage jusqu'au parking. Les portes arrière s'ouvrirent à la volée. Des agents coururent bloquer les sorties.

Margaret sortit la dernière, juste derrière Li. Ils étaient les seuls à ne pas être armés. Ils suivirent le groupe. Tout en avançant, Margaret jeta un coup d'œil aux balcons rouillés et aux volets abîmés de la façade. Face à l'entrée, un écureuil roux s'était figé de terreur dans un arbre à la vue de ce groupe d'étranges créatures blanches.

À l'intérieur de la cour principale, un escalier en métal montait vers une passerelle grillagée qui se divisait en deux galeries ouvertes desservant les appartements de l'étage. D'une cave émergea soudain un homme, un seau à la main. Il resta un instant paralysé, comme un lapin pris dans le faisceau des phares d'une voiture, puis il lâcha son seau d'où se déversa un mélange d'urine et d'excréments humains. Pivotant sur lui-même, il se mit à courir et tenta d'escalader le mur. Mais deux agents lui saisirent les jambes, le firent tomber par terre et le maintinrent à plat ventre, la tête dans la merde. Il se retrouva menotté avant même d'avoir eu le temps de crier. Plusieurs agents s'engouffrèrent dans l'escalier pour prendre le contrôle des couloirs tandis que les autres s'engouffraient par la porte de la cave.

Avant l'intervention, on leur avait donné un plan de l'immeuble tracé à la main, avec les points clés marqués en rouge. Ils savaient, d'après les renseignements communiqués par Yu Lin, que les clandestins étaient parqués dans une grande cave. Jusque-là, le plan était exact.

Rien, cependant, ne les avait préparés à ce qu'ils devaient trouver au sous-sol. L'odeur nauséabonde de déchets humains, chaude et fétide, leur sauta au nez quand ils dévalèrent les marches en pierre. Les filtres des masques ne pouvaient pas les protéger de l'horrible puanteur de cette humanité prisonnière. Il faisait noir, les murs suintaient d'humidité. Margaret trébucha au bas des escaliers et s'accrocha au bras de Li pour retrouver son équilibre. Quelqu'un actionna un interrupteur et ils découvrirent une longue pièce étroite au sol cimenté, remplie de couchettes en bois superposées alignées de chaque côté. Des douzaines de paires d'yeux effrayés les fixaient dans la lumière crue de la lampe. Soudain, une femme cria quelque part au fond de la cave et un enfant se mit à pleurer.

— Mon Dieu, murmura Margaret. Il y a des enfants.

Elle ne s'y attendait pas.

Un jeune homme en jean et blouson de cuir essaya de s'enfuir par l'escalier. Des voix lui ordonnèrent de s'arrêter, plusieurs canons d'armes furent pointés sur sa tête. Il obéit, leva les mains, avec un sourire malsain.

— C'est sûrement l'un des *ma zhai*. Sortez-le! cria Hrycyk.

Un agent s'avança, lui baissa les bras et les lui attacha dans le dos avec des menottes.

— Avancez les fourgons, aboya Hrycyk dans son téléphone.

Puis il se tourna vers les autres agents.

— Faites sortir tous ces gens avant que je vomisse.

Et enfin vers Li.

— Dites-leur que personne ne va leur faire de mal. S'ils nous suivent gentiment, on leur donnera à boire et à manger et ils pourront se laver.

Li s'adressa en mandarin aux visages effrayés qui le regardaient d'un air abattu et résigné, conscients que leur rêve américain venait de prendre fin. Ils rassemblèrent à regret leurs maigres affaires et se dirigèrent à la queue leu leu vers l'escalier, sous l'œil attentif des hommes en blanc.

Une femme assise sur une couchette ne faisait pas mine de bouger. Des larmes silencieuses sillonnaient ses joues sales. Li s'approcha d'elle et s'accroupit à ses pieds.

— Ça va? demanda-t-il en lui prenant la main.

Elle secoua la tête.

— Mon mari est mort pendant le voyage. J'ai perdu mon bébé. Je n'ai pas de famille. Il n'y avait que la sienne. Elle ne veut pas me connaître. Elle ne paiera pas pour moi.

— Tout vaudra mieux que ce que vous vivez ici.

— La mort peut-être, dit-elle d'un ton morne.

Li souleva son oreiller. Dessous se trouvaient quelques vêtements soigneusement étalés, un bracelet-montre cassé, une photographie décolorée, au verni craquelé à l'endroit où elle avait été pliée. Un couple souriait à l'objectif, debout, bras dessus, bras dessous devant la Porte de la Paix céleste, place Tiananmen. Li reconnut la femme assise sur le lit.

— Votre mari?

Elle hocha la tête. Il sortit l'oreiller de sa housse pleine de taches pour y fourrer les vêtements, la montre et la photo.

— Vous ne pouvez pas rester ici, dit-il en lui prenant le bras pour l'aider à se lever.

Quand elle vacilla de douleur, Margaret, qui s'était approchée, lui dit :

— Laisse-moi l'examiner.

Elle fit doucement glisser la robe de coton sur l'épaule de la femme et découvrit la peau marquée de coups.

— Mon Dieu, on l'a battue.

— Qui vous a battue? demanda Li.

— Les *ma zhai*. Parce que je ne pouvais pas payer. Ils voulaient que je fasse des massages. Quand j'ai dit non, ils m'ont battue. Ils ont dit que je devais travailler dans une usine de vêtements pour payer ma dette, et vivre ici de nombreuses années jusqu'à ce qu'elle soit épurée. Ils ont dit que je devais payer pour mon mari aussi, même s'il était mort.

Li en était malade. La vie de ces gens était-elle si pénible en Chine pour que cela vaille la peine d'endurer ça? Il savait qu'aucun d'eux ne fuyait des persécutions politiques. Ils étaient tous ce que les Nations Unies appelaient des «immigrés économiques». La légendaire Montagne d'or qu'ils venaient trouver en Amérique n'était qu'une illusion. Et pourtant, le mythe persistait.

— Demande-lui si elle a été vaccinée avant de passer la frontière, dit Margaret.

La femme confirma.

— Quand? demanda Li.

Elle haussa les épaules.

— Cinq ou six semaines.

Li traduisit pour Margaret. Ils restèrent un moment silencieux, mesurant l'implication de sa révélation. Au cours du briefing, Hrycyk leur avait dit que l'INS estimait autour de huit mille le nombre de clandestins passant chaque mois la frontière. Si on avait inoculé le virus de la grippe à ces gens six semaines plus tôt, on pouvait déjà estimer à dix mille le nombre de porteurs dans le pays. C'était une perspective effrayante qui donnait à l'affaire une ampleur encore plus démesurée qu'ils n'avaient pu l'imaginer.

— J'appelle le Département de la santé, dit Margaret. On ne peut pas se contenter d'enfermer ces gens. Il faut les placer en isolement et les examiner un par un.

Hrycyk s'avança dans l'étroit passage laissé entre les deux rangées de couchettes.

— Putain de bordel de Dieu. Il n'y a ni toilettes ni eau courante là-dedans. Ils ont chié partout.

Il s'arrêta et regarda Margaret d'un air soucieux.

— Il y a une autre pièce dans le fond, avec un gars qui éternue et crache ses poumons. Je me demande s'il n'a pas la grippe.

Margaret le bouscula pour se précipiter vers l'autre pièce. Hrycyk la retint par le bras.

— Ce masque me protège, hein? Je ne vais pas attraper la grippe avec ça?

— À votre place, je ne m'inquiéterais pas. Vous avez déjà pire.

Elle vit l'inquiétude crisper son visage.

— Quoi? Qu'est-ce que vous dites? Qu'est-ce que j'ai?

— Une sale maladie de l'esprit qui s'appelle le racisme. Et je ne suis pas sûre que ça se soigne.

Il lui lâcha le bras.

— Ha, très drôle, ricana-t-il.

Puis, comme elle s'éloignait, il lui cria :

— Hé! Vaudra mieux éviter de vous attarder à la prochaine escale. Le petit bordel du bout de la rue. Vous pourriez être choquée à la vue de vos semblables.

Li jaillit tout à coup sur sa gauche et le prit au

173

dépourvu. Les deux hommes s'effondrèrent contre un des lits avant de rouler par terre. Lourd et mou, Hrycyk n'était pas de taille à lutter. Li le saisit par le col de sa combinaison en Tyvek et lui écrasa son poing sur la figure.

— Ouais, c'est ça, allez-y! Cognez-moi, putain, et vous vous retrouverez à Tiananmen en moins de temps qu'il faut pour le dire.

Li sentit Margaret lui tirer le bras.

— Pour l'amour du ciel, Li Yan, arrête ces enfantillages! Ton oncle ne t'a jamais dit que la violence est un réflexe de crétin? Ne t'abaisse pas à te vautrer dans le caniveau avec un goujat pareil.

Li se dégagea et se redressa. Hrycyk réussit tant bien que mal à se remettre sur ses pieds en essayant de garder un peu de dignité. Furieux, il pointa un doigt vers Li.

— Je t'aurai, sale chinetoque, dit-il en postillonnant sur sa visière. Je t'aurai, putain.

II

La Santana de Hrycyk traversa lentement le parking avant de s'arrêter en douceur, moteur au ralenti. À l'autre bout, les boutiques alignées sous le toit de tuiles vertes paraissaient anodines – magasin de vidéos, épicerie, salon de coiffure, restaurant. Des taches de lumière jaune se découpaient sur le macadam et une musique assez forte se déversait dans l'air chaud du soir. Sans les caractères chinois des

174

devantures, on aurait pu se croire devant n'importe quelle galerie marchande d'une banlieue américaine.

Plus de cinquante hommes, femmes et enfants, avaient été pris dans la rafle de l'immeuble Dong'an. Aucun n'avait de papiers. Tous des clandestins sans doute. Après avoir examiné l'homme que Hrycyk soupçonnait d'avoir la grippe, Margaret avait conclu qu'il avait simplement un gros rhume. Ils avaient aussi ramassé une demi-douzaine de *ma zhai*, qu'ils avaient embarqués avec ceux dont ils avaient été les geôliers. Sous la surveillance du Département de la santé, l'INS avait déjà envoyé les clandestins dans plusieurs bus vers Huntsville où la FEMA avait loué une unité entière de la prison d'État pour les placer en isolement avant de les faire comparaître devant la Cour d'immigration.

À l'intérieur de la voiture, la tension était presque palpable. Li avait pris place devant, à côté de Hrycyk, Margaret à l'arrière ; tous trois avaient gardé leur combinaison et leur masque HEPA. Ils attendaient que les fourgons passent les premiers.

Incapable de contenir sa curiosité plus longtemps, Margaret demanda :

— Laquelle est un bordel ?

Hrycyk mourait sûrement d'envie de lui lancer une réflexion cuisante. Mais il se contenta de dire platement :

— Le salon de coiffure.

Elle l'observa. Une petite vitrine brillamment éclairée permettait de voir l'intérieur. Un petit groupe semblait attendre que le fauteuil se libère.

— On dirait qu'elles attendent de se faire faire une permanente.

Hrycyk ricana.

— Ce ne sont pas des femmes. Ce sont des hommes qui attendent leur tour de passer derrière. Ils appellent ça des massages. Mais il y a de tout, suivant ce que vous pouvez payer. Ça fait quand même un sacré nombre de pipes pour régler sa dette à la tête de serpent.

Soudain, ils entendirent un crissement de pneus ; deux fourgons blancs de l'INS et trois voitures pie traversèrent le parking en tanguant et pilèrent devant le salon. Dans la vitrine, le groupe affolé sauta sur ses pieds. Les hommes en blanc jaillirent de l'arrière des fourgons et envahirent le salon. Des policiers en uniforme sortirent de leurs voitures pour se déployer en cercle devant la porte, mains sur les hanches.

— C'est le moment, dit Hrycyk.

Il descendit de voiture et, suivis de Li et Margaret, se dirigea vers le salon de coiffure. Quand ils entrèrent, la demi-douzaine de clients s'étaient rassis sur le banc.

— Vous êtes venus vous faire couper les cheveux, les mecs ? lança Hrycyk avec un grand sourire.

L'un de ses agents surgit du couloir conduisant à l'arrière-boutique.

— Il y a trois chambres derrière, chef. Deux occupées. On leur a juste donné le temps d'être présentables. Apparemment les filles vivent ici. Il y a un appartement là-haut.

— Allons jeter un coup d'œil, dit Hrycyk.

Ils longèrent le couloir, dépassèrent deux portes fermées sur la gauche. À droite, une troisième, ouverte, laissait voir une pièce presque entièrement

176

occupée par un lit de massage de fortune recouvert de serviettes de toilette blanches. Il y avait une chaise contre le mur du fond, sous un miroir fêlé. Les autres murs étaient décorés de quelques vieilles affiches de films chinois. Dans l'air flottait une odeur lourde et déplaisante. Ça sent l'esclavage sexuel à plein nez, pensa Margaret.

Au bout du couloir, un petit escalier très raide montait au premier. Un autre couloir desservait deux chambres, une salle de bains et un salon. Deux agents de l'INS encadraient l'une des filles qui avançait tête baissée, cachée derrière ses longs cheveux noirs. Elle portait une robe de coton bleue sans manches totalement impudique et des chaussures blanches à talons hauts. Ses bras et ses jambes étaient couverts de bleus. Quand ils arrivèrent à sa hauteur, elle releva la tête d'un air de défi et ce mouvement révéla son visage. C'était une jolie fille proche de la trentaine, mais elle avait l'air hagard, les traits creusés. Quand ses yeux croisèrent ceux de Li, elle se figea sur place. Tous deux restèrent un long moment immobiles, à se fixer.

— Ben quoi ? Qu'est-ce qui se passe ? demanda Hrycyk.

Brusquement la fille échappa aux agents de l'INS et bondit vers la salle de bains dont elle claqua la porte. Ils entendirent la clé tourner dans la serrure.

— Hé ! cria un agent en secouant la poignée.

Li le tira brutalement en arrière et donna un coup d'épaule dans la porte. Il y eut un bruit de bois éclaté mais la porte ne bougea pas.

177

— Mais qu'est-ce que vous foutez, bordel? hurla Hrycyk.

Sans lui prêter la moindre attention, Li se jeta à nouveau sur la porte. Cette fois, elle céda et ils eurent juste le temps de voir la fille grimper sur la fenêtre de la salle de bains. Li cria quelque chose que personne ne comprit.

Elle disparut à leur vue; ils l'entendirent atterrir sur un toit en tôle. En deux enjambées, Li traversa la pièce et monta sur la fenêtre.

— Li! Arrêtez ou je tire! beugla Hrycyk. Vous êtes ici en observateur, rien de plus!

Mais Li disparut à son tour. Hrycyk se précipita à la fenêtre. Margaret se pencha par-dessus son épaule. Le toit en tôle couvrait un petit abri à poubelles. La fille était déjà dans l'allée. Pieds nus, elle courait vers les grilles, sous la lumière des projecteurs de sécurité qui venaient de se déclencher. Li la poursuivait comme un dément.

Hrycyk se tourna vers Margaret.

— Mais qu'est-ce qui lui prend?

— Aucune idée, dit-elle, perplexe.

— Nom d'un chien!

Il se rua dans le couloir et dévala l'escalier en soufflant comme un bœuf, suivi par Margaret.

Dehors, la fille avait atteint le bout de l'allée. Elle fit volte-face et, le dos appuyé à la grille verrouillée, regarda Li approcher. Il avait ralenti le pas. Le souffle rauque, Hrycyk courait aussi vite qu'il le pouvait.

Quand Li s'approcha de la fille, elle parut se recroqueviller sous son regard. Il demeura un moment sans bouger puis leva une main, comme pour la frapper.

178

— Li ! hurla Margaret.

Elle dépassa Hrycyk et fonça sur lui.

— Qu'est-ce que tu fais, Li Yan ?

Elle regarda son visage crispé. Jamais elle ne lui avait vu une telle expression. Incapable de détacher les yeux de la fille, il respirait bruyamment. Margaret se tourna alors vers elle et fut surprise de lui trouver quelque chose de vaguement familier.

Hrycyk les rejoignit avant les agents de l'INS. Il tenait son arme à la main, mais elle pendait mollement à son côté. Ses années de tabagie et ses kilos en trop avaient eu raison de ses forces. Hors d'haleine, il demanda :

— Mais putain de bordel de merde, qu'est-ce que ça veut dire... ?

Li fixait toujours la fille, les yeux brûlants de haine.

— Elle s'appelle Xiao Ling. C'est ma sœur.

Le regard de Margaret alla rapidement de l'un à l'autre. Elle avait rencontré Xiao Ling à Pékin deux ans plus tôt, dans un salon de thé. Jamais elle ne l'aurait reconnue.

Hrycyk resta de marbre. Il fit un signe de tête à ses hommes.

— Emmenez-la.

Li s'interposa.

— Vous n'avez pas compris, il me semble, dit-il sur un ton menaçant. C'est *ma* sœur.

— Elle pourrait être votre oncle transsexuel que j'en aurais rien à foutre, rétorqua Hrycyk avec satisfaction. C'est une putain de prostituée chinoise illégale. On l'embarque !

179

III

Les lumières de Huntsville ressemblaient à des lucioles dansant dans la chaleur de la nuit texane. Margaret pouvait suivre la ligne sinueuse de l'autoroute aux phares des voitures roulant vers le nord. À cette heure-ci, il y avait peu de circulation. Elle aperçut bientôt les balises du petit aéroport de Huntsville et, de l'autre côté de l'autoroute, la lueur entourant le périmètre de Hollyday Unit où le Texas Department of Criminal Justice s'occupait du sort des criminels soupçonnés d'être des immigrants clandestins. Des comiques l'avaient surnommé «Holiday Inn» et ce nom lui était resté. À présent, ces installations étaient exclusivement réservées aux besoins de la cellule de crise.

Le petit hélicoptère de l'armée atterrit en douceur sur le tarmac. Le trajet qui aurait normalement pris une heure avait été accompli en moins de quinze minutes. Elle courut en baissant la tête vers les lumières du terminal, un simple hangar avec des fenêtres, passa devant les phares d'une voiture arrêtée et monta à l'arrière. Le chauffeur se retourna avec un signe de tête.

— Vous voulez y aller directement, madame?

— S'il vous plaît.

Il enclencha sa vitesse et, en faisant demi-tour, éclaira la piste et les petits monomoteurs alignés au bord. La voiture emprunta une route défoncée qui longeait un stade, tourna à droite, passa devant une station service et les lumières d'un restaurant

Hitchin' Post, puis à gauche sous la 45. En moins de deux minutes, ils furent sur la voie d'accès au Holliday Inn qui miroitait comme de l'argent sous les projecteurs installés tout autour, avec ses kilomètres de barbelés enroulés au sommet de ses hautes clôtures grillagées. Du parking, Margaret vit le garde de la tour de guet surveiller tous leurs mouvements. Elle avança dans la lumière aveuglante qui éclairait la prison comme en plein jour, et se dirigea vers la porte.

Du haut de la tour, le garde cria :

— Restez là.

Margaret obéit et le vit descendre un seau en plastique rouge au bout d'une corde.

— Mettez votre pièce d'identité dans le seau.

Elle y laissa tomber sa carte de l'institut médico-légal. Le garde remonta le seau, examina longuement la carte, puis passa un coup de téléphone.

— Vous la récupérerez en sortant, cria-t-il. Attendez devant la porte.

Arrivée à la porte, elle vit une femme policier noire venir vers elle par un corridor grillagé menant aux bureaux administratifs du bloc H. Elle déverrouilla d'abord une grille intérieure avant d'ouvrir l'autre pour laisser Margaret entrer. Les deux femmes se serrèrent la main.

— Je suis la directrice adjointe, McLeod. Il va falloir enfiler une de ces combinaisons blanches pour aller au fond. Mais je crois que je n'ai pas grand-chose à vous apprendre là-dessus.

Elle referma les grilles derrière elles et dit, tout en marchant vers le bloc H :

— Vos collègues ne sont pas restés. Ils m'ont dit que les premières auditions commenceraient demain matin. En général, on envoie les gens à Goree au bout d'une semaine.

— Ceux-là n'iront pas à Goree. La cour d'immigration est trop petite et nous ne pouvons pas faire évacuer toute une prison pour garder ces prisonniers à l'isolement.

La directrice adjointe parut surprise.

— Où les emmenez-vous ?

— Le doyen du Centre de droit pénal est d'accord pour nous laisser utiliser sa salle d'audience. Elle est plus grande, et il leur suffira de fermer le centre pour la journée.

McLeod haussa les sourcils.

— C'est la première fois que je vois ça.

— C'est déjà arrivé pour un grand procès. Un type de Conroe endetté jusqu'au cou qui avait kidnappé le fils de ses voisins dans le but d'obtenir une rançon. Il avait fini par tuer le gamin. Il a été condamné à mort.

McLeod laissa échapper un léger sifflement.

— Vous savez, je n'ai jamais été trop sûre qu'on ait le droit d'ôter la vie à un homme, quoi qu'il ait fait. Pour moi, le seul qui ait le droit de juger, c'est Lui, là-haut.

— Alors, vous vous êtes trompée de métier et de ville. Il paraît que c'est une année record pour les exécutions à Walls Unit.

McLeod pinça les lèvres sans rien dire.

Dans le hall du bloc H, le sol luisait comme un miroir. Un grand panneau disait : UN TRAVAIL DIFFICILE EXERCÉ AVEC INTELLIGENCE ET BON SENS CONDUIT AU SUCCÈS.

McLeod suivit le regard de Margaret.

— Nous croyons qu'il faut encourager nos prisonniers à rentrer dans le droit chemin.

Elle ouvrit une porte sur leur gauche.

— Vous pouvez vous changer ici.

Après avoir passé les sas de sécurité donnant accès au reste de la prison, Margaret fut accueillie par une autre femme policier en combinaison de Tyvek et masque HEPA.

— Tout le personnel présent au-delà de cette limite est équipé, dit-elle. Des gens du Département de la santé nous ont dit ce qu'il fallait faire.

Elles traversèrent une large zone en plein air, entre deux bâtiments, et franchirent encore les grilles d'une clôture qui fermait le passage.

— On appelle ça la «grande rue». C'est là que les prisonniers font de l'exercice.

Justement, un groupe d'immigrants sortait d'un bâtiment, conduit par un policier en combinaison de protection. Ils étaient environ une douzaine, pitoyables dans leur uniforme de prison quatre fois trop grand pour des Chinois. Mais au moins, ils avaient l'air plus propre, nota Margaret.

— Nous leur donnons à manger par groupe. Jamais vu des détenus plus dociles. Ils font ce qu'on leur dit. Sans poser de question.

Elles franchirent une autre porte. Sur celle-là, un écriteau disait : LE BLASPHÈME EST UNE DÉCLARATION DE BÊTISE.

Et, en dessous, écrit en espagnol et en anglais : DÉFENSE DE PARLER.

Il va falloir le traduire en chinois, pensa Margaret. Cette prison était équipée de trois cents lits. Ce ne serait jamais assez. L'endroit allait se remplir rapidement.

Dans le bloc des procédures, sur le côté droit de la «grande rue», de malheureux Chinois attendaient dans un espace grillagé qu'on vienne les interroger, les photographier, prélever leurs empreintes et les enregistrer.

Ils ne semblaient manifester aucune curiosité envers les personnages masqués vêtus de combinaisons blanches. Ce fatalisme typiquement chinois qui leur avait servi pendant cinq mille ans d'histoire tumultueuse, et plus récemment pendant la folie de la Révolution culturelle, s'était abattu sur eux comme un nuage soporifique.

Li était seul dans un bureau. Margaret referma la porte derrière elle et s'assit en face de lui, de l'autre côté d'une table carrée. Il avait réussi à se procurer un paquet de cigarettes. L'air était lourd de fumée; devant lui, un cendrier débordait de mégots.

— Je croyais que tu avais arrêté.

— Moi aussi.

Il croisa rapidement son regard puis baissa la tête. Au bout d'un long silence, Margaret dit :

— Les nouvelles ne sont pas bonnes, Li Yan. L'INS a arrêté des immigrants clandestins chinois partout – à New York, Los Angeles, San Francisco... La plupart semblent venir de Mexico. Houston n'est qu'une plaque tournante.

Elle marqua une pause.

— D'après les premiers renseignements, on les «vaccine» depuis trois mois. Ce qui voudrait dire que vingt-cinq mille clandestins chinois sont porteurs du virus.

Li releva la tête. Il avait perçu le désespoir dans sa voix. Il savait ce que cela voulait dire. Des chiffres impossibles à maîtriser. Mais, pour l'instant, il avait du mal à s'y intéresser. Il essaya pourtant de se concentrer sur ce qu'elle lui disait.

— ... et comme ils sont illégaux, ils ne vont pas se déclarer, quel que soit l'appel qu'on lance. Même quand ils tomberont malades. Bon sang... !

Elle se leva, incapable de contrôler sa frustration.

— Ces pauvres malheureux constituent vraiment l'arme idéale d'une attaque bioterroriste. Comment va-t-on pouvoir s'occuper d'un si grand nombre? On va être obligé de construire des quartiers d'isolement pour les enfermer tous, sans se soucier des implications légales d'une telle tentative. Seigneur, tu imagines ce qui va se passer quand tout ça va se savoir? La panique? Les groupes d'autodéfense qui vont se mettre à traquer et tuer les Chinois — illégaux ou pas?

Elle regarda Li. Elle savait que malgré l'ampleur de ce cauchemar, il se battait avec ses propres démons. Elle se rassit et lui prit les mains.

— Ils t'ont laissé la voir?

Il secoua la tête.

— Est-ce que tu sais? Est-ce qu'ils te l'ont dit? Elle a été vaccinée?

Il la regarda avec une tristesse infinie et se contenta de hocher la tête.

Chapitre 13

I

Il était presque 1 heure du matin quand le chauffeur tourna sur O Avenue pour déposer Margaret. Elle vit les lumières de Huntsville scintiller dans la vallée. Li était resté là-bas pour voir sa sœur. Anéantie de fatigue, elle n'avait plus qu'une envie à présent, s'enfoncer dans son lit et oublier le monde pendant quelques heures. Le cauchemar reprendrait de toute façon dès le lendemain. Pire que les rêves les plus terrifiants qu'elle pouvait faire.

Mais lorsqu'elle arriva en vue de sa maison, elle aperçut une Ford Bronco garée devant, et une douzaine de cartons et valises entassés sur le trottoir. À l'intérieur de la Bronco, une forme paraissait affaissée sur le volant.

— Merde, murmura-t-elle entre ses dents. Qu'est-ce que c'est encore?

Elle ouvrit la portière et demanda au chauffeur de l'attendre.

Les cartons débordaient d'affaires lui appartenant; ses vêtements avaient été arrachés de la penderie et fourrés à la va-vite dans ses valises. Elle n'avait pas vécu assez longtemps dans cette maison pour accumuler beaucoup de choses. La plupart des biens dont elle avait fait l'acquisition au cours de son existence se trouvaient encore à Chicago, chez sa mère. Heureusement. Si la maison de Huntsville n'avait pas été louée meublée, tout son mobilier se serait retrouvé sur le trottoir avec le reste.

Furieuse, elle se rua vers la Bronco et ouvrit brutalement la portière du conducteur. Le professeur Mendez faillit tomber par terre. Il se réveilla en sursaut, se retint au volant et cligna des yeux.

— Felipe! Mais qu'est-ce vous faites là? s'écria Margaret en l'empêchant de glisser de son siège.

L'air égaré, il jeta un coup d'œil vers les phares de la voiture qui avait amené Margaret. Puis il regarda Margaret comme s'il la voyait pour la première fois.

— Margaret?

Et, soudain, la brume qui obscurcissait son cerveau parut se dissiper.

— Margaret. J'attendais votre retour. J'ai dû m'endormir.

— Pourquoi? demanda-t-elle, elle-même un peu perdue. Enfin, je veux dire, pourquoi m'attendiez-vous?

Il fit un petit sourire contrit.

— Quand vous m'avez dit que vous passeriez me voir l'autre soir, je savais que vous ne le feriez pas. Donc, je me suis dit que je ferais mieux de passer moi-même. Mais quand je suis arrivé ici, un affreux bonhomme était en train de vider la maison. Je lui ai demandé où vous étiez, il m'a répondu qu'il n'en savait rien et n'en avait rien à foutre.

— Le salaud! siffla Margaret.

187

— Je lui ai ensuite demandé ce qu'il avait l'intention de faire de vos affaires; il m'a envoyé balader en me disant de m'occuper de mes oignons. Il m'a appris qu'il était votre propriétaire et qu'il vous expulsait. Quand j'ai protesté, il m'a agoni d'injures et il a filé.

Il marqua un temps d'arrêt.

— Je crois qu'il a changé les serrures.

— Oh, non...

Margaret s'élança vers la porte en cherchant ses clés dans sa poche. Mendez s'extirpa avec raideur de la Bronco et la rejoignit devant la porte.

— Le salopard! Il a changé ces putains de serrures!

— C'est bien ce que je pensais. Je me suis dit qu'il valait mieux que je reste ici en vous attendant – au moins pour m'assurer que personne ne volerait vos affaires.

Il eut un sourire d'excuse.

— Pas terrible pour un chien de garde de s'endormir en plein boulot.

Les mains sur les hanches, Margaret était désemparée. Elle n'avait pas la moindre idée de ce qu'elle allait faire. Elle en aurait pleuré.

— Je vais l'attaquer en justice, dit-elle sous le coup de la frustration. Il n'a pas le droit.

Puis, assez absurdement :

— Et s'il avait plu?

— Ça peut encore arriver, dit Mendez. Écoutez, pourquoi ne pas charger tout ça à l'arrière de la Bronco? Vous pouvez passer la nuit chez moi. En fait, vous pouvez y rester le temps de trouver autre chose. Aussi longtemps que vous voulez.

— Oh, Felipe, s'écria-t-elle en lui jetant les bras autour du cou.

Elle débordait de gratitude. C'était toujours une décision de moins à prendre. Un problème de moins à résoudre dans l'immédiat.

— Qu'est-ce que j'aurais fait sans vous ?

— Du charme au militaire qui vous a conduite jusqu'ici, probablement, répondit-il en souriant. En fait, vous le pouvez encore. Il nous aidera à charger vos affaires avant de partir.

II

La chaise de Li racla le sol quand il se leva ; le bruit se répercuta d'une façon sinistre sur les murs blancs et nus de la pièce. Xiao Ling entra, accompagnée d'un garde hispanique corpulent qui la tenait par le bras.

— Elle est à vous, dit-il.

Puis il sortit en refermant la porte derrière lui.

La lumière crue des néons décolorait tout. Noyée dans son uniforme blanc de détenue, Xiao Ling avait le visage blafard, le regard morne, sans vie. Seuls ses cheveux paraissaient avoir gardé un peu de couleur et de vitalité. Li ôta la capuche de sa combinaison en Tyvek et se débarrassa de son masque HEPA, sans tenir compte des consignes de sécurité. Il savait que, bien que le virus lui ait été injecté, elle n'était ni malade ni contagieuse. C'était sa sœur ; il n'allait pas lui parler à travers un morceau de plastique.

— Pourquoi? demanda-t-il.

Un seul mot, une seule question véhiculant tout un monde d'incompréhension.

Avec un imperceptible haussement d'épaules, sans croiser son regard, elle dit :

— Je peux avoir une cigarette?

Li hocha la tête, ramassa son paquet sur la table, le lui tendit. Puis il l'observa attentivement tout en lui donnant du feu. Elle tira une chaise pour s'asseoir en face de lui.

— Pourquoi tu ne me regardes pas? demanda-t-il.

— Pourquoi, pourquoi, pourquoi, dit-elle mollement. C'est tout ce que tu sais dire? Des questions. Des récriminations.

Elle souffla un nuage de fumée en l'air et tourna pour la première fois vers lui des yeux pleins de défi.

— Je n'ai pas de réponse, sauf... je ne sais pas. Je ne sais pas, Li Yan. Je ne sais pas pourquoi c'est arrivé. C'est arrivé, c'est tout. Et même si je *pouvais* te dire pourquoi, la réponse ne te plairait sûrement pas.

Elle tira désespérément sur sa cigarette. Sa main tremblait.

— Je pensais que tu m'aurais demandé comment j'allais. Mais tu t'en fiches sûrement.

Il la dévisagea en essayant de mettre de l'ordre dans le mélange d'émotions contradictoires qui se bousculaient à l'intérieur de sa tête.

— Comment vas-tu? finit-il par dire.

— Très mal. Dans ma tête, dans mon cœur, dans mon corps. T'es content?

Il se tassa lentement sur sa chaise, posa les mains devant lui sur la table et les fixa un long moment.

190

Le souvenir de la dernière fois où il l'avait vue, chez lui, était encore très présent à sa mémoire. Enceinte, elle avait débarqué à Pékin avec Xinxin pour une échographie. Si c'était un garçon, avait-elle dit, elle le garderait, au mépris de la politique gouvernementale de l'enfant unique. Si c'était une fille, elle avorterait. Elle était allée passer son échographie et il ne l'avait jamais revue. Quand il était rentré chez lui ce soir-là, il avait trouvé Xinxin toute seule dans l'appartement, pleurant à chaudes larmes ; une petite fille de cinq ans abandonnée. Sa mère était partie en laissant un mot où elle disait qu'elle se rendait chez une amie dans le Sud, au Annhui, pour accoucher de son fils. Elle savait que Li prendrait soin de Xinxin.

La vie de Li en avait été bouleversée. Le père de la petite fille, un fermier du Sichuan, avait refusé de la reprendre, prétextant que c'était à sa mère d'en assumer la responsabilité. Li jouait désormais le rôle de père de substitution, et pendant presque un an, Margaret avait joué celui de mère. Il ne s'était jamais marié, n'avait jamais ressenti le désir de paternité ; pourtant il était devenu l'unique adulte responsable de cette enfant. Son sang. Sa vie. Et il l'aimait de tout son être.

Sa mère l'avait tout simplement abandonnée. Sa propre mère ! À la poursuite égoïste de ce vieux besoin superstitieux chinois d'avoir un fils. Il sentit la colère monter de nouveau en lui. «Pourquoi» était vraiment la question qui s'imposait. Une question qu'il avait raisonnablement le droit de poser. Puis il repensa à la réponse de Xiao Ling *même si je pouvais te dire pourquoi, la réponse ne te plairait*

191

sûrement pas. Et il comprit qu'en réalité, ce n'était pas une réponse qu'il cherchait. C'était un exutoire à sa colère. Une cible pour la rage qui le consumait depuis deux ans.

Et puis, quand il l'avait vue dans le salon de massage, maquillée et attifée comme une vulgaire prostituée, sa colère et sa stupéfaction avaient été rapidement éclipsées par la honte et l'humiliation. Maintenant, tout se bousculait dans sa tête et dans son cœur alors que, assise devant lui, elle le provoquait sans paraître manifester le moindre regret.

— OK, dit-il. Passons sur le pourquoi. Raconte-moi simplement ce qui est arrivé. Tu me dois bien ça.

Elle lui lança un bref coup d'œil.

— C'est une longue histoire. Je ne sais pas par où commencer.

— Pourquoi pas par le soir où tu as abandonné ton enfant.

Il s'était efforcé de bannir toute violence de sa voix, mais elle planait quand même au-dessus d'eux.

Xiao Ling ne sembla pas s'en apercevoir. Concentrée sur son rouleau de tabac, elle plissait les yeux pour se protéger de la fumée.

— Tu t'imagines peut-être que ç'a été facile pour moi de laisser ma petite fille.

Elle marqua un temps d'arrêt avant d'ajouter :

— Jamais je n'ai eu à faire quelque chose d'aussi dur.

Immédiatement la question « pourquoi » revint à l'esprit de Li, mais il s'obligea au silence. Il alluma une autre cigarette.

Comme si elle avait lu ses pensées, elle dit :

192

— Quand je regarde en arrière, je ne sais pas vraiment ce qui m'a poussée. Pourtant c'était bien ça. Je me sentais poussée. Par les hormones, peut-être, ou par le poids de cinq mille ans de culture chinoise. Tu sais qu'en Chine, les orphelinats sont pleins de petites filles abandonnées. Je ne suis pas la seule, Li Yan.

Sa voix avait pris un ton presque suppliant. Mais Li resta de marbre. Elle écrasa sa cigarette et en prit aussitôt une autre dans le paquet.

— Tu te souviens de mon amie d'école? Chen Lan? Elle se faisait appeler Christina. Elle s'est mariée à un homme de la province du Annhui. Elle enseigne là-bas dans un village isolé de montagne. C'est chez elle que je suis allée pour avoir mon bébé. Je leur ai raconté que mon mari et ma petite fille avaient été tués dans un accident de la route au Sichuan. Tout le monde m'a apporté son soutien. Le directeur du comité de village s'est même arrangé pour qu'une voiture soit prête à me conduire à l'hôpital le moment venu. La ville la plus proche était à environ une heure de route. J'ai commencé à avoir des contractions pendant un orage. La voiture a quitté la chaussée. Personne n'a été sérieusement blessé. Mais finalement, quand je suis arrivée à la maternité, mon bébé était mort.

Elle débita son histoire sans aucune émotion apparente, comme si quelque chose d'autre que son bébé était mort en elle. Elle avait tout sacrifié. Son mari, son enfant, son frère, pour voir tous ses espoirs réduits à néant par un orage.

Elle leva vers Li son regard morne.

— Je suis restée chez Christina et son mari

pendant six mois encore, mais je ne pouvais pas dépendre d'eux éternellement. Je savais que je ne pouvais pas retourner à la maison. Et je n'avais pas le courage de t'affronter. Ni Xinxin. Alors, je suis partie à Fuzhou, au Fujian. J'avais entendu dire que la ville profitait du nouveau miracle économique et qu'on pouvait y trouver du travail. Je me suis dit que si j'avais un peu d'argent, je pourrais aller à Taïwan, recommencer une nouvelle vie. Christina m'a donné l'adresse d'amis chez qui je pouvais aller en arrivant. C'était un jeune couple. Très sympathique. L'homme avait plusieurs stands sur des marchés, il m'en a confié un. Je leur ai parlé de mon projet d'aller à Taïwan quand j'aurais assez d'argent. J'ai travaillé là-bas un an environ. Et puis, un jour, l'homme est venu me voir à mon stand. Il m'a dit qu'ils avaient l'occasion d'aller en Amérique. Il avait contacté une tête de serpent qui s'occupait de tout contre un petit acompte. Si je voulais, je pouvais payer mon acompte avec l'argent que j'économisais pour Taïwan. En Amérique, je gagnerais assez pour payer le reste. C'était cinquante-huit mille dollars.

Ses yeux brillèrent au souvenir de ce chiffre.

— Ça me semblait énorme. Inimaginable. Je ne savais pas comment je pourrais rembourser autant d'argent. Mais il m'a dit qu'en Amérique on pouvait gagner très vite une somme pareille. C'était comme un rêve. Je me voyais déjà dans le Beau Pays[1]. Je voulais que ce soit vrai. Alors, j'ai dit oui. On a rencontré le *shetou* un soir; on lui a donné notre argent. Il fallait être prêt à partir à tout moment.

1. En chinois, «Amérique» se dit *Mei Guo*, le beau pays.

Mais c'est seulement un mois plus tard qu'on nous a donné rendez-vous pour le lendemain soir à l'extérieur d'un village de pêcheurs, au nord de Xiamen. On était une vingtaine. Ils nous ont donné des faux papiers et nous ont fait monter dans un bateau de pêche qui nous a fait traverser le détroit de Taïwan. On a débarqué quelque part près de Tainan. Puis on nous a emmenés en fourgons à Taipei. Là, on est restés dans un appartement pendant trois semaines avant de prendre l'avion pour Bangkok. On a vécu pendant dix jours dans un endroit infect. J'ai été séparée de mes amis. J'ai supplié le *shetou* local de nous laisser ensemble, mais il a dit que c'était impossible. On m'a mise dans un avion à destination de Panama City avec d'autres gens que je ne connaissais pas. Là-bas, on nous a donné de nouveaux faux papiers avant de nous conduire dans une ferme où les *ma zhai* venaient chaque nuit coucher avec les filles. Si on refusait, ils nous battaient et nous forçaient de toute façon.

Les mots sortaient de sa bouche machinalement, sans émotion, comme si c'était l'histoire d'une autre. Bizarrement, cela rendait la situation encore plus intenable pour Li. Il sentait sa peau se hérisser de colère. C'était sa sœur que ces *ma zhai* avaient battue et violée. Il se souvint d'elle enfant, toujours rieuse, malicieuse, une jolie petite fille dont tous ses amis étaient fous. Le temps de l'innocence. Une innocence depuis longtemps disparue. Pour être remplacée par un cynisme implacable qui se reflétait sur son visage aux traits durs comme du granit.

— Finalement, continua-t-elle, on nous a emmenés en camion vers le nord. Douze, quinze heures sans s'arrêter. À travers des pays dont je n'ai pratiquement aucun souvenir. Nicaragua, Costa Rica, San Salvador, Guatemala... Et enfin le Mexique. On se rapprochait. On sentait l'odeur de la Montagne d'or, on la voyait briller au soleil de l'autre côté de la frontière. En fermant les yeux, on pouvait s'imaginer qu'on la touchait.

Elle fit la moue et souffla un nuage de fumée d'un air dégoûté.

— Seulement, il n'y avait pas de Montagne d'or. Juste un sous-sol dégoûtant à Houston, avec d'autres *ma zhai* qui me répétaient que je devais rembourser le *shetou*, que si je ne payais pas, ils me battraient.

Li se leva et se mit à arpenter la pièce sans fenêtre en essayant de retenir sa colère et sa frustration. Il ne pouvait supporter d'en entendre davantage. Il connaissait la suite, il aurait pu la raconter à sa place.

— Ils voulaient me faire travailler dans un salon de massage. C'était le seul moyen de gagner assez d'argent pour rembourser le *shetou*. D'abord, j'ai refusé.

Elle haussa mollement les épaules.

— Mais on ne peut pas résister longtemps. Il arrive un moment où on doit accepter l'inévitable. Dans un sens, j'ai eu de la chance. Un des garçons me trouvait jolie. Trop bien pour les massages. Alors j'ai commencé à travailler dans un club de Chinatown. Le Golden Mountain Club[1].

Elle soupira et secoua la tête. L'ironie de la situation ne lui avait pas échappé.

— J'ai été engagée comme «hôtesse», ce qui veut

---

1. Le club de la Montagne d'or (N. du T.)

dire que n'importe qui pouvait coucher avec moi à condition d'avoir assez d'argent. Tous les gros *she-tou* venaient au Golden Mountain, et aussi les *shuk-foo* des *tongs*. Il y avait des salles de jeux à l'arrière, et des chambres à l'étage pour coucher avec les filles. Les autres disaient que j'avais de la chance parce que j'étais plus jolie qu'elles, que tous les gens importants voulaient coucher avec moi – ceux qui payaient le plus. Je m'en fichais. Pour moi, ils étaient tous pareils. Mais quelquefois, ils me donnaient cinq cents dollars, davantage s'ils avaient gagné au jeu. J'ai pu commencer à rembourser ma dette.

Elle secoua la tête, perdue dans ses propres pensées. Puis, d'une toute petite voix, elle continua :

— Je ne sais pas ce qui s'est passé. Peut-être que j'ai offensé quelqu'un, peut-être que les autres filles étaient jalouses, qu'elles avaient une dent contre moi. Je ne sais pas. Mais un jour, mon *ma zhai* m'a appris que j'étais renvoyée du Golden Mountain. Il m'a dit qu'il m'avait trouvé un autre job dans un salon de massage, avec un appartement à l'étage. J'aurais à le partager avec deux autres filles.

Elle fit une grimace de dégoût au souvenir de quelque chose qu'elle ne voulait pas évoquer.

— C'était pire que tout. Même pire que d'être battue. J'y étais depuis trois mois quand tu es arrivé avec l'INS.

Son histoire se termina aussi brutalement qu'elle avait commencé. Li lui tournait le dos en essayant de faire le vide dans sa tête. Quand il ne put supporter davantage le silence, il se retourna et vit de

197

grosses larmes silencieuses couler sur les joues de Xiao Ling.

— Quand je t'ai vu, Li Yan, rien n'a plus eu d'importance. La perte du bébé, les coups, le sexe dans des chambres sordides. J'ai eu honte, c'est tout. Que mon propre frère me voie telle que j'étais devenue. Je me suis vue à travers tes yeux.

Elle se mit à sangloter par à-coups, rapides, incontrôlables. Puis elle se cacha le visage dans les mains et se laissa aller à pleurer sur celle qu'elle avait été. Un long et profond gémissement s'échappa de ses lèvres, frappa Li comme un coup de poignard en plein cœur. Il contourna la table, prit sa sœur par les épaules, la souleva de sa chaise et la serra très fort contre sa poitrine pour étouffer ses sanglots et ne plus jamais la laisser repartir.

III

Les eaux calmes du lac Conroe scintillaient au clair de lune entre les arbres. Des résidences très chic se dissimulaient derrière d'épaisses haies et de hautes grilles. Mendez prit, sur la droite, un long chemin de terre. Au bout se dressait un vieux ranch au toit de tuiles que l'ombre d'un grand chêne tachetait de noir. La maison avait été agrandie à plusieurs reprises au fil des ans, sur le côté, l'arrière, et des chambres aménagées sous les combles. Sur leur gauche, derrière une barrière blanche, deux juments alezanes mangeaient de l'herbe sans se soucier de la Bronco.

Quand les phares balayèrent le devant de la maison, Margaret aperçut des piliers supportant le toit d'une véranda et une porte rouge entre des bardeaux peints en bleu. Des arbustes fournis poussaient dans des pots placés çà et là. Un vieux rocking-chair en bois était tourné vers le lac. Margaret eut l'impression que personne ne s'y était assis depuis longtemps.

Mendez arrêta son 4×4 sur un terre-plein, devant un garage double, bâti sur le côté de la maison. Une lampe extérieure s'alluma automatiquement. Le garage était grand ouvert, portes levées, rentrées dans le toit. Il était plein d'un bric-à-brac accumulé avec le temps. Des monceaux d'outils et de bouts de bois sur des étagères, des échelles coulissantes, des escabeaux, un vieux vélo d'appartement, une tondeuse à gazon, la banquette d'une vieille Chevy, un caddie.

Margaret suivit Mendez dans le garage.

— Désolé pour la pagaille, dit-il. J'ai bien l'intention de le ranger un jour. Mais je ne trouve jamais le temps.

Un chien se mit à aboyer quelque part dans la maison. Mendez enfonça les touches d'un digicode à côté d'une porte intérieure qui s'ouvrit sur une petite pièce. Un râtelier d'armes occupait le mur du fond, dans un meuble ancien, avec des tiroirs pour ranger les cartouches. L'aboiement s'intensifia.

— Ne faites pas attention à Clara, dit Mendez. Elle est un peu excitée mais c'est un chien d'arrêt remarquable.

Quand il ouvrit la porte de la cuisine, un grand setter irlandais au poil brillant se mit à faire des bonds autour de lui sans s'occuper de Margaret. Mendez le cajola longuement puis alluma plusieurs interrupteurs.

— Allez dans le salon. Installez-vous confortablement. Je nourris le chien, et je nous prépare quelque chose à boire.

Margaret traversa une grande cuisine carrée meublée en bois sombre, équipée d'un îlot central avec plan de cuisson intégré et hotte aspirante. Des assiettes sales contenant encore les restes de repas solitaires étaient empilées sur chaque surface disponible. Un petit couloir lambrissé longeant un bar bien rempli donnait sur un grand salon où trônaient un poêle à bois et un écran de télévision géant, comme ceux qu'on voit dans les bars pour sportifs. À l'arrière, de hautes fenêtres s'ouvraient sur une véranda confortablement meublée où se trouvait une autre télévision.

Elle se débarrassa de ses chaussures d'un coup de pied, foula l'épais tapis de laine, puis se laissa tomber dans un grand fauteuil en cuir inclinable d'où elle regarda le ventilateur du plafond tourner paresseusement. Elle ferma les yeux un moment, sans penser à rien, souhaitant seulement pouvoir se laisser emporter par le sommeil et se réveiller quand tout serait fini. Ne s'était-il écoulé que vingt-quatre heures depuis le briefing de l'USAMRIID ? Soudain, elle repensa aux affaires de Steve qu'elle n'avait pas pu aller chercher. Ses livres. Son walkman, la photo de sa petite fille. Elle repensa à la main de Steve séparée de la sienne par la vitre de la salle de quarantaine, la peur qu'elle avait lue sur son visage. Elle se sentit coupable de lui avoir à peine accordé une seconde d'attention de toute la journée.

— Scotch?

Elle ouvrit les yeux, le cœur battant, et comprit qu'elle avait dû s'assoupir quelques secondes. Elle se redressa, vit Mendez debout dans le passage entre le bar et le salon.

— Vodka tonic, plutôt. Avec de la glace et du citron.

— Pas de problème.

Il ramassa une télécommande sur le comptoir et la pointa vers la télévision. Le voyant rouge devint vert, le poste émit une brève plainte aiguë, et son écran géant s'anima. Il était réglé sur CNN. Infos vingt-quatre heures sur vingt-quatre. Margaret se souvint des nombreuses nuits solitaires passées dans des chambres d'hôtel chinoises avec CNN pour toute compagnie, un lien ténu avec son pays.

— Je suis un accro des infos, dit Mendez. Le seul moment où cette chose n'est pas allumée, c'est quand je suis sorti, ou quand je dors. Et parfois, j'oublie même de l'éteindre.

— Rien ne peut vous échapper avec un écran pareil.

— Il vous plaît? Je l'ai acheté pour les World Series[1]. C'est mon autre vice. Le sport. Ça et le tabac.

Il eut un sourire penaud.

— Les cigares.

Il fit un signe de tête vers le porche.

---

1. Finales du championnat de base-ball de la MLB (N.d.T.).

— C'est mon fumoir. Catherine m'interdisait de fumer dans la maison. Elle ne supportait pas l'odeur du tabac. Elle disait qu'elle imprégnait les meubles et les tapis. Ça fait bientôt cinq ans qu'elle est morte et je ne peux toujours pas me résoudre à fumer à l'intérieur.

Il s'approcha avec les boissons, Clara sur les talons, tendit à Margaret sa vodka, et se laissa tomber dans le canapé avec un grand whisky sur glace. La chienne se coucha à ses pieds.

— À ces retrouvailles inattendues, dit-il en levant son verre.

Margaret leva le sien.

— Je bois à la même chose. Vous m'avez sauvé la vie ce soir, Felipe.

Elle but une longue gorgée, sentit aussitôt les bulles diffuser l'alcool dans son sang, et s'enfonça profondément dans le fauteuil en fermant les yeux. Elle eut l'impression de chuter en arrière, dans le vide. Elle les rouvrit aussitôt, de peur de s'endormir à nouveau, et renversa un peu du contenu de son verre.

— Putain! entendit-elle Mendez s'écrier. Encore!

Surprise, elle se tourna vers lui. Il regardait la télévision. Elle jeta un coup d'œil sur l'écran et vit des soldats armés de fusils automatiques M16 qui levaient la tête vers un hélicoptère de l'armée américaine. L'air déplacé par les rotors creusait des vagues dans un grand pré vert en pente.

— Qu'est-ce que c'est?

— Un documentaire sur la fumigation des cultures par l'armée américaine, en Colombie.

Il attrapa la télécommande pour monter le son.

D'après le porte-parole du gouvernement colombien, son pays a toujours coopéré avec les États-Unis dans la guerre contre la drogue, mais la fumigation des cultures de coca au nord de la Colombie avec l'agent biologique fusarium oxysporum *n'entre pas dans les termes de l'accord signé par les deux pays pour cette opération commune.*

De part et d'autre, le discours politique semble avoir pour but d'obscurcir les choses plutôt que de les clarifier. Pour le gouvernement colombien, admettre que les États-Unis entreprennent une action unilatérale reviendrait à faire le jeu de ses ennemis politiques qui le traitent déjà de marionnette des Américains.

— C'est absolument intolérable, dit Mendez.

Il baissa le son et se tourna vers Margaret.

— Vous êtes au courant?

Margaret fit un geste vague de la main.

— Il me semble avoir vu un article dans le magazine *Time* il y a quelques semaines. Je ne l'ai pas lu. De quoi s'agit-il?

— Le gouvernement américain a pulvérisé ce *fusarium oxysporum* sur tout ce qui, en Colombie, ressemble à une culture de coca. Le but est de détruire les plantes là où elles poussent et de couper le trafic de la cocaïne à sa source. Il est à peu près sûr que nous avons entrepris une action unilatérale sans le consentement actif du gouvernement colombien. Mais les Colombiens ont peur de l'admettre, parce que cela reviendrait à admettre qu'ils ont effectivement perdu le contrôle de leur propre pays et

203

sont le jouet d'une puissance étrangère – amie ou pas, peu importe.

Margaret haussa les épaules.

— Mais n'est-ce pas une bonne chose de détruire les récoltes ?

— Si ça se limitait à ça, peut-être.

Mendez avala une bonne rasade de scotch et se redressa, l'air très concentré.

— En réalité, non seulement nous pulvérisons ce truc sur un autre État souverain, mais nous le faisons sans nous soucier de l'effet de ce champignon pathogène sur les gens qui vivent dans le coin. C'est insensé !

Margaret répéta le nom du champignon d'un air pensif.

— *Fusarium oxysporum.* Ça ne me dit rien, Felipe.

Mendez secoua la tête en s'efforçant de contenir sa colère.

— Le gouvernement prétend que des scientifiques ont affirmé pouvoir mettre au point une souche inoffensive du *fusarium* résistant aux mutations et à l'échange de gènes. Connerie ! Le *fusarium oxysporum* est connu pour avoir une recombinaison génétique très active. Il est hautement susceptible de mutation et de réarrangement entre les chromosomes avec un flux horizontal de gènes contribuant à sa variabilité.

— Attendez, Felipe, je ne suis pas étudiante en génétique, dit Margaret en riant. Je ne sais pas de quoi vous parlez.

Mais, absorbé par son sujet, Mendez continua :

— Le problème, Margaret, c'est qu'il n'existe

aucun moyen de contrôler le flux de gènes du *fusarium*, ce qui en fait un agent pathogène redoutable. Si vous en arrosez une région, vous ne détruisez pas seulement les plants de coca, vous transmettez des maladies horribles à un nombre incalculable de gens et d'animaux.

Margaret se redressa.

— Mon Dieu. Le gouvernement est au courant?

— Il devrait. Les preuves ne manquent pas.

— Quelles maladies?

— Eh bien, chez les humains dont le système immunitaire est normal, on peut s'attendre à des infections étendues de la peau et des ongles, à une maladie respiratoire assez sérieuse, et à une infection fongique du foie.

Mendez prit une gorgée de scotch.

— Chez les gens au système immunitaire insuffisant ou vieillissant, c'est-à-dire les jeunes et les vieux, on sait que cela provoque un vieillissement précoce connu sous le nom de maladie de Kashin-Beck. Elle affecte surtout les enfants. Mais aussi les poulets, les rats, les singes...

Il se leva pour aller remplir son verre.

— Putain de merde, Margaret, cela équivaut à lancer une guerre biologique contre la population colombienne! Et après, on s'étonne que d'autres veuillent nous faire la même chose?

Il avala son verre de scotch, se força à respirer à fond, puis sourit.

— Je suis désolé. Il est tard. Vous avez assez de problèmes. Et vous vous en fichez complètement.

Il haussa les épaules avec l'air de s'excuser.

— C'est juste un des mes dadas. Quand on a

beaucoup de temps devant soi, on a parfois tendance à se monter un peu trop la tête.

Il visa la télévision avec sa télécommande et l'éteignit.

— Bon, dit-il en retournant s'asseoir et en poussant Clara du bout du pied, on ferait mieux de changer de sujet. Vous pourriez me parler de vous et de votre policier chinois.

Margaret le regarda avec une certaine méfiance.

— Dites-moi d'abord ce que vous savez.

— Eh bien, j'ai fait ma petite enquête hier...

Elle poussa un soupir de lassitude.

— Ne me dites pas que vous désapprouvez les couples mixtes?

— Sûrement pas, ma chère, répondit Mendez avec un sourire plein de sympathie. En tant que Mexicain marié à une Américaine anglo-saxonne, j'ai vécu ce type de situation pendant plus de trente ans. Donc je sais ce que c'est de supporter la désapprobation des deux familles et les chuchotements des collègues.

Il secoua tristement la tête.

— C'était pire pour Catherine évidemment. Mariée à un *Latino*, même s'il était devenu citoyen américain. Elle se heurtait à une montagne de désapprobation.

Margaret hocha la tête.

— Oui, l'homme est toujours un veinard et la femme une putain.

— Aïe! Je perçois une blessure, là.

— Un petit bleu, c'est tout. Li et moi... enfin, disons qu'il y a toujours eu un obstacle nous empêchant d'avoir une liaison stable.

206

Elle eut un petit sourire amer.

— Moi, en général.

Elle vida son verre.

— Je l'ai rencontré quand je suis allée en Chine pour la première fois, après que Michael... enfin, après la mort de Michael.

— Je sais comment il est mort, dit Mendez, les yeux baissés sur son verre.

Puis il la regarda en face.

— J'ai fait des recherches, après notre conversation d'hier. J'ai eu un choc. C'était difficile à croire. Ce n'était pas le Michael que je connaissais.

— J'ai vécu avec lui pendant sept ans. Je croyais tout connaître de lui. Alors que je ne savais rien. Je me suis sentie complètement idiote.

— En fait, c'est pour ça que je suis passé vous voir ce soir, Margaret. Pour vous dire à quel point j'étais désolé. Pour Michael. Vous avez dû vivre un enfer.

Margaret hocha la tête, submergée de nouveau par des souvenirs qu'elle avait du mal à tenir à distance.

— C'est la raison pour laquelle je suis partie en Chine. Une sorte de fuite. Et Li Yan était si... différent de tout ce que j'avais connu avant. Il m'a aidée à reconstruire ma vie.

Elle eut un petit mouvement de tête désespéré qui n'échappa pas à Mendez.

— Quoi?

— Il a besoin de moi en ce moment, probablement plus que je n'ai jamais eu besoin de lui, et je ne peux rien faire pour l'aider.

— De quoi parlez-vous?

207

— C'est une longue histoire, Felipe.

— Je suis réveillé, maintenant, dit-il avec un petit sourire.

— Moi aussi.

Elle avait l'impression d'avoir du plomb dans les bras et les jambes et du sable plein les yeux, mais cette envie irrésistible de dormir qui l'avait submergée en arrivant avait disparu. Elle lui raconta l'histoire de Li et de sa sœur, de Xinxin, de la rencontre inattendue entre Li Yan et Xiao Ling dans les circonstances les plus bizarres – Xiao Ling l'immigrée clandestine, infectée par le virus, faisant la putain pour rembourser sa dette.

— Elle sera détenue avec les autres. Enfermée pour Dieu sait combien de temps. Je ne sais pas comment Li Yan va faire.

— Elle peut demander sa mise en liberté sous caution à la cour d'immigration.

— Elle a le virus, Felipe! Ils ne la laisseront pas sortir. Ils vont la garder en quarantaine. Nous ignorons encore ce qui déclenche la grippe. Vous le savez mieux que personne.

— C'est vrai, dit Mendez d'un ton grave. Nous ignorons ce qui la déclenche. Mais nous sommes en train de rassembler le maximum d'informations sur ce qui ne la déclenche pas.

— Que voulez-vous dire?

— Les enquêteurs du Département de la santé et de L'INS ont reçu l'ordre d'interroger les gens déjà placés en détention provisoire sur ce qu'ils ont bu et mangé depuis leur arrivée en Amérique. De cette façon, nous devrions pouvoir établir très rapidement une liste d'aliments «sûrs». Un régime dont nous sommes certains qu'il ne déclenchera pas le virus.

Margaret se souvint alors des paroles presque prophétiques qu'elle avait échangées avec Steve. *Si la nourriture chinoise déclenchait le virus, ce serait déjà fait.* Évidemment, c'était logique.

— Avec une surveillance adéquate, il n'y a aucune raison pour ne pas relâcher Xiao Ling sous la garde de son frère. Et je ne vois pas pourquoi elle ne pourrait pas demander l'asile politique, d'ailleurs. D'après ce que vous m'avez dit, elle pourrait invoquer la persécution de la politique chinoise de l'enfant unique.

Il se leva.

— Je connais un très bon avocat. Qui me doit bien ça. Je vais l'appeler.

— Quoi? Maintenant? s'étonna Margaret, complètement surprise par la vitesse à laquelle la situation évoluait.

— Bien sûr.

— Mais, Felipe, on est au milieu de la nuit.

Mendez lui adressa un grand sourire.

— Et alors? Si je ne suis pas couché, je ne vois pas pourquoi les autres devraient l'être.

Chapitre 14

I

Ils passèrent devant des cabanes en bois délabrées, des vieilles caravanes cachées derrière les arbres, des pick-up cabossés garés au milieu d'épaves rouillées et de monceaux d'ordures. De temps en temps, une parabole pointait de manière incongrue vers le ciel plombé. Les premières lueurs rouges de l'aube apparaissaient à l'est.

En remontant vers Main Street, ils virent sur leur gauche les bureaux du procureur. En face, la vieille prison du comté abritait désormais un cabinet d'avocats.

Mendez gloussa.

— Tous les avocats devraient être en prison, voilà ce que la plupart des gens doivent penser.

Ils allaient justement rencontrer l'avocat qui, ils l'espéraient, ferait libérer Xiao Ling. Margaret et Mendez étaient d'abord passés à Holliday Unit pour prendre Li. Ce dernier n'avait pas fermé l'œil de la nuit, déchiré entre les choix contradictoires qui se présentaient à lui. L'appel de Margaret lui avait fait l'effet d'un rayon de lumière dans le noir. Assis à l'arrière de la voiture, il regardait distraitement par la fenêtre. Son espoir initial s'était évanoui quand il avait appris que l'INS s'opposerait certainement à la libération de Xiao Ling.

Sur un grand mur, une fresque représentait la Bataille de San Jacinto, à l'issue de laquelle Sam Houston avait libéré le Texas du joug mexicain, en 1836. Ils tournèrent à droite, passèrent devant l'impressionnant palais de justice du comté de Walker qui dominait le centre de Huntsville, puis à gauche dans Sam Houston Avenue où ils s'arrêtèrent. Quand ils descendirent de voiture, l'air frais embaumait le café.

Le Café Texan était un bar à l'ancienne mode du Sud : des tabourets bas alignés devant un comptoir rouge et, derrière le bar, des cafetières Cona pleines attendant au chaud sur des plaques électriques. Une fille plantureuse en mini-short servait, au son d'une musique country, des œufs au plat «retournés», du gruau de maïs et des crêpes au sirop d'érable à des clients en Wrangler et Stetson. Les jours d'exécution, le Café Texan accueillait les médias qui s'y entassaient dès le petit matin en spéculant sur la possibilité d'une grâce de dernière minute. Depuis quelques années, elles étaient de plus en plus rares.

Li attira des regards curieux. Une femme aux cheveux gris acier s'avança vers eux, les salua et les guida vers une table du fond où un homme entre deux âges au teint terreux, vêtu d'un costume froissé, se leva pour les saluer. Il s'était coupé en se rasant, et ses cheveux gris clairsemés étaient un peu ébouriffés.

— Bon Dieu, Felipe, tu sais à quelle heure tu m'as tiré du lit ?

Felipe sourit et lui serra la main.

— Pas de repos pour les braves, Dan.

Il lui présenta Li et Margaret, puis le présenta à son tour.

— Voici Daniel L. Stern, avocat, le juriste le plus astucieux de ce côté du Mississipi, et le plus retors.

— Il faut l'être autant que la loi elle-même, dit Stern en souriant à Mendez.

Il se rassit.

— Putain, la bouffe est bonne ici. Qu'est-ce que vous prendrez ?

Personne n'avait faim. Li et Margaret commandèrent un café, Mendez un thé glacé. Ils regardèrent Stern dévorer une double part de gruau baignant dans le sirop d'érable.

— Pas l'occasion d'en manger souvent. La patronne veut que je surveille ma ligne.

Puis, pratiquement sans reprendre sa respiration, il ajouta :

— Tu me balances pas n'importe quelle affaire, Felipe. Ça fout la trouille. Si jamais ça sort au grand jour, il va y avoir des émeutes.

Il regarda Li.

— Et vous avez intérêt à courir vous mettre aux abris, vous autres.

— Tu comprends donc à quel point il est important de garder ça pour toi, dit Mendez.

— Hé, c'est pas à moi que tu vas enseigner la confidentialité, Felipe.

Du pain grillé arriva sur la table ; il l'arrosa de sirop d'érable.

— Bon, voilà comment je vois les choses. Nous avons une jeune femme qui a été obligée de quitter son domicile pour avoir son bébé. Les autorités pouvaient-elles l'obliger à avorter ?

Il leva une main pour devancer la réponse.

— Nous dirons qu'elles le pouvaient.

Margaret observa avec répugnance Stern enfourner son toast. C'était une grande gueule qui offrait un ersatz de justice à celui qui avait le plus de dollars en poche. Un coup d'œil à Li suffit à la renseigner ; lui non plus ne l'aimait pas. Mais, la libération de sa sœur étant en jeu, il se gardait de dire quoi que ce soit.

— Après le massacre de Tiananmen en 1989, beaucoup de Chinois se sont servis de la politique de l'enfant unique pour demander le droit d'asile.

Stern fit un clin d'œil à Felipe.

— Tu vois ? Je ne me suis pas remis au lit après ton coup de fil. J'ai travaillé.

Il se retourna vers Li et Margaret.

— Mais après l'histoire du *Gold Venture* qui s'est échoué au large de New York, les États-Unis ont durci leur politique, jusqu'à ce que le Président Clinton annonce en 1997 que la politique de l'enfant unique devait être considérée comme une persécution. Donc, votre sœur a été chassée de chez elle ; mais elle a perdu son bébé, et le seul moyen pour elle d'obtenir la liberté d'avoir des enfants, comme elle en a humainement le droit, était de fuir son pays natal.

Il haussa les épaules.

— C'est irrécusable. Aucun juge américain ne la renverra en Chine.

Il pointa un doigt vers Li.

— Et vous témoignerez si nécessaire ? Qu'elle est séparée de sa fille depuis deux ans ? Que vous avez assumé l'entière responsabilité de l'enfant pendant son absence?

Li n'avait aucune idée des problèmes que cela lui poserait avec l'ambassade, mais il hocha la tête. C'était la vérité.

— Bien sûr, dit-il.

— Bon.

Stern paraissait très content de lui.

— Et si le professeur Mendez et le docteur Campbell approuvent un régime alimentaire que vous vous engagez à lui faire suivre à la lettre, je pense que nous obtiendrons sa libération.

Il termina ses toasts, avala son café et s'essuya la figure avec une serviette en papier.

— OK, dit-il en se levant. Allons la sortir de là.

Les gardiens de prison du Texas Department of Criminal Justice, armés, contrôlaient toutes les entrées du centre de droit pénal, au sommet de la colline. Un important cordon de sécurité l'isolait du reste du campus.

Les prisonniers avaient été amenés de Holliday Unit une heure plus tôt, en deux bus. On les avait rassemblés dans une salle de conférence, derrière le tribunal. La table de conférence avait été enlevée et remplacée par des rangées de chaises en plastique. Le juge McKinley, un Noir laconique d'une quarantaine d'années qui présidait la cour d'immigration de Goree, s'était vu attribuer une salle de la bibliothèque en guise de bureau.

Les policiers accompagnant les prisonniers n'avaient pas quitté leur combinaison de Tyvek et leur masque HEPA, mais le juge, qui avait reçu l'assurance du Département de la santé qu'aucun des prisonniers n'était contagieux, avait refusé de prendre ce genre de précaution, et fait son entrée dans la salle d'audience vêtu de sa robe noire enfilée par-dessus un costume gris anthracite. Assis en hauteur, entre la Bannière étoilée et l'Étoile solitaire du Texas, il dominait toute la salle. Il y avait trois tables en face de lui, celle du milieu étant réservée aux prisonniers. L'avocate de l'INS, une jeune femme d'une trentaine d'années à l'expression inquiète, occupait celle de gauche, l'autre était pour les représentants des accusés. Mais sur les soixante-sept personnes appelées à comparaître devant la cour ce jour-là, seule Xiao Ling avait un avocat.

Les premiers immigrants furent amenés devant le juge. Appuyé au dossier de sa chaise, mâchonnant d'un air absent le bout de son crayon, Stern avait l'air de s'ennuyer ferme. Margaret s'était installée au fond de la salle et observait la séance avec une curiosité horrifiée. Les immigrants clandestins avaient peu de droits, sinon pas du tout. La cour avait reçu la consigne de leur permettre de prendre contact avec leurs consulats ; ils avaient le droit d'être légalement représentés. Mais pratiquement aucun d'eux n'avait accès à un avocat, sans parler des moyens de le payer. Un Chinois anonyme en costume sombre impeccable était assis, très droit, à trois sièges de Margaret. Il observait et gribouillait de temps en temps des notes sur un carnet. Margaret supposa qu'il représentait le consulat de Chine. Li était allé parler à sa sœur et attendait avec elle à l'extérieur de la salle. Elle se demanda s'il préférait éviter le fonctionnaire du consulat.

215

D'un point de vue constitutionnel, la cour siégeait sur un champ de mines, Margaret le savait. Normalement, les médias ne s'intéressaient pas aux séances de la cour d'immigration de Huntsville, mais ils avaient le droit d'y assister s'ils le voulaient. Elle était certaine qu'il ne faudrait pas longtemps avant qu'un reporter comprenne qu'il se passait quelque chose d'inhabituel au centre et ne montre son nez. Elle n'avait aucune idée de la façon dont les autorités réagiraient. Elle se félicitait seulement de ne pas avoir à prendre de décision.

Un cortège de personnages pathétiques en uniforme blanc de détenu fut présenté au juge par un sergent baraqué portant masque HEPA et gants. Comme pratiquement aucun des prisonniers ne parlait anglais, le juge McKinley fut obligé de recourir à l'aide d'un interprète, ce qui lui était peu familier. Tous durent répondre aux mêmes questions. Nom. Nationalité. Comprenaient-ils les charges retenues contre eux ? Pourquoi la cour ne devrait-elle pas les renvoyer en Chine ? Aimeraient-ils avoir le temps de préparer une défense et trouver un avocat ? Au rythme de cinq minutes par cas, le procès allait durer une semaine.

Sept ou huit étaient déjà passés lorsque l'agent Fuller entra dans la salle d'audience. Il descendit tranquillement les marches et s'assit dans les premiers rangs d'où il observa le déroulement de la séance sans bouger.

Margaret devina que le tour de Xiao Ling était imminent lorsqu'elle vit l'agent Hrycyk passer devant elle en lui adressant un clin d'oeil ; il s'installa juste derrière l'avocate de l'INS. Elle comprit à son visage pâle et ses yeux bouffis qu'il n'avait pas dormi plus qu'elle. Un moment plus tard, Mendez se glissa dans la salle. Il sourit à Margaret en agitant un papier blanc et alla s'asseoir un peu plus loin.

Li arriva à son tour et la rejoignit, sans regarder le fonctionnaire du consulat de Chine qui ne cessait de tourner la tête dans leur direction. Si Li devait témoigner, ce serait peut-être bientôt son tour de se présenter devant une cour d'immigration pour demander l'asile politique, pensa-t-elle.

Xiao Ling fut conduite à la table des prévenus et priée de s'asseoir. Stern se leva.

— Votre honneur, mon nom est Daniel Stern, avocat de l'État du Texas, je plaide pour l'accusée.

Le juge se gratta le menton d'un air songeur.

— Merci, monsieur Stern, que répond votre cliente à l'accusation ?

— Monsieur le juge, ma cliente a l'intention de demander l'asile politique au motif de persécution dans son pays natal, la Chine, en raison de la politique de l'enfant unique de ce gouvernement. Je ne sais pas si vous êtes familier...

— Je sais tout sur la politique de l'enfant unique, monsieur Stern, le coupa brutalement le juge McKinley.

— Bien sûr, Votre Honneur. J'aimerais demander la libération sous caution de ma cliente de façon à nous donner le temps de préparer un dossier.

L'avocate de l'INS bondit sur ses pieds.

— Objection, Votre Honneur. Étant donné les circonstances spéciales entourant tous les accusés de cette affaire, nous pensons qu'il serait risqué pour la cour de libérer l'un d'entre eux.

— Merci, mademoiselle Carter, dit le Juge. Monsieur Stern ?

— Monsieur le juge, compte tenu de ces... circonstances spéciales...

Il insista sur ces mots et sourit en direction du banc de l'INS.

— ... je suggère que la cour fixe des conditions spéciales aux termes de la libération sous caution accordée à Mlle Xiao Ling.

Il prononça son nom «Shaolin.»

— Nous avons ici présent le frère de l'accusée.

Margaret sentit Li s'agiter, mal à l'aise, et vit Hrycyk leur lancer un regard furieux.

Stern continua :

— Monsieur Li est officier supérieur de la police chinoise et agent de liaison de l'ambassade de Chine à Washington. Si la cour est prête à relâcher l'accusée sous sa garde, il garantira sa présentation devant la cour à la date fixée par Votre Honneur pour l'audition.

Carter bondit une fois de plus sur ses pieds.

— Votre Honneur, nous croyons que cela ne satisfait pas aux besoins spéciaux de cette affaire, et que Mlle Xiao Ling, ainsi que tous les autres accusés ici présents, devrait être détenue en quarantaine jusqu'à ce que la cour rende une décision appropriée.

— Monsieur le juge, je n'ai pas terminé, dit Stern.

Le juge hocha la tête.

— Continuez, monsieur Stern.

— Votre Honneur, nous avons aussi, ici présents, deux membres de la cellule de crise constituée pour faire face aux circonstances spéciales auxquelles il a été fait allusion. Le docteur Margaret Campbell, médecin légiste en chef du comté de Harris, et Felipe Mendez, professeur émérite de génétique au Baylor College. Ils sont prêts à approuver un régime alimentaire qui garantira à Melle Xiao Ling sa condition de personne non contagieuse pendant sa période de mise en liberté.

— Objection, Votre Honneur. Nous ne croyons pas que quiconque puisse offrir cette garantie.

Le juge McKinley soupira comme s'il commençait à se lasser de l'affaire.

— Monsieur Stern? Avez-vous cette liste?

Stern se tourna vers le fond de la salle. Mendez hocha la tête.

— Oui, Votre Honneur.

— Voyons voir, dit le juge en tendant la main.

Mendez se leva et s'avança. De sa place, Xiao Ling regardait la séance se dérouler d'un air abasourdi, malgré les commentaires détaillés de l'interprète.

— Votre Honneur, dit Stern, voici le professeur Mendez.

Mendez tendit la liste au greffier qui se leva pour la remettre au juge.

Le juge l'examina un long moment, puis baissa les yeux vers Mendez.

— On dirait le menu d'un restaurant chinois, professeur, dit-il. Ça me donne faim.

Il regarda sa montre tandis que des rires fusaient dans la salle.

— Et il reste encore deux bonnes heures jusqu'au déjeuner.

D'autres rires s'élevèrent mais le sourire du juge s'évanouit rapidement.

— Professeur, comment pouvez-vous garantir la sécurité de ce régime?

— Votre honneur, la liste des aliments que vous avez devant vous a été préparée cette nuit par le Département de la santé après interrogation minutieuse de tous les prisonniers. Tous ces aliments ont été consommés sans activer le virus. Ils constituent la base du régime auquel tous les prisonniers seront soumis, à la fois pour leur propre sécurité et pour celle des policiers sous la garde desquels ils ont été placés.

Hrycyk se pencha en avant pour chuchoter quelque chose à l'oreille de Carter qui se leva promptement.

— Monsieur le juge, le professeur est-il en train de dire qu'il peut *garantir* que ce régime est sûr?

McKinley regarda Mendez.

— Professeur?

Mendez sourit.

— C'est ma réputation qui est en jeu, Votre Honneur.

McKinley haussa les sourcils en regardant l'avocate de l'INS.

— Mademoiselle Carter?

Elle jeta un coup d'œil à Hrycyk qui, les mâchoires crispées de colère, se contenta de hausser les épaules. Elle se retourna vers le juge.

— Euh...

— Si c'est tout ce que vous avez à nous dire, mademoiselle Carter, j'ai bien peur d'être obligé d'accéder à la requête de M. Stern.

Il jeta un coup d'œil sur son agenda.

— Je fixe l'audience à dans huit jours à compter

d'aujourd'hui. En attendant, Melle Xiao Ling est relâchée sous la garde de son frère.

— Si j'avais su, Votre Honneur, j'aurais préparé une réfutation adéquate.

— Vous pourrez réfuter tout ce que vous voudrez à l'audience de la semaine prochaine, mademoiselle Carter, dit le juge agacé. Ma décision est prise.

Il abaissa son marteau et lança :

— Au suivant!

II

À l'extérieur de la salle d'audience, Xiao Ling, le visage inondé de larmes, tomba dans les bras de son frère. Elle se sentait émue, perdue, mais savait que la cour l'avait relâchée sous la garde de son frère. Le sergent la prit doucement par le bras ; elle devait d'abord retourner à Holliday Unit pour se changer et récupérer ses affaires. Il les informa qu'elle en aurait environ pour une heure. Stern avait filé en disant qu'il avait une affaire à Houston l'après-midi même et qu'il les contacterait pour préparer l'audition de la semaine suivante.

Hrycyk sortit de la salle en fulminant et siffla à Margaret :

— Avec vos conneries, vous mettez tout le pays en danger!

Margaret secoua lentement la tête.

— C'est avec des gens comme vous que le pays

est en danger, agent Hrycyk. Vous êtes un vrai dinosaure. Un fossile d'un autre âge.

— Ouais, c'est ça, grogna-t-il en allant rejoindre Carter pour s'entretenir à voix basse avec elle.

Margaret trouva Mendez en train de contempler un drapeau exposé dans une vitrine. Composé de bandes verticales verte, blanche, rouge, il portait une date, 1824, grossièrement griffonnée sur la bande blanche du milieu. Le coin inférieur gauche avait été troué par une balle.

— Vous savez ce que c'est, ma chère ? C'est le drapeau qui flottait sur Fort Alamo quand John Wayne et Richard Widmark se sont fait tuer.

— Vous voulez dire Davy Crockett et Jim Bowie ? dit-elle en riant.

Mendez sourit et tira sur sa barbe blanche.

— Je ne peux me représenter d'autres visages que ceux des acteurs. Vous ne trouvez pas que Hollywood défigure l'histoire ?

Il tourna vers elle des yeux pétillants.

— Felipe, vous ne croyez pas que vous prenez un gros risque en mettant votre réputation en jeu de cette façon ?

Il se mit à rire.

— Ma chère Margaret, ma réputation est déjà en miettes. Je n'ai absolument rien à perdre.

Li s'approcha d'eux et tendit la main à Mendez.

— Je ne sais pas comment vous remercier, professeur.

— Prenez simplement soin d'elle et assurez-vous qu'elle observe strictement le régime.

Margaret pensa soudain à quelque chose.

— Est-ce qu'on ne devrait pas envoyer une copie de ce régime à Fort Detrick pour Steve Cardiff ?

— Je vous ai devancée, ma chère. C'est déjà fait.

— Docteur Campbell... Monsieur Li...

Ils se retournèrent en entendant Fuller les appeler. Il était accompagné de Hrycyk et du Chinois bien habillé que Margaret avait vu dans la salle.

— J'aimerais vous présenter M. Yi Fenghi. M. Yi travaille pour le conseiller Soong, qui est l'un des conseillers municipaux de Houston et le porte-parole de la communauté chinoise de la ville.

Yi s'inclina avec raideur et serra la main de chacun. C'était un homme petit, pas plus d'un mètre soixante-cinq, au visage rond et lisse. Ses cheveux noirs coiffés en arrière étaient fixés avec du gel. Il portait un costume Armani, une chemise en soie blanche et une cravate bleue.

— Je suis honoré de vous rencontrer, docteur Campbell. Messieurs.

Son anglais était correct, mais guindé.

— Si nous allions nous asseoir là-bas ? proposa Fuller en montrant un groupe de fauteuils confortables disposés en carré autour d'une table, près d'une fenêtre. La fenêtre donnait sur un parking, à l'arrière du centre.

— Apparemment, les rafles d'hier ont semé la panique à Chinatown, dit Fuller.

Yi prit la parole.

— Le conseiller Soong tient beaucoup à la coopération de la communauté avec la police et l'INS pour régler tout problème susceptible de se présenter. Il a déjà été contacté par de nombreux chefs de file de la communauté inquiets du manque de communication avec les autorités au sujet de cette nouvelle répression. Il a convoqué une réunion pour cette après-midi et espère que les représentants de vos agences y assisteront aussi. Pour information et conseil.

— À mon avis, nous devrions y aller, dit Fuller. Nous aurons besoin d'avoir la communauté de notre côté quand ça va éclater. Qu'en pensez-vous, Li ?

Li jeta un coup d'œil inquisiteur à Yi.

— Je pense que si le messager s'habille en Armani, son patron doit valoir un paquet de *kuai*.

— Le conseiller Soong est président de la Houston-Hong Kong Bank, dit le messager sans se démonter. Il est très riche. Il a beaucoup entendu parler de vous, inspecteur Li. Il aimerait beaucoup vous rencontrer.

— Vraiment ?

— Il vient de Canton. Il a débuté sa vie en Amérique comme immigrant clandestin lui aussi. Le Président Bush l'a amnistié après le massacre de Tiananmen. Il est maintenant citoyen américain.

— L'incarnation du rêve américain, ironisa Li.

Margaret lui jeta un coup d'œil interrogateur, étonnée par son attitude.

— D'accord, nous rencontrerons le conseiller Soong, ajouta-t-il.

Yi se leva en souriant.

— À 2 heures, alors. Au Minute Maid Park.

— Quoi, un putain de stade de base-ball ? s'étonna Hrycyk.

— Le conseiller Soong y possède un salon privé qu'il utilise pour des réunions confidentielles.

Sur ce, Yi inclina la tête et sortit.

— Tu n'as pas l'air de l'apprécier beaucoup ? dit Margaret à Li.

— Ce genre de type, j'en rencontre tout le temps. Des voyous sortis du caniveau. Ce n'est pas un costume Armani qui peut le camoufler, ni une coupe de cheveux à cent dollars.

Hrycyk lança à la cantonade :

— Alors là, je vois pas comment il peut dire ça. Pour moi, ils sont tous pareils.

Ignorant Hrycyk, Mendez rétorqua :

— Ne dit-on pas pourtant que c'est l'habit qui fait le moine ?

— On dit aussi qu'un léopard ne peut pas changer ses taches.

Margaret se mit à rire.

— Ne vous lancez jamais dans un concours de proverbes avec un Chinois, Felipe. Vous ne gagnerez jamais. Ils en ont une réserve inépuisable.

III

Des nuages d'orage s'amoncelaient dans le ciel. De grosses masses sombres chargées d'électricité. Un vent chaud s'était brusquement levé du sud-ouest et faisait voler la poussière accumulée le long des routes depuis six semaines. Des détenus en uniformes blancs usés ratissaient les saletés des bas-côtés, en transpirant copieusement dans la chaleur de la mi-journée.

Le Holliday Unit paraissait encore plus oppressant

sous le ciel noir. Garée sur le parking, Margaret attendait dans la Bronco de Mendez dont elle avait laissé le moteur tourner au ralenti pour conserver un peu de fraîcheur. Mendez lui avait prêté sa voiture qu'il reprendrait plus tard à l'institut médico-légal. Baylor n'étant qu'à cinq minutes du Texas Medical Center, il s'y rendrait en navette en fin de journée. Pour l'instant, il était parti à Houston avec Li, Hrycyk et Fuller. Margaret devait réceptionner Xiao Ling à la prison, puis retourner à son bureau, sur Old Spanish Trail, où Li viendrait chercher sa sœur après la réunion du Minute Maid Park. Il l'emmènerait ensuite à Washington.

Margaret appréhendait la rencontre avec Xiao Ling qui comprenait mal l'anglais et s'attendait à voir son frère. Consciente d'être observée par le gardien de la tour, elle tambourinait impatiemment sur le volant. Elle lui avait annoncé, vingt minutes plus tôt, qu'elle venait chercher Xiao Ling. Mais il ne se passait toujours rien. Enfin la porte principale du bloc H s'ouvrit et McLeod, la directrice adjointe de la prison, apparut avec la jeune femme vêtue, comme la veille, de sa courte robe bleue et de ses chaussures blanches à talons hauts. Un contraste bizarre avec l'uniforme qu'elle portait à la cour, une transformation radicale de la petite immigrante illégale intimidée en prostituée de bas étage. Si les habits ne faisaient pas le moine, ils faisaient, ou défaisaient, la femme.

Elle descendit de voiture et s'avança à leur rencontre. À cet instant, les premières gouttes de pluie commencèrent à tomber du ciel. De grosses gouttes froides qu'elle sentit sur ses bras nus et son cou.

— Elle est à vous, docteur, dit McLeod.

Xiao Ling regarda d'abord Margaret puis le parking.

— Li Yan?

Margaret secoua la tête, pointa un doigt vers Xiao Ling, puis vers elle-même et dit :

— Vous venez avec moi.

Xiao Ling parut troublée. Effrayée, même. Elle secoua la tête.

— Non.

McLeod sourit.

— Bon, eh bien, je vous laisse, dit-elle en refermant la grille, abandonnant Margaret sous la pluie avec cette étrangère qui était la sœur de son amant.

Margaret traça d'un doigt un cercle sur sa montre, en espérant exprimer le temps qui passait.

— Li Yan. Houston. Plus tard.

Xiao Ling la regarda d'un air absent. Margaret commençait à perdre patience et à se mouiller sous la pluie qui tombait de plus en plus fort. Elle prit la jeune femme par le poignet et l'entraîna vers la Bronco. Xiao Ling résista.

— Non, répéta-t-elle en se dégageant.

— Et merde, fais comme tu veux, après tout. Reste ici sous la pluie si tu préfères, moi, je rentre à Houston.

Et elle courut vers la voiture, en se protégeant la tête avec son sac. Le ton de sa voix fut plus efficace que ses paroles – à moins que ce ne fût la pluie – car quand elle ouvrit la portière, elle vit que Xiao Ling l'avait suivie. Elle regretta alors sa colère et son impatience contre cette fille qui devait être morte de peur. Mais elle ne pouvait s'empêcher de penser que

c'était elle qui avait abandonné Xinxin, sa propre fille
= un enfant pour laquelle Margaret éprouvait un
amour profond. Quoi qu'ait pu faire Xiao Ling dans
sa vie, quelles qu'aient pu être ses souffrances,
jamais Margaret ne le lui pardonnerait.

Les panneaux publicitaires poussaient comme des
mauvaises herbes de chaque côté de l'autoroute, de
plus en plus serrés en arrivant sur Houston. Côte à
côte, les fast-food jouaient des coudes pour se faire
une place, comme tant d'immigrés ; Chinois, Mexicains, Italiens se disputaient les faveurs des clients
face aux Américains bien implantés comme McDo-
nald's et Cracker Barrel. Une bataille entre burgers
et canards laqués, entre frites et fajitas. Margaret et
Xiao Ling roulaient dans un silence que seul le bruit
des essuie-glaces venait rompre. La circulation était
ralentie par la pluie. L'attention de Margaret fut
soudain attirée par une voiture qui la collait. Si
jamais elle freinait brusquement, son conducteur
n'aurait pas le temps de ralentir, surtout sur la chaussée mouillée. Il lui rentrerait dedans. Profitant d'une
trouée sur la file de droite, elle mit son clignotant et
se rabattit pour se laisser doubler. Mais quand elle
regarda dans son rétroviseur, elle constata que
l'autre voiture l'avait suivie et la collait toujours.
    — Bon Dieu ! marmonna-t-elle.
    Xiao Ling lui jeta un coup d'œil inquiet ; elle
comprit aussitôt que quelque chose n'allait pas et se
retourna pour regarder par-dessus son épaule. Mais
le pare-brise brouillé de pluie l'empêchait de distinguer le conducteur. Margaret mit à nouveau son clignotant et changea de file ; l'autre voiture la suivit.

Elle allait lancer une série de jurons quand elle entendit un cri perçant, un cri de terreur.

Elle tourna la tête. Xiao Ling, le dos raide, le visage blême, regardait devant elle sans rien voir. Soudain, une Lincoln verte se porta à leur hauteur sur la voie de droite et le conducteur leur adressa un grand sourire qui découvrit une dentition horrible au milieu d'un visage chinois très déplaisant.

— *Ma zhai*, chuchota Xiao Ling.

Terrorisée, elle s'agrippait à son siège, sans oser bouger.

— Quoi, *ma zhai*? Qu'est-ce que c'est? demanda Margaret en donnant un coup de volant pour redresser la Bronco.

Pendant un quart de seconde, elle avait failli en perdre le contrôle. Le cœur battant, elle jeta un coup d'œil dans le rétroviseur; la Lincoln avait disparu. Mais, soudain, une Chevy blanche surgit sur sa gauche. Elle coula un regard en biais vers le passager. Un autre Chinois. Celui-ci ne souriait pas. Il glissa un doigt en travers de sa gorge, de gauche à droite. À son tour elle se sentit gagnée par la peur. Elle serra le volant de toutes ses forces. C'était ridicule. Elles étaient au milieu d'une autoroute, en train de rouler à quatre-vingt-dix kilomètres à l'heure vers la quatrième ville des États-Unis. Qu'est-ce que ces gens pouvaient leur faire? Qu'est-ce qu'ils voulaient leur faire? Pourquoi? Xiao Ling paraissait les connaître, mais Margaret n'allait pas se laisser démonter. Tant qu'elles ne s'arrêtaient pas, il ne pouvait rien leur arriver.

Elles firent les deux kilomètres suivants escortées

par les deux voitures; Xiao Ling pleurnichait, trop effrayée pour regarder à droite ou à gauche.

— Mais qu'est-ce qu'ils nous veulent à la fin, merde? finit par crier Margaret, à bout de nerfs.

Elle écrasa la pédale de frein et entendit aussitôt un grand crissement de pneus suivi de coups de klaxon. La Chevy et la Lincoln les avaient distancées. Elle déboîta, coupa deux voies en déclenchant à nouveau un concert d'avertisseurs et jeta la Bronco in extremis sur une bretelle de sortie qui leur fit rejoindre une autoroute parallèle à celle qu'elles venaient de quitter.

Le souffle court, Margaret ralentit et vérifia dans ses rétroviseurs que personne ne la suivait. Puis elle regarda Xiao Ling qui paraissait un peu moins tendue. Soulagée, elle laissa échapper un petit soupir.

Elles parcoururent plusieurs kilomètres sur cette route et dépassèrent plusieurs ponts et embranchements sans apercevoir aucun signe de la Chevy ou de la Lincoln. Margaret commença à se détendre elle aussi. Un peu avant l'embranchement suivant, elle mit son clignotant et prit la sortie qui les ramènerait sur la première autoroute. Là, elle accéléra. Les tours de verre du centre de Houston apparaissaient à l'horizon. Le ciel était si chargé et plombé qu'il faisait presque nuit. Les phares des voitures se reflétaient sur l'asphalte mouillé. Des éclairs en zigzag illuminaient les vides entre les gratte-ciel. Un quart d'heure plus tard, elles débouchèrent au centre de la ville, sur un immense échangeur. Margaret prit, à gauche, la 59 puis la 288. Peu après, elle arrivèrent sur North MacGregor Boulevard, dominé par les arbres dégoulinant de pluie de Hermann Park. Elle tourna sur Braeswood et s'arrêta au feu rouge du croisement avec Holcombe. La pluie martelait le toit de la Bronco.

Machinalement, elle jeta un coup d'œil à la voiture garée dans la contre-allée et fut saisie d'une frayeur qui la transperça comme un poignard. C'était la Chevy blanche, avec le Chinois qui avait fait le geste de lui trancher la gorge. Elle regarda dans son rétroviseur, la Lincoln verte la suivait et fit un appel de phares, juste pour signaler sa présence. Xiao Ling ne les avait pas encore vues. Margaret leva les yeux vers le feu de signalisation – il était rouge. Puis elle regarda la Chevy – le Chinois écartait le pan gauche de sa veste et commençait à sortir d'un holster ce qui ressemblait à un pistolet. Paniquée, elle écrasa la pédale de l'accélérateur ; la Bronco bondit en avant, ses roues patinant sur la chaussée mouillée. Xiao Ling poussa un jappement de surprise et s'accrocha à son siège. Plusieurs voitures louvoyèrent en klaxonnant pour les éviter. Margaret entendit d'autres crissements de pneus ; elle s'attendait à être percutée ou à recevoir une balle dans le pare-brise d'une seconde à l'autre. Elle dévala Braeswood à toute allure en jetant de fréquents coups d'œil dans le rétroviseur. Quand elle se rendit compte que personne ne la suivait, elle s'autorisa à souffler. Xiao Ling avait l'air paniquée.

— *Ma zhai*, répéta Margaret, sans savoir ce que cela signifiait.

Xiao Ling hocha la tête.

Margaret tourna à gauche dans William C. Harvin Boulevard. À la vue des immenses parkings, elle se sentit soulagée de se retrouver en terrain familier.

L'entrée de l'institut médico-légal Joseph A. Jachimczyk était au bout du boulevard, en face de la guérite en verre à l'intérieur de laquelle elle voyait la silhouette des deux gardes armés. Elle passa devant, entra dans le parking, et alla se garer sur l'emplacement réservé au médecin légiste en chef. Après avoir coupé le moteur, elle resta un moment assise sans bouger. Puis elle se pencha en avant et appuya son front sur le volant. Elle avait les mains et les jambes qui tremblaient. Xiao Ling la regarda d'un air très inquiet; elle ne pouvait pas deviner qu'elles étaient enfin en sécurité dans cet endroit. Margaret laissa échapper un long soupir, respira à fond, se redressa et ouvrit la portière. En posant le pied sur l'asphalte luisant de pluie, elle vit la Lincoln et la Chevy s'arrêter de l'autre côté du boulevard.

— Oh, mon Dieu! murmura-t-elle.

Quatre jeunes Chinois en costumes sombres en descendirent. Elle jeta un coup d'œil à Xiao Ling qui, immobile à côté de la Bronco, paralysée par la peur, incapable d'agir ou de réagir, les regardait. Elle avait les cheveux plaqués sur la figure, et sa robe trempée collait à son corps gracile.

Dans la guérite, les deux gardes discutaient et riaient, inconscients de ce qui se passait à l'extérieur.

Debout sous la pluie devant les portières ouvertes des deux voitures, les quatre Chinois fixaient Margaret et Xiao Ling. Ils ne faisaient pas mine de vouloir faire autre chose que les dévisager.

— Qu'est-ce que vous voulez, bon Dieu? hurla soudain Margaret, hors d'elle.

Et elle s'avança vers eux, d'abord d'une démarche hésitante, puis d'un pas rapide. Les quatre Chinois se retournèrent en même temps pour remonter en voiture. Les portières claquèrent alors qu'elle traversait le boulevard en courant. La Lincoln démarra la première, suivie de la Chevy, et les deux voitures s'éloignèrent en trombe.

Debout sur le trottoir, dégoulinante de pluie, des larmes de rage et de peur sillonnant ses joues, Margaret se sentait outragée par leur méthode d'intimidation silencieuse, frustrée de ne pas avoir pu les affronter. Elle savait que c'était de la folie d'avoir réagi comme elle l'avait fait. Et s'ils lui avaient tiré dessus ? Mais elle savait aussi que si l'on n'affronte pas ses peurs, on risque de se faire broyer par elles.

— Ça va, madame ?

C'était l'un des gardes de la guérite qui l'interpellait.

— Non ! hurla-t-elle, furieuse.

Et elle retourna à grandes enjambées vers Xiao Ling, interloquée par son courage ou sa stupidité.

Chapitre 15

I

D'immenses fenêtres projetaient de longues arches de lumière sur le sol de marbre. De hauts piliers blancs s'élevaient jusqu'au plafond voûté décoré de céramiques. Autrefois, la vapeur, la fumée et les sifflets des trains remplissaient cet espace vide où résonnaient maintenant les pas de Li, Fuller et Hrycyk. Les voies ferrées, disparues depuis longtemps, avaient été remplacées par une pelouse, le grondement des roues par le claquement du cuir sur le bois et le rugissement des fans de base-ball. Conçue par ceux qui avaient construit Grand Central Station à New York, Union Station avait été la plus belle gare du Sud des États-Unis. Aujourd'hui, ce monument de la grande époque des chemins de fer américains hébergeait les Astros de Houston et s'appelait désormais Minute Maid Park

Au centre du hall, une gardienne en uniforme, assise derrière un bureau en acajou, adressa aux trois hommes un sourire resplendissant.

— Je peux vous aider ?

— Nous avons rendez-vous avec le conseiller Soong.

Soong descendit les chercher en personne. C'était

un personnage monumental dans tous les sens du terme. Une personnalité exubérante dans un corps massif au visage très rond, très lisse, encadré de cheveux noirs striés de mèches argentées. Il portait une tenue plutôt incongrue : baskets, jean et blouson de base-ball en cuir rouge des Astros.

— Soyez les bienvenus, messieurs, dit-il en leur serrant la main. Je suis très content que vous ayez pu venir.

Puis il sourit en montrant le hall d'un grand geste du bras :

— Impressionnant, non ? Restauré dans toute sa gloire.

Il poussa une grande porte en verre et les précéda dans le stade. Sur leur gauche, une grande galerie longeait l'ancien bâtiment de la gare. Devant eux, le terrain luisait sous la pluie au pied des gradins qui rejoignaient le ciel plombé.

— Ils vont fermer le toit, je pense, dit Soong. Trop de pluie n'est pas bon pour la pelouse.

— Putain, murmura Hrycyk. Jamais j'ai vu fermer le toit.

Soong le regarda d'un air ravi.

— Vous êtes fan de base-ball, monsieur Hrycyk ?

Hrycyk haussa les épaules, soudain gêné.

— Ouais, j'y vais de temps en temps. Quand je peux.

— Alors, je vous en prie, soyez mon invité pour la saison prochaine. Je peux vous réserver une place dans la tribune.

Il désigna une zone entourée d'une barrière, immédiatement derrière le batteur.

— Ouah, fit Hrycyk oubliant sa réserve. C'est là que vont toutes les vedettes.

On aurait dit un gamin devant un bonbon. Soong rayonnait.

— La place coûte vingt mille dollars. Plus deux cents dollars par match. Environ dix-sept mille dollars par an. En trente ans, plus d'un million de dollars pour une seule place.

Il marqua une pause avant d'ajouter :

— J'en ai trois.

Li regarda Hrycyk. L'agent de l'INS n'aimait peut-être pas les Chinois, mais quand il s'agissait de base-ball, il ne faisait pas la fine bouche.

Ils entendirent le gémissement et le bourdonnement d'un moteur, puis le doux bruit d'un mécanisme qui s'enclenchait.

— Ça y est, ils ferment le toit, annonça Soong.

Les trois hommes le suivirent jusqu'à un gradin d'où ils avaient une vue d'ensemble sur le terrain et les arcades. Au-dessus de celles-ci se dressait la réplique grandeur nature d'une locomotive de l'époque peinte en noir, orange et rouge.

Soong se mit à rire.

— Le propriétaire de l'équipe a payé plus d'un million de dollars de sa poche pour installer ce train. Il parcourt deux cent cinquante mètres en sifflant et en crachant de la vapeur chaque fois que les Astros marque un point. C'est amusant.

De l'autre côté du stade, le toit commençait à se fermer. Il se composait de deux sections cintrées superposées, soutenues d'un côté par une gigantesque structure métallique vitrée de plus de soixante mètres de haut qui coulissait sur des rails parallèles

236

à ceux du train. Dans une petite cabine de contrôle vitrée fixée à la base de cette structure, ils aperçurent l'ingénieur qui contrôlait les moteurs commandant la fermeture du toit. La cabine se déplaçait sur un rail en même temps que la structure ; elle dépassa le train quand la première section du toit s'immobilisa à mi-chemin, et que la deuxième continua sa course vers l'extrémité du stade, au-dessus d'eux. Bien que le toit fût composé de panneaux de verre trempé pour laisser passer le plus de lumière possible, il faisait presque noir maintenant ; de son poste de commande, l'ingénieur alluma des projecteurs qui inondèrent le stade d'un éclairage aveuglant.

Soong prit un grand plaisir à étaler ses connaissances.

— Le toit pèse neuf mille tonnes et couvre plus de deux hectares et demi. Il génère sa propre électricité et ne met que douze minutes à se fermer. Impressionnant, non ? Venez avec moi maintenant. Nous avons à discuter de choses importantes.

Ils le suivirent sous un déploiement sidérant de panneaux destinés à diriger les fans vers leurs places, puis dans un escalier qui les mena à l'étage du club et ensuite à celui des salons privés.

Soong arriva en haut hors d'haleine.

— Avant, je prenais l'ascenseur, mais maintenant, je monte à pied pour ma santé.

Il sourit et ajouta :

— C'est mon unique exercice en dehors du sexe.

Seuls Fuller et Hrycyk firent entendre un petit rire poli. L'image de cet homme, gras et suant, sur le corps délicat d'une pauvre Chinoise obligée de coucher avec lui pour rembourser sa dette à la tête de serpent n'amusait pas du tout Li. La santé et les confidences de Soong, son excentricité – baskets et blouson de base-ball – lui rappelaient les fonctionnaires corrompus qui, en Chine, s'en mettaient plein les poches aux dépend du peuple. Trop de graisse, trop d'autorité, trop de confiance en soi.

Ils franchirent une porte et se retrouvèrent dans un hall courbe au sol recouvert de moquette. Des baies vitrées offraient une vue fantastique sur le terrain. Après avoir contourné une bonne partie du stade, ils parvinrent au vestibule des salons privés. Par les fenêtres donnant sur l'autoroute, Li vit la pluie tomber dans la lumière des réverbères et former un brouillard humide au-dessus des voitures. Soong ouvrit la porte de son salon et les fit entrer dans une grande pièce ; une table de conférence en occupait le centre. Face à l'entrée, des portes vitrées coulissantes ouvraient sur une rangée de fauteuils depuis lesquels la vue sur le terrain était exceptionnelle. À cet instant, un choc assourdi retentit au-dessus de leur tête et se répercuta avec douceur dans tout l'édifice. Soong regarda sa montre.

— Douze minutes. Le toit vient de se fermer.

Huit Chinois d'âge moyen, l'air maussade, tous en costume foncé et chemise blanche à col ouvert, sirotaient bruyamment du thé vert dans de grands verres. Leurs cigarettes noyaient la pièce sous un nuage de fumée. Les cendriers débordaient. Cela devait faire un moment qu'ils attendaient. Leurs yeux méfiants aux paupières tombantes se fixèrent sur Li quand Soong fit les présentations. Ces hommes étaient les dirigeants des différentes associations défendant les intérêts commerciaux des Chinois à

Houston. Les *tongs*. Manifestement, la présence des deux agents de l'INS et du FBI ainsi que celle du policier représentant le pays qu'ils avaient tous fui illégalement, à un moment ou un autre, ne semblaient pas les réjouir.

Soong, en revanche, donnait l'apparence d'un homme extrêmement bien dans sa peau : conseiller municipal, directeur de la Houston-Hong Kong Bank, membre du conseil d'administration des Astros. Une fois Fuller, Hrycyk et Li assis autour de la table, il leur proposa du thé vert. Fuller et Hrycyk déclinèrent l'offre, Li accepta. Cela faisait longtemps qu'il n'avait pas bu de thé vert. Il y trouvait un certain réconfort. Une réminiscence de son pays. Il alluma une cigarette, surprit le coup d'œil de Hrycyk et lui en lança une à contrecœur. Fuller toussa ostensiblement dans sa main.

— On ne pourrait pas ouvrir une fenêtre ? demanda-t-il. Il y a de quoi attraper un cancer du poumon rien qu'en respirant ici.

— Bien sûr, dit Soong en adressant un signe de tête à l'un des hommes en costume foncé assis au bout de la table, qui se leva aussitôt et fit coulisser la baie vitrée.

De l'air s'engouffra à l'intérieur et chassa la fumée vers le toit du stade où elle se dissipa très vite.

Li demanda en mandarin :

— De quel quartier de Canton venez-vous, monsieur Soong ?

Soong le regarda attentivement, cherchant pour quelle raison il lui posait cette question.

— Je crains que mon *putonghua* ne soit pas très bon, monsieur Li.

239

— Mon cantonais ne l'est pas non plus.

— Peut-être pourrions-nous parler anglais, alors, dit Soong en anglais.

— Bonne nouvelle, fit Hrycyk. Fuller et moi ne parlons ni mandarin ni cantonais.

Li lui coula un coup d'œil en biais. De toute évidence, l'agent de l'INS comprenait mieux le chinois qu'il ne voulait l'admettre.

Ignorant la question de Li, Soong posa les mains l'une sur l'autre devant lui, sur la table, et fronça les sourcils d'un air préoccupé.

— Je dois vous dire, messieurs, que la population de Chinatown n'est pas contente, après les rafles d'hier.

— Nous avons interpellé plus de soixante immigrants illégaux, conseiller Soong, dit Fuller d'un ton calme. Ces gens n'ont pas de papiers, aucun droit d'être ici. Ils violent la loi.

— Bien sûr, monsieur Fuller. Les Chinois ne sont pas au-dessus de la loi. Nous le savons. Mais même les immigrants clandestins ont des droits aux États-Unis, non?

— Les citoyens des États-Unis ont des droits. Les immigrants clandestins n'en ont pas.

— Mais beaucoup de ces gens fuient les persécutions en Chine. Ils ont le droit de demander l'asile politique. Ils ont droit à la mise en liberté sous caution et à la représentation en justice.

— D'après mon expérience, intervint Li en fixant Soong sans ciller, les immigrants clandestins chinois viennent en Amérique pour des raisons économiques, et non politiques. À l'exception, bien sûr, de ceux qui ont commis un crime et cherchent à échapper à une condamnation.

Soong ne broncha pas. Un peu étonné, presque amusé, il rétorqua :

— Corrigez-moi si je me trompe, monsieur Li, mais j'ai entendu dire que votre propre sœur demande l'asile politique. Pour avoir subi les persécutions de la politique de l'enfant unique.

Li sentit ses joues devenir brûlantes. Mais il ne pouvait pas le contester. Le sourire narquois de Hrycyk, de l'autre côté de la table, ne lui échappa pas.

En ayant terminé avec Li, Soong reporta son attention sur Fuller.

— Il est important que les Chinois aient confiance dans le système américain. Il y a beaucoup d'immigrants clandestins en Amérique, monsieur Fuller, mais si les Chinois sentent qu'ils sont... pris pour cibles... alors, cela peut devenir très dangereux pour les bonnes relations dans la communauté.

— Que voulez-vous dire exactement? demanda Fuller d'un ton sec.

Soong demeura imperturbable.

— Je veux dire, monsieur Fuller, que les Chinois veulent être de bons citoyens américains. Nous voulons faire de l'argent, poursuivre le rêve américain. Pas violer la loi. Mais s'il y a toujours la peur de la rafle sur les affaires ou les maisons, alors les mauvais éléments chinois agiront en secret. Et ce n'est bon ni pour vous, ni pour nous.

Il marqua une pause avant de continuer :

— Ces gens que vous avez arrêtés, vous faites un geste pour eux, vous les remettez en liberté sous caution, et la population croit en la justice américaine, la communauté est contente d'aider la police.

Hrycyk souffla un jet de fumée au plafond.

— Je suppose que cet empressement à relâcher ces immigrants illégaux dans la rue n'a rien à voir avec l'argent qu'ils doivent à leurs têtes de serpent ? À peu près trois millions et demi de dollars, d'après mes calculs.

— Nous sommes tout aussi pressés que vous de mettre un terme aux activités des têtes de serpent, monsieur Hrycyk, dit Soong sérieusement. Tous ces messieurs autour de la table ont pignon sur rue. Banque, import-export, vente au détail, restauration, spectacle.

Li observa les visages des représentants des intérêts commerciaux. Impassibles, impénétrables. Pas un ne semblait désireux de prendre la parole. Ils paraissaient plutôt contents de laisser Soong parler pour eux.

— L'activité illégale des têtes de serpent est mauvaise pour nos affaires, elle fait peur et affaiblit l'économie, continua Soong. C'est pourquoi nous voulons vous aider. Arrêter les gangs de rue, les jeux d'argent illégaux, le racket. Ce sont des choses mauvaises pour tout le monde. Mais si la population a peur de la police, les gangs auront encore plus de pouvoir. Vous remettez ces gens en liberté sous caution, comme la sœur de monsieur Li, et la population n'aura pas peur.

— Je crains que cela soit impossible, monsieur Soong, dit Fuller. Nous étions opposés à la mise en liberté de la sœur de M. Li, mais la cour en a décidé ainsi. Nous ne pouvons rien faire contre.

Il respira profondément.

— En fait, tous les immigrants illégaux arrêtés hier sont placés en quarantaine – pour leur sécurité, et la nôtre.

Un grand silence se fit autour de la table. Soong se pencha en avant.

— Je ne comprends pas, monsieur Fuller. Quarantaine?

— Ce que je vais vous dire ne doit pas quitter cette pièce, conseiller Soong. Je sais que je prends un risque, mais vous devez tous savoir ce qu'il se passe. Nous allons avoir besoin de votre entière coopération, notamment parce que la communauté chinoise sera la première à en souffrir.

Tout bruit cessa autour de la table. Fuller avait capté la pleine attention de chacun. Il leur expliqua alors que depuis trois mois, les immigrants clandestins traversant la frontière mexicaine avaient été contaminés par un virus de grippe qui ne serait activé qu'en consommant certaines protéines encore non identifiées. Et qu'une fois activé, le virus se répandrait comme une traînée de poudre à travers les États-Unis, faisant des milliers de morts sur son passage.

— Si cela se sait, tous les Asiatiques des États-Unis deviendront la cible de groupes d'autodéfense, qu'ils soient immigrants clandestins ou non.

Dehors, la pluie martelait le toit du stade. Soong avait perdu son air impassible; il était livide.

Les murs gris de l'église de l'Annonciation catholique, à l'angle de Texas et de Crawford, avaient noirci sous la pluie. Le martèlement intermittent

243

d'un marteau-piqueur retentissait au carrefour. Des hommes casqués creusaient la route derrière une rangée de bidons rouge et blanc, découpant les restes d'une voie ferrée que la mairie s'était contentée de faire recouvrir de goudron à une époque antérieure.

Fuller, Li et Hrycyk coururent sous un véritable déluge vers le parking vide, derrière le stade, où Fuller avait laissé sa Chrysler. Hrycyk remonta le col de sa veste et cria par-dessus le vacarme du marteau-piqueur :

— Justice américaine, mon cul ! S'ils veulent voir les clandestins relâchés dans la rue, c'est pour deux raisons, et la première, c'est le fric.

— On dirait presque que ça vous préoccupe.

— Sûr que ça me préoccupe, cria Hrycyk. Je veux les voir tous derrière des barreaux, ou alors sur un cargo direction la Chine. Les représentants de la communauté ! Ces mecs sont tous des *shuk foo*, les oncles des *tongs*. Vous vous figurez qu'ils ne sont pas mouillés dans le trafic des clandestins ?

Il ricana.

— S'ils ne les font pas venir, vous pouvez parier qu'ils les exploitent. Depuis hier soir, il y a un paquet de restaurants sans serveurs, de magasins sans vendeurs, d'ateliers sans main-d'œuvre, et de bordels sans putains.

En disant cela, il lorgna vers Li.

— Et l'autre raison ? demanda Fuller.

— Ils ne veulent pas qu'on pose trop de questions aux clandestins. Même s'ils n'en savent pas des masses, je parie qu'un bon nombre d'entre eux en a vu assez pour compromettre plus d'un oncle.

— Et Soong? demanda Fuller.

— Il représente la communauté chinoise, dit Hrycyk.

Ils s'éloignaient maintenant du marteau-piqueur et n'avaient plus besoin de crier.

— Ces gens *sont* la communauté chinoise – ou, du moins, sa face commerciale. Soong joue sur les deux tableaux, comme ça, quoi qu'il arrive, il s'en sort bien. Typique d'un foutu politicien!

Ils sautèrent dans la voiture de Fuller; les vitres ne tardèrent pas à se couvrir de buée. Fuller se tourna vers Li, assis à l'arrière.

— Que pensez-vous d'eux, Li?

Li réfléchit un moment.

— Je les ai déjà vus, tous, dit-il.

Il vit des visages défiler devant ses yeux. Politiciens corrompus, responsables du Parti, hommes d'affaires malhonnêtes, fonctionnaires à petit salaire et grosse maison.

— Je les ai vus dans des conseils municipaux, des comités de quartier, des réceptions du Parti, des tribunes publiques. J'en ai arrêté pas mal à l'époque; je les ai vus dans des stades, avec un pistolet sur la nuque et la pisse qui leur coulait le long des jambes. Et si ce ne sont pas ceux-là, ce sont leurs semblables qui ont soumis des milliers de jeunes hommes et de jeunes femmes à la prostitution et à l'esclavage.

Au ton venimeux de sa voix, Hrycyk se retourna.

— J'imagine que ça ne vous a pas fait grand-chose?

Li jugea inutile de répondre.

Fuller tourna la clé de contact et dit :

— Washington transfère des fonds d'urgence en

245

vue d'une opération massive le long de la frontière mexicaine. Le nombre de policiers en patrouille va être quadruplé et les polices locales enrôlées. Chaque véhicule pénétrant dans le pays sera arrêté, chaque camion fouillé avec des chiens et des détecteurs à rayon X et gaz carbonique.

Les essuie-glaces balayèrent le pare-brise en rythme et la ventilation souffla un air chaud qui désembua les vitres.

Hrycyk n'avait pas l'air impressionné.

— Alors ça, c'est ce que j'appelle fermer la porte de l'écurie une fois que le cheval a foutu le camp. Ça fait des années qu'on pleure pour augmenter les patrouilles des frontières.

Il poussa un soupir de frustration.

— Putain, depuis le temps qu'on leur serine que le trafic de clandestins est plus important que celui de la came. Ce sont ces putains de trafiquants de drogue qui les font passer, bordel. Ce sont de véritables experts pour faire entrer et sortir des trucs en douce. Ils font ça depuis des dizaines d'années.

— Peu importe qui les fait entrer. Ce qui importe, c'est qui leur fait la piqûre. Et je ne crois pas que ce soit un de ces types assis autour de la table. Ils sont peut-être mêlés à d'autres choses, mais pas à ça. Vous avez vu leur tête quand je les ai mis au courant?

— Sûr qu'ils avaient pas l'air jouasses, admit Hrycyk.

Li fixait la pluie qui ruisselait sur sa vitre et revoyait ces visages empreints d'une telle stupéfaction dans le salon de Soong. Ils lui faisaient penser à certains masques de l'opéra de Pékin.

II

De sa fenêtre, Margaret vit le ciel se déchirer et laisser passer un peu de bleu. Des rayons de soleil jaillirent comme des flèches de platine lancées vers la terre par les gros nuages noirs, boursouflés, bordés d'un fin liseré doré. Malgré sa colère, elle ne put s'empêcher d'admirer cette splendeur.

— Alors je n'ai aucun argument valable contre lui ? aboya-t-elle dans le téléphone. Il peut me jeter à la rue sous prétexte que j'ai changé les serrures sans son autorisation ?

Elle aspira de l'air entre ses dents serrées.

— J'espère que vous n'allez pas me faire payer pour cette information.

Elle poussa un soupir exaspéré en entendant la réponse.

— Eh bien, merci ! La prochaine fois que j'aurai besoin d'un avocat, je saurai à qui ne pas m'adresser !

Et elle raccrocha brutalement.

— Enfoiré ! cria-t-elle.

Le téléphone sonna. D'un geste vif, elle le colla contre son oreille et fut surprise que sa colère ait chauffé le plastique à ce point. C'était Lucy.

— Je crois devoir vous informer qu'on vous entend du bout du couloir, docteur Campbell.

— Vous m'appelez juste pour ça ?

— M. Li est là.

Margaret se précipita à la porte avant que Lucy

247

n'ait eu le temps de raccrocher. L'après-midi lui avait paru interminable. Elle avait été incapable de se concentrer sur la montagne de papiers qui s'étaient empilés dans sa corbeille en quelques jours. Deux corps attendaient d'être autopsiés à la morgue – un meurtre et un accident de la route suspect – et elle avait passé une heure à téléphoner aux hôpitaux pour essayer de trouver des pathologistes susceptibles de faire des heures supplémentaires. Elle attendit que Li soit entré pour pouvoir refermer la porte et se jeter dans ses bras.

— Mon Dieu, Li Yan, où étais-tu passé? Pourquoi est-ce que tu n'es jamais là quand j'ai besoin de toi?

Surpris, il l'écarta de lui, et demanda d'un air inquiet :

— Où est Xiao Ling?

— J'ai demandé qu'on lui prépare un lit dans un bureau du rez-de-chaussée. Elle dort.

— Qu'est-ce qui ne va pas?

Elle sentit alors sa peur revenir ; ses mains se remirent à trembler quand elle lui fit le récit détaillé de leur cauchemar au retour de Huntsville. Le visage de Li devint sombre et songeur.

— Qu'est-ce qu'ils voulaient, Li Yan? L'un d'eux était armé, j'en suis sûre. Mais quand j'ai décidé de les affronter, ils sont partis. On aurait dit que Xiao Ling avait vu un fantôme. Comme si elle les connaissait. Elle a dit quelque chose...

Elle fouilla sa mémoire pour retrouver les mots que Xiao Ling avait murmurés.

— *Ma ja...* un truc comme ça.

— *Ma zhai?*

248

— Oui. Qu'est-ce que ça veut dire?

Li fronça les sourcils.

— Ça veut dire «petits chevaux». C'est le nom qu'on donne aux membres des gangs de rue chinois, ici. On en a arrêté deux dans la rafle de la cave à Chinatown. Ce sont eux qui font obéir les clandestins, les battent, les intimident pour qu'ils remboursent les têtes de serpent. En général, ce sont les mêmes qu'on envoie ramasser l'argent des rackets.

Il marqua un temps d'arrêt.

— Tu es sûre que Xiao Ling les a reconnus?

— Certaine. Comment aurait-elle su qui ils étaient, autrement?

Il hocha la tête.

— Qu'est-ce qu'ils voulaient alors?

— S'ils avaient voulu vous faire du mal, ils l'auraient fait.

Il réfléchit quelques minutes.

— Ils voulaient vous faire peur. Et ils ont réussi.

— Ça, c'est sûr, et ils sont très forts.

Elle voulut esquisser un sourire mais Li l'attira contre lui et l'embrassa doucement sur le front. Elle leva les yeux.

— Mais pourquoi vouloir me faire peur, à moi?

Le visage de Li se colora légèrement.

— Pas à toi, Margaret, à Xiao Ling.

Il repensa aux paroles de Hrycyk quand ils avaient quitté Minute Maid Park une heure plus tôt. *Je parie qu'un bon nombre en a vu assez pour compromettre plus d'un oncle.* Elle avait travaillé au Golden Mountain Club. Elle s'était attirée les faveurs des patrons. Elle avait dû voir et entendre des choses que quelqu'un ne voulait pas qu'elle raconte à son frère.

— Elle doit savoir quelque chose.

Il parla à Margaret du club.

— Je l'emmène à Washington dès ce soir. Elle n'est pas en sécurité ici.

L'annonce de son départ déprima Margaret. Tout changeait sans arrêt dans sa vie. Et la peur que lui avaient faite les *ma zhai* était encore assez présente pour qu'elle se sente vulnérable, les nerfs à vif.

— Tu reviens quand?

Il haussa les épaules.

— Je ne sais pas. Ma priorité, c'est Xiao Ling. Lorsqu'elle sera en sécurité à Georgetown avec Meiping pour s'occuper d'elle, je verrai ce que je peux faire.

Mais il savait qu'il n'avait pas vraiment le choix. Il pouvait soit s'en remettre à la clémence de l'ambassade et demander la permission de la ramener en Chine avec lui, soit la laisser passer devant la justice américaine tout en continuant à jouer un rôle actif dans l'enquête. Ni l'une ni l'autre de ces options ne laissaient beaucoup de place pour Margaret. Il savait qu'elle avait peur. Il la regarda. La peur la rendait plus petite, plus fragile. Seule la force de sa personnalité la faisait paraître plus grande, plus imposante. Mais il refusa de se laisser attendrir. Après tout, ne lui avait-elle pas déclaré deux jours plus tôt que leur relation devait rester professionnelle?

— Il faut que je réserve un vol. Je peux utiliser ton téléphone?

Elle hocha la tête. Mais avant qu'il n'ait posé la main dessus, l'appareil sonna.

Margaret répondit. Li comprit immédiatement qu'il était arrivé quelque chose de grave. Elle leva vers lui des yeux brillants.

— C'était un pathologiste de l'AFIP. Le virus de Steve a été activé.

Chapitre 16

I

L'institut médico-légal des Forces armées était un long bâtiment anonyme bordé de pelouses, d'arbres et de parterres de fleurs bien entretenus, juste en face d'un hôtel Best Western. Les pathologistes qui travaillaient là continuaient à l'appeler «le Gillette», même si la société Gillette avait abandonné les lieux depuis plusieurs années, poussée dehors par les défenseurs des droits des animaux. Les laboratoires où l'on testait les produits s'étaient révélés parfaits pour accueillir les installations de l'institut médico-légal de l'armée; les vitres en plexiglas fumé et le système d'entrée électronique sophistiqué offraient en outre toutes les garanties de sécurité.

Il faisait nuit lorsque Margaret arriva. L'un des pathologistes de l'équipe qui s'était chargé des autopsies d'Ellington la guida à travers un dédale de longs couloirs silencieux jusqu'au bureau de Steve.

— Je vous laisse. Criez si vous avez besoin de quelque chose. Je reste dans les parages.

Margaret cligna des yeux sous la lumière crue des néons. Elle se sentait seule et déprimée. C'était donc le territoire de Steve, l'endroit où il avait passé une partie de sa vie; sa présence se sentait dans chaque coin, mais son absence physique planait comme un spectre.

Un filet d'eau coulait sur un petit tas de pierres disposées sur une table, contre le mur du fond – un bruit apaisant, rassurant dans le silence. Bon feng shui, pensa-t-elle. À côté se trouvaient un microscope et un mannequin humain en plastique de trente centimètres de haut aux organes internes amovibles brillamment colorés. Il y avait aussi des petits tiroirs en carton empilés l'un sur l'autre, des plaques de verre de prélèvement et des piles de diapositives. Sur une étagère, toutes ses plaques, médailles et diplômes encadrés, et une bouteille de limonade étiquetée ADN. Sur le mur, un tableau représentait les premiers astronautes sur la Lune, souriant stoïquement dans leur combinaison spatiale de la NASA. Plus loin, un bassin de malade reconverti en jardinière la fit sourire. Il y avait beaucoup de pots de fleurs tout autour de la pièce.

Au-dessus d'une bibliothèque encombrée, Steve avait punaisé une grande feuille où étaient collés les clichés d'une demi-douzaine de têtes modelées à partir de crânes d'inconnus dans l'espoir de les identifier. Un passe-temps, lui avait-il dit. Sur les tiroirs d'un classeur métallique, il y avait des photos de sa fille, Danni, sur une plage ; dodue et souriante dans son petit maillot de bain rouge, elle regardait l'objectif d'un air ravi en tapant sur l'eau. Margaret imaginait ses cris de joie. Dans un angle du bureau, l'ordinateur de Steve affichait le sourire de Danni en fond d'écran – ses doux cheveux bruns étaient attachés par un ruban et sa bouche entrouverte souriait aux anges. Juste à côté se trouvait le cadre en argent. Margaret sentit les larmes lui monter aux yeux ; elle cligna des paupières pour les refouler et se mit à fouiller les tiroirs du bureau à la recherche du walkman. Puis elle jeta un coup d'œil à la douzaine de cassettes rangées sur la bibliothèque.

Elle ne savait pas lesquelles choisir. En lisant les étiquettes écrites au feutre bleu, elle éprouva soudain un sentiment d'échec et de désespoir. Il aurait dû les avoir deux jours plus tôt ; il n'avait peut-être plus envie de les écouter. Apparemment, il possédait la collection complète des Beatles et aussi des airs d'opéra, les *Quatre saisons* de Vivaldi, *Pilgrim* d'Eric Clapton, les Eagles, *Water Music* de Haendel, Christina Aguilera. Impossible à ranger dans une catégorie, comme Steve. Il était unique. Un court instant, elle se demanda s'ils auraient pu avoir un avenir ensemble en admettant qu'ils se soient rencontrés ailleurs, à un autre moment.

— Vous êtes un peu en retard, non ?

Margaret sursauta et se retourna. Le Dr Ward se tenait sur le seuil de la porte, les lèvres pincées, le regard hostile.

— Je vous attendais avant-hier.

Elle secoua la tête.

— J'ai été rappelée à Houston.

— Et il ne vous est pas venu à l'idée de prendre d'autres dispositions ?

Elle aurait dû. Elle ne sut pas quoi répondre.

— Vous ne voulez pas savoir comment il va ?

— Je le verrai moi-même.

Puis elle hésita. Cela faisait plus de trois heures qu'elle avait reçu le coup de téléphone.

— Comment va-t-il ? demanda-t-elle finalement.

— Dès les premiers symptômes – gorge douloureuse, ganglions, fièvre – on l'a bourré d'antibiotiques et de rimantadine.

Margaret avait lu un article sur la rimantadine, un inhibiteur du virus A en principe efficace à soixante-dix pour cent.

— Jusqu'ici, il a l'air de bien réagir. Mais le pronostic est incertain.

Elle rangea toutes les cassettes, le walkman et le cadre dans un sac en plastique.

— J'y vais.

— Il a demandé sans arrêt après vous pendant les premières vingt-quatre heures. Mais aujourd'hui, il n'a pas mentionné votre nom.

Elle le regarda dans les yeux. Pourquoi cherchait-il à la blesser? Parce qu'elle avait deviné ses faiblesses? Était-ce de la culpabilité, de la colère ou simplement de l'étroitesse d'esprit?

— Il a sans doute d'autres sujets de préoccupation pour l'instant, dit-elle en s'éloignant rapidement.

Du haut de l'autoroute, Margaret aperçut les lumières de Frederick devant elle. La circulation était fluide; un quart d'heure plus tard, elle prenait la sortie de Fort Detrick.

Pendant tout le trajet, qui avait duré une quarantaine de minutes, elle s'était efforcée de ne pas penser au but de son voyage. Mais en voyant les feux clignotants orange des grilles de Fort Detrick, elle sentit son cœur se serrer.

Le médecin de garde était une jeune femme en treillis militaire, aux cheveux bruns ramenés en queue de cheval. Son teint blafard et ses grands yeux tristes trahissaient l'inquiétude qu'elle essayait de dissimuler au mieux. Elle précéda Margaret dans le labyrinthe de couloirs menant à la salle 200. Dans le bureau, l'ambiance était tendue. Plusieurs infirmiers jetèrent à Margaret un regard à la fois curieux et plein de sollicitude.

— Il ne va pas bien, avait annoncé le médecin en l'accueillant. Sa température est montée à plus de quarante et un degrés, il a du liquide dans les poumons, et des vomissements intermittents. Il passe subitement de la lucidité au délire. Les symptômes se sont développés à une vitesse incroyable.

Margaret s'approcha de la porte de la «taule» et regarda par la vitre. Il y avait deux personnes dans la chambre de Steve, toutes deux en combinaison protectrice bleu clair, branchée chacune à un câble jaune en tire-bouchon. Elle distinguait à peine la silhouette allongée sur le lit, mais voyait l'IV qui lui injectait une solution de Ringer lactée pour combattre la déshydratation, et la forêt de fils reliés aux divers appareils contrôlant son état.

— Nous avons tout fait pour que la fièvre tombe, mais c'est une bataille perdue d'avance, avoua le médecin. À ce stade, il est impossible de dire si la rimantadine fait de l'effet. Mais il est costaud, vous savez, il peut s'en tirer.

Margaret se demanda ce que cette femme savait des symptômes et de l'évolution de la grippe espagnole. Elle repensa aux paroles de Markin : *En quelques heures, elle pouvait réduire un adulte vigoureux à l'état d'épave tremblante.* Puis il lui vint à l'esprit que lorsque le pronostic est mauvais et tout espoir abandonné, il ne reste que le réconfort.

C'est l'ultime béquille du médecin pour affronter la famille du malade.

— Qu'en pensez-vous réellement? demandat-elle en regardant le médecin dans les yeux.

— Je ne sais pas. Les prochaines heures seront décisives.

— J'ai quelques affaires pour lui. Une photo de sa petite fille. Est-ce que je peux entrer?

Le médecin referma la porte du vestiaire derrière Margaret. Sur des étagères montant jusqu'au plafond, pantalons et blouses de coton étaient rangés par couleurs : blanc, kaki, bleu, marron. Margaret étala sa tenue de protection bleu clair sur le banc et se déshabilla rapidement. Elle enfila un pantalon blanc et une blouse blanche, se glissa dans sa combinaison et remonta la fermeture à glissière.

Soudain, elle fut prise de panique. Claustrophobie, peur. Elle se retourna. Sur la porte, en lettres rouges sur fond blanc, une plaque annonçait : OUVERTURE SORTIE DE SECOURS. Elle fut à deux doigts d'appuyer sur le bouton pour se sauver. Elle respira à fond et entendit le bruit amplifié de son souffle à l'intérieur de la combinaison étanche; sa visière se couvrit de buée. D'une main, elle s'appuya au mur, le temps de se ressaisir, puis traversa la douche extérieure sans la faire fonctionner – la décontamination était inutile dans ce sens-là. Elle franchit un sas, referma la porte derrière elle, ouvrit le lourd panneau d'acier inoxydable de la douche de décontamination intérieure. Au-dessus de la poignée était inscrit en lettres rouges : FERMEZ LA PORTE DE LA DOUCHE EXTÉRIEURE AVANT

D'OUVRIR CELLE DE LA DOUCHE INTÉRIEURE.
Elle s'enferma, regarda autour d'elle les murs étincelants de la cabine en acier, les tuyaux, les pommes de douche, les robinets d'arrêt aux manettes rouges. En ressortant, elle serait bombardée de liquides chimiques destinés à tuer toute créature vivante. Elle avait le souffle court, rapide. De la paume de la main, elle poussa la barre d'ouverture de la porte extérieure qui se rabattit sur le mur de briques blanc de l'antichambre. Dès qu'elle l'eut refermée, elle se contorsionna pour brancher l'un des câbles jaunes en tire-bouchon sur l'embout qui dépassait du dos de sa combinaison. Aussitôt elle se sentit enveloppée d'air frais et la panique reflua. Elle recommença à respirer normalement, la buée de sa visière s'évapora. Sur une étagère, elle trouva les bottines vertes que le médecin lui avait dit de mettre. En se déplaçant avec la lenteur d'un spationaute, elle en attrapa une paire, vérifia la taille et les enfila.

De l'autre côté de la vitre, le médecin lui fit signe d'approcher. Elle débrancha son câble jaune pour pouvoir atteindre le sas baigné de lumière ultraviolette et récupérer la photo, les cassettes et les quelques livres qu'elle avait achetés à l'aéroport. Elle se dirigea ensuite vers la chambre. L'un des infirmiers lui désigna un câble jaune disponible sur le mur, au bout du lit. Quand l'air afflua de nouveau dans sa combinaison, elle se tourna vers Steve et le regarda.

Il avait le visage d'une étrange couleur mastic, tacheté de rouge sur les pommettes et le front. La bouche ouverte, les yeux fermés, il respirait par à-coups ; de la sueur perlait sur ses arcades sourcilières. Quand l'un des infirmiers lui passa une serviette humide sur le front, il ouvrit les yeux et pencha légèrement la tête à droite. Son regard retrouva un peu de vivacité quand il reconnut Margaret derrière sa visière. Il sourit et tendit la main pour attraper la sienne.

— Je savais bien qu'on finirait par me punir pour ne pas avoir payé mes P.-V., dit-il en s'étranglant à moitié.

Une quinte de toux l'étouffa et son visage vira au violet. Quand il eut repris son souffle, il ajouta :

— Ravi de vous revoir en «taule».

Margaret lui serra la main.

— Je suis désolée de ne pas avoir pu venir hier.

— Oh, qu'est-ce que c'est vingt-quatre heures entre amis? Je savais que si vous ne pouviez pas venir, vous aviez une bonne raison.

Il marqua une pause.

— Laquelle?

Puis il sourit.

— Je plaisante. Vous m'avez apporté quelque chose?

Elle ouvrit le sac.

— Des livres. Votre walkman. Et comme je ne savais pas quelles cassettes prendre, je les ai toutes apportées.

— Une infirmière m'a prêté son radiocassette, dit-il en indiquant d'un signe de tête un gros appareil bleu et argent posé sur une étagère. Mais elle n'a que du rap. Vous imaginez.

Il s'arrêta pour reprendre son souffle.

— Mettez-moi Clapton.

Margaret jeta un coup d'œil à l'infirmier le plus proche qui hocha la tête.

— D'accord, dit-elle en fouillant le sac à la recherche de *Pilgrim*.

Elle glissa la cassette dans l'appareil et appuya sur le bouton. Le son suave de la guitare de Clapton envahit la chambre. Puis sa voix douce, frémissante s'éleva.

Steve avait fermé les yeux ; ses lèvres sèches bougeaient comme s'il chantait. Émue, Margaret sortit le petit cadre.

— J'ai apporté Danni, aussi.

Steve rouvrit les yeux. Ils étaient pleins de larmes. Il regarda la photo, tendit la main pour la toucher. Il contempla longtemps la petite fille qui lui souriait avant de se tourner vers Margaret.

— J'aurais tant voulu la connaître davantage.

— Vous le pourrez. Courage, Steve. Vous allez vous en tirer.

Steve lui agrippa la main.

— Je veux la voir. Même à travers la vitre. Ils ont l'adresse et le numéro de téléphone de Martha ici. C'est toujours elle ma plus proche parente.

Il fut secoué par une nouvelle quinte de toux. Quand il retrouva son souffle, il insista :

— Appelez-là, Margaret. S'il vous plaît.

II

Li regardait passer sur Connecticut Avenue les voitures décolorées par la lumière des lampes au sodium ; il sentit les vibrations du métro de Washington se répercuter à travers le plancher du restaurant Charlie Chang quand une rame s'arrêta dans les profondeurs de la station Van Ness. Pour une fois, l'excellente cuisine de Charlie ne lui avait pas ouvert l'appétit ; il picorait distraitement son bœuf sauté aux nouilles. Assise en face de lui, retranchée dans son monde obscur, Xiao Ling mangeait par petites bouchées presque frénétiques. Du riz nature. Elle ne semblait pas comprendre vraiment pourquoi elle était au régime, ni s'inquiéter de devoir le suivre toute sa vie. Pour elle, ce n'était pas une priorité.

À plusieurs reprises, Li lui avait posé des questions sur les *ma zhai* ; par bribes, elle avait confirmé ce que Margaret lui avait dit. Oui, elle croyait les avoir déjà vus. Non, elle ne connaissait pas leurs noms. Elle ne savait pas s'ils travaillaient pour le Golden Mountain Club. Peut-être les avait-elle aperçus au salon de massage. Elle ne s'en souvenait pas. Li était certain que ses trous de mémoire étaient commandés par la peur. Les *ma zhai* avaient réussi à l'effrayer suffisamment pour la réduire au silence.

Finalement, il tendit les bras à travers la table, lui retira ses baguettes et serra sa main dans les siennes.

— Écoute, Xiao Ling, nous sommes à Washington maintenant, dit-il sur un ton le plus rassurant possible. Tu es en sécurité ici. Parle-moi du Golden Mountain Club.

Elle retira sa main et secoua la tête.

— Je ne veux pas en parler.

Elle but une longue gorgée de Coca, l'une des rares boissons identifiées comme étant «sûres», et croisa son regard.

— De toute façon, tu n'aimerais pas entendre ce que je pourrais dire. Crois-moi.

Il savait que ce passé proche était une blessure béante qui mettrait du temps à se refermer. Il ne voulait pas la forcer, surtout qu'un autre choc l'attendait. Il n'avait pas eu le courage de la prévenir. Son instinct lui disait que si elle savait, elle refuserait de l'accompagner à la maison. D'affronter la fille qu'elle avait abandonnée.

Il se sentait mal. Xiao Ling ne serait pas la seule à subir un choc. Il ignorait comment la petite Xinxin réagirait à la vue de sa mère, au bout de deux ans. Il lui avait d'abord raconté qu'elle était malade, qu'on l'avait emmenée à l'hôpital pour la soigner, puis qu'elle était partie se reposer à la campagne. Au début, elle avait demandé tous les jours quand sa mère rentrerait, quand elle serait guérie, pourquoi elle ne pouvait pas aller la voir. Li souffrait de devoir lui mentir. C'était une telle trahison. La présence de Margaret lui avait heureusement apporté une diversion inestimable, une présence aimante comblant le vide laissé par la disparition de sa mère.

Ensuite, Xinxin avait posé de moins en moins de questions, puis cessé tout à fait. Comme si elle avait deviné. Une fois, Li avait été stupéfait de découvrir, en allant la chercher au jardin d'enfants, qu'elle avait raconté à sa maîtresse qu'elle vivait chez son oncle parce que ses parents étaient morts.

Il régla l'addition et demanda à Charlie de leur appeler un taxi. En chemin, ils passèrent devant l'ambassade de Chine, reconnaissable seulement à l'emblème rouge et or de la République populaire fixé au-dessus des portes en verre. Xiao Ling ne le remarqua même pas. Li essaya de voir si quelqu'un de sa connaissance entrait ou sortait, mais la rue bordée d'arbres était déserte.

Ils traversèrent Rock Creek, juste après Sheridan Circle, et se retrouvèrent à Georgetown. Arrivés sur O, après avoir dépassé l'église en briques rouges qui dominait l'extrémité est de la rue, Li paya le chauffeur et ils descendirent de voiture. Stupéfaite, Xiao Ling regarda autour d'elle.

— Tu habites ici? demanda-t-elle.

Tout ce qu'elle connaissait de l'Amérique, c'étaient des caves infectes, des appartements surpeuplés, des boîtes de nuit et des salons de massage.

— Tu as une maison pour toi tout seul?

— Pas tout seul.

Elle fronça les sourcils.

— Qu'est-ce que tu veux dire?

Li la prit par le bras et la guida en douceur jusqu'à la porte d'entrée. De la lumière brillait à travers les panneaux de verre. Le cœur battant, il tourna sa clé dans la serrure.

— Quelqu'un vit avec moi ici. Une nounou.

Il referma la porte derrière eux.

— J'avais besoin de quelqu'un pour s'occuper de Xinxin.

Avant même qu'elle ait eu le temps de réagir, Xinxin sortit de la cuisine en criant le nom de Li. Elle était pieds nus, en chemise de nuit, prête à aller au lit. Elle s'arrêta brusquement et son sourire se figea sur ses lèvres.

Li essaya de faire comme si de rien n'était.

— Bonsoir, ma chérie. Devine qui est là?

Xinxin fit deux pas hésitants dans leur direction,

263

une expression indéchiffrable sur le visage. Puis elle se mit à courir et s'engouffra dans l'escalier, un poing sur la bouche pour s'empêcher de pleurer. Ils entendirent ses pas précipités sur le plancher, suivis du claquement de la porte de sa chambre et d'un hurlement quasi sauvage. Li sentit une main de glace lui étreindre la poitrine, puis sa joue le brûler quand Xiao Ling le gifla avec une telle force qu'il vacilla sur ses jambes. Leurs yeux se croisèrent un instant, assez longtemps pour qu'il y lise une haine déchirante. Secouée d'un sanglot, Xiao Ling se précipita vers la première porte qu'elle trouva et s'engouffra dans la pièce devant une Meiping effarée qui demanda :

— Tout va bien, monsieur Li ?

III

Assise dans un bureau, Margaret fixait le mur. Une lampe jetait un halo de lumière sur un sous-main blanc. Au-delà, seules les formes et les ombres des monstres qui peuplaient son imagination bougeaient dans l'obscurité. Elle avait l'impression d'avoir été rouée de coups, la tête douloureuse et les yeux brûlants.

Retrouver l'ex-femme de Steve n'avait pas été aussi simple qu'elle l'avait cru. Martha et son nouveau mari étaient sortis dîner ; la jeune baby-sitter qui gardait Danni lui avait donné un numéro de portable. Mais le portable était éteint. Margaret avait donc rappelé la baby-sitter et attendu vingt minutes avant que celle-ci trouve le nom du restaurant.

Martha s'était montrée agressive, prête à faire des difficultés. Margaret se rendait-elle compte de la distance à parcourir depuis la Virginie occidentale? En plus, il était beaucoup trop tard pour sortir un petit enfant de son lit.

À bout de patience, Margaret avait insisté :

— Martha, c'est sans doute la dernière fois que Danni verra son père. Il sera peut-être déjà mort quand vous arriverez.

Un grand silence s'était fait à l'autre bout de la ligne, puis d'une toute petite voix, Martha avait dit :

— J'arrive le plus vite possible.

On frappa à la porte ; un rai de lumière jaune tomba du couloir quand elle s'ouvrit. Margaret leva la tête et vit la silhouette de Felipe Mendez debout sur le seuil. On aurait presque dit une caricature de lui-même, échevelé dans un manteau froissé, un cartable avachi à la main. Elle devina plus qu'elle ne vit son sourire.

— Les gens qui restent assis dans le noir essayent généralement de se cacher de quelque chose, ma chère.

— De la vie. Ou peut-être de la mort.

— Quelles nouvelles?

— La température monte toujours. Beaucoup de liquide dans les poumons. Ils comptent sur cette rimantadine.

— Ah oui. L'antiviral. Rien ne prouve que ça marche.

Margaret hocha la tête. Il entra, referma la porte

derrière lui, posa son cartable sur le bureau et tira une chaise à lui. Il sentait le cigare. Quand il s'assit, la lumière reflétée par le sous-main éclaira son visage et elle le vit alors nettement. Il avait l'air fatigué, vieilli.

— J'ai eu des nouvelles en arrivant à Conroe. Mais je n'ai pas pu venir plus tôt.

Il soupira.

— Au moins, on en apprendra un peu plus sur ce qui a pu activer le virus.

Margaret lui jeta un coup d'œil, choquée par tant de froideur et de dureté. Mais Steve ne signifiait rien pour Mendez. Sa seule préoccupation était de découvrir ce qui activait le virus, de façon à pouvoir empêcher que cela n'arrive à des milliers d'autres gens. Vivant ou mort, Steve était un sujet d'étude.

— Le problème, dit-il, bien que nous sachions exactement ce qu'il a bu et mangé pendant sa période d'isolement, c'est ce qu'il a pu avaler au cours des quarante-huit heures précédentes.

— Vous ne le lui avez pas demandé?

— Si, bien sûr. Le soir où il est entré.

Il se caressa la barbe d'un air songeur.

— Il s'est montré très coopératif. Il a essayé de se souvenir de tout.

Il poussa un grand soupir.

— Malheureusement, la mémoire est un outil peu fiable, souvent défectueux. Et comme vous le savez, ma chère, la science, elle, n'est que trop exacte. Cependant, plus nous avons de renseignements, plus nous pouvons resserrer notre recherche.

Il fit entendre un rire sans joie.

— À partir d'un grain de poussière dans la Voie

lactée, de la taille d'un caillou peut-être. Vous paraissez très lasse, ma chère.

— Je pourrais dormir pendant une semaine – si seulement mes cauchemars me fichaient la paix.

— Ah oui, les cauchemars éveillés. Les pires. Il ne suffit pas d'ouvrir les yeux pour les chasser.

— Ni de fermer les yeux pour les oublier.

On frappa à la porte, une infirmière apparut.

— La femme du major Cardiff et sa fille sont à l'accueil.

Margaret se leva aussitôt.

— J'arrive.

Puis elle regarda Mendez d'un air triste.

— Il voulait voir sa petite fille, au cas où ce serait la dernière fois.

Margaret fut surprise à la vue de cette belle femme élégante à l'épaisse chevelure noire, maquillée et en robe longue sous un manteau d'homme jeté sur ses épaules. Fatiguée, hébétée, Danni, enveloppée d'une écharpe et d'un anorak écossais, s'accrochait à la jambe de sa mère. Derrière elles, le banquier se tenait à une certaine distance. Il était plus petit que Steve, plus lourd, un peu chauve. Margaret se demanda ce que Martha lui trouvait. Peut-être préférait-elle l'odeur de l'argent à celle de la mort.

— Comment va-t-il? demanda Martha.

— Pas bien. Je ne sais pas si vous allez pouvoir le voir maintenant, même à travers la vitre.

— Comment ça, à travers la vitre?

— Il est en quarantaine. Seul le personnel médical protégé est autorisé à entrer en contact avec lui.

Martha secoua la tête comme si c'était ridicule.

— Mais qu'est-ce qu'il a, bon sang?

267

— Il a contracté une infection virale en se coupant au cours d'une autopsie.

La petite voix ensommeillée de Danni les interrompit.

— Maman, où est papa?

— Une minute, chérie, dit Martha d'une voix où perçait l'irritation.

Puis, se retournant vers Margaret :

— Mais vous le soignez, n'est-ce pas? Enfin, si c'est juste un virus...

— Le SIDA est provoqué par un virus, madame Muller.

— Oui, le rhume aussi. Je ne suis pas idiote, docteur Campbell. De quel type de virus s'agit-il?

Une sirène d'alarme se déclencha alors dans le couloir, une plainte monotone et répétitive qui fit courir des frissons d'appréhension glacée dans les veines de Margaret. Elle regarda l'infirmière qui était toujours là.

— C'est l'alarme de la 200, dit celle-ci d'une voix étouffée.

— Oh, mon Dieu. Vite, allons-y.

Martha souleva Danni dans ses bras.

— Je vous attends ici, dit le banquier, mais personne ne l'écouta.

Elles suivirent l'infirmière dans les couloirs, ne s'arrêtant que pour laisser aux portes électroniques le temps de s'ouvrir chaque fois que celle-ci devait passer son badge devant le lecteur. Le bureau était en pleine effervescence et l'alarme, presque assourdissante.

Le médecin de garde et deux autres infirmières se précipitèrent dans le vestiaire avec des combinaisons bleues dans les bras pour se préparer à entrer dans la salle d'isolement.

Margaret courut jusqu'à la vitre et regarda à l'intérieur. Trois infirmiers en combinaison spatiale entouraient Steve qui se débattait comme un forcené sur le lit, assénant des coups sur les montants du lit, arrachant les fils et les tubes qui le reliaient aux moniteurs. Il avait les yeux révulsés, les lèvres craquelées, écorchées. Des vomissures ensanglantées lui coulaient de la bouche. Soudain, il se mit à hurler et à s'étouffer avec les matières qu'il vomissait. Et pendant ce temps, la sirène continuait à leur vriller le cerveau.

Brusquement, Steve arrêta de lutter ; il retomba mollement sur son lit. Trois ou quatre convulsions secouèrent encore son corps qui finit par s'immobiliser complètement, la tête tournée vers la porte, les yeux grands ouverts. Margaret comprit que son cœur avait cessé de battre. Ses poumons remplis de liquide et de sang ne pouvaient plus alimenter son cerveau en oxygène. Les milliards de particules virales qui s'étaient multipliées dans son sang avaient envahi et détruit ses organes vitaux. Son cauchemar était fini. Le leur commençait.

Chapitre 17

Les lumières de la capitale se reflétaient sur la masse sombre et silencieuse du Tidal Basin. Debout au pied des marches du Jefferson Memorial, Margaret regardait, au-delà de l'Ellipse et de la pelouse sud de la Maison Blanche, le Truman Balcony et ses colonnes si caractéristiques. Elle ne savait pas très bien pourquoi elle était venue jusque-là. Au cours d'un voyage scolaire à Washington, quand elle était petite, elle avait été impressionnée par la taille et la splendeur du Jefferson Memorial. Encore plus que par la statue de Lincoln contemplant du haut de son siège l'obélisque du Washington Monument. Peut-être y revenait-elle des années après dans l'espoir de retrouver la foi. Pas en Dieu, mais en l'Homme.

Officiellement, le mémorial était fermé. Elle avait laissé sa voiture, traversé les pelouses dans le noir et enjambé la barrière pour se retrouver au pied des marches, face à la demeure de l'homme le plus puissant du monde. Au loin, elle pouvait voir le *Bureau of Engraving and Printing* d'où sortait le papier monnaie qui faisait tourner le monde, le Département de l'Agriculture et autres bâtiments abritant les organes de pouvoir et d'influence du gouvernement.

Tous aussi impuissants contre un organisme invisible à l'œil nu. Hommes, cellules de crise, budgets ne pouvaient rien pour empêcher un simple virus de détruire la vie d'un homme. Elle se demanda combien de vies disparaîtraient, combien d'enfants deviendraient orphelins. Dix, cent, des millions peut-être. Pour la première fois depuis la réunion à l'USAMRIID, elle se rendit exactement compte des ravages qu'ils allaient devoir affronter. Elle venait d'en faire l'expérience. Et sa peur était encore plus grande que son chagrin.

Elle fit demi-tour, monta lentement les marches, passa entre les colonnes et pénétra dans le vaste hall circulaire. Au centre se dressait la statue en bronze de Thomas Jefferson, ombre gigantesque dans le noir. La lueur pâle des réverbères du parc éclairait ses mots gravés sur le mur. *Nous tenons pour évidentes pour elles-mêmes les vérités suivantes : tous les hommes sont créés égaux; ils sont doués par le Créateur de certains droits inaliénables; parmi ces droits se trouvent la vie, la liberté et la recherche du bonheur* [1]. Margaret les entendait presque prononcer. Elle se demandait ce qui était arrivé aux droits inaliénables du pauvre Steve. Vie, liberté, bonheur tous volés par un virus manipulé par des fous. Elle respira profondément, s'armant de courage pour lutter contre sa peur. Il fallait absolument les arrêter.

---

1. Traduction de Thomas Jefferson.

Chapitre 18

I

De la petite allée du jardin, elle vit une lumière allumée dans le salon, au rez-de-chaussée. Une sonnette retentit quelque part au fond de la maison quand elle pressa le bouton. Au bout d'un moment, la lampe de l'entrée s'alluma et Li, pieds nus, en jean et tee-shirt, vint à la porte, une bouteille de bière à la main. Il fronça les sourcils en reconnaissant Margaret à travers la vitre. Elle devina à son expression qu'elle n'était pas la bienvenue. Elle aurait pu aller à l'hôtel, bien sûr, mais elle avait vraiment besoin de compagnie et de réconfort. Quand il ouvrit la porte, ils restèrent face à face un moment ; elle comprit que la bière qu'il tenait à la main n'était pas sa première.

— Steve est mort, dit-elle.

Immédiatement, l'expression de Li s'adoucit ; sans un mot, il la prit dans ses bras et la serra à l'étouffer. Elle s'accrocha à lui et se laissa enfin aller à pleurer en silence pendant un bon moment avant de s'écarter.

— Tu ne me fais pas entrer ? demanda-t-elle en s'essuyant la figure.

Il s'effaça pour la laisser passer, referma la porte derrière elle, et la précéda dans la cuisine où il lui

272

prépara une vodka tonic dans un grand verre rempli de glace. Margaret s'assit à la table. Li vida sa bière et ouvrit aussitôt une autre bouteille. Ils n'avaient toujours pas échangé une parole. Finalement, il demanda :

— C'était dur?

— Pire que tout ce que tu peux imaginer.

Il s'assit en face d'elle.

— C'est ce qui attend Xiao Ling, alors.

— Pas si elle suit strictement le régime.

Mais comment pouvait-elle en être certaine? Comment pouvait-elle le garantir à vie? Elle regarda soudain autour d'elle.

— Où est-elle?

Li leva les yeux vers le plafond.

— En haut. Elle ne veut pas me parler.

— Pourquoi?

— Parce que je ne l'avais pas prévenue que Xinxin était là. Parce que je l'ai mise face à une situation qu'elle voulait à tout prix éviter.

Margaret était choquée. Son angoisse lui avait fait oublier Xinxin.

— Que s'est-il passé?

Li lui décrivit la scène qui s'était déroulée dans l'entrée et son cœur se serra. Puis elle aperçut la trace rouge sur sa joue. Elle n'éprouvait aucune sympathie pour Xiao Ling, mais elle en voulait à Li d'avoir provoqué la rencontre entre la mère et l'enfant sans les prévenir.

— Mais bon sang, tu t'attendais à quoi? s'écria-t-elle, se sentant aussitôt désolée pour lui quand elle le vit baisser la tête.

— Qu'est-ce que je pouvais faire d'autre? Si je

l'avais dit à Xiao Ling, elle aurait refusé de venir avec moi. Je n'y suis pour rien, Margaret.

Il avait besoin de sa compréhension. Elle tendit la main au-dessus de la table et serra la sienne. S'il y avait, au cours de leur liaison tumultueuse, un moment où ils avaient besoin l'un de l'autre, c'était bien celui-là. Ils en étaient tous les deux conscients.

Il se leva et la conduisit à la chambre où elle avait passé la nuit l'avant-veille, seule. C'était son choix. Son erreur. Mais pas ce soir. Elle ne savait pas où était Xiao Ling et s'en moquait. Ils se déshabillèrent dans le noir et se glissèrent ensemble entre les draps de coton frais où le simple contact de leurs corps suffit à les réconforter.

Li ne savait pas combien de temps il avait dormi, ni ce qui l'avait réveillé. Son cœur battait vite. Son subconscient l'avertissait que quelque chose n'allait pas. Il s'assit dans son lit et écouta attentivement. Margaret dormait toujours, allongée sur le côté, un bras passé autour de l'oreiller, les cheveux étalés sur le visage et le cou. Il n'entendait que sa respiration profonde. Il se rallongea, les yeux grands ouverts. Les chiffres lumineux du réveil sur la table de nuit affichaient 4:25. Il se souvint que Xiao Ling était dans la maison. Et Xinxin. Il referma les yeux en essayant de ne pas penser à l'obstacle douloureux qu'il devrait encore franchir. Les battements de son cœur se calmèrent. Il avait peut-être rêvé.

Il se redressa à nouveau, sûr cette fois d'avoir entendu un bruit. Un craquement, fort, net. Peut-être une lame de parquet. Xiao Ling ou Meiping allant aux toilettes. Mais il n'y croyait pas. Il attendit un moment puis entendit un son lointain de verre cassé, si faible qu'il ne l'aurait pas réveillé s'il s'était rendormi. Il était sûr d'une chose, ça provenait de l'intérieur de la maison. Du rez-de-chaussée. Il sauta du lit et enfila son jean. Margaret se retourna.

— Qu'est-ce qu'il y a? demanda-t-elle d'une voix endormie.

Il lui plaqua une main sur la bouche. Surprise, elle lui jeta un regard effrayé et voulut se redresser. Mais il la maintint fermement sur le lit et posa un doigt sur ses lèvres.

— Des visiteurs, murmura-t-il, en ôtant sa main. En bas.

Il regarda autour de lui à la recherche d'un objet avec lequel il pourrait se défendre. Une arme. Dans un coin, il repéra la batte et le gant de base-ball qu'on lui avait donnés à l'ambassade. Un jour, quelqu'un avait pensé qu'il serait excellent pour les relations internationales de constituer une équipe de base-ball qui jouerait dans une ligue interambassades. Il y avait eu quelques entraînements, Li avait gagné une batte et un gant. Mais ni l'équipe ni la ligue n'avaient vu le jour. Il souleva la batte, apprécia son poids et remercia intérieurement l'auteur de cette idée géniale. Elle allait enfin servir à quelque chose.

Margaret avait mis son jean et son tee-shirt et enfilait ses baskets. Elle était maintenant complètement réveillée et respirait vite.

— Et les autres? chuchota-t-elle.

Li hocha la tête, lui fit signe de le suivre. Avec précaution, il ouvrit la porte, jeta un coup d'œil sur le palier. Une veilleuse luisait à l'autre bout, le reste du

275

couloir était plongé dans l'ombre. Mais il ne distingua aucun bruit, aucun mouvement. Il se déplaça rapidement, aussi silencieusement qu'un chat, dépassa la cage de l'escalier. Margaret se glissa derrière lui. Il y avait trois autres portes à l'étage. L'une, elle le savait, était celle de la chambre de Xinxin, l'autre celle de Meiping. Xiao Ling devait se trouver dans la troisième.

Li se rendit directement à la fenêtre donnant sur le toit en terrasse de la petite extension construite à l'arrière de la maison, qui servait de salle à manger. Le clair de lune projetait l'ombre allongée d'un grand tilleul sur le ciment. Le mouvement d'une silhouette dans l'étroite allée entre sa maison et celle de son voisin attira son regard. Il se recula vivement et se précipita dans la troisième chambre. Xiao Ling était assise dans son lit. Elle aussi avait entendu du bruit.

— Va chercher Xinxin, murmura-t-il. Allez dans la chambre de Meiping avec Margaret.

Terrifiée et perdue, elle demanda :

— Qu'est-ce...

— Fais ce que je te dis, la coupa-t-il. Tout de suite. Il y a des gens dans la maison.

Il retourna sur le palier où l'attendait Margaret, pâle et angoissée.

— Accompagne-les dans la chambre de Meiping, dit-il, en s'éloignant vers l'escalier.

En haut des marches, il hésita et se retourna vers les deux femmes. Margaret ouvrait la porte de Xinxin. Il prit sa respiration, serra la batte entre ses mains, les bras pliés, prêt à frapper, et commença à descendre lentement.

Tout paraissait tranquille en bas. Soudain, il se

raidit en entendant le plancher craquer. Mais le bruit venait de l'étage. Il passa devant son vélo, en posant prudemment un pied après l'autre, bien à plat, les orteils avant les talons, pour s'assurer une prise ferme sur le sol ciré. À l'extrémité du hall, la porte de la petite salle à manger était entrouverte ; le reflet argenté d'un rayon de lune s'en échappait. Très lentement, Li poussa la porte. Il sentit un courant d'air frais sur son visage et vit des éclats de verre sur le tapis. Sa respiration s'accéléra ; elle lui sembla excessivement bruyante. Il n'entendait rien d'autre. Il recula dans le hall, ouvrit la porte du salon. Il mourait d'envie d'allumer toutes les lampes mais savait qu'en éclairant les intrus, il devenait lui-même une cible parfaite. Ils seraient davantage désorientés dans le noir.

La lumière de la rue tombait sur le tapis en rectangles allongés découpés par les douze carreaux de la fenêtre. Li fut réconforté par le contact de la laine entre ses orteils ; elle avait quelque chose de rassurant. Ses yeux captèrent une ombre à la porte de la cuisine. Une ombre étrange qui n'avait rien de familier. Elle ne bougeait pas, mais il n'arrivait pas à comprendre ce que c'était. Puis, soudain, elle se dilata, s'approcha, prit la forme d'un homme aux mains levées au-dessus de la tête. Un visage chinois passa brièvement dans la lumière de la fenêtre et Li distingua un reflet sur une surface brillante au moment où la lame fendait l'air. Il leva brusquement sa batte, sentit le métal tranchant s'enfoncer dans le bois. Instinctivement, il replia une jambe et balança un violent coup de pied à l'ombre. Son talon l'atteignit à hauteur de la poitrine. Il entendit un craquement et un cri de douleur aigu puis son agresseur recula en titubant et alla s'écraser contre un meuble plein de livres, de CD et de babioles orientales.

Bizarrement, sa minichaîne stéréo se mit en marche à plein volume. Il reconnut immédiatement la musique. C'était un CD d'airs d'opéras qu'il avait écouté pour essayer de familiariser son oreille orientale aux modulations occidentales si étranges. Deux voix de femmes enveloppèrent la pièce avec le «Duo des fleurs» de *Lakmé*, de Léo Delibes. Il eut envie de leur crier de se taire, mais une autre forme surgit soudain de l'ombre. Une autre lame. Cette fois, il vit nettement qu'il s'agissait du genre de couperet utilisé par les chefs chinois. Une grande lame carrée au bout d'un gros manche en bois. En essayant de l'esquiver, il trébucha sur la jambe de son premier assaillant et atterrit lourdement sur le côté. Sa batte de base-ball, avec la lame toujours plantée au bout, lui échappa des mains. Il roula sur lui-même pour essayer de la rattraper et referma les doigts sur le manche du couperet. Il l'arracha d'un geste brusque, roula à nouveau sur le sol en entendant le sifflement d'une lame juste au-dessus de lui. Quelque chose lui frôla le visage, à moins de deux centimètres. Il frappa alors à l'aveuglette, balançant devant lui le couperet qu'il sentit s'enfoncer dans quelque chose de mou. Un cri tenta de rivaliser avec les divas chantant le «Duo des fleurs» mais ne réussit qu'un épouvantable couac. Li sentit un liquide chaud sur son visage. Il s'essuya d'une main, la retira pleine de sang. Puis un corps tomba lourdement sur lui en exhalant son haleine.

Il le repoussa. Il se remettait sur ses pieds, sans avoir lâché le couperet, quand il fut à nouveau écrasé au sol par son premier agresseur qui se jeta sur lui. Un grognement de douleur s'échappa en même temps des lèvres de l'homme. Li comprit que son coup de pied lui avait cassé au moins deux côtes. Ils culbutèrent maladroitement l'un sur l'autre. Li sentit le manche du couperet glisser entre ses doigts pleins de sang. Malgré ses côtes cassées, l'autre était encore vigoureux ; un poing d'acier lui martela deux ou trois fois de suite le visage. Sa bouche se remplit de son propre sang. Il parvint à se libérer en frappant à nouveau les côtes de l'homme qui poussa un cri, puis il chercha à tâtons le couperet ou la batte. Sa main rencontra la batte. Il se remit sur pieds en titubant mais, mû par une volonté inflexible, l'autre lui sauta de nouveau dessus. Alors, Li lui asséna un coup de batte de toutes ses forces. Il entendit le son sinistre d'un os qui éclate ; son bras fut ébranlé par la violence avec laquelle le bois heurta le crâne de l'homme. Sans un cri, celui-ci s'écroula par terre.

Li resta un moment immobile avant de reprendre son souffle. Les divas avaient cédé la place à une voix profonde et sonore de baryton chantant l'air final de *Paillasse*, de Leoncavallo. Alerté par un mouvement derrière lui, il tourna la tête et vit, à la lumière de la rue, un jeune Chinois entièrement vêtu de noir qui pointait un pistolet vers sa tête. Avec un hurlement de frustration désespéré, Li bondit à travers la pièce.

Margaret était à la fois déconcertée et terrifiée par l'air d'opéra qui s'élevait du rez-de-chaussée comme un affreux chant funèbre accompagnant les cris et les bruits de lutte. Les trois femmes s'étaient blotties par terre sous la fenêtre. Perdue et terrorisée, Xinxin se serrait contre la poitrine de Margaret. Puis, par-dessus les plaintes de *Paillasse*, éclata un coup de feu. Un moment plus tard, les lamentations du baryton furent coupées ; un silence de mort emplit la maison.

Elles écoutèrent longtemps ce silence en osant à peine respirer, avant d'entendre le premier craquement d'une marche de l'escalier. Un son semblable au gémissement d'un animal blessé s'échappait de la forme prostrée de Xiao Ling.

— Chuuuut ! fit Margaret, furieuse, en se tournant vers elle, un doigt sur les lèvres.

Elle avait besoin que sa colère domine sa peur. Elle écarta Xinxin qui agrippa aussitôt sa mère, puis se releva. Elle regarda par la fenêtre, estima qu'elle n'était qu'à cinq mètres de hauteur et qu'elles pourraient sauter si c'était nécessaire. Quand elle souleva la moitié inférieure du châssis à guillotine, l'air froid de la nuit lui donna la chair de poule. En dernier recours, elles auraient une issue de secours. Mais il lui fallait d'abord un moyen de se défendre. Elle jeta un coup d'œil autour de la pièce, commença à paniquer, découvrit une lampe de chevet avec un gros pied en céramique.

Elle l'attrapa, la débrancha de la prise et alla se poster à côté de la porte. Elle arracha l'abat-jour, empoigna le pied à deux mains, le leva à hauteur d'épaule, prête à le balancer de toutes ses forces pour faire le plus mal possible.

Un autre craquement retentit en haut de l'escalier. Elles entendirent quelqu'un avancer lentement dans le couloir; sous le tapis, le vieux plancher grinçait comme de la neige durcie. Les pas hésitèrent un peu. Puis, pendant quelques secondes, ce fut le silence.

Soudain, la porte s'ouvrit en grand. Margaret banda ses muscles, prête à balancer la lampe. Mais un cri perçant de Xinxin déchira l'obscurité. La petite fille se détacha de sa mère et traversa la chambre en courant pour se jeter contre les jambes de Li qu'elle entoura de ses bras. Margaret sentit ses genoux flancher, elle faillit tomber, puis sortit de l'ombre de la porte pour allumer. Cette fois, ce fut Xiao Ling qui hurla à la vue de son frère qui titubait sur le seuil, les cheveux poisseux de sang. Ce sang, atrocement rouge dans la lumière soudaine, maculait son visage et sa poitrine et recouvrait les doigts de sa main droite comme un gant de pathologiste.

II

L'air de la nuit vibrait du grésillement des radios de la police et des éclats bleus et rouges des gyrophares. O Street était encombrée de voitures de patrouille, d'ambulances, de fourgons de la police scientifique et d'un camion banalisé de la morgue. Les résidents du quartier, réveillés dans leur sommeil, se tenaient aux fenêtres, enveloppés dans des peignoirs de soie, regardant avec un mélange de peur et de curiosité les trois corps qu'on emportait

281

sur des brancards. Il était près de 6 heures du matin. Trop tard pour retourner au lit. Trop tôt pour aller travailler. Tout ce qu'ils avaient à faire, c'était regarder.

Li regardait lui aussi, de la fenêtre de sa chambre. Il avait du mal à chasser de son esprit le spectacle du sang rouge sur la céramique blanche de la douche, dilué par les flots d'eau chaude qu'il avait laissé couler sur lui pour se laver une heure plus tôt. Son propre sang s'était coagulé dans ses narines et autour de sa bouche. Il avait perdu une dent à la mâchoire inférieure et son visage couvert d'ecchymoses avait enflé. Il avait mal partout. Son cerveau était engourdi. Au rez-de-chaussée, les techniciens en combinaison de Tivek blanche passaient au crible les débris du champ de bataille. Le photographe avait déjà terminé son travail – yeux grands ouverts sur la mort, bouches béantes, taches sombres sur le tapis imprégné de sang, tout avait été fixé sous les éclairs de flash.

— Bon sang, Li, il vaut mieux éviter de vous chercher des noises, dit Fuller.

Il se retourna et vit l'agent du FBI à la porte ; Hrycyk était resté dans le couloir, une cigarette à la main.

— C'est surtout votre copain de l'INS qui a intérêt à faire gaffe.

Hrycyk leva une main d'un air soumis.

— Hé, je suis pas obligé de vous aimer pour vous respecter.

Il sortit un paquet de cigarettes de sa poche.

— Tenez, fumez-en une. Vous avez l'air d'en avoir besoin.

Il traversa la chambre pour lui tendre le paquet. Li se servit et le dévisagea d'un air dur. Cheveux gris clairsemés sur un front dégarni, visage avachi, ridé, bouffi par le manque de sommeil ; blanc de l'œil jauni par la nicotine autour des iris bleu pâle ; chemise distendue sur un ventre proéminent, prête à sortir du pantalon.

— Eh ben quoi ? Qu'est-ce que vous regardez ?

— J'essaye juste de deviner d'où vous sortez.

— Je vais vous le dire d'où je sors, grogna Hrycyk en se hérissant. Je sors d'une époque où les gens disaient ce qu'ils pensaient. Avant toutes ces conneries de politiquement correct. Peut-être que ça ne vous plaît pas, mais moi je dis les choses comme je les vois – et croyez-moi, j'en ai vu un paquet. Je dis ce que je pense. C'est tout.

Il ouvrit son briquet en le faisant claquer et donna du feu à Li.

Li tira sur sa cigarette entre ses lèvres enflées et aspira avec délice la fumée dans ses poumons.

— Oui, et c'est la raison pour laquelle vous allez vous faire virer de l'agence si vous ne surveillez pas votre langage, dit Fuller. Il y a un dossier épais comme ça de plaintes contre vous.

Il tendit la main en écartant le pouce et l'index de dix centimètres.

— Je le sais parce que je l'ai vu, ajouta-t-il.

Hrycyk lui lança un regard hostile.

— Ah, ça vous plairait à vous autres de voir encore un mec de l'INS mordre la poussière.

Fuller sourit.

— Prenez une retraite anticipée, Hrycyk. Sans pension, la vie risque d'être dure.

Hrycyk se retourna vers Li.

— Vous voyez? Voilà ce que c'est ce pays maintenant. Des petits merdeux qui pètent plus haut que leur cul vous donnent des leçons, vous disent ce qu'il faut dire et penser. J'ai eu l'habitude d'avoir droit à la liberté de parole. Mais bientôt, on va vous copier et fonder la République populaire d'Amérique. On sera des camarades, vous et moi.

Il aspira une bouffée de tabac et souffla la fumée vers le plafond.

— Alors, qu'est-ce que ce qu'est que ce bordel, Li?

Li leur raconta en détail ce qui s'était passé, exactement comme il l'avait raconté à l'inspecteur de la criminelle qui avait pris sa déposition, quarante minutes plus tôt. Ils l'écoutèrent en silence. Hrycyk laissa brûler sa cigarette jusqu'au bout sans en tirer une autre bouffée.

— Putain, vous avez de la chance d'être encore en vie, dit-il doucement.

— Et vous pensez qu'ils en avaient après votre sœur? demanda Fuller.

Li hocha la tête. Il leur parla des *ma zhai* qui avaient harcelé Margaret et Xiao Ling à Houston.

— Merde, pourquoi vous l'avez pas dit plus tôt? voulut savoir Hrycyk.

— Il fallait d'abord qu'elle soit en sécurité.

— Réussi, hein? ricana Hrycyk.

— Pourquoi voudraient-ils la tuer? insista Fuller.

— Parce qu'elle sait quelque chose. C'est certain. Quelque chose qu'elle a vu, quelque chose qu'elle a entendu... Elle a travaillé plusieurs mois au Golden Mountain Club.

284

— Bordel de luxe et maison de jeux, précisa Hrycyk.

— Apparemment, tous les chefs des *tongs* le fréquentent, tous les gros bonnets du monde clandestin chinois de Houston.

Li s'interrompit et jeta un coup d'œil hésitant à Hrycyk avant de poursuivre.

— J'ai l'impression que ma sœur était l'une de leurs préférées.

Mais Hrycyk ne remarqua pas la gêne de Li. Il réfléchissait.

— Donc, ils ont découvert qu'elle était votre sœur et ils ont commencé à lui faire peur. Parce qu'elle sait qui sont ces gens et qu'ils ne veulent pas qu'elle vous le dise.

— Vous lui en avez parlé ? demanda Fuller.

— Hier, pendant le dîner. Elle n'a rien voulu dire.

— Eh bien, il va falloir qu'elle se mette à table maintenant, et vite, grogna Hrycyk.

— Allons lui parler tout de suite, décida Fuller.

Li regarda d'abord dans la chambre de Xinxin. Margaret était assise à la tête du lit avec la petite fille, profondément endormie, blottie sur ses genoux. Elle posa un doigt sur ses lèvres. Elle tombait de sommeil, mais Xinxin avait besoin de sa présence rassurante. En refermant la porte, Li s'aperçut que Hrycyk avait jeté un coup d'œil par-dessus son épaule.

— Mignonne petite, murmura-t-il.

— Mignonne petite Chinoise, rectifia Li.

Hrycyk haussa les épaules. Il avait l'air un peu gêné, comme si Li avait découvert une fêlure dans la carapace de son racisme.

285

— Bof. Les enfants sont des enfants.

Xiao Ling était recroquevillée sur son lit, tout habillée, les joues striées de larmes. Elle se redressa, affolée, quand les trois hommes entrèrent dans sa chambre.

— Tout va bien, la rassura Li. Ce sont des sortes de policiers. Il faut que tu nous parles du Golden Mountain Club.

Elle serra les lèvres et secoua à peine la tête.

— Si, insista-t-il. Des hommes sont venus ici cette nuit pour te tuer parce que tu sais quelque chose. Il faut que l'on sache quoi, parce qu'ils vont sûrement essayer à nouveau.

Elle lança un regard maussade aux trois hommes.

— Qu'est-ce que je peux dire?

— Parle-nous du club. À quoi il ressemble. Les gens que tu as rencontrés. Les autres filles. Tout ce qui te passe par la tête. Qui le dirigeait, comment ça marchait.

Elle se passa les mains sur la figure, s'armant de courage pour se souvenir des choses qu'elle avait enterrées, des choses qu'elle aurait voulu oublier. Ses paroles sortirent par à-coups au fur et à mesure qu'elle déterrait ses souvenirs; elle les crachaient à toute vitesse comme pour ne pas sentir le mauvais goût qu'elles lui laissaient dans la bouche. Li traduisit au fur et à mesure.

— Le propriétaire du club est de Hong Kong. C'est un homme petit, d'une quarantaine d'années, je pense. On l'appelle Jo-Jo. Je crois que son vrai nom, c'est Zhou. Il aime toucher les filles. Il ne couche pas avec. Il aime juste s'asseoir au bar et bavarder en caressant une cuisse ou un bras. De

286

temps en temps, il effleure un sein du dos de la main. C'est un tripoteur. Les autres filles disent qu'après, il se masturbe dans son bureau.

Li était choqué d'entendre ça de sa sœur, et gêné de traduire.

— Je vois le genre, ricana Hrycyk.

— Il y a des videurs à l'entrée, continua Xiao Ling. Et des garçons qui sont là pour maintenir l'ordre dans le club. Tu sais, il y a des gens qui se saoulent et peuvent devenir violents avec une fille ou chercher la bagarre. Les garçons les jettent dehors. Ils appartiennent tous au gang du Dragon d'argent.

— *Ma zhai*? demanda Li.

— Oui, *ma zhai*, confirma-t-elle en lui jetant un coup d'œil.

— Ceux qui vous ont suivies en voiture, hier?

— Je ne sais pas. Peut-être.

— Attention, Xiao Ling... la prévint Li.

Elle haussa les épaules.

— J'ai l'impression de les avoir déjà vus. Sans doute au club. On en voyait régulièrement une douzaine ou une quinzaine là-bas. Et puis, il y a le *dai lo*...

— Qu'est-ce que c'est, ce *dai lo*? demanda Fuller lorsque Li traduisit.

— Le chef du gang, expliqua Hrycyk.

Fuller et Li lui jetèrent en même temps un regard étonné.

— Hé, ça fait un moment que je suis dans le circuit.

— On le surnomme Blaireau à cause d'une mèche blanche qu'il a sur le côté droit. Il dit qu'il l'a depuis qu'il est petit. Je crois qu'il en est fier.

— Pas trop difficile à reconnaître, observa Hrycyk. À moins qu'il se teigne les cheveux, ça doit crever les yeux.

— Il y a beaucoup de Chinois ordinaires et aussi des Vietnamiens qui viennent au club, continua Xiao Ling. En général pour boire et pour jouer. De temps en temps, s'il y en a un qui gagne beaucoup d'argent aux cartes, il monte avec une ou deux filles. Mais ce sont surtout les têtes de serpent et les oncles, les *shuk foo*, qui dépensent le plus. Ils ont de beaux habits et des portefeuilles bien remplis. Les filles préfèrent toujours un *shetou* ou un *shuk foo* parce qu'ils payent davantage et laissent un gros pourboire. Mais il y en a qui ont des goûts sexuels bizarres, désagréables; ceux-là, on essaye de les éviter. Certains aiment faire mal, ou qu'on leur fasse mal. D'autres veulent se faire pisser dessus pendant qu'ils se branlent.

Elle leva vers Li un visage amer.

— Les hommes sont dégoûtants, Li Yan, dit-elle.

L'embarras de Li était flagrant quand il traduisit pour Fuller et Hrycyk. Mais ni l'un ni l'autre ne parurent troublés ou surpris par ce qu'ils entendaient, ni conscients de sa gêne.

— Je te l'ai déjà dit. J'étais une des préférées. Tous les types importants m'ont eue à un moment ou un autre. Tous les *shuk foo,* je crois, et d'autres. Des invités. J'étais offerte en cadeau, en signe de respect, de subordination. Une fois, même, à un homme qu'ils appelaient le *ah kung,* ce qui veut dire grand-père en cantonais.

— Il ressemblait à quoi? demanda Li avec désinvolture.

288

— Le grand-père?

Elle pinça les lèvres et souffla pour exprimer son mépris.

— À tous les autres. Petit, gros, du ventre, haleine fétide. Ils vous montent dessus, vous sautent deux minutes et après, ils sont épuisés. Difficile de faire la différence.

— Rien d'autre? insista Li. Rien de particulier dont tu te souviennes?

Elle secoua la tête.

— Le *shuk foo* qui m'a offerte à lui en cadeau m'a déclaré que c'était un honneur pour moi d'être choisie par le *ah kung*. Il a dit que personne d'autre ne savait qui c'était et que je ne devais le dire à personne. Sans ça, j'aurais de sérieux ennuis. Puis il nous a présentés. Il lui a donné un nom bizarre. Un surnom. Je me souviens que, sur le moment, ça m'a étonnée. Le *ah kung* a failli le frapper. Il est devenu furieux et lui a ordonné de ne plus jamais l'appeler comme ça.

Elle réfléchit un moment, frissonna en repensant à quelque chose de déplaisant, puis ajouta :

— Oui, c'est ça. Il l'a appelé Kat. J'ai demandé à une des filles ce que ça voulait dire; elle m'a répondu que c'était le mot cantonais pour «mandarine». Tu sais, comme les porte-bonheur. J'ai trouvé ça bizarre.

— Qui était le *shuk foo*? demanda Li.

Xiao Ling secoua la tête.

— Je ne connais pas son nom. Mais il traîne toujours au club. Il faudrait demander à Blaireau. C'est son oncle.

289

Chapitre 19

I

Le Golden Mountain était situé dans un angle de la place Ximen, au milieu de commerces divers – Institut de beauté Mona, Optique Mountain, fast-food Old China, John P. Wu, dentiste. Juste à côté, il y avait un restaurant vietnamien avec karaoké et dancing. L'entrée du club se trouvait au bout d'une allée couverte. Sur la porte en verre fumé, une pancarte annonçait : IL EST PERMIS DE FUMER À L'INTÉRIEUR.

Assis dans la vieille Santana de Hrycyk garée à l'autre bout de la place, ils le surveillaient depuis trois heures. Peu après midi, la première équipe des employés – une douzaine d'hommes en costume-cravate sous des manteaux superflus par cette chaleur, plusieurs filles très maquillées en robe courte, des jeunes en jean et baskets – était arrivée, suivie de près par un flot continu de clients. On ne pouvait pas confondre le personnel avec les clients. Les employés avaient le regard morne et la démarche traînante. Les clients respiraient l'impatience et l'optimisme.

Li s'était résigné à laisser Xiao Ling chez lui, à Georgetown, sous la protection de deux policiers armés. Elle avait refusé de les accompagner à la morgue où Margaret avait formellement reconnu l'un des agresseurs de Li – l'homme au pistolet qui avait eu la moitié de la figure arrachée par une balle dans la bagarre. C'était le passager de la Chevy blanche, celui qui avait fait le geste de se trancher la gorge en la regardant.

Pour l'instant, Li, Fuller et Hrycyk recherchaient le *dai lo* connu sous le nom de Blaireau. La connexion entre *dai lo, shuk foo* et *ah kung* était directe. Le problème, ils le savaient, serait de convaincre Blaireau de parler.

Il était presque 3 heures lorsqu'ils aperçurent la fameuse mèche blanche dans la chevelure d'un Chinois en blouson de cuir noir. Mains dans les poches, cigarette aux lèvres, le jeune homme traversait la place avec un air crâneur dénotant une confiance en soi absolue. Il portait un jean de marque, des chaussures souples en daim vert, un tee-shirt blanc au logo d'un groupe américain de heavy métal. Il poussa la porte du Golden Mountain et entra avec désinvolture, comme si l'endroit lui appartenait.

Fuller s'apprêtait à sortir quand Hrycyk le retint. Le vieux briscard de l'immigration connaissait les lieux.

— Laissons-lui le temps de s'installer. Le temps de boire une bière ou deux. Le temps de se détendre. Comme ça, il ne risque pas de nous semer. Si on y va maintenant, il sera encore vif. Physiquement et mentalement. Et laissez-moi vous dire, agent Fuller, que j'en ai ma claque de poursuivre des gens dans des allées. Je suis trop vieux pour ce genre de conneries.

Ils attendirent donc une demi-heure de plus, en fumant.

— À la première occase, vous vous achetez votre paquet, grogna Hrycyk chaque fois que Li lui en prenait une.

Incommodé par la fumée, Fuller trépignait d'impatience.

— Et moi, la prochaine fois, j'apporte un masque à oxygène pour pouvoir respirer.

Assis à l'arrière, Li ne disait rien. Même s'ils arrivaient à arrêter le *dai lo,* il doutait d'en obtenir grand-chose.

Hrycyk se tourna vers lui et lança à l'improviste :

— Vous blaguiez, non ? Quand vous m'avez dit que ce tas de ferraille était fabriqué en Chine ?

Li secoua la tête d'un air grave.

— Les manivelles des lève-glaces arrière se cassent toujours sur ces modèles.

Hrycyk regarda la manivelle cassée et plissa les yeux.

— Vous l'aviez repérée.

— Peut-être que oui, peut-être que non.

— Merde. J'me débarrasse de cette caisse à la première occase.

Puis il ouvrit sa portière et déclara :

— C'est l'heure d'aller cueillir ce petit salaud d'asiate !

La porte du club donnait sur un vestibule avec un bureau au-dessus duquel était encadrée, sur le mur, la silhouette en or et en trois dimensions des États-Unis ; le tout baignait dans une lumière tamisée rouge.

— Hé, c'est un club privé ici. Réservé aux membres, s'écria le portier en les voyant entrer.

Hrycyk lui colla un mandat de perquisition sous le nez.

— J'ai pris mon inscription ce matin. Chez le juge.

Puis il ouvrit son portefeuille d'un coup sec pour lui montrer son badge.

— INS.

Fuller brandit lui aussi son insigne. Et Li, sa carte de la Sécurité publique.

— Police municipale de Pékin, dit-il. Brigade des enquêtes criminelles, Section n° 1.

Ce qui eut beaucoup plus d'effet que les deux autres. Le portier pâlit. Il fit mine de passer la main sous le bureau, mais Fuller lui attrapa le bras.

— Tttt-tttt. Pas la peine d'avertir. Où est Blaireau?

— Au bar, dit-il en avalant sa salive.

— Montre-nous le chemin, ordonna Fuller en le tirant de derrière le bureau.

Le petit homme les guida dans un escalier sombre recouvert d'un tapis, puis ouvrit la porte d'une grande salle où des tables entouraient une piste de danse vide. Il y avait une petite scène, au fond, un long bar contre le mur le plus proche, et quelques groupes d'hommes assis à des tables par deux ou trois, avec ou sans fille. La lumière du bar éclairait les visages des clients et des filles perchés sur de hauts tabourets, un verre et une cigarette à la main. Blaireau et deux de ses *ma zhai* se tenaient au bout du comptoir, en train de boire des bières à la bouteille. La sono diffusait en boucle les tubes à la mode.

— Coupe cette merde, cria Fuller au portier en le poussant vers le bar.

Le petit homme se faufila derrière le barman et coupa la musique. Le silence soudain fit sursauter tout le monde, comme si un coup de feu venait d'éclater. Le brouhaha des voix s'atténua instantanément et ne tarda pas à s'éteindre. Tous les yeux se tournèrent vers les trois représentants de la loi. Hrycyk s'avança vers Blaireau et pointa son arme sur lui en brandissant son insigne. Le *dai lo* afficha un sourire de défi pendant que l'agent de l'INS fouillait les poches de son blouson de cuir, en sortait son portefeuille et l'ouvrait pour vérifier son identité.

— Ko-Lin Qian. Alias Blaireau. Alias Tête de con. J'ai un mandat d'arrêt contre toi. Tourne-toi, les mains sur le bar.

Le *dai lo* obéit, sans se départir de son petit sourire narquois. Hrycyk lui écarta les jambes d'un coup de pied et le palpa pour voir s'il était armé.

— OK. Les mains dans le dos.

Il rangea son arme dans son holster et fit claquer une paire de menottes.

Le *dai lo* se retourna.

— Vous m'arrêtez pour quoi ? Parce que je respire l'air américain ? Je croyais que j'avais le droit.

Deux de ses *ma zhai* ricanèrent.

— Les Américains ont le droit. Pas les clandestins.

— Je ne suis pas clandestin. J'ai des papiers.

— Les papiers mentent.

— La vérité, c'est que personne n'en a rien à foutre que tu sois clandestin ou non, dit soudain Li, en mandarin.

Le sourire de Blaireau s'évanouit. Dans la salle, tout le monde retint son souffle.

— Mais qu'est-ce que vous dites, bon Dieu? demanda Hrycyk.

Li l'ignora et continua en mandarin.

— Nous voulons des informations, petit. Il nous faut le nom de ton *shuk foo*. Et tu vas nous le donner.

Les yeux du *dai lo* se voilèrent d'inquiétude; il regarda rapidement les visages qui l'entouraient et dit, le menton en avant :

— Vous savez que je ne le ferai pas.

— Si, tu le feras, affirma Li d'une voix calme. Parce que je suis gentil et que je te le demande gentiment.

Il marqua un temps d'arrêt.

— Une fois. Après ça, qui sait? Peut-être que je ne serai plus aussi gentil. Tu lis les journaux, tu sais comment on fait en RPC.

Il sourit. Hrycyk le regardait fixement.

— On peut savoir ce que vous dites?

Li secoua la tête.

— Non.

Il prit Blaireau par le bras et le poussa vers la porte.

— On y va.

Arrivés à la voiture, ils installèrent le *dai lo* derrière. Li se glissa à côté de lui.

— Alors, bordel, on peut savoir de quoi vous avez parlé là-bas? demanda Hrycyk.

— Allez, Li, on ne vous a rien caché, renchérit Fuller.

— Non, bien sûr. Disons que pour le moment

295

vous n'avez pas besoin de le savoir. Faites-moi confiance.

— Compte là-dessus, grogna Hrycyk en tournant la clé de contact.

— Où est-ce que vous avez dégotté cette poubelle? À la casse? ricana Blaireau dans une ultime tentative de bravade.

— Toi, tu fermes ta gueule, aboya Hrycyk.

Et il démarra sur les chapeaux de roues.

Ils roulèrent en silence sur Bellaire jusqu'à Sharpstown où ils empruntèrent la 59 en direction de l'est, avant de bifurquer au nord sur la 45. Blaireau regardait par la fenêtre d'un air maussade. Quand il commença à apercevoir les gratte-ciel du centre-ville, il interrogea Li en mandarin :

— Vous m'emmenez où?

— À l'INS.

Le *dai lo* secoua la tête d'un air sombre.

— Vous savez que vous signez mon arrêt de mort.

— Ah bon? fit Li, l'air innocent.

— Vous savez qu'ils vont me tuer. Je ne dirai pas ce que vous voulez savoir. Mais ils voudront en être sûrs. D'une façon ou d'une autre.

— S'ils te tuent de toute façon, alors autant nous le dire. Quelle différence?

— Je préfère mourir, dit Blaireau d'un ton méprisant.

— Eh bien, meurs. Personne n'en a rien à foutre.

Des nuages noirs s'amoncelaient au nord-ouest, avec la promesse de nouveaux orages. Ils passèrent sous deux toboggans, au pied des tours et des gratte-ciel du centre-ville.

— Arrêtez, dit soudain Li.

— Quoi?

Hrycyk lui jeta un coup d'œil dans le rétroviseur.

— Comment ça, arrêtez?

— Arrêtez la voiture, cria Li.

— Bordel de merde!

Hrycyk coupa deux files pour se rabattre à droite et freina brusquement sur le bas-côté.

— Attendez ici.

Li attrapa le *dai lo* par le col et le tira sur le macadam jonché de lambeaux de pneus et de débris de verre; le rail de sécurité était éraflé, balafré par des douzaines d'accrochages et plusieurs accidents graves. Il s'éloigna de la voiture et jeta un coup d'oeil à la bretelle d'accès, une dizaine de mètres plus bas. Au-delà, on voyait le Texas Historical Museum et, plus loin, les arbres de Buffalo Bayou et la tache verte de Sam Houston Park.

— Qu'est-ce que vous allez faire? demanda Blaireau, inquiet.

— Te balancer en bas peut-être. Ou te pousser sous les roues du prochain camion qui passe.

— Mais vous êtes fou? cria-t-il.

— Peut-être.

Le grondement de la circulation les obligeait presque à hurler. Li regarda par-dessus son épaule et vit Hrycyk et Fuller, penchés au-dessus des dossiers de leurs sièges, les observer à travers la lunette arrière.

— Tu veux mourir ou tu veux vivre? cria-t-il au garçon.

— À votre avis?

— On aurait pu s'arrêter ici pour te laisser pisser parce qu'on ne voulait pas que tu salisses la voiture.

Et tu te serais échappé avant qu'on puisse t'en empêcher. Tu aurais sauté sur cette route et filé vers le Bayou.

Blaireau regarda en contrebas.

— Si je saute, je me tue.

— Eh bien, cours jusqu'à la bretelle.

Le garçon fronça les sourcils.

— Pourquoi vous feriez ça ? Pourquoi vous me laisseriez filer ?

— *Guanxi.*

Blaireau regarda Li comme s'il avait perdu la raison.

— *Guanxi* ? De quoi vous parlez ? Vous ne me devez rien ?

— Si, quand tu m'auras donné le nom de ton *shuk foo*, je te devrai beaucoup. Je te laisse partir. Tu diras que tu t'es échappé. On ne t'a pas mis en garde à vue, ils n'ont pas à te tuer. Ils savent que tu n'aurais pas eu le temps de me dire quoi que ce soit, même si tu avais flanché. Ce qui, bien sûr, n'est pas le cas.

Blaireau le dévisagea un bon moment. Un énorme camion les frôla en les noyant sous un nuage de poussière et de gaz d'échappement.

— Guan Gong, dit-il. C'est son surnom. C'est tout ce que je sais.

— Si tu mens, je fais courir le bruit que nous avons passé un marché, et tu mourras.

— Guan Gong, répéta Blaireau en regardant Li dans les yeux.

— Va-t'en !

Le *dai lo* prit ses jambes à son cou, toujours menotté, sa mèche blanche accrochant la lumière du soleil couchant, ses pieds martelant le macadam.

Hrycyk et Fuller bondirent de la voiture, pistolet au poing, et coururent vers Li.

— Qu'est-ce que ça veut dire, putain! hurla Hrycyk.

— Il s'est échappé.

— Vous l'avez laissé partir? dit Fuller, abasourdi.

Li haussa les épaules.

— Il a donné ce qu'on voulait.

Et il repartit vers la voiture.

Fuller et Hrycyk échangèrent un regard consterné. Puis Hrycyk regarda la silhouette du *dai lo* s'éloigner sur la bretelle. Il était déjà presque hors de vue.

— Putain! bougonna-t-il en revenant sur ses pas.

II

L'édifice en pierres grises de la mairie, un assemblage de carrés et de rectangles découpés dans le ciel noir, donnait sur un immense bassin bleu turquoise bordé d'arbres et de tables de pique-nique.

Li et Hrycyk attendaient Fuller dehors, sur le parvis. Hrycyk bouillait d'impatience.

— Filez-moi une clope.

Il avait insisté pour qu'ils s'arrêtent en route et que Li en achète un paquet. Li lui offrit une cigarette puis en alluma une autre pour lui.

— Je n'arrive pas à croire que vous ayez fait ça, dit Hrycyk en secouant la tête.

— Quoi? Vous donner une cigarette?

— Laisser filer le gamin, siffla Hrycyk, agacé.

Li haussa les épaules.

— Voir, c'est croire.

— Enfin, il est con ou quoi? Dès que les autres découvriront qu'on cherche Guan Gong, ils sauront qu'il nous a rencardés.

Li laissa échapper la fumée par un coin des lèvres.

— Il n'y a pas pensé.

— Vous savez que vous êtes un sacré salopard, Li.

Dans sa bouche, c'était un compliment.

— Merci. Vous aussi.

Hrycyk éclata de rire.

— Vous savez, il y a des fois où vous me plaisez presque.

Li tira sur sa cigarette.

— Je ne peux pas en dire autant de vous.

Sur ce, Fuller arriva en courant.

— Soong n'est pas là. On m'a dit qu'on pourrait le trouver à la Banque alimentaire de Houston.

— Une banque alimentaire?

— Une sorte d'organisation caritative, expliqua Fuller. Qui reçoit des produits alimentaires. Vous savez, des trucs dont les dates de vente sont dépassées, ou les emballages abîmés. Ou des dons. La Banque alimentaire distribue ce qu'elle a aux pauvres de l'État. La banque de Soong offre de la main-d'œuvre. Tous ses employés y travaillent une après-midi par semaine. Lui aussi.

La Banque alimentaire de Houston était installée dans un entrepôt sur Eastex, au milieu d'une zone industrielle désolée. À l'entrée du parking, deux flics avaient arrêté un pick-up dont ils vérifiaient les

300

pneus. Le conducteur était un jeune Noir, les flics, des Blancs ; Li pensa qu'il ne fallait pas avoir trop d'imagination pour deviner la raison de son interpellation.

Les premières gouttes commencèrent à tomber pendant qu'ils traversaient le parking. Le soleil avait disparu derrière un chaos de nuages. L'air s'était chargé d'électricité.

À l'intérieur de l'entrepôt, ils demandèrent le conseiller Soong ; un jeune Noir les conduisit à l'autre bout. En chemin, ils passèrent devant une file de bénévoles chinois qui rangeaient des provisions dans des cartons posés sur un tapis roulant. De l'autre côté d'un rideau à bandes de plastique verticales s'étendait la zone de stockage où, superposées sur dix mètres de haut, des étagères croulaient sous les boîtes de conserve et autres produits alimentaires.

— Puisque vous êtes des représentants de la loi, vous serez probablement intéressés de savoir qu'on a des prisonniers de Huntsville qui travaillent ici, dit le jeune homme. Des détenus qui essayent de se réintégrer dans la société. Beaucoup de produits frais viennent des fermes de la prison.

Il sourit et ajouta :

— Chaque fois que vous mettez quelqu'un à l'ombre, vous nous rendez service.

— J'y penserai la prochaine fois que j'arrêterai quelqu'un, dit sèchement Fuller.

Soong conduisait un chariot élévateur dans les allées du fond. Des détecteurs de mouvement placés sous le toit déclenchaient des lumières sur son passage. Il portait toujours son jean et son blouson de cuir rouge, mais avait complété sa tenue par une casquette de base-ball des Astros. Dès qu'il les vit, il leur fit un signe de main accompagné d'un grand sourire.

— Une minute! cria-t-il.

Ils le regardèrent manœuvrer habilement le chariot pour glisser une palette sur l'étagère la plus élevée. Puis il abaissa la fourche jusqu'au sol, coupa le moteur et sauta à terre en retirant ses gants. Il leur serra la main.

— Messieurs. C'est un plaisir de vous revoir. À quoi dois-je l'honneur de votre visite?

À son habitude, sans attendre leur réponse, il désigna le hangar d'un geste large.

— Que pensez-vous de la Banque alimentaire? Bonne idée, non? Bonne pub pour la participation chinoise. Bon pour la communauté.

Il sourit malicieusement.

— Et j'ai toujours rêvé de conduire un chariot élévateur.

— Nous pensions que vous pourriez nous aider à identifier quelqu'un, Conseiller, dit Fuller.

— Bien sûr. Je ferai tout mon possible pour vous aider.

Il regarda Li.

— Vous vous êtes battu, monsieur Li?

— Une petite explication qui a mal tourné.

— Vous manquiez d'arguments frappants, on dirait.

— Vous devriez voir les autres, dit Hrycyk.

Fuller s'impatientait.

— Nous cherchons un *shuk foo*.

— Vous connaissez son nom?

— Si on le connaissait, on ne vous le demanderait pas. Tout ce qu'on a, c'est un surnom. Guan Gong, répondit Hrycyk.

Soong parut surpris.

— Non! Guan Gong? Mais vous le connaissez déjà. Il était à la réunion l'autre jour. Il s'appelle Lao Chao. Il possède le plus gros restaurant de Chinatown, pas très loin de Minute Maid Park. Il était assis au bout de la table, près de la fenêtre.

Li essaya de se souvenir de son visage. Il revoyait vaguement un homme râblé à lunettes, avec une touffe de cheveux noirs au-dessus d'un visage large et plat.

— Mais Lao est un homme très respectable, continua Soong. Ce n'est pas un *shuk foo*.

— Vous savez ce que signifie «Guan Gong»? demanda Li.

— Bien sûr.

— Vous nous avez jamais dit que ça voulait dire quelque chose, lui reprocha Hrycyk.

— Guan Gong était un général chinois. Un guerrier féroce. Un héros du quart-monde chinois, expliqua Li.

Puis il ajouta en regardant Soong :

— Surnom bizarre pour un respectable citoyen, vous ne trouvez pas?

— Guan Gong symbolise des valeurs très précieuses pour le peuple chinois, protesta Soong, indigné. C'est un beau nom pour un membre respectable de la communauté. Lao Chao, comme beaucoup de ceux qui étaient présents à la réunion, est très généreux avec la Banque alimentaire et d'autres œuvres de bienfaisance. Que lui voulez-vous ?

— Nous pensons qu'il connaît l'identité du *ah kung* que nous recherchons, répondit Fuller.

Soong fronça les sourcils.

— Il y a beaucoup de *ah kung* à Houston.

— Un seul s'appelle Kat, dit Li en observant attentivement Soong.

Il crut voir un bref éclair s'allumer dans ses yeux sombres. Rien de plus. Soong manifesta une surprise apparente et haussa les sourcils.

— Mandarine ?

Il se mit à rire.

— Quel nom étrange.

— Vous n'avez jamais entendu parler de lui ? demanda Hrycyk.

Soong fit la moue et secoua la tête.

— Désolé. Kat associé à la chance au moment de la fête du printemps, oui. Mais je n'ai jamais entendu parler de quelqu'un portant ce nom. Qu'est-ce qu'il a fait ?

— Nous pensons qu'il finance et organise le passage des immigrants chinois clandestins à la frontière mexicaine. La tête du serpent.

— Et vous croyez que Guan Gong le connaît ?

— Nous savons qu'il le connaît. Nous avons un témoin capable de les identifier tous les deux, affirma Li.

Les yeux sombres de Soong se fixèrent sur lui.

— Qui ?

— Une prostituée, répondit Hrycyk. Du Golden Mountain Club. Cadeau de l'un à l'autre.

— Votre sœur, dit Soong sans quitter Li des yeux.

— Exact. Quelqu'un a essayé de la tuer la nuit dernière. Pour la faire taire. Mais trop tard.

Soong secoua la tête et se racla bruyamment la gorge. Li crut un instant qu'il allait cracher par terre. Mais il vivait en Amérique depuis assez longtemps pour réfréner son instinct.

— Je suis navré que de telles choses arrivent dans notre communauté. Vous devez trouver ce serpent pour lui couper la tête.

— Alors, où est-ce qu'on peut le trouver, ce Guan Gong ?

— Dans son restaurant.

Soong regarda sa montre.

— Il y est tous les après-midi.

Li tendit le bras pour lui attraper le poignet.

— Belle bague, dit-il en mandarin.

Soong portait au majeur un large anneau d'or serti d'une pierre d'ambre gravée. Il retira sa main.

— C'est la chose à laquelle je tiens le plus. Un cadeau de mon père. Il a appartenu à l'impératrice douairière Cixi.

— Elle a beaucoup de valeur, alors.

— Inestimable. C'est grâce à elle que j'ai pu emprunter l'argent de mon voyage aux États-Unis.

— Vous savez que sortir de Chine des objets de valeur sans les déclarer est un crime capital.

Soong sourit.

— Alors, heureusement pour moi que nous ne sommes pas en Chine.

Li sourit à son tour.

— Oui, heureusement. Qu'y a-t-il de gravé dessus ?

Soong passa un pouce sur la pierre.

— Je me le suis souvent demandé. Dommage que le temps l'ait effacé.

— Vous permettez? demanda Li en avançant la main.

Soong ne put faire autrement que de tendre la sienne pour le laisser effleurer la pierre à son tour. Sa main était chaude et moite. Sous le pouce de Li, l'ambre était frais, la gravure presque inexistante. Il sentit que Soong était tendu.

— On a rarement l'occasion de toucher l'histoire, dit-il en effleurant de nouveau la gravure. C'était sans doute un caractère chinois. Dommage qu'on ne connaisse pas sa signification.

Soong sourit et retira sa main.

— Effectivement.

— On peut savoir de quoi vous parlez? ronchonna Hrycyk.

— J'admirais simplement la bague du conseiller Soong, répondit Li en soutenant le regard du Cantonais.

Puis, il ajouta, comme s'il émergeait soudain d'un état second :

— On ferait mieux d'aller parler à Lao Chao.

Hrycyk traversa le ghetto noir du centre de Houston par Elgin. Des cabanes en bois pourries aux toits rapiécés dans des jardins en friche, des trottoirs fissurés envahis de végétation, des rues défoncées pleines de nids-de-poule, des carcasses de voitures rouillées, des groupes de jeunes désœuvrés, les mains enfoncées dans des poches vides, les yeux hagards. Li observait les lieux d'un air songeur de l'arrière de la Santana. Tant de pauvreté le choquait. Ils auraient pu se trouver en Afrique, dans un bidonville du tiers-monde. En levant les yeux, il aperçut les tours brillantes du centre-ville de Houston s'élever au-dessus de cette misère, presque provocantes, comme si elles voulaient rappeler à ceux qui vivaient dans ce ghetto que le rêve américain se réalisait pour certains, mais pas pour d'autres.

Des éclairs zébrèrent le ciel plombé; quelques secondes plus tard, un coup de tonnerre éclata sur la ville, puis la pluie se mit à tomber avec une telle violence qu'un brouillard se forma sur la chaussée. Les essuie-glaces usés de la Santana raclèrent le pare-brise en grinçant.

— Le FBI doit avoir un dossier épais sur le conseiller Soong, dit Li.

Fuller lui jeta un coup d'œil.

— Pourquoi vous intéressez-vous à Soong?

Li haussa les épaules.

— J'aimerais savoir ce que ses affaires englobent.

— Ça concerne les archives publiques.

— Oui, mais ce n'est pas ça qui m'intéresse. Vous devez bien avoir un dossier sur lui.

— Je vérifierai.

Hrycyk se mit à rire.

— Bien sûr que le FBI a un dossier sur lui. Mais ils ne veulent pas vous le montrer, c'est tout.

Il regarda Fuller.

— Même moi je ne pourrais pas le voir.

Fuller ne dit rien.

Ils quittèrent Elgin pour Dowling et prirent vers le nord en direction du vieux Chinatown. Le restaurant *Le Dragon vert* se trouvait à l'angle de Dallas et de Polk. Sur sa façade sculptée s'entrelaçaient des dragons. Hrycyk arrêta la Santana sur le parking vide.

Des marches menaient aux doubles portes flanquées de lanternes rouges. Il n'y avait pas de lumière dans l'entrée, en dehors de celles d'un aquarium qui occupait tout un mur. D'étranges poissons se faufilèrent au milieu des bulles d'air et de l'eau trouble pour venir coller leur nez à la vitre et voir les nouveaux venus. La salle de restaurant était vide. Des cuisines invisibles leur parvinrent des bruits de casseroles et de voix. Une fille en *qipao* lamé or sortit de l'obscurité et les regarda d'un air surpris.

— Nous ne sommes pas encore ouverts, dit-elle.

Hrycyk lui montra sa carte.

— Nous venons voir M. Lao Chao.

— Un moment, s'il vous plaît. Je le préviens.

Elle se dirigea vers le comptoir de la réception et décrocha le téléphone. Elle composa un numéro, écouta, puis raccrocha.

— Désolée. Il est au téléphone. Vous attendez?

Ils patientèrent quelques minutes. Li et Hrycyk fumèrent une cigarette pendant que la fille faisait semblant d'arranger les menus sur le comptoir.

— Vous voulez pas essayer encore une fois? finit par grogner Hrycyk.

— Bien sûr.

Elle souleva le téléphone, refit le numéro, attendit trente secondes, haussa les épaules et les sourcils.

— Il ne répond pas.

Un claquement soudain retentit quelque part dans le bâtiment. La détonation caractéristique d'une arme à feu.

— Merde! s'écria Hrycyk en écrasant sa cigarette dans un cendrier. Où est son bureau?

— Là-haut, répondit la fille, l'air apeuré.

Ils montèrent en courant une double volée de marches aboutissant à un long couloir obscur. Ils furent incapables de trouver un interrupteur, mais, vers le milieu, une faible lueur jaune filtrait de sous une porte. Fuller se précipita le premier, arme au poing, et l'ouvrit violemment. Ils découvrirent une vaste pièce aux murs tapissés de papier velouté avec, au sol, un tapis rouge à motifs sur lequel il était difficile de voir s'il y avait du sang. Le grand bureau en acajou, lui, en était plein. Une mare se formait à l'endroit où Guan Gong s'était effondré, son pistolet à la main. Il avait un trou au milieu de la figure et la moitié de la tête emportée par la balle qui était ressortie à l'arrière du crâne.

Chapitre 20

Il était un peu plus d'1 heure de l'après-midi lorsque Margaret était rentrée, complètement déprimée, à Houston. Elle n'avait pas mangé depuis près de vingt-quatre heures et ne pouvait se faire servir nulle part. Même au bout d'un an, elle ne s'était pas faite à l'habitude texane de déjeuner avant midi. Finalement, elle avait trouvé un endroit, place Crowne. La serveuse lui avait apporté un poulet grillé juché sur une montagne de salade.

— Le chef m'a dit que les gens qui déjeunent aussi tard doivent être forcément affamés.

Margaret regarda sa montre, il était une heure et demie.

Elle en avait avalé la moitié avant de retourner affronter la pile de paperasses qui l'attendait à son bureau. Assise à sa table, le regard perdu au loin, elle ne se sentait pas plus d'appétit pour eux que pour sa salade. Elle ne pouvait s'empêcher de penser à Steve, à Xinxin en pleurs quand elle l'avait laissée avec sa mère. Elle s'obligea à se plonger dans le courrier et trouva une lettre de l'avocat de son propriétaire de Huntsville – une notification officielle d'expulsion, comme si elle n'avait pas déjà été

expulsée. Elle la jeta sur la pile et ouvrit une enveloppe frappée dans un angle du sigle officiel de la
FEMA. C'était la liste de tous les numéros de téléphone des membres de la cellule de crise, ce qui la
fit sourire. Le sien était déjà périmé.

Elle plia la liste et la glissa dans son sac en se
demandant quels progrès avaient été accomplis
depuis la réunion. L'un de ses membres était mort.
Li avait failli se faire tuer par des assassins chargés
de faire taire sa sœur, et le *ah kung* n'avait toujours
pas été identifié. Des centaines d'immigrants clandestins avaient été arrêtés dans tout le pays, et déjà
la place manquait pour les garder en quarantaine.
Alors qu'il y en aurait encore des milliers à venir
malgré les renforcements de surveillance à la frontière. Elle savait que la tâche confiée à Mendez
– découvrir la protéine qui déclenchait le virus – était
une mission pratiquement impossible ; elle l'avait
compris en voyant son visage épuisé la veille. Elle se
sentit découragée, frustrée par son incapacité à
apporter sa contribution d'une manière ou d'une
autre.

Incapable de rester en place, elle enfila un imper-
méable et prit un parapluie dans le dernier tiroir de
son bureau. En passant devant Lucy, elle lança :

— Je ne reviendrai pas aujourd'hui.

Puis elle s'éclipsa sans lui laisser le temps de
protester.

Quand elle sortit sur M.D. Anderson Boulevard,
l'orage qui menaçait depuis le début de l'après-midi
éclata et lui fit instinctivement baisser la tête ; la pluie
se mit à marteler la toile de son parapluie, comme
des petits pois sur une peau de tambour. Pataugeant

entre les flaques d'eau, elle croisa des infirmières et des médecins en pyjamas verts et blancs qui couraient entre les bâtiments de l'hôpital. En plein centre du Texas Medical Center, le toit rouge de Baylor College était à peine visible sous le déluge. Elle traversa en vitesse East Cullen Street et tourna à gauche vers les façades blanches du Michael Debakey Center.

Une assistante de laboratoire la conduisit à travers des couloirs interminables. Jeune, pleine d'entrain, elle parlait sans arrêt; les mots sortaient de sa bouche comme l'eau d'une source. Margaret l'écouta d'une oreille distraite jusqu'au bureau de Mendez, une petite pièce en fouillis donnant sur un parking. Elle s'assit au bord d'une chaise sans savoir où poser son parapluie dégoulinant. Ses baskets et le bas de son jean étaient imbibés d'eau. Au bout de quelques minutes, la porte s'ouvrit; Mendez entra, sa blouse blanche de laboratoire tachée et ouverte sur sa chemise, sa cravate froissée flottant autour de son cou. À la vue de Margaret, son visage s'éclaira.

— Mais vous êtes complètement trempée, ma chère. Je peux vous offrir un café? Un verre d'eau?

— Non, non.

Elle se leva, embarrassée.

— Je suis juste passée vous demander si je pouvais passer une nuit de plus au ranch.

Mendez lui adressa un sourire béat.

— Mais vous n'avez pas à demander, ma chère, dit-il en lui prenant les mains. Ma maison est la vôtre, aussi longtemps que vous le désirerez. Vous le savez.

Elle haussa les épaules d'un air gêné.

— C'est que... je n'ai pas la clé, Felipe.

Mendez se mit à rire.

— Mais vous n'avez pas besoin de clé. Mon code suffit. Je vais vous le noter.

Il arracha une feuille d'un bloc-notes, gribouilla un nombre à quatre chiffres et la lui tendit.

— Si vous voulez attendre une demi-heure de plus, j'ai presque terminé. Je pourrai vous emmener.

— J'ai ma voiture. De toute façon, j'aimerais rentrer le plus vite possible pour prendre une douche et me changer.

— Bien sûr.

Il réfléchit un moment et ajouta :

— Est-ce que vous pouvez malgré tout m'accorder une minute ? Je voudrais vous montrer quelque chose.

Elle le suivit dans un laboratoire, à l'autre bout du couloir, et enfila une blouse.

— Vous savez pourquoi on l'appelle la grippe espagnole ? demanda-t-il.

Margaret secoua la tête.

— Aucune idée. Elle est originaire des États-Unis, non ?

— C'est ce que nous pensons. Mais c'était la guerre alors. La nouvelle de la pandémie est passée sous silence dans la plupart des pays impliqués dans la Première Guerre mondiale. C'est la presse espagnole qui en a parlé en premier. Voilà pourquoi la grippe espagnole.

Il désigna un moniteur au fond du labo, et glissa une cassette dans la fente du magnétoscope intégré.

— Vous connaissez l'effet cytopathique ?

— Bien sûr.

L'écran s'anima d'une masse grouillante de minuscules organismes en train de se diviser et se multiplier pour finir par détruire leur cellule hôte. Nécrose cellulaire. Elle eut presque un mouvement de recul. Elle n'avait pas besoin qu'on lui explique ce qu'elle voyait.

— C'est ce qui a tué Steve, dit-elle. C'est la grippe espagnole.

— À un stade avancé. Une autre mutation sur la chaîne. Qui a profité de son passage chez le docteur Cardiff pour se transformer. Pour le virus, le bon docteur n'était rien de plus qu'un laboratoire vivant, un cobaye humain. J'ai dans l'idée que cette nouvelle version pourrait être encore plus virulente.

— Ils ont récupéré le virus à l'autopsie?

— Dans les poumons, je crois.

Mendez lui jeta un regard plein de sympathie.

— Je suis désolée, Margaret. Vous... aimiez bien le docteur Cardiff.

C'était une affirmation, pas une question.

Elle hocha la tête sans rien dire. Dans sa tête avait surgi l'image sanglante, nette et brutale, de Steve ouvert sur la table d'autopsie.

— Mais vous comprenez que de telles mesures doivent être prises pour combattre cette chose.

Elle hocha à nouveau la tête.

— Anatoly Markin m'a parlé une fois d'un scientifique russe qui s'appelait Ustinov et avait été accidentellement contaminé par Marburg au cours d'une expérience sur des cochons d'Inde. Ça faisait partie de leur programme de guerre biologique. Le pauvre homme a mis trois semaines à mourir, dans des conditions atroces. Quand ils ont récupéré le virus dans ses organes, ils ont découvert qu'il avait profité de son passage dans cet incubateur vivant qu'est l'être humain pour se renforcer et se stabiliser. Ils ont alors basé leurs recherches suivantes sur cette nouvelle souche qu'ils ont appelée la «Variante U». D'après Markin, ils pensaient qu'Ustinov aurait trouvé ça amusant.

Il haussa les épaules.

— On devrait peut-être baptiser celle-ci la «Variante C».

Margaret lui lança un regard glacial.

— Vous savez quoi, Felipe? Steve aurait probablement trouvé cela amusant, lui aussi. Il avait un sens de l'humour assez particulier. Mais, personnellement, je trouve ça à vomir.

Elle mit un moment à se ressaisir.

— On se verra plus tard, chez vous.

Et elle sortit précipitamment, laissant Mendez méditer sur son erreur de jugement.

Lorsqu'elle arriva au ranch, l'orage était passé, l'air chaud et humide, le lac couvert de bancs de brume. À l'ouest, les nuages en lambeaux flamboyaient au soleil couchant. Les juments alezanes brillaient au milieu de la prairie; les naseaux levés vers le ciel, elles semblaient humer l'arrivée de la nuit.

Clara aboya et fit la fête à Margaret dès que celle-ci pénétra dans l'armurerie; elle la suivit dans la cuisine puis retourna bouder dans son panier quand elle comprit qu'elle n'aurait rien à manger. Les assiettes sales empilées absolument partout avaient un côté déprimant. Margaret se demanda pourquoi Mendez ne faisait pas venir quelqu'un deux heures par jour pour nettoyer la maison. Une odeur de tabac froid et d'alcool planait dans le salon. Elle mit le ventilateur du plafond en marche, se débarrassa de ses chaussures et monta dans sa chambre.

Elle resta longtemps sous la douche, laissant l'eau chaude cascader sur son visage et courir en ruisseaux sinueux entre ses seins. C'était si bon qu'elle n'avait pas envie que cela s'arrête. Elle sentait sa fatigue s'évaporer dans cette chaleur délicieuse. Elle se savonna avec une éponge douce, étala la mousse sur son corps, se lava les cheveux et les rinça longuement, les yeux fermés. Quand elle les rouvrit, elle crut voir une ombre fugace de l'autre côté de la porte entrouverte de la salle de bains. Elle laissa échapper une exclamation de surprise et croisa instinctivement les bras sur la poitrine.

— Qui est là? cria-t-elle.

Mais il n'y eut pas de réponse. Par l'entrebâillement de la porte, elle apercevait l'intérieur de sa chambre, ses vêtements jetés en travers de son lit. Elle ferma immédiatement les robinets et écouta. Elle n'entendit aucun bruit, ne perçut aucun mouvement. Elle poussa le battant de la douche, attrapa une serviette blanche dont elle s'enveloppa et sortit.

— Il y a quelqu'un?

Le même silence suivit. Tout en retenant son souffle, elle ouvrit lentement la porte de la salle de bains en grand. Sa chambre était vide. Son imagination lui avait-elle joué un tour? Puis elle se souvint qu'elle n'était pas seule dans la maison. Peut-être Clara était-elle venue renifler ces odeurs parfumées qu'elle ne connaissait pas.

En partie rassurée, elle se sécha rapidement, enfila un slip et un soutien-gorge puis se frotta les cheveux. Elle passa ensuite un tee-shirt blanc et un pantalon large en coton bleu. Habillée, elle se sentait moins vulnérable. Elle planta un peigne dans ses cheveux pour les retenir et descendit pieds nus au rez-de-chaussée.

Mendez était assis dans la véranda où il fumait un cigare qu'il venait d'allumer. Il regardait CNN. Margaret jeta un coup d'œil dans le passage conduisant à la cuisine et vit Clara, le museau dans sa gamelle. L'idée à laquelle elle s'était raccrochée dans sa chambre pour se rassurer perdit aussitôt tout son sens. Un malaise s'empara d'elle. Elle se rechaussa avant de se diriger vers la véranda. À son entrée, Mendez tourna la tête.

— Ah, vous voilà, ma chère. Bonne douche?

— Depuis quand êtes-vous là?

Il fronça les sourcils.

— Je viens d'arriver, dit-il.

Clara bouscula Margaret, s'engouffra dans la porte et se laissa tomber aux pieds de son maître.

— Vous êtes monté, Felipe?

— Non, dit-il en fronçant davantage les sourcils. Pourquoi?

Margaret secoua la tête, ne sachant pas trop quoi penser. Était-il possible qu'il soit venu dans la chambre, pour la regarder prendre sa douche? Clara était en train de manger, ce n'était donc pas elle qu'elle avait vue.

— Pour rien. Je croyais avoir entendu quelqu'un monter, c'est tout.

Mendez posa son cigare dans le cendrier, se leva et traversa la véranda. Il avait les joues étrangement rouges, ce qui faisait ressortir son bouc blanc.

— Toute cette histoire vous affecte trop, ma chère. Vous avez besoin de vous détendre. Laissez-moi vous servir un verre.

— Non, merci.

Il la prit par les épaules et approcha son visage du sien.

— Vous êtes sûre que ça va?

Margaret sentit son cœur se serrer. L'expression du regard de Mendez était des plus étranges.

— Oui, oui.

Il avait la tête légèrement en arrière, les yeux mi-clos, comme s'il respirait l'odeur de son corps jeune, tiède, parfumé. Elle voulut se dégager, mais il resserra ses mains sur ses épaules. Et soudain, il l'attira contre lui, pressa son visage sur le sien. Elle sentit son odeur de cigare, ses lèvres humides et ses moustaches râpeuses sur sa peau douce, son pénis en érection contre son ventre, sa langue dans sa bouche. Elle crut qu'elle allait vomir.

D'une brusque secousse, elle se libéra de son étreinte et recula, haletant de peur et de colère.

— Mais qu'est-ce qui vous prend, bon Dieu, vous êtes fou!

Mendez la regarda avec des yeux paniqués.

— Pardon, Margaret, je suis désolé, lâcha-t-il en avançant d'un pas.

Elle recula encore.

— Ne m'approchez pas!

Elle respirait vite, les poings serrés, essayant de maîtriser son envie de fuir. Elle savait que c'était lui qui était entré dans sa chambre et l'avait regardée pendant tout le temps qu'elle s'était douchée.

— Je suis vraiment désolé, répéta-t-il. Ne partez

318

pas, je vous en prie. Ça ne se reproduira plus, je vous le promets. Vous n'avez pas idée de ma solitude ici. Catherine me manque tellement...

Sa voix se brisa. Tête baissée, incapable de la regarder en face, il avait l'air misérable.

— Je vous ai toujours trouvée...

Il finit par lever les yeux.

— ... séduisante. J'ai toujours envié Michael. C'est ce que j'ai eu le plus de mal à lui pardonner. De vous avoir emmenée. De m'avoir privé du plaisir de vous voir en se fâchant avec moi. Je n'en croyais pas mes yeux quand je vous ai vue assise à la table de conférence de Fort Detrick. Comme si le destin vous avait ramenée à moi.

Elle le regardait, incrédule.

— Vous êtes complètement malade, Felipe.

Il hocha la tête.

— Oui, malade de regret, Margaret. Malade d'avoir permis à un bas instinct sexuel de gâcher les choses entre nous. Je vous promets...

Ses yeux se firent suppliants.

— ... Je vous promets que cela ne se reproduira pas.

— Certainement pas, dit-elle en lui tournant le dos.

Elle traversa le salon à grandes enjambées et prit au passage son sac posé sur le fauteuil inclinable.

— Je reviendrai chercher mes affaires plus tard.

— Margaret...

Elle l'entendit l'appeler quand elle traversa la cuisine. Un appel triste, plaintif, misérable. Elle eut presque pitié de lui.

Chapitre 21

I

Elle arriva à Houston vers 22 heures. Le ciel s'était éclairci et le mercure avait chuté. Quand elle descendit de voiture sur le parking de l'Holiday Inn, elle fut saisie par le froid. À la réception, on l'informa que Li occupait la chambre 735. Elle prit l'ascenseur jusqu'au septième. Tout s'embrouillait dans sa tête. Elle se sentait vulnérable et, pire que tout, très seule. La sécurité et le réconfort qu'elle avait espéré trouver au ranch de Mendez s'étaient envolés en un clin d'œil. Il ne lui restait plus qu'une seule voie possible. Or, elle s'y était déjà aventurée et savait qu'elle ne menait nulle part.

Li ouvrit la porte, en caleçon. Il la dominait de toute sa hauteur et lui parut encore plus grand que d'habitude. La télévision était allumée, la chambre pleine de fumée :

— Service d'étage, dit Margaret.

— Je n'ai rien commandé.

— Je lis dans vos pensées.

— Et qu'avez-vous vu ?

— Deux personnes. Un lit. Faire l'amour. Dormir.

— Dans quel ordre ?

— N'importe.

Il fit la moue et réfléchit un bon moment.

— Je n'ai pas de monnaie.

— Pour quoi ?

— Le pourboire.

— C'est un service entièrement gratuit.

— Dans ce cas, entrez. À cheval donné on ne regarde pas la bouche.

Elle referma la porte derrière elle.

— Je ne suis pas sûre d'apprécier d'être comparée à un cheval.

Il plongea en avant pour lui passer un bras derrière les genoux et la souleva dans ses bras.

— Enfin, tant qu'il ne te prend pas l'envie de te servir d'une cravache, dit-elle en s'accrochant à son cou.

Il sourit.

— Il y a des femmes qui aiment ça... paraît-il.

— Pas moi.

Il la coucha sur le lit et se pencha sur elle. Elle ferma les yeux, submergée par une vague de désir. Pendant quelques minutes de plaisir exquis, elle se crut libérée d'une vie qui tombait de nouveau en morceaux. Elle ne sentit plus que les mains de Li sur sa peau, ses lèvres sur son visage et sur ses seins. Quand il la pénétra, elle noua les jambes autour de son dos et le serra à lui couper le souffle.

Ils restèrent ensuite allongés en silence pendant un long moment. La lueur de la télévision tremblotait dans l'obscurité, les rires enregistrés d'un public fantôme ponctuaient à intervalles réguliers les gags d'une médiocre sitcom. Finalement, Li se souleva sur un coude et vit les joues de Margaret humides de larmes. Il se redressa complètement.

— Qu'est-ce qui ne va pas?

Elle tendit la main vers sa lèvre fendue, et le bleu qui s'étendait de l'œil gauche à la pommette.

— Moi. La vie. On dirait que les deux ne peuvent jamais aller en harmonie.

Et elle lui parla de Mendez. De ses avances avortées. De sa tristesse et de sa solitude. Elle lui raconta qu'elle n'avait plus de maison, qu'elle était incapable de se concentrer sur son travail, ni sur quoi que ce soit, en fait. Elle le mit au courant du virus prélevé sur Steve. De la façon dont il s'était renforcé, perfectionné. Et elle lui avoua son désespoir de voir jamais les choses s'arranger.

Il essuya ses larmes avec la paume de la main. Lui aussi éprouvait le besoin de se confier à quelqu'un, mais, dans l'immédiat, il la sentait trop fragile pour lui faire partager son fardeau. Il garda le silence et, à la place, l'interrogea sur Xinxin et Xiao Ling.

Elle secoua la tête.

— Xinxin ne veut pas lui parler, elle ne veut même pas savoir qu'elle est là. Et ta sœur ne fait aucun effort pour que ça change.

Il perçut la désapprobation dans la voix de Margaret. De nouveau submergé par le désespoir, il s'allongea à côté d'elle et tira le drap sur eux. Au bout d'un moment, il attrapa la télécommande pour éteindre la télévision. De la rue montait le bruit de la circulation du soir. Margaret respirait maintenant lentement, profondément. Il se tourna sur le côté en position du fœtus; il savait qu'il ne dormirait pas. Trop de choses le préoccupaient. À un moment,

Margaret remua et se retourna. Il sentit son souffle contre sa nuque et la chaleur de sa peau sur la sienne quand elle se colla contre lui en glissant un bras autour de sa poitrine. Il aurait voulu rester couché comme ça pour toujours.

Elle ouvrit les yeux. Les chiffres rouges du réveil digital indiquaient 2:30. Le drap s'était entortillé autour de sa taille. Elle tendit la main pour sentir la chaleur rassurante de Li et ne trouva qu'une place vide et froide. Elle se retourna, complètement réveillée, et se redressa. Une silhouette masculine se découpait sur le voilage de la fenêtre.

— Li Yan?

La silhouette se retourna.

— Excuse-moi. Je ne voulais pas te réveiller. Je n'arrive pas à dormir.

— Reviens te coucher. Je sais comment faire.

Elle devina son sourire et entendit le regret dans sa voix.

— Trop de choses en tête. Ça t'ennuie si je fume une cigarette?

— C'est la première fois que tu me poses la question.

— On est en Amérique. Je me sens un peu gêné.

Elle se mit à rire.

— Mais fume donc, si tu en as envie!

Elle attendit qu'il ait allumé sa cigarette pour lui demander :

— Alors, qu'est-ce qui te préoccupe?

— J'ai peur.

— De quoi as-tu peur?

— J'ai peur de ce qui va arriver à ma sœur quand

les petits chevaux du *ah kung* seront lâchés sur elle. Ce qui ne va pas tarder.

Margaret releva les genoux sous son menton.

— Mais des policiers armés la protègent, Li Yan.

Il secoua la tête.

— Ça n'empêchera rien. Ces gens-là n'abandonnent jamais.

— Mais pourquoi?

— Parce qu'elle peut identifier le *ah kung*. Elle l'a vu, et il le sait.

— Comment le sait-il?

— Parce que je le lui ai dit.

Margaret le regarda fixement dans la pénombre. Elle vit le bout de sa cigarette devenir incandescent, puis l'ombre de la fumée monter contre la fenêtre.

— Tu sais qui c'est?

Il hocha la tête.

— Je n'en étais pas sûr. Jusqu'à ce que je passe un coup de fil ce soir, peu avant ton arrivée.

— Qui est-ce?

— Un homme à la réputation irréprochable. Le président de la Houston-Hong Kong Bank, membre du conseil d'administration de l'équipe de base-ball des Astros, conseiller municipal de la ville de Houston.

— Soong? fit Margaret, incrédule. Le type que tu as rencontré hier, au stade?

Elle le vit acquiescer d'un signe de tête.

— Comment le sais-tu?

— Le journal de Wang parle d'un *ah kung* surnommé Kat. Le mot cantonais pour mandarine, un symbole de chance en Chine. Soong porte une bague avec le caractère «mandarine» gravé sur de l'ambre – l'ambre, la couleur de la mandarine. C'est une bague très ancienne, la gravure est presque effacée. Elle est invisible à l'œil nu. Quand j'ai demandé à passer mon pouce dessus, il a dû miser sur mon incapacité à le déchiffrer. Mais je l'ai senti, je l'ai lu avec ma peau aussi clairement que si je l'avais eu devant les yeux. Kat.

Elle le regarda fumer en silence, repassant dans sa tête tout ce qu'il venait de lui dire.

— Si «mandarine» est un symbole de chance en Chine, c'est peut-être une coïncidence, finit-elle par dire. Des centaines, des milliers de personnes doivent porter des bijoux gravés avec ce caractère.

— C'est exactement ce que je me suis dit. Puis j'ai pensé qu'une femme qui a couché avec lui n'a pu manquer de remarquer une bague de cette taille, aussi voyante.

Il revint vers le lit, écrasa sa cigarette dans le cendrier et s'assit sur le bord du matelas.

— Xiao Ling le connaît parce qu'elle lui a été offerte en cadeau quand elle travaillait au Golden Mountain Club. Je l'ai appelée. Elle se souvient parfaitement de la bague.

— Arrête-le.

Li se mit à rire.

— Sur quel chef d'accusation? Port de bague? Les représentants de la loi de ton pays me riront au nez.

— Au moins, tu sais par où commencer.

— Un homme comme lui aura eu soin de brouiller les pistes, Margaret. L'enquête peut durer des mois, sans mener nulle part. En attendant, il n'a qu'une chose à faire, se débarrasser de ma sœur, et on n'aura plus personne pour témoigner qu'il se fait appeler Kat.

— Il va sûrement commettre une erreur, Li Yan. À un moment ou un autre.

Li secoua la tête.

— Les gens comme Soong ne commettent pas d'erreur, Margaret. C'est pour ça qu'ils ne se font pas prendre.

— Tout le monde commet des erreurs. Autrement, on serait au chômage, toi et moi.

La sonnerie du téléphone les fit sursauter. Li regarda l'appareil sans faire mine de décrocher.

— Ce n'est pas pour moi, dit Margaret. Personne ne sait que je suis ici.

Li souleva le combiné à la troisième sonnerie. La voix tendue de Soong lui parvint comme un murmure éraillé. Malgré ce qu'il avait dit, il maîtrisait bien le mandarin.

— Vous me reconnaissez ?

— Oui, répondit Li.

— Je sais qui est le *ah kung*.

Li sentit son cœur s'accélérer.

— Qui ?

— Je ne peux pas le dire au téléphone. Dès que je l'aurai dit, nous serons tous les deux en danger.

— Que proposez-vous ?

— Un rendez-vous.

— Quand ?

— Maintenant.

Li jeta un coup d'œil à Margaret. La lumière pâle de la rue se reflétait sur son visage. Elle fronçait les sourcils.

— Où ça ? demanda-t-il.

— Mon salon privé, au stade. Je laisserai la porte de côté ouverte. Montez directement. Et, au nom du ciel, n'en parlez à personne.

Un clic l'avertit qu'il avait raccroché. Lentement, il reposa le combiné et resta assis un moment sans bouger, perdu dans ses pensées.

— Li Yan?

Margaret lui posa une main sur l'épaule. Il se retourna.

— Tu avais raison, dit-il. Il vient de commettre une erreur.

Il lui rapporta la conversation.

— Mais tu ne vas pas y aller? s'inquiéta-t-elle.

— Bien sûr que si.

— Mais bon sang, Li Yan, c'est un piège. Tu le sais? Ce serait de la folie d'y aller seul.

— Alors, je réunis la cellule de crise et nous envahissons le stade? Et après? Il n'y a toujours aucune preuve contre lui. Rien. Il est trop prudent, il n'a même pas prononcé son nom au téléphone.

Il se leva.

— La seule façon de l'avoir, c'est de le laisser abattre ses cartes. Le laisser aggraver son erreur.

Margaret le regarda s'habiller en silence. Elle savait qu'il était inutile de tenter de le faire changer d'avis. Elle le connaissait depuis assez longtemps pour savoir à quel point ce serait absurde. Quand il se baissa pour lui caresser la joue avec les lèvres, elle murmura :

— Sois prudent.

La seconde d'après, il était sorti. Aussitôt, elle saisit son sac et chercha la liste des numéros de téléphone que lui avait envoyée la FEMA. Elle alluma la lampe de chevet, parcourut du doigt les noms jusqu'à celui de Fuller, puis décrocha le téléphone et composa le numéro de son portable.

II

Texas Avenue était déserte. Au sud de Minute Maid Park, le jardin de l'église catholique de l'Annonciation était plongé dans le noir. Sur Crawford, rien ne bougeait. Pas un bruit, pas une voiture, pas un chat. Houston était une ville sans cœur. Personne ne vivait au centre. Dès que les magasins et les bureaux fermaient en fin de journée et que le dernier fan avait quitté le stade, c'était une place morte. Vide.

Pourtant, Li avait l'impression d'être épié en se déplaçant sous la lumière crue des réverbères. Il se demandait si on surveillait son arrivée. Tendu comme un arc, il força pourtant son corps à se relâcher. Il longea rapidement l'imposant mur sud de Minute Maid Park, sous les marquises des vitrines de la boutique officielle des Astros, et se dirigea vers la double porte en verre qui donnait sur les escaliers montant aux salons privés. Il les poussa l'une après l'autre. La gauche céda. Il se glissa à l'intérieur du hall.

À chaque palier, la lumière de la rue pénétrait par de hautes fenêtres et dessinait des rectangles sur le tapis vert de l'escalier. Li monta les marches deux par deux jusqu'à l'étage des salons privés. Là, il s'arrêta pour écouter, à l'affût d'un son autre que celui de sa respiration rauque et des battements de son cœur. Un peu plus loin, un rai de lumière filtrait sous la porte du salon de Soong. Il n'entendit rien. Il scruta la pénombre du long hall courbe et décida de surprendre le conseiller. Il dépassa sa porte sans faire de bruit puis se mit à courir à longues enjambées, traversa le Whistle Stop bar, dépassa les baies panoramiques donnant sur le terrain masqué par la nuit. Il y avait très peu de lumière dehors. Le ciel s'était éclairci et piqueté d'étoiles, mais la lune n'était pas encore levée. Li franchit ensuite une porte battante et se retrouva dans l'escalier en béton par lequel ils étaient montés la veille. Il le dévala jusqu'au rez-de-chaussée. Des panneaux suspendus dans la galerie à colonnades indiquaient les sections 100 à 104. Li s'enfonça dans l'obscurité et longea les arcades au pas de course jusqu'à l'autre bout du stade, sous les publicités géantes de Coca-Cola, Miller Lite, UPS.

Il s'arrêta pour jeter un coup d'œil vers les salons privés. Une lumière solitaire brillait dans celui de Soong ; elle se reflétait faiblement sur les gradins et l'herbe. Au bout du hall, un signe lumineux indiquait que les ascenseurs fonctionnaient. Il en prit un jusqu'au premier étage, passa sous l'énorme tableau d'affichage des scores et gagna les gradins les plus éloignés. De là, il sauta en l'air pour s'accrocher au balcon qui séparait le niveau des salons privés du niveau inférieur, se balança, jeta une jambe par-dessus la rambarde et reprit pied de l'autre côté. Il était revenu à l'étage de Soong, mais en était séparé par toute la longueur du stade. Il repartit au pas de course dans le passage ménagé derrière les sièges en franchissant d'un bond les barrières qui divisaient, à intervalles réguliers, les gradins en sections.

Arrivé à cinq ou six mètres de la lumière, le visage luisant de sueur, il s'arrêta pour reprendre sa respiration et écouter de nouveau. Il perçut le son ténu d'une voix à travers la vitre. Il s'approcha avec d'infinies précautions. En contrebas, il distinguait à peine la forme du terrain de base-ball. Il dressa l'oreille. Pas le moindre écho de coup de batte ou de cri de fan. Le stade n'était pas très ancien. S'il devait y avoir des fantômes, c'étaient plutôt ceux des trains, des porteurs, des voyageurs et des cheminots. Mais il n'y avait rien. Rien d'autre que le son étouffé de la voix du conseiller. Li adopta une position lui permettant de voir sans être vu. Soong était au téléphone ; il parlait avec animation mais ses paroles restaient incompréhensibles ; puis il raccrocha et alluma une cigarette. Ensuite, il se mit à faire les cent pas dans la pièce remplie de fumée. Soudain, il s'arrêta, regarda dans la direction de Li. L'espace d'une seconde, celui-ci se figea sur place, avant de se rendre à l'évidence que le *ah kung* ne pouvait voir que son propre reflet. Il avait troqué son jean et son blouson de base-ball contre un costume bleu marine, une chemise blanche et une cravate rouge. L'affaire était sérieuse.

Li avança d'un pas, fit coulisser la porte vitrée, et éprouva un certain plaisir à voir la peur décomposer le visage de Soong qui se retourna avec un petit cri.

— Je croyais que vous m'attendiez, lança Li en haussant les sourcils.

330

Soong retrouva aussitôt son sang-froid.

— Bien sûr. Mais pas par l'entrée de service, dit-il en souriant.

Il avait vite trouvé cette petite remarque humiliante pour rétablir sa position de domination. Il prit sur la table une boîte noire rectangulaire de la taille d'une télécommande de télévision. Avec sa boucle chromée, elle ressemblait au bâton qu'utilisent les services de sécurité des aéroports pour détecter les objets métalliques.

— Je vais vérifier que vous n'avez pas de micro caché, si vous n'y voyez pas d'inconvénient.

Ce n'était pas une question.

Li haussa les épaules et laissa Soong lui passer le détecteur des pieds à la tête. Satisfait, celui-ci le laissa retomber sur la table.

— Parfait. On peut peut-être parler affaires maintenant.

— Vous deviez me dire qui est le *ah kung*. Celui qu'on appelle Kat.

Soong sourit.

— Ai-je vraiment besoin de vous le dire, monsieur Li?

Li inclina la tête en haussant les sourcils.

— Vous savez, je ne suis pas le monstre que vous pensez, ajouta-t-il.

— Vous n'avez aucune idée de ce que je pense, Soong.

— Oh, je le devine. Je suis certain que vous rêvez de m'enfermer dans une salle d'interrogatoire à Pékin, de m'électrocuter avec un aiguillon à bétail, de m'empêcher de dormir. Et puis, vous vous demandez probablement comment ça s'est passé avec votre sœur. Quand je l'ai baisée. Vous savez, ce fameux soir, au Golden Mountain Club.

C'était une provocation délibérée. Soong testait son pouvoir ; il poussait Li à bout en se demandant peut-être jusqu'où il pourrait aller.

— Eh bien, c'était juste une putain comme une autre.

Avec un aplomb qu'il était loin de ressentir, Li lui lança :

— Et vous un client comme un autre.

Il se gratta pensivement le menton en essayant de se rappeler les paroles exactes de Xiao Ling.

— Qu'est-ce qu'elle m'a dit... ? *Petit, gros, du ventre, haleine fétide. Ils vous montent dessus, vous sautent deux minutes et après, ils sont épuisés. Difficile de faire la différence.* Ça a l'air de coller.

Soong le fusilla du regard. La vanité était son point faible.

— J'offre à nos compatriotes la chance d'une vie meilleure, dit-il en cachant mal sa colère. L'espoir au lieu de la misère. Les dollars au lieu des privations. En Chine, ils n'ont pas de liberté. En Amérique, au moins, ils peuvent rêver.

— Vous êtes un véritable philanthrope.

Soong se hérissa.

— Non. Je suis un homme d'affaires. Rien n'est gratuit dans la vie. Il y a toujours un prix à payer. Mais je leur donne la possibilité de le payer. Je prête de l'argent aux familles, en Chine, pour qu'elles puissent payer le voyage de ceux qu'elles aiment. Une fois qu'ils sont en Amérique, je leur trouve du travail pour qu'ils puissent rembourser leur dette. Je leur donne la possibilité d'envoyer de l'argent chez eux. Et je suis beaucoup plus efficace que la Banque de Chine.

Il ricana.

— La banque met trois semaines à envoyer du liquide. Ses taux de change sont exorbitants, et elle ne délivre que des yuans. Mes taux sont aussi intéressants que tous ceux qu'on peut trouver en Amérique, j'envoie l'argent en quelques heures, et toujours en dollars.

— Vous êtes un héros. Si vous étiez catholique, on vous canoniserait, ironisa Li.

Il alluma une cigarette, et ajouta :

— Je suppose que les soixante mille dollars servent juste à couvrir les frais.

— Cela coûte très cher de faire traverser la moitié de la terre à des gens, de leur fournir des papiers, un logement, de soudoyer les fonctionnaires. Mais, bien sûr que j'en tire un profit. Je suis un homme d'affaires.

— D'affaires d'exploitation. Faire payer à des pauvres des sommes qu'ils n'auraient jamais pu imaginer gagner en une vie pour venir travailler comme des esclaves en Amérique. Une version légèrement plus sophistiquée de ce que les Occidentaux ont infligé aux Africains il y a deux cents ans.

Soong commença à s'énerver.

— Ça ne sert à rien de discuter avec vous, Li. Je ne vous convaincrai jamais. Pourtant, chaque Chinois que je fais venir dans ce pays a la possibilité de travailler pour gagner sa liberté.

— Dans des bordels et des tripots ?

Li revoyait sa sœur en pleurs, à Holliday Unit,

333

dans la salle d'interrogatoire. Il tira longuement sur sa cigarette en essayant de refouler sa colère.

— Je n'ai jamais prétendu que c'était facile, siffla Soong. J'ai emprunté le même chemin, et regardez où j'en suis aujourd'hui. Je n'en connais pas beaucoup qui échangeraient leur expérience de rêve américain contre une existence sous le régime communiste.

Il pointa un doigt en direction de Li.

— Quant à votre cher gouvernement chinois, ses mesures pour stopper l'immigration clandestine sont une vaste plaisanterie. Ha! J'ai vu de mes propres yeux les affiches, au Fujian. NOUS DEVONS INTENSIFIER NOS EFFORTS POUR ARRÊTER LA TENDANCE MALADIVE À L'ÉMIGRATION IRRÉGULIÈRE. Et aussi... ATTAQUER LES TÊTES DE SERPENT, DÉTRUIRE LES NIDS DE SERPENT, PUNIR LES ÉMIGRANTS ILLÉGAUX. C'est pitoyable!

Ses yeux étincelaient.

— La vérité, c'est que Pékin veut qu'ils s'en aillent. Il y a trop de monde en Chine et pas assez d'emplois. En outre, une fois en Amérique, tous ces immigrants illégaux envoient de l'argent chez eux. Ils injectent des millions dans l'économie locale. Une économie qui s'effondrerait certainement sans eux.

Des petites bulles de salive s'accumulaient aux coins de sa bouche.

— Les têtes de serpent sont les amis du peuple.

— Très amical, en effet, de fermer l'aération d'un camion et de tuer quatre-vingt-dix-huit compatriotes.

Le visage de Soong se colora.

— C'était un accident. Elle a été fermée par erreur. C'est une chose terrible.

— Sûr. Qui vous coûte six millions de dollars.

— Plus que ça, en fait, dit Soong en le regardant dans les yeux. J'ai déjà ordonné que chaque centime payé pour envoyer ces pauvres gens en Amérique soit remboursé aux familles des victimes.

— Je suis persuadé que cela compensera leur perte.

L'acidité du ton de Li fit presque tressaillir Soong.

— Dès que je vous ai vu, je vous ai trouvé antipathique, Li. Et vous ne faites rien pour changer ma première impression.

Il marqua une pause, prit une profonde inspiration et se ressaisit.

— Cela m'a fait une peine immense de voir mes compatriotes mourir ainsi.

Li se pencha en avant pour écraser sa cigarette.

— Pourquoi leur avoir injecté un virus létal, alors ?

Les mâchoires de Soong se crispèrent, le tour de ses yeux s'assombrit.

— Nous n'avons rien à voir avec ça, dit-il d'une voix basse et menaçante.

Il se tut un long moment, puis ajouta :

— Il y a environ six mois, nous avons sous-traité la dernière partie du voyage – le passage de la frontière – à un gang colombien réputé. Ils introduisent de la drogue aux États-Unis depuis des dizaines d'années. Ils connaissent tous les itinéraires, tous les trucs. Leur taux de succès est de trente pour cent supérieur au nôtre.

Li fronça les sourcils.

— Pourquoi des trafiquants de drogue voudraient-ils faire passer des clandestins chinois?

— Ça paye autant et c'est beaucoup moins risqué. Les peines encourues sont beaucoup plus légères.

— Mais pourquoi leur injecter le virus de la grippe?

Soong secoua la tête d'un air grave.

— Nous n'en avons aucune idée. Nous les avons contactés immédiatement après notre réunion d'hier. Ils ont nié bien sûr, c'était couru d'avance, non?

Il s'approcha de la fenêtre et contempla un instant son propre reflet dans la vitre.

— Mais nous trouverons. Nous leur devons une dizaine de millions de dollars. À partir d'aujourd'hui, tous les paiements sont bloqués.

Il se tourna en souriant.

— Nous allons peut-être assister à la première guerre sino-colombienne. Quoi qu'il en soit, nous trouverons la réponse.

— Et comment allez-vous m'empêcher de vous arrêter?

Soong lui éclata de rire au nez.

— Vous ne pouvez pas m'arrêter, Li. Vous n'avez aucune preuve. Pas l'ombre d'une. Et je suis un respectable citoyen, démocratiquement élu conseiller municipal de la ville.

Li commença à contourner la table sous l'œil attentif de Soong.

— Dites-moi comment vous avez fait pour cacher aussi longtemps votre identité.

Soong haussa les épaules.

— Très simple. Quand vous employez autant de gens dans autant de pays différents, vous ne traitez jamais directement avec eux. Vous déléguez tout. Seuls quelques individus connaissent ma véritable identité, et ils gagnent beaucoup trop d'argent pour me trahir.

— Qu'est-ce que je fais ici, alors?

— Vous êtes ici pour être acheté, monsieur Li. Pour aller vous faire foutre et retourner d'où vous venez la queue entre les jambes. Seule façon pour vous de vivre longtemps et heureux.

— Personne ne vivra longtemps ni heureux avec un virus tueur dans le sang.

Soong eut un geste vague de la main.

— Comme je vous l'ai déjà dit, je refuse de discuter avec vous. Dites-moi votre prix.

— Trop élevé pour vous.

Soong écrasa son double menton sur sa poitrine. Un sourire se dessina sur ses lèvres épaisses.

— J'en étais sûr.

Puis il releva la tête.

— Et je vais vous dire pourquoi. Parce que toute mon organisation repose sur la base que tout le monde est corruptible. Et c'est vrai. Du plus haut au plus petit fonctionnaire de la bureaucratie chinoise, en passant par les représentants de la loi du monde entier. Presque tout le monde a un prix. Je dis «presque» parce qu'il y a toujours des exceptions. Ceux qui pensent qu'ils savent mieux que les autres, ou valent mieux. Des ratés. Des gens nés pour mourir jeunes. On finit par les renifler de loin.

— Vous êtes fin psychologue.

Soong scruta le visage de Li pour y déceler un

reflet d'ironie, mais n'y vit qu'une expression impassible. Il se dégageait de lui une espèce de supériorité exaspérante qui lui tapait sur les nerfs.

— C'est pour parer à ce genre de situation que j'ai pris une police d'assurance ici, aux États-Unis. En dépit de ce que le Congrès aimerait faire croire au monde entier, les fonctionnaires américains sont tout aussi corruptibles que les fonctionnaires chinois.

Le regard de Soong dériva vers la porte. Li se maudit d'avoir relâché son attention ; il sentit plus qu'il n'entendit un mouvement et se retourna juste au moment où elle s'ouvrait en grand. Son cœur se serra à la vue de Margaret debout sur le seuil, livide, terrifiée. Après un quart de seconde d'incompréhension, il sentit son sang se glacer dans ses veines. Puis il vit le pistolet pointé sur sa tête et, quand elle sortit de l'ombre, le visage crispé de Fuller derrière elle.

— Putain, j'étais sûr que vous feriez des histoires, siffla l'agent du FBI.

Et il ajouta en regardant Soong :

— Heureusement que cette conne m'a appelé, autrement on avait un témoin de votre coup de fil.

Soong souriait de toutes ses dents.

— Ça n'a pas été difficile de lui faire la conversation. C'est un auditeur passionné, dit-il en se tournant vers Li.

Fuller poussa Margaret au milieu de la pièce. D'une main il lui tenait les cheveux serrés sur la nuque, et, de l'autre, appuyait son arme juste au-dessus de son oreille.

— Et maintenant ? demanda-t-il.

Son regard vague trahissait son incertitude.

Li poussa un grand soupir, en réfléchissant à toute vitesse.

— Changement de circonstances. Nous pourrions rediscuter votre offre.

— Trop tard, dit Soong. Je ne pourrais pas vous faire confiance. Vous avez déjà abattu votre jeu. Et, comme vous dites, je suis fin psychologue.

— Pour l'amour du ciel, parlez anglais, s'écria Fuller.

Li le regarda et comprit que la peur le rendait encore plus dangereux.

— Nous étions en train de discuter pot-de-vin.

Fuller jeta un bref coup d'œil à Soong qui secoua imperceptiblement la tête.

Margaret l'observait attentivement. D'une voix aussi assurée qu'elle le pouvait, elle dit :

— Vous ne voulez pas nous tuer ici, monsieur Soong. Vous laisseriez trop de traces. Le sang est très difficile à nettoyer sur un tapis.

Soong hocha la tête.

— Exact. Ce sera peut-être plus amusant de vous tuer en bas sur le terrain. Une exécution à la chinoise.

Il sourit à Li.

— C'est bien comme ça que vous faites en RPC, non ?

Mais Fuller n'avait pas envie de plaisanter.

— Ce n'est pas un jeu, Soong. Embarquons-les dans un endroit plus sûr où on pourra en finir.

— Et si nous refusons de vous suivre ? demanda Margaret.

— Je vous tire une balle dans votre putain de tête, ici même. M. Soong a les moyens de s'acheter un tapis neuf.

— Je suis sûr que M. Soong a les moyens de s'offrir beaucoup de choses.

La voix les fit tous sursauter. Hrycyk se tenait dans l'ombre de la porte, son arme braquée sur Fuller.

— Je suis sûr qu'il peut s'offrir des avocats qui le maintiendront pendant dix ans dans le couloir de la mort. Mais c'est le Texas, ici. Il finira par l'avoir, sa piqûre.

Il fit un signe à l'agent du FBI.

— Et si vous posiez votre arme sur la table, agent Fuller ?

Puis il siffla entre ses incisives décolorées :

— Putain d'enculé de FBI !

Fuller pivota sur lui-même en tenant Margaret devant lui et tira sur l'agent de l'INS. Hrycyk chancela et s'affala sur les interrupteurs tout en appuyant sur la gâchette. Margaret vit du sang couler sur le bois verni, puis les lumières s'éteignirent. Presque au même moment, Li se jeta sur elle et Fuller, et les écrasa contre le mur. Tous trois tombèrent ensemble au sol. Margaret, coincée entre les deux hommes, se tortilla pour se dégager. Mais soudain, un coup de pied de Fuller l'atteignit derrière l'oreille ; une lumière explosa dans sa tête en même temps qu'une douleur fulgurante. Le souffle coupé, elle sentit ses forces l'abandonner. À demi consciente, elle retomba comme un poids mort sur Li qui la repoussa sur le côté pour se relever. À cet instant, la lumière se ralluma. Li s'accroupit à côté de Margaret pour l'aider à s'asseoir.

— Ça va, ça va, s'entendit-elle dire.

Elle regarda autour d'elle, aveuglée par la clarté qui lui déchirait la tête. Étendu sur le tapis, Soong, blessé à la cuisse, saignait abondamment. Il se tenait la jambe en gémissant de douleur et de peur. Hrycyk était debout; du sang suintait entre ses doigts crispés sur son bras droit.

— Enculé de fils de pute! répétait-il.

Fuller n'était nulle part. Elle sentit la peur lui nouer de nouveau le ventre et tenta de se mettre sur les genoux.

— Où est-il? Où est Fuller?

Li indiqua d'un signe de tête la baie vitrée coulissante.

— Quelque part dehors.

Au moment où il disait cela, ils entendirent un bruit de sièges en plastique entrechoqués dans le noir.

Hrycyk tendit son pistolet à Li.

— Rattrapez-le!

Li hésita et regarda Margaret.

— Ça va, dit-elle.

— Mais allez-y, bon Dieu! hurla Hrycyk.

Li prit l'arme qu'il lui tendait et se glissa dehors, dans l'obscurité du stade.

Assise par terre, Margaret avait du mal à retrouver son souffle; sa tête la faisait souffrir. Appuyé à la porte, Hrycyk respirait bruyamment. Soong continuait à saigner et à gémir sur le tapis. Margaret réussit à se remettre sur ses pieds et s'approcha de Hrycyk. Sans un mot, elle écarta sa main et lui retira sa veste. Il la laissa déchirer la manche de sa chemise sans protester, mais détourna les yeux. Il ne voulait pas voir sa blessure.

— Quel bébé. C'est juste une égratignure.

Elle tira un mouchoir de la veste de Hrycyk.

— Il est propre?

Hrycyk hocha la tête. Elle le plia en tampon pour l'appuyer sur l'entaille laissée par la balle de Fuller, et le maintint en place avec des lambeaux de chemise, sans faire attention à ses grognements de douleur quand elle serra les nœuds.

— Ça ira comme ça pour le moment.

Un coup de feu éclata dehors et se répercuta tout autour du stade.

— Li va avoir besoin d'y voir clair, dit Hrycyk.

Il éteignit les lampes du salon et emmena Margaret sur la terrasse. Ils ne voyaient rien d'autre que la silhouette du train au milieu de sa voie ferrée.

— Au bout de ces rails, dit Hrycyk, il y a une petite cabine de contrôle d'où on allume les projecteurs. Un mec l'a fait hier quand on était là et qu'ils fermaient le toit.

— Pourquoi vous me dites ça?

— Parce que vous allez les allumer.

Margaret secoua la tête, paniquée.

— Je ne sais pas comment y aller.

— Moi non plus. Mais vous êtes en meilleure forme que moi pour le faire.

Margaret jeta un coup d'œil à la forme allongée de Soong; une mare sombre s'étalait autour de lui.

— Et lui? Il va perdre tout son sang.

— On s'en fout. De toute façon, je sais faire un garrot. Si serré qu'il gueulera comme un putain de cochon qu'on égorge.

Elle suivit le chemin que Li avait emprunté trente minutes plus tôt, traversant en courant le hall de l'étage des salons privés et le Whistle Stop bar. Elle s'arrêta une seconde pour appuyer son visage sur la vitre et scruter l'obscurité dans l'espoir de se repérer. La voie ferrée partait à angle droit sur sa gauche, un étage plus bas. Au bout du hall, elle déboucha sur un palier. Une autre fenêtre, deux fois plus haute qu'elle, donnait directement sur les rails en contrebas. Elle regarda, au-delà de la locomotive blottie dans l'ombre, la petite cabine de contrôle au pied de la structure vitrée qui s'élevait à soixante mètres au-dessus du sol. Elle se demanda pourquoi elle voyait aussi bien et pensa un instant que quelqu'un avait allumé une lampe. Puis elle vit que la lune s'était levée au-dessus du stade, pleine et brillante, inondant l'herbe de sa lumière argentée. En revanche, les sièges de l'aile est étaient plongés dans une ombre noire et profonde.

Pendant qu'elle dévalait les marches de l'escalier en béton pour gagner l'étage inférieur, elle entendit une autre détonation éclater dans le silence. Elle s'immobilisa et écouta, mais n'entendit rien d'autre.

Sur le palier se trouvait une porte à l'étroit panneau vitré. À côté, une pancarte disait : ACCÈS AU TOIT. RÉSERVÉ AU PERSONNEL AUTORISÉ. Elle regarda par la vitre et aperçut l'armature métallique sur laquelle reposaient les rails de la locomotive et ceux de la structure du toit, au-dessus des arcades. Elle tira la poignée ; à sa grande surprise, la porte s'ouvrit. L'air froid de la nuit explosa dans ses poumons et accentua son mal de tête. La douleur lui martelait le crâne à chaque battement de cœur. Son sang bourdonnait à ses oreilles.

Elle courut sur le sol de ciment, la tête à la hauteur des rails, et se retrouva soudain baignée par la lumière de la lune. D'un côté le stade s'étendait à ses pieds, de l'autre, c'était la rue. La locomotive, qui apparaissait de loin comme un jouet, la dominait maintenant, énorme, menaçante. Margaret passa la tête sous le garde-fou pour examiner les gradins. D'abord elle ne vit rien. Puis son regard fut attiré sur sa droite par un mouvement, tout en haut, près du toit. Elle aperçut une silhouette courir entre deux rangées de sièges, sans pouvoir deviner de qui il s'agissait. Puis, une dizaine de mètres plus bas, une autre silhouette escaladait les gradins en essayant d'atteindre l'escalier d'accès au niveau supérieur, celui où se trouvait l'autre homme. Manifestement, il le poursuivait. Ce devait être Li. D'un moment à l'autre, ils sortiraient tous les deux de l'ombre, sous les rayons de la lune.

Elle courut vers la cabine de contrôle. Une courte échelle métallique permettait d'y monter. La porte céda à la simple pression de sa main, en se repliant au milieu. À l'intérieur, éclairée par la lune, s'étalait une collection déconcertante de leviers et d'interrupteurs encastrés dans une console. Elle les regarda, subitement prise de panique, puis, suffoquant à moitié, commença à baisser tous les leviers et interrupteurs à sa portée. Elle sentit sous elle une vibration profonde accompagnée du grondement d'un moteur qui se mettait en marche. La cabine de contrôle fit soudain un bond en avant. Margaret perdit l'équilibre et heurta un objet très dur qui l'assomma.

Li était encore dans l'ombre lorsqu'il vit Fuller émerger au clair de lune. L'agent du FBI avait réussi à atteindre le niveau supérieur, au-dessus des salons

344

privés, là où les sièges montaient jusqu'au toit sur une pente d'une raideur stupéfiante. Li n'avait pas d'autre solution que de retourner à l'intérieur pour prendre l'escalier.

Fuller s'était tout d'abord dirigé vers le nord, en direction de l'énorme tableau d'affichage électronique des scores, en se cognant à tous les sièges. Li s'était guidé au bruit pour le suivre. Il l'avait aperçu pour la première fois lorsqu'il était arrivé à hauteur du panneau publicitaire Miller Lite. Fuller aussi l'avait aperçu; il avait tiré sur lui, et l'avait largement raté. Mais cela avait obligé Li à plus de prudence. Ensuite, il l'avait à nouveau perdu de vue, et n'avait plus rien entendu pendant plusieurs minutes. Il avait craint que Fuller n'ait trouvé le moyen de sortir du stade. C'est alors qu'une balle avait fracassé le siège en plastique à côté de lui. Il avait vu l'agent du FBI penché sur le garde-fou de l'étage du dessus, animé d'une détermination farouche, prêt à tirer une deuxième fois. Li s'était jeté dans l'ombre du surplomb, mais s'était mal reçu; il était resté roulé en boule pendant au moins trente secondes, le souffle coupé, pris de nausée. Pendant ce temps, il avait entendu Fuller courir sur les sièges en s'éloignant vers l'extrémité sud du stade; il en avait conclu qu'il avait laissé sa voiture sur Texas et cherchait à s'échapper.

Li monta les marches en courant, franchit une porte et se retrouva à l'étage du club. Il secoua la tête, essuya la sueur qui lui coulait dans les yeux, s'arrêta un instant pour calmer ses poumons en feu, et maudit le jour où il avait recommencé à fumer. L'arme de Hrycyk lui glissa des mains au moment où il arrivait au pied de l'escalier intérieur. Il frotta ses paumes sur son pantalon et entreprit de grimper les marches deux par deux. En arrivant sur le dernier palier, il tremblait de tous ses membres. Il avait beau aspirer de l'oxygène, ce n'était pas suffisant. Ses jambes le portaient à peine. Il poussa les doubles portes, émergea en pleine lumière du clair du lune et vacilla au bord d'un escalier vertigineux qui s'ouvrait à ses pieds. Le terrain était loin, tout en bas; il se demanda absurdement ce qu'on pouvait voir d'un match à une hauteur pareille. Les joueurs devaient être ridiculement petits, la balle impossible à suivre. Et pourtant, il y avait encore au moins vingt gradins au-dessus de lui.

Il scruta les rangées de sièges vides qui le dominaient et se perdaient dans l'ombre, sur sa gauche. Aucun signe de Fuller. Soudain, tout fut plongé dans le noir. Un gros nuage porté par le vent froid de la nuit avait masqué la lune. Li perçut au même instant un bourdonnement étrange et lointain, mais il n'eut pas le temps de s'interroger sur son origine car une forme noire venait de se dresser sur le bord du toit, douze mètres plus haut. Il sentit la balle lui frôler l'oreille avant d'entendre la détonation. Puis il vit Fuller tomber avec un bruit sec sur le toit. L'agent du FBI poussa un grognement suivi d'un cri de colère quand son pistolet lui glissa des doigts et heurta la tôle ondulée qui résonna sous le choc. En entendant le raclement du métal contre le métal, Li comprit qu'il ne risquait plus rien et pouvait enfin se déplacer à découvert.

Il se traîna péniblement au sommet des gradins, jusqu'à l'endroit où un grillage tendu en travers des tubulures d'acier condamnait l'accès au toit. À la déformation du grillage, il comprit que Fuller l'avait escaladé avant lui. Il coinça son pistolet dans sa ceinture et se hissa jusqu'en haut à la force des bras, les doigts accrochés aux mailles. Il parvint ensuite, par un rétablissement, à se jeter sur la tôle ondulée.

Lentement, il se redressa, en prenant garde de ne pas perdre l'équilibre. Il sentit le vent lui fouetter les jambes. Devant lui, le toit s'élevait en pente raide et tombait à pic sur sa gauche. Le terrain de base-ball était soixante mètres plus bas ; il n'osait pas le regarder.

Au sommet du toit, environ cinq mètres plus haut, il aperçut Fuller à quatre pattes, apparemment trop terrifié pour bouger.

— Laissez tomber, Fuller ! Descendez ! cria-t-il.

Fuller secoua la tête sans prononcer une parole.

Li jura intérieurement et se mit lui aussi à quatre pattes. Il ne s'était jamais senti à l'aise en altitude. Il rampa au bord du toit en direction de l'agent du FBI sans trop savoir ce qu'il ferait une fois qu'il l'aurait rejoint. À un mètre cinquante de lui, il s'arrêta ; il l'entendait haleter et voyait la panique dans ses yeux. Les deux hommes se fixèrent en silence pendant une éternité ; à l'hostilité et la peur s'ajoutait un fort sentiment de vulnérabilité. Li avait l'impression de se cramponner au rebord du monde.

Fuller bondit soudain sur lui comme un chat, avec un grognement quasi animal et un regard fou. Complètement pris au dépourvu, Li se sentit glisser sur le bord tout en essayant désespérément de s'écarter. Le coude de Fuller le cueillit en pleine face et sa bouche se remplit de sang. Ses doigts dérapaient sur la tôle ondulée comme un poisson sur la glace. Il sentit ses ongles se casser quand il essaya de les planter dans le métal pour se retenir. Mais c'était sans espoir. Il ne pouvait pas s'arrêter. Il tomba en arrière dans le vide et comprit qu'il allait s'écraser sur les rangées de sièges dressées comme des dents quarante-cinq mètres plus bas.

Sa chute fut plus brève qu'il ne s'y attendait. Très vite, il heurta une surface métallique. Un objet dur et tranchant lui coupa la joue. Il eut à peine le temps de se rendre compte qu'il était tombé sur la nacelle des projecteurs que Fuller sautait à ses côtés et lui arrachait le pistolet coincé dans sa ceinture. Li tenta mollement de le retenir mais sa main ne rencontra que le vide. Fuller grimpa au sommet du portique et, à califourchon sur les poutrelles, visa la tête de Li. Il avait un sourire de dément. Celui d'un homme qui avait senti l'haleine de la mort de si près qu'il se croyait désormais invincible.

Li accepta alors de mourir. Il en accepta la fatalité. Cette résignation s'accompagna de la révélation saisissante que rien n'avait vraiment d'importance, après tout. La peur, la douleur, le sang, la sueur, les larmes, les espoirs, les ambitions. Tout cela pour en arriver là. La mort. Une fin. Comme tout était dénué de sens. Margaret, Xiao Ling, Xinxin. Il se demanda l'espace d'un instant s'il y avait une vie après la mort. S'il avait une chance de rencontrer à nouveau son oncle, une chance de plus de le battre aux échecs. Il eut un petit rire. Proche des larmes.

Une lumière aveuglante l'enveloppa brusquement, une douleur atroce lui déchira la tête. Il s'était souvent demandé à quoi ressemblait la mort, mais il ne s'attendait pas à cette douleur. En plissant les paupières, il distingua Fuller debout au-dessus de lui, un bras devant les yeux. Puis il sentit la chaleur des lampes, à côté de sa tête, et comprit que quelqu'un avait allumé les projecteurs. Mais il n'arrivait toujours pas à bouger. Fuller baissa le bras et lança à Li un regard sidéré, décontenancé. Derrière lui s'avança alors une ombre noire, énorme. Fuller la sentit ; il se retourna au moment où les neuf mille tonnes du toit métallique rétractable allaient se refermer sur le fronton sud. Un flot de sang tiède aspergea Li, et la lumière des projecteurs vira au pourpre.

Debout sur les marches de la cabine de contrôle, Margaret regardait les poutres et les panneaux de verre se déployer au-dessus d'elle. Sans le vouloir, elle avait déclenché la fermeture du toit.

Dès que la douleur et la conscience avaient lentement repris possession de sa tête, elle avait compris que la cabine de contrôle avait avancé d'une centaine de mètres, vers l'extrémité sud du stade, et s'était immobilisée contre un butoir en béton. Le gigantesque mur de verre et d'acier qui soutenait la section intérieure du toit, sur sa gauche, continuait à glisser. Désorientée, luttant contre une envie folle de fermer les yeux et de se laisser aller, elle s'était remise sur ses pieds sans avoir aucune idée du temps écoulé depuis qu'elle avait perdu connaissance. C'est alors qu'elle avait vu, clairement indiquée, la série des interrupteurs commandant les projecteurs. Elle s'était maudite d'avoir cédé à la panique un instant plus tôt et les avait enclenchés. Aussitôt le stade s'était illuminé, avait pris du relief. La profonde vibration montant des profondeurs cessa quand le mur de verre s'immobilisa avec une secousse.

Elle se dépêcha de descendre de la cabine et repartit en courant vers la porte de l'escalier. En apercevant, en bas, des policiers en uniforme et en civil se déployer sur le terrain, elle prit pour la première fois conscience des hurlements de sirènes qui déchiraient la nuit. À chaque pas la douleur lui vrillait le crâne, mais derrière cette douleur, l'angoisse refaisait surface. Qu'était-il arrivé à Li?

Du haut des marches, elle entendit le bruit des bottes des policiers qui montaient l'escalier. Elle se précipita à son tour vers les hauteurs, dépassa l'étage des salons privés et sortit au niveau des gradins où elle avait vu Fuller pour la dernière fois. Tout le stade s'étalait sous elle, brillamment éclairé par les projecteurs. Un bruit la fit se retourner : le spectre ensanglanté d'un homme descendait vers elle en titubant. Quand elle finit par reconnaître Li, elle laissa échapper un hoquet d'horreur. Il s'immobilisa au-dessus d'elle, ses yeux sombres luisant au milieu de son masque cramoisi. Mais elle ne voyait aucune blessure apparente, et le sang commençait déjà à sécher en croûtes. Li flageola sur ses jambes. Il s'assit brutalement sur les marches en béton et porta la main à sa poche. Il en sortit un paquet écrasé, prit une cigarette, l'alluma.

— Où est Fuller? demanda Margaret d'une toute petite voix.

Li tira plusieurs bouffées de sa cigarette avant de rejeter la fumée. Puis il leva les yeux et dit d'un air sombre :

— Il est mort.

Chapitre 22

C'était une matinée magnifique, sous un ciel d'un bleu limpide. La rosée blanchissait l'herbe de Sam Houston Park. Les ombres des gratte-ciel s'allongeaient sur ce carré de verdure comme de grands doigts protecteurs. Le soleil se glissait entre les tours de verre et de béton en faisant miroiter les vitres. Une brume aussi légère que de la fumée planait au-dessus du bassin. Les oiseaux pépiaient gaiement autour du kiosque à musique un peu incongru au milieu de la pelouse.

Les premières voitures circulaient dans les rues, l'avant-garde des cent trente mille personnes qui venaient travailler au centre-ville pendant la journée. L'air matinal était encore froid, mais le café qu'ils venaient de boire au Starbucks les avait réchauffés.

Hrycyk avait le visage bouffi, livide, de profonds cernes sous les yeux, et le bras en écharpe. Il avait refusé d'aller se faire soigner à l'hôpital ; les secouristes avaient nettoyé et pansé sa blessure sur place. Il avait jeté sur ses épaules un pardessus trouvé dans le coffre de sa Santana. Li s'était douché et changé dans les vestiaires du club ; le directeur de Minute Maid Park lui avait donné une tenue complète prélevée à la boutique des Astros. Avec le pantalon, le tee-shirt et le blouson de l'équipe, on aurait dit une publicité ambulante. La longue visière de la casquette de base-ball cachait sa figure tuméfiée et la nouvelle entaille de sa joue.

Margaret se frotta les bras. Elle frissonnait de froid chaque fois qu'ils passaient à l'ombre ; heureusement, le café brûlant et sucré lui procurait encore une sensation de chaleur intérieure réconfortante.

C'était Hrycyk qui avait eu l'idée de venir ici, à un quart d'heure à pied du stade. L'enfer allait se déchaîner dans les heures à venir, avait-il dit ; ils n'auraient sûrement pas d'autre occasion d'échanger des informations.

Jusque-là, ils n'avaient rien échangé du tout. Soong avait été emmené, sous surveillance policière, dans un service d'urgence de la cité de la médecine ; il pouvait se préparer à des heures d'interrogatoires dès qu'il serait d'aplomb. Aucun des trois ne savait comment cela se passerait. Li n'avait rien dit, mais il se doutait que le *ah kung* se battrait jusqu'au bout. Il accepta la cigarette que lui offrait Hrycyk et fit craquer une allumette.

Hrycyk aspira une longue bouffée et lança à Li, en le regardant du coin de l'œil :

— Putain, je vous déteste, vous autres.

Il marqua une pause.

— Mais je déteste encore plus le FBI.

Il se frotta la figure de la main gauche, la cigarette serrée entre l'index et le majeur.

— En fait, c'est vous qui m'avez mis la puce à l'oreille. L'autre jour, chez Yu Lin. Quand vous avez dit que c'était tout de même une sacrée coïncidence qu'il se fasse tuer le jour où on allait le retirer du circuit. Qu'il y avait sûrement une fuite dans l'agence.

Il se ramona les poumons et cracha par terre.

— Désolé, doc, fit-il d'un air gêné.

— Pas de problème, après deux ans en Chine, j'ai l'habitude.

Il loucha vers elle comme s'il était vexé qu'on puisse le comparer à un Chinois, puis se retourna vers Li.

— En fait, j'ai passé ma vie à l'INS. Je pouvais pas croire qu'un des gars avec qui je travaille soit capable d'une trahison pareille.

— Même un Chinois? demanda Li.

Hrycyk sourit à contrecœur.

— Même un Chinois. Une seule personne extérieure à l'agence était au courant : Fuller.

Son visage prit une expression amère.

— On a filé le salopard, mis son téléphone sur écoute, même son mobile. Tout ça strictement en interne si vous voyez ce que je veux dire.

— En d'autres termes, vous n'étiez pas autorisés à le faire, dit Margaret.

Hrycyk haussa les épaules.

— Pas de commentaire.

Ils passèrent devant les maisons parfaitement préservées des premiers notables de Houston, sauvées de la démolition puis transplantées à cet endroit par la société du patrimoine du comté de Harris. Colonnes, balcons, barrières blanches, terrasses ombragées. Une vieille cabane en rondins, un pavillon victorien surchargé. Ils offraient un contraste bizarre avec les tours du centre-ville.

353

— Mes gars m'ont tiré du lit hier soir, après votre coup de fil à Fuller, doc. Aussi sec, il a appelé Soong au stade. J'ai alerté les flics et je me suis pointé directement. Vous avez de la chance, tous les deux. À l'heure qu'il est, vous pourriez être en train d'engraisser les asticots.

Il gloussa, amusé par l'ironie de la situation

— Putain, dire que j'ai sauvé la vie d'un Chinois.

— Et maintenant, vous m'avez sur le dos pour toujours, dit Li.

Hrycyk fronça les sourcils.

— Comment ça?

Margaret lui expliqua.

— Une vieille coutume chinoise veut que si vous sauvez la vie d'une personne, vous devenez responsable d'elle jusqu'à la fin de ses jours, agent Hrycyk.

— Vous vous foutez de ma gueule?

— C'est une obligation à laquelle vous ne pouvez pas échapper, affirma-t-elle.

— Vous pouvez donc vous attendre à recevoir un coup de téléphone chaque fois que j'aurai un problème.

— Nom de Dieu de nom de Dieu! bredouilla Hrycyk.

Chapitre 23

I

Un vent tiède soufflait sur le parking du terminal quand Li et Margaret descendirent de voiture. Li tenait son sac dans la main gauche, une cigarette dans la droite. La poussière du macadam voltigeait autour de leurs chevilles. Un silence tendu planait entre eux.

Après avoir quitté Hrycyk, ils étaient retournés à l'hôtel où ils avaient pris un petit-déjeuner léger avant de se rendre à Hobby. La participation de Li à l'enquête était terminée. Un message sur son répondeur le sommait de rentrer à Washington pour faire son rapport à l'ambassade. Et puis, il avait ses problèmes familiaux à régler. Il reviendrait à Huntsville avec Xiao Ling pour la deuxième audition de la cour d'immigration. En attendant, il n'avait aucune raison de rester à Houston, pas plus que Margaret n'en avait d'aller à Washington. La moitié d'un continent les séparerait, et ni l'un ni l'autre n'avaient l'air de savoir comment combler ce vide.

Dans le hall des départs, Li alla acheter son billet et ne trouva de place que sur un vol qui passait par Dallas et durerait plus de deux heures.

Margaret l'accompagna jusqu'à la porte d'embarquement. Ils restèrent gauchement devant le contrôle des bagages, sans parler.

— Je t'enverrai un e-mail, finit par dire Li avec un sourire forcé.

— Tu le feras?

— Bien sûr.

— Pourquoi?

Il la dévisagea d'un air sidéré.

— Comment ça, pourquoi?

Elle soupira.

— Qu'est-ce qu'on aura à se dire par e-mail, Li Yan? Si nous ne sommes pas ensemble, si nous ne pouvons pas nous dire les choses en face, à quoi bon?

Il la fixa un long moment.

— Tu voudrais qu'on se remette ensemble?

— Plus que tout au monde.

— Mais?

Il savait qu'il y avait un «mais». Il y avait toujours un «mais» avec Margaret.

— Je ne suis pas sûre que ça marcherait mieux qu'en Chine.

— Pourquoi?

— Pour les mêmes raisons. À cause de nous. Une Américaine et un Chinois. L'huile et l'eau. Houston et Washington. Toujours un monde entre nous. Dis à Xinxin que je pense à elle.

Li hocha la tête, trop ému pour parler. Il posa son sac à ses pieds, prit Margaret dans ses bras et la serra à l'étouffer. Ils restèrent si longtemps dans cette position que les gens commencèrent à les regarder. Lorsque, finalement, il la lâcha, elle avait les joues inondées de larmes. Elle se dressa sur la pointe des pieds, l'embrassa, puis se dépêcha de sortir de l'aérogare sans se retourner.

II

Surprise, Lucy leva les yeux et regarda Margaret.

— Vous avez une tête épouvantable, docteur Campbell.

— Merci, Lucy. Grâce à vous, je me sens nettement mieux.

Mais, aussitôt, elle leva les mains en signe d'excuse.

— Je suis désolée.

— Vous allez avoir du mal à calmer le département de la police de Houston. Ils attendent depuis vingt-quatre heures les rapports de deux autopsies qui n'ont pas encore été faites.

— Je croyais que le Dr Cullen...

— Il a rappelé pour dire qu'il ne pouvait pas s'en charger.

Et elle ajouta avec un sourire mielleux :

— Juste après que... euh... vous avez disparu, hier après-midi.

Margaret soupira.

— Vous n'avez pas dit que les autopsies n'avaient pas été faites, n'est-ce pas ?

— Je ne mens pas, docteur... Mais j'ai éludé la question.

357

— Merci, Lucy. Voulez-vous demander à Jack de les sortir ? Je m'en occupe tout de suite.

Elle se dirigea d'une démarche lasse vers son bureau et se sentit découragée à la vue des papiers qui s'étaient accumulés depuis la veille. Elle s'assit, la tête dans les mains, épuisée, au bord des larmes. Puis elle se redressa en respirant à fond. Il était inutile de s'apitoyer sur soi-même. Il fallait continuer. À affronter la vie. Et la mort.

Le corps étendu sur la table était celui d'un jeune homme de race blanche, d'une vingtaine d'années. Petit, un mètre soixante-huit, solidement charpenté, couvert d'une épaisse toison noire, mais il commençait à perdre ses cheveux. Margaret constata des traces de traumatisme sur le visage et le cou. Les articulations des doigts de sa main droite étaient meurtries et déformées comme s'il avait une ou plusieurs fractures. Elle examinerait les radios après. Le pénis avait été tranché, presque dans son intégralité, et manquait. La poitrine et l'abdomen portaient de multiples coups de couteau. Elle en compta trente-trois.

Elle se tourna pour regarder les photos de la scène du crime posées derrière elle, sur le comptoir en acier. C'était une chambre à coucher, mais pas celle du défunt, d'après le rapport. Il y avait beaucoup de sang répandu sur le sol autour du corps, or la plus grande partie ne semblait pas provenir des coups de couteau. Elle supposa que le pénis avait été tranché en premier et que la victime avait saigné à mort avant d'être agressée frénétiquement à l'arme blanche.

Elle revint vers le corps. Jack l'aida à le mettre sur le ventre. Jack Swooney était l'un de ses assistants d'autopsie. Âgé d'une trentaine d'années, de tendance sexuelle indéterminée, il travaillait pour l'institut médico-légal depuis près de dix ans.

— Faites attention avec celui-là, dit-il. J'ai lu le rapport. Apparemment, c'est un prostitué.

Margaret eut l'air surpris.

— Je ne me les imaginais pas comme ça.

— Il y a des hommes qui aiment les brutes.

Et il ajouta avec un petit sourire.

— Paraît-il.

Margaret constata des traces de traumatisme et de sperme dans le passage anal. Soudain, elle se mit à transpirer ; elle s'essuya le front avec sa manche et éprouva une gêne à respirer.

— Il fait très chaud ici, non ?

Jack haussa les épaules.

— Pas plus que d'habitude, docteur Campbell. Plutôt frais.

Il la regarda d'un air inquiet.

— Ça va ? Vous êtes rouge.

Margaret posa les deux mains sur la table pour se stabiliser. Elle avait des vertiges et la nausée. Sur sa nuque, la sueur était glacée.

Elle se précipita vers l'évier où elle vomit violemment. Jack voulut la soutenir en lui passant un bras autour des épaules, mais elle se dégagea.

— Excusez-moi, Jack, j'ai besoin d'air.

— Qu'est-ce qui ne va pas, docteur ? Quelque chose que vous avez mangé ?

Elle ouvrit le robinet pour nettoyer la cuvette des restes de son petit déjeuner.

— Probablement.

Elle ôta ses gants en latex, recueillit de l'eau froide dans ses mains et s'aspergea le visage ; puis elle resta un moment appuyée contre l'évier en attendant que ses jambes arrêtent de trembler. Il lui fallut plusieurs minutes pour retrouver son aplomb. Finalement, elle enfila une nouvelle paire de gants et retourna à la table.

— Vous êtes sûre que ça va aller ? demanda Jack.

Elle hocha la tête, mais avant même de se pencher sur le corps blanc et exsangue, elle sentit son front se couvrir de sueur et une nouvelle nausée lui souleva l'estomac. Elle se rua de nouveau vers l'évier pour vomir la bile qui lui brûlait la gorge.

Lucy leva des yeux étonnés quand elle vit Margaret passer devant elle en pyjama de chirurgien vert et tablier, les cheveux encore recouverts d'une charlotte. Elle était d'une pâleur mortelle.

— Ne laissez entrer personne, Lucy. Absolument *personne*. Fermez la porte à clé. Ne quittez pas cette pièce. Restez à votre bureau.

— Que se passe-t-il, docteur Campbell ? demanda Lucy, affolée.

— Faites ce que je vous dis, s'il vous plaît.

Margaret claqua la porte de son propre bureau, chercha d'une main tremblante la liste qu'elle gardait dans son sac, et composa un numéro. Sa respiration était saccadée, son corps agité de tremblements incontrôlables. La peur lui nouait l'estomac. À l'autre bout de la ligne, le téléphone sonna deux fois avant qu'un standardiste ne réponde.

— USAMRIID Fort Detrick. Que puis-je pour vous ?

— Docteur Margaret Campbell pour le colonel Robert Zeiss. C'est urgent.

— Un moment, s'il vous plaît.

Le moment s'éternisant, Margaret contourna son bureau et se laissa tomber dans son fauteuil.

— Colonel Zeiss.

— Colonel, je crois que j'ai la grippe.

Il y eut un bref silence.

— Qu'est-ce qui vous fait croire ça? demanda le colonel.

— J'ai vomi deux fois, je transpire, je tremble de la tête aux pieds.

Encore un silence, puis :

— Restez où vous êtes, docteur. Je vous envoie immédiatement une équipe. Nous allons avoir besoin d'une infrastructure d'isolement. Où se trouve la plus proche de chez vous?

— À l'hôpital Hermann, je pense. Ils traitent les maladies infectieuses.

Elle pouvait presque apercevoir l'hôpital de sa fenêtre.

— Je les préviens. Avec qui avez-vous été en contact au cours des dernières heures?

— Ma secrétaire, mon assistant d'autopsie. Li Yan, l'agent de liaison chinois... Mais il est dans l'avion pour Washington, via Dallas.

— Merde! murmura Zeiss. Quelle ligne?

— Air Tran.

— On va essayer de l'intercepter. Assurez-vous que votre assistant d'autopsie et votre secrétaire n'ont aucun contact avec qui que ce soit avant que nous soyons en mesure de les isoler. Y a-t-il quelqu'un d'autre?

Elle réfléchit à toute vitesse.

— Hrycyk, l'agent de l'INS. Le conseiller Soong, et une douzaine de policiers de Houston – mais cela remonte à plusieurs heures.

Zeiss grogna.

— Espérons que vous vous trompez. Ne bougez sous aucun prétexte en attendant l'arrivée de l'équipe.

Il raccrocha. Margaret, le téléphone toujours à la main, avait l'impression d'être une criminelle. Comme si c'était sa faute d'avoir attrapé la grippe et de l'avoir transmise à d'autres. Elle reposa le combiné en se demandant comment elle avait pu attraper le virus. Ce devait être pendant une autopsie. Steve avait-il pu la contaminer ? Mais alors, qu'est-ce qui l'avait déclenchée ?

Elle parcourut la pièce des yeux, en s'arrêtant sur toutes les petites choses qu'elle avait accumulées depuis des mois. La peinture chinoise que lui avait donnée l'ancien patron de Li à Pékin, une trousse à crayons qu'elle conservait depuis l'école – une relique d'une époque plus heureuse. Un presse-papiers offert par son père – juste un galet plat avec un fossile de poisson nettement visible sur le dessus. Une photo d'elle prise en sandwich entre son père et sa mère, le jour de ses dix ans. Elle contempla les joues rondes, rouges, les cheveux coupés au carré, l'éclat des yeux bleus, la tendresse dans le regard de son père, la froideur dans celui de sa mère. Une paire de vieilles chaussures qu'elle gardait pour se changer quand elle revenait d'une scène de crime. Elles avaient l'air vieilles, vides, délaissées ; elle se demanda si elle les remettrait un jour.

La dépression s'abattit sur elle comme une brume froide sur un matin d'automne. Toutes ces choses, pensa-t-elle, appartenaient à quelqu'un d'autre, à quelqu'un de vivant, à quelqu'un qui ne s'attendait pas à mourir, du moins pas avant longtemps.

Le téléphone sonna et fit irruption dans ses pensées avec la violence d'un seau d'eau glacée. C'était un appel interne. Elle entendit la voix de Lucy, faible, apeurée.

— Que se passe-t-il, docteur Campbell? Quel est le problème?

— Je suis désolée, Lucy. Il est possible que j'ai contracté un virus. Des gens vont venir pour nous emmener dans un quartier d'isolement de l'hôpital Hermann. Même si c'est confirmé, il est peu probable que je vous ai contaminée.

Un long silence accueillit ses paroles, puis Lucy demanda :

— Quel virus, docteur?

— La grippe, Lucy. Une forme de grippe particulièrement mauvaise.

L'équipe mit moins d'une demi-heure à arriver. Margaret l'aperçut de la fenêtre de son bureau. Trois ambulances de l'armée avec chauffeurs en combinaison de Tyvek et masques HEPA. Six hommes vêtus de combinaisons protectrices sortirent les civières pour transporter les patients contaminés. Elles étaient enveloppées d'une coque de plastique transparent et équipées d'un système de filtrage d'air. Hommes et matériel faisaient partie des forces défensives contre la guerre biologique mises en place sous l'administration Clinton.

À Dallas, l'équipe militaire manqua Li de quelques minutes. Il avait téléphoné chez lui, pendant l'escale, pour dire à Xiao Ling de venir le chercher en taxi à l'aéroport. Il avait besoin de lui parler, loin de Xinxin. À son grand étonnement, il les trouva toutes les deux. Xinxin riait, ravie de le revoir ; elle gambadait autour de sa mère comme si elle n'en avait jamais été séparée. La transformation de Xiao Ling était elle aussi étonnante. On aurait dit que quelque chose avait insufflé de la vitalité à son âme brisée.

L'état du visage de Li, encore pire que lorsqu'il les avait quittées, leur fit peur. Ils restèrent tous trois un long moment enlacés dans le hall, enveloppés d'un bonheur inattendu. À moitié abasourdi, Li demanda au chauffeur de les déposer au port de Washington, sur le Potomac, au pied de la colline de Georgetown. C'était une superbe journée d'automne ; un vent tiède soufflant du sud adoucissait l'air limpide. Ils prirent un verre dehors, au soleil, en regardant les gens passer en rollers sur la promenade.

Il y avait beaucoup d'activité sur le port. Le soleil avait fait sortir les habitants de DC d'une hibernation précoce. Ils profitaient de l'été indien. Tables et parasols avaient été installés tout le long du bord de l'eau. Pour la première fois depuis longtemps, Li se détendait. Après avoir avalé une énorme coupe de crème glacée, Xinxin voulut aller regarder les joggers et les enfants en rollers. Xiao Ling lui accorda l'autorisation à condition qu'elle ne dépasse pas la clôture, puis elle but une gorgée de Coca et, pour la première fois, osa manifester son inquiétude pour Li.

— Tu vas bien?

— Quelques bleus et coupures. Je survivrai.

Il tira sur sa cigarette et tourna vers sa sœur un regard affectueux. Elle était redevenue la Xiao Ling qu'il connaissait. Les cicatrices des dernières années étaient enfouies à l'intérieur. Il ne voyait plus que son sourire.

— Tu es en sécurité maintenant, Xing, dit-il en lui prenant la main. Nous tenons le *ah kung*. Il est en garde à vue.

Sans s'en rendre compte, il avait utilisé le surnom qu'il lui donnait quand ils étaient enfants. Xing. Elle lui serra la main.

— J'ai beaucoup réfléchi, Li Yan...

Impatient de savoir comment la situation avait changé entre la mère et la fille, il l'interrompit.

— Qu'est-ce qui s'est passé avec Xinxin?

Elle secoua la tête.

— Je n'en sais rien. Quand je me suis réveillée ce matin, elle était dans mon lit, blottie contre moi.

Ses yeux s'embuèrent.

— Comme si elle voulait me dire : d'accord, je ne sais pas pourquoi tu es partie, mais maintenant tu es revenue et je te pardonne...

Elle rit à travers ses larmes.

— Tu sais, je me demande vraiment pourquoi je suis partie.

— On est deux.

La honte assombrit son regard.

— Je suis désolée. Tellement désolée. J'étais comme... folle. Je ne peux pas l'expliquer. C'était plus fort que moi. Irrationnel, incontrôlable. En y repensant, j'ai l'impression que j'étais quelqu'un d'autre.

Li essuya les larmes sur les joues de sa sœur. Visiblement, elle était décidée à ouvrir son cœur.

— Je suis différente aujourd'hui. Je le sais. Différente d'avant. Il m'est arrivé tant de choses.

Elle se força à sourire.

— Qu'est-ce qu'une femme de fermier du Sichuan connaît de la vie ?

— Beaucoup plus maintenant, dit-il avec un petit sourire.

Elle hocha la tête et déclara brusquement :

— Je ne veux pas retourner devant la cour d'immigration.

Li fronça les sourcils.

— Il le faut, Xing. Ils t'ont placée sous ma garde. Je dois te ramener.

Elle secoua énergiquement la tête.

— Non, tu ne comprends pas. Je ne veux pas demander l'asile politique. Je veux rentrer à la maison. Je veux retourner en Chine avec Xinxin.

— Pas chez Xiao Xu ? s'inquiéta Li. Tu sais qu'il vit avec quelqu'un d'autre ?

Elle haussa les épaules.

— Oui, je sais. Non, je ne retournerai jamais chez lui. Il n'est pas étranger à ma folie. C'est en partie à cause de lui que je me suis sauvée.

366

Elle hésita un moment.

— Quand je lui ai appris que j'étais à nouveau enceinte, il m'a battue.

Li sentit ses cheveux se dresser sur sa tête. S'il l'avait su, il aurait sauté dans le premier train pour le Sichuan et réglé ça directement avec ce type qu'il n'avait jamais aimé.

— Je ne te l'ai pas dit, continua-t-elle, parce que je savais comment tu réagirais. Tu es comme les autres, Li Yan. Tu crois que la seule façon de régler un problème, c'est avec les poings.

— Pas toujours, protesta-t-il.

Mais il savait qu'elle avait raison.

— Où iras-tu alors ?

— Je ne sais pas. Peut-être à Pékin. Il faut que je trouve du travail.

Il comprit que, décidément, il n'était pas maître de son destin. Il ne pouvait pas laisser Xiao Ling et Xinxin retourner seules en Chine. Sa sœur était porteuse du virus de la grippe. Elle avait besoin d'être surveillée de près.

— Je rentrerai avec toi. Vous viendrez toutes les deux habiter chez moi.

— Mais ton travail...

— Je demanderai ma réaffectation. À la Section n° 1. Vu les circonstances, je ne pense pas qu'on me la refuse.

Elle se pencha en avant et plongea ses yeux dans les siens. Elle était parfaitement consciente du sacrifice que cela lui demandait.

— Je t'aime, Li Yan, dit-elle en l'embrassant sur la joue.

IV

Margaret était assise sur son lit dans la petite chambre d'isolement. De sa fenêtre scellée, elle voyait Hermann Park. La rosée s'était évaporée depuis longtemps au soleil. Des joggers faisaient le tour du parc, walkman branché sur les oreilles. Elle avait l'impression de regarder un film, quelque chose d'irréel, d'inaccessible. Elle n'avait jamais éprouvé la moindre envie de courir, mais soudain cela lui paraissait la chose la plus tentante au monde. Juste sentir le soleil sur la peau, l'air dans les poumons, la terre sous les pieds. Être simplement libre de vivre.

Elle était un peu dans le brouillard quand on l'avait branchée au moniteur et qu'on lui avait prélevé du sang. Elle se souvenait qu'un médecin en combinaison d'astronaute l'avait informée que sa température était normale, mais qu'il préférait ne prendre aucun risque. On lui avait planté une aiguille dans le bras gauche pour la perfuser avec une solution de Ringer lactée contre la déshydratation. Comme Steve, on l'avait mise sous rimantadine. Les dernières images de Steve pris de convulsions et de vomissements surgirent devant ses yeux.

Elle avait été consciente que des gens venaient de temps en temps la regarder à travers la vitre d'observation donnant sur le couloir, mais elle n'y avait pas prêté beaucoup d'attention. Lucy, à moitié hystérique, et Jack, complètement abattu, avaient été placés en isolement dans des chambres voisines, un peu plus loin. Elle avait entendu les appels plaintifs lancés par Lucy à son Dieu quand elle était passée devant sa chambre. Même s'il y avait un Dieu, il ne pouvait rien changer au cours des choses.

À côté du lit, il y avait un téléphone à sa disposition. Mais elle ne savait pas qui appeler. Elle avait voulu savoir si on avait pu intercepter Li à Washington ; personne ne semblait au courant.

Elle se sentait comme un animal pris dans les phares d'une voiture, paralysée par la peur, incapable de bouger, d'influencer son propre destin. Et derrière la lumière, une ombre noire attendait de l'écraser. Le plus étrange, c'était qu'elle se sentait bien maintenant. Physiquement. Plus d'accès de fièvre ni de sueurs froides. Plus de nausées. En fait, elle avait presque faim.

Un médecin entra dans sa chambre. Elle lui trouva quelque chose d'étrange. Un stéthoscope autour du cou, il portait une blouse blanche ouverte, un pantalon noir et des mocassins usés – le cliché d'un médecin d'hôpital. Perplexe, elle le regarda un moment avant de comprendre ce qui n'allait pas. Il ne portait pas de combinaison protectrice. Il avait laissé la porte ouverte derrière lui. Ses mocassins grincèrent quand il s'approcha du lit pour débrancher la perfusion. Il colla un petit pansement sur son bras, s'assit sur le bord du lit et lui jeta un regard bizarre.

— D'abord une bonne nouvelle... ensuite, on verra. Vous n'avez pas la grippe, docteur.

Elle le regarda sans oser le croire. Mais pourquoi « d'abord », y avait-il autre chose ?

— Et ensuite ? demanda-t-elle d'une voix étranglée.
— Vous êtes enceinte.

Elle resta longtemps assise dans son bureau à regarder le soleil se coucher derrière les gratte-ciel, un soleil orange énorme, déformé par la pollution en suspension sur la ville.

Lucy était rentrée chez elle. Elle avait informé Margaret qu'elle ne viendrait pas le lendemain et qu'elle enverrait sa lettre de démission par la poste. Jack aussi était rentré chez lui, mais il avait dit qu'il reviendrait le lendemain. Il était content que Margaret aille bien. Il était content que tout le monde aille bien.

Margaret ne savait pas exactement ce qu'elle ressentait. Elle se sentait engourdie, effrayée, désorientée. Comment pouvait-elle être enceinte ? Elle avait rétorqué au médecin que ce n'était pas possible. Cela ne faisait que quelques jours... Il s'était contenté de hausser les épaules. Son corps réagissait plus vite que la normale, ça s'était déjà vu.

Elle passa une main sur son ventre. Elle avait l'enfant de Li en elle. Elle se demanda s'il aurait ses cheveux noirs, ses yeux en amande. Si c'était un garçon ou une fille. Lentement, l'angoisse et l'incertitude qui la tenaillaient commençaient à refluer. Elle se sentait peu à peu envahie d'une sensation de bonheur presque insupportable. Cela changeait tout.

V

Le téléphone sonnait à l'intérieur de la maison de Georgetown lorsque Li, Xiao Ling et Xinxin arrivèrent en riant à la porte du jardin. Li se dépêcha de sortir ses clés de sa poche.

Il venait de passer deux heures à l'ambassade. On l'avait informé qu'un bruit alarmant sur la grippe avait couru un peu plus tôt et que les autorités américaines l'avaient cherché. Mais apparemment, l'alerte était passée. Il s'était entretenu pendant une heure avec l'ambassadeur qu'il avait mis au courant des événements de Houston. Puis il avait demandé son transfert à Pékin. Sa requête avait suscité une certaine consternation ; plusieurs hauts fonctionnaires avaient été convoqués en réunion. Ils avaient interrogé Li sur ses motivations et l'avaient laissé seul dans une antichambre pendant que l'ambassadeur en référait sans doute à Pékin. Finalement, il avait été de nouveau appelé dans le bureau de l'ambassadeur où il avait appris que sa demande était acceptée. Il soupçonnait que la valeur médiatique du retour de Xiao Ling en Chine pesait un poids énorme dans la balance. Pékin pourrait dire au monde entier que le rêve américain n'était pas ce qu'on prétendait. Pour sa part, Li se fichait de la politique. Tout ce qu'il voulait, c'était ramener sa sœur chez lui.

Pour fêter ça, il les avait emmenées, Xinxin et elle, faire une visite éclair de Washington. Le Mur du Vietnam où étaient gravés les noms de tous les

Américains morts pendant la guerre. Le cimetière d'Arlington et la tombe du Président assassiné John F. Kennedy. La relève de la garde devant la tombe du soldat inconnu; l'étrange rituel mécanique avait fasciné Xinxin. Le Lincoln Memorial. Encore un Président assassiné. Il voulait qu'elles voient toutes ces choses, qu'elles en emportent le souvenir parce qu'elles avaient peu de chances de revenir un jour. Ils devaient visiter la Maison blanche le lendemain. Le surlendemain, ils s'envoleraient ensemble pour Pékin.

Les derniers rayons du soleil embrasaient le vestibule quand il ouvrit la porte et entendit la sonnerie du téléphone. Dans sa précipitation, il faillit tomber sur son vélo.

— *Wei* ?

— Li Yan ?

Il reconnut immédiatement la voix de Margaret ; son cœur se serra.

— Margaret.

Il se tut un moment avant de dire :

— On m'a prévenu d'une rumeur au sujet de la grippe.

— Oui, mais c'était une fausse alerte.

Xiao Ling et Xinxin entrèrent à leur tour, fermèrent la porte et se dirigèrent vers la cuisine en bavardant. Margaret entendit leurs voix.

— Comment ça va entre Xinxin et Xiao Ling ? demanda-t-elle.

Il raconta, et lui annonça sa décision de retourner en Chine avec elles.

Ces mots prononcés à deux mille cinq cents kilomètres de distance tombèrent comme des pierres dans un désert. Un vent aride balaya le bonheur et l'espoir qu'elle avait sentis naître en elle quelques minutes plus tôt. Li lui fit le récit de leur journée; elle l'écouta sans entendre mais perçut, derrière sa réserve, une joie qu'il n'avait pas connue depuis longtemps. Si elle lui annonçait maintenant qu'elle était enceinte, elle le replongerait dans sa confusion. Il risquait de lui en vouloir. De le lui reprocher. Elle ne voulait pas lui faire mal une fois de plus, pas plus qu'elle n'avait envie qu'il lui fasse mal.

— Margaret...? Tu es toujours là...?

— Oui, je suis toujours là.

Il comprit que quelque chose n'allait pas. Il le sentait.

— C'est pour ça que tu m'appelais? Pour avoir des nouvelles de Xiao Ling et Xinxin?

Elle ne trouva pas le courage de répondre tout de suite.

— Oui, finit-elle par dire.

— Qu'est-ce qui ne va pas, Margaret?

— Rien. Tu ne reviendras pas au Texas, alors?

— Non.

— Eh bien... je crois que c'est tout, alors.

— Quoi?

— Au revoir.

Il prit soudain conscience que c'était peut-être la dernière fois qu'il lui parlait.

— Margaret...

Mais il n'alla pas plus loin. Il ne savait pas quoi ajouter. Il s'éclaircit la gorge et dit :

— Au revoir.

Il garda l'écouteur collé contre son oreille jusqu'à ce qu'il l'entende raccrocher.

Chapitre 24

Margaret arriva à Conroe à la nuit tombante. Les dernières lueurs du jour filtraient à travers les arbres ; la surface parfaitement immobile du lac reflétait un ciel où les premières étoiles apparaissaient déjà dans le bleu virant au noir.

La Chevy cahota sur la route du ranch de Mendez en soulevant un nuage de poussière orange dans son sillage. Margaret n'avait pas d'autre endroit où aller. Toutes ses affaires étaient là-bas, et elle ne se sentait pas le courage de passer la nuit seule dans une chambre d'hôtel. Elle croyait aux remords de Mendez, et même si elle éprouvait un certain malaise à se retrouver seule avec lui, ce n'était rien en comparaison du vide douloureux de son cœur. La Bronco était garée sur le terre-plein, en face du garage. Elle s'arrêta à côté. Lorsqu'elle composa le code pour entrer dans la maison, elle entendit Clara aboyer et griffer le plancher de l'autre côté de la porte.

La chienne lui fit la fête en sautant autour d'elle. Margaret la repoussa et se rendit compte qu'elle était dans le noir. Aucune lumière n'était allumée. Elle se cogna le genou sur le rebord du râtelier à fusils, poussa un juron, chercha un interrupteur à tâtons. Finalement, des néons s'allumèrent en clignotant dans l'armurerie et la cuisine.

Rien n'avait changé. La vaisselle sale s'empilait toujours dans tous les coins. Une vieille odeur de rance stagnait dans l'air. La gamelle de Clara était vide. Elle n'avait plus d'eau à boire. Ignorant où Mendez rangeait les croquettes, Margaret lui remplit un bol d'eau fraîche en attendant et le posa par terre. Clara se mit à laper à grand bruit tout en suivant Margaret d'un œil au cas où elle lui donnerait aussi à manger.

— Felipe? Vous êtes là? appela Margaret.

Sa voix fut absorbée par la maison; aucune réponse ne suivit. Margaret entra dans le salon et alluma les lampes. Le ventilateur du plafond brassait de l'air chaud; la porte de la véranda était ouverte, l'air sentait le cigare, mais il n'y avait personne. Elle alluma les lumières de l'escalier et cria à nouveau :

— Felipe?

Toujours pas de réponse.

Elle retourna dans la cuisine, sortit une bouteille de tonic du réfrigérateur, coupa un citron et remplit un verre de glace. Elle avait déjà la bouteille de vodka dans la main quand elle pensa à quelque chose : elle n'était plus seule désormais. Elle hésita une seconde, reposa la bouteille sur l'étagère et versa le tonic sur la glace et le citron. C'était bon, pétillant, rafraîchissant.

Elle emporta son verre au premier étage. Dans le couloir, elle s'arrêta. La porte du bureau de Mendez était entrouverte; une lampe brillait à l'intérieur. Cette porte était toujours fermée d'habitude.

Curieuse, elle la poussa et entra. Elle découvrit une petite pièce, plus petite qu'elle ne s'y attendait. Des bibliothèques bourrées de livres empilés les uns sur les autres couvraient tous les murs. Papiers, cartes, livres ouverts aux pages pliées en guise de marques jonchaient le sol. Un vieux bureau abîmé en acajou était poussé contre un mur, sous une fenêtre au store baissé. Il disparaissait presque entièrement sous des montagnes de papiers. Un Macintosh était coincé entre deux piles de dossiers. Un passeport gisait sur le clavier repoussé au milieu du bureau. Il était bleu-vert, avec des lettres dorées et un aigle sur la couverture. Un numéro avait été poinçonné, comme du Braille, sous le mot PASAPORTE. Perplexe, Margaret le ramassa et fronça les sourcils. Elle l'ouvrit et vit un Mendez plus jeune, en noir et blanc, qui la regardait. Elle l'examina un moment, perdue dans ses pensées, avant de le laisser retomber sur le bureau. Elle feuilleta quelques papiers. Surtout des articles scientifiques – la plupart en espagnol.

Une corbeille à papier en osier débordait. À côté, une bonne douzaine de feuilles avaient été roulées en boule et jetées par terre. Margaret se pencha pour en ramasser une et l'aplatit. Son ventre se noua. C'était le début d'une lettre qui lui était adressée. Écrite à la main. *Chère Margaret, je ne sais pas par où commencer, ni comment vous demander pardon...* Elle se mit à défroisser les autres. Elles lui étaient toutes adressées. Des tentatives pathétiques pour s'excuser. L'espace d'un instant, elle eut presque pitié de lui. Elle se demanda s'il avait fini par en terminer une qui l'attendait quelque part dans une enveloppe.

Soudain, un bruit, derrière elle, la fit sursauter. Elle se retourna et vit Clara, sur le seuil de la porte, la langue pendante, l'œil mélancolique, comme si elle voulait singer le repentir de son maître. Cette pensée idiote la fit sourire et elle sortit de la pièce, la chienne sur les talons. Dans sa chambre, elle regarda autour d'elle, vérifia ses valises et ses cartons, cherchant un signe qui aurait indiqué que Mendez avait fouillé dans ses affaires. Mais tout était exactement comme elle l'avait laissé.

Elle prit des vêtements propres et s'enferma à clé dans la salle de bain pour prendre une douche. Elle resta longtemps sous l'eau chaude, en se consolant à l'idée que si elle ne devait plus jamais revoir Li, il lui avait au moins laissé un peu de lui-même.

Elle se sécha, enfila des vêtements propres et se sentit tout de suite mieux. Elle descendit au rez-de-chaussée, suivie de Clara qui l'attendait dans le couloir, et se rendit dans la cuisine. La porte de derrière n'était pas verrouillée. Margaret l'ouvrit, sortit et se retrouva sur une terrasse pavée ; la lune se reflétait dans l'eau calme d'une petite piscine. Une lampe s'alluma toute seule dès qu'elle avança ; elle sursauta et se demanda pourquoi elle était si nerveuse. Elle contourna l'angle de la maison, le garage ouvert ; une autre lampe s'alluma et fit briller la peinture métallique de la Bronco. Margaret fronça les sourcils. Si Mendez n'avait pas pris sa voiture ni fermé la porte à clé, il ne devait pas être loin.

La prairie où les deux juments continuaient à brouter baignait dans le clair de lune. Au-delà, un sentier conduisait à une mare envahie de nénuphars. Et encore au-delà, au milieu d'un bouquet d'arbres, une lumière brillait dans une dépendance qu'elle avait à peine entr'aperçue de jour. Elle hésita un instant à s'avancer dans le noir.

Il lui fallut plusieurs minutes pour traverser la prairie sous l'œil curieux des chevaux qui se remirent à brouter dès qu'elle s'éloigna vers la mare. L'air sentait l'humidité et résonnait du chant des grillons. En s'approchant de la grange, elle vit que la lumière venait d'une fenêtre sans vitre. Mais ce n'était que le reflet d'une lampe allumée quelque part à l'intérieur.

Une porte entrouverte donnait sur une étable où luisait faiblement un tracteur. Margaret entra, se glissa entre le mur et l'engin qui sentait le diesel et le crottin séché, et aperçut, à quelques mètres, une grande trappe ouverte d'où s'échappait la lumière ; le couvercle en bois était rabattu contre le mur du fond. Elle s'avança sur le sol en terre, poussiéreux, couvert de paille sèche, et vit une grosse échelle en bois qui descendait dans un puits carré entouré de larges planches. Une lampe était vissée sur l'une des parois. Sur l'autre se découpait une lourde porte en métal qui n'était pas complètement fermée et laissait passer le son atténué d'une musique. Elle reconnut l'intermezzo de *Cavalleria Rusticana*, une mélodie triste qui lui donna la chair de poule. Elle descendit avec précaution les échelons jusqu'au sol de ciment. L'intermezzo de Mascagni se perdit dans le silence, puis une voix douce et plaintive de soprano chanta «O mio bambino caro», extrait de *Gianni Schicchi* de Puccini. Un morceau d'une infinie tristesse lui aussi. Margaret poussa la porte du bout des doigts, qui malgré son poids, s'ouvrit toute seule. Elle cligna des yeux sous la violence de la

lumière fluorescente qui éclairait la petite pièce sou-
terraine dont les murs étaient en ciment et le plafond bas doublé de dalles blanches. Au centre, une
paillasse de laboratoire était encombrée d'instruments divers auxquels s'ajoutaient deux appareils
d'électrophorèse, un appareil photo numérique, un
iMac et un scanner. Deux des murs étaient bordés
de plans de travail en acier avec des éviers en inox,
un petit four électrique, deux autres iMac, un microscope électronique, un râtelier de tubes à essais, des
bocaux, des bouteilles, des piles de papiers, des
livres, une cafetière, un cendrier débordant de
mégots de cigare. Contre le troisième mur se dres-
saient deux incubateurs, un réfrigérateur et un
congélateur. Une petite chaîne stéréo posée à côté
d'une centrifugeuse diffusait la musique de Puccini.
Plus forte, maintenant.

Mendez, dans une blouse de laboratoire tachée,
lui tournait le dos. Quand il s'écarta de l'un des
éviers, Margaret vit des lunettes demi-lune perchées
au bout de son nez, reliées à son cou par un cordon. Il portait des gants en latex et faisait tournoyer
une petite quantité de liquide bleu au fond d'un
tube à essai. Il tendit le bras vers une étagère située
au-dessus de sa tête, glissa le tube dans un râtelier et nota quelque chose sur un grand cahier
ouvert devant lui. La voix de la soprano s'éteignit
doucement.

— Felipe ? fit Margaret.

Mendez sursauta et, en se retournant, heurta le
tube à essai qui tomba du râtelier, se cassa et répan-
dit son contenu bleu sur le plan de travail. Les yeux

379

écarquillés, ne comprenant rien, il finit par reconnaître Margaret sur le seuil de la porte.

— Merde! dit-il en pivotant pour arracher une feuille de papier d'un rouleau et essuyer le liquide.

Puis, l'air consterné, il regarda Margaret tandis qu'un ténor se lançait dans une aria de *La Bohème*. Il se dirigea vers la chaîne pour couper la musique, aussitôt remplacée par le bourdonnement des appareils électriques.

— Margaret, dit-il en fronçant les sourcils, comme s'il attendait qu'elle parle pour confirmer qu'elle n'était pas un effet de son imagination.

— Je ne savais pas que vous aviez votre propre laboratoire ici, dit-elle.

Il haussa les épaules; ses yeux firent le tour de la pièce.

— L'ancien propriétaire était persuadé qu'il y aurait un holocauste nucléaire. Il avait l'intention de se réfugier ici. Je l'ai transformé en laboratoire quand nous avons acheté la maison. C'est assez rudimentaire. Juste pour mes recherches personnelles. Le travail sérieux se fait à Baylor.

Il se tut un instant et la dévora des yeux.

— Je ne m'attendais pas à vous voir.

— Je suis désolée pour hier soir, dit-elle.

Il secoua énergiquement la tête.

— Non, non, ma chère. Je vous en prie, ne soyez pas désolée. C'était entièrement de ma faute. J'ai eu un comportement impardonnable.

Il hésita, puis demanda :

— Vous êtes venue chercher vos affaires?

— J'avais l'intention de rester, si vous êtes d'accord. Cette nuit, en tout cas.

— Bien sûr, bien sûr, se dépêcha-t-il de répondre. Vous ne pouvez pas vous imaginer comme je me suis senti misérable ces dernières vingt-quatre heures, Margaret. Je ne pourrai jamais assez m'excuser.

Margaret leva les mains.

— Vous vous êtes déjà excusé. Ça suffit.

Mendez hocha la tête, incapable de cacher sa joie. Il se débarrassa de ses gants de latex.

— J'ai appris que le chef des têtes de serpents avait été arrêté. Votre ami chinois a fait du bon travail.

— Oui, se contenta-t-elle de dire.

— Nous devrions dîner, vous pourriez tout me raconter.

Mendez ôta sa blouse. En voulant la suspendre derrière la porte, il accrocha et fit tomber une boîte de cigares posée sur un lit à roulettes poussé contre le mur. Margaret se baissa pour la ramasser et jeta un coup d'œil à la marque. Elle lui était inconnue.

— Mexicains ?

— Oui, je me les fais envoyer.

Il lui prit la boîte des mains et la glissa dans sa poche.

— Je préfère les cubains, bien sûr, mais ils sont toujours illégaux ici. Et comme je trouve les cigares américains trop doux, je me fais envoyer ceux-là du Mexique.

— Je crois que vous ne m'avez jamais dit de quelle région du Mexique vous étiez originaire.

— Non, probablement pas. Vous n'en avez jamais entendu parler. Une petite ville qui s'appelle Hermosillo, au nord-ouest, près de la frontière de l'Arizona.

Il se mit à rire.

— Mais je suis un immigrant parfaitement légal. Je n'ai pas traversé la frontière caché dans un camion. Je suis arrivé en car, avec une bourse pour Cal Tech[1].

— Un long voyage, en car.

— C'est sûr.

Il la poussa dehors et éteignit les lumières derrière eux.

— Venez, ma chère, je dois avoir une pizza dans le congélateur et un bon vin chilien pour l'arroser.

— Je ne bois plus d'alcool, Felipe.

Il la fit monter devant lui.

— La consommation de bon vin est l'un des grands plaisirs de la vie, ma chère.

Il referma la trappe qui souleva un nuage de poussière.

— Oui, mais je crois que j'ai un peu abusé ces temps-ci.

Elle n'avait pas envie de lui apprendre qu'elle était enceinte.

En traversant la prairie, il lui parla de ses progrès dans l'identification des protéines qui déclenchaient le virus de la grippe.

— La liste des choses qui ne le déclenchent pas s'allonge, mais comparée à celle des choses qui peuvent le déclencher, c'est une goutte dans un océan. En ce moment, je travaille sur les fruits. En particulier ceux qui poussent en Amérique du Nord.

Elle le laissait parler, laissait les mots glisser sur elle. Elle était fatiguée et, bien qu'elle se refusât à l'admettre, elle s'en moquait un peu. Les juments

1. California Institute of Technology (Pasadena).

alezanes levèrent la tête à leur passage. L'une d'elles hennit, apparemment un signal pour fuir au galop vers l'obscurité.

Dans la cuisine, Mendez contempla la pagaille comme s'il la voyait pour la première fois.

— De temps en temps, je m'y attaque. Je passe un week-end à faire la vaisselle et à ranger. Puis je m'en désintéresse, et ça recommence.

— Il vous faudrait une femme de ménage.

— J'ai essayé, croyez-moi. Vous ne pouvez pas vous imaginer comme c'est difficile de trouver quelqu'un qui veuille venir jusqu'ici.

Il dégagea un coin du plan de travail, sortit une pizza du congélateur et la retira de son emballage.

— Jambon ananas, ça vous va ?

Margaret hocha la tête.

— Allez vous reposer, dit-il. Je donne à manger au chien et j'apporte la pizza dès qu'elle est prête. Qu'est-ce que vous voulez prendre si vous ne buvez pas de vin ? J'ai du jus de pomme dans le frigo.

— C'est parfait, dit Margaret.

Elle le laissa dans la cuisine et entendit Clara aboyer avec excitation pendant qu'il remplissait sa gamelle. Elle s'effondra dans le fauteuil inclinable du salon et regarda l'ombre du ventilateur dessiner des cercles au plafond. Elle n'osait pas fermer les yeux de peur de s'endormir. Il ne s'était guère écoulé plus de vingt-quatre heures depuis que Mendez lui avait fait ses avances maladroites. Vingt-quatre heures depuis qu'elle avait fait l'amour avec Li Yan. Les événements de la nuit d'avant au Minute Maid Park lui semblaient vieux d'un siècle. Elle revoyait la voie ferrée au-dessus du terrain de base-ball, l'énorme locomotive qui la dominait dans le noir, le toit se refermant sur les étoiles, Li couvert de sang chancelant entre les rangées de sièges. Mais c'était comme s'il ne s'agissait pas de ses souvenirs à elle, comme si elle les avait empruntés à quelqu'un d'autre, comme si elle les avait vus dans un film. Elle replia les mains sur son ventre. La seule chose qui lui paraissait réelle maintenant, c'était son bébé, la vie qu'elle portait en elle. Bizarrement, pour la première fois de sa vie, elle avait un objectif. Puis elle repensa au passeport, et à autre chose, une chose qu'elle avait vue dans le laboratoire. Elle redescendit brusquement sur terre.

— Et voilà, ma chère, dit Mendez.

Il apportait un plateau avec la pizza découpée en parts sur une assiette ronde, un grand verre de jus de pomme, une bouteille de vin chilien et un verre à pied en cristal. Il le posa sur une table basse qu'il tira entre le fauteuil et le canapé de façon qu'ils l'aient tous les deux à portée de main. L'odeur chaude de la pizza était appétissante. Margaret en prit une part et mordit dedans.

— C'est bon, dit-elle en tendant la main vers son verre de jus de pomme.

Assis sur le canapé, Mendez la regardait. Il avait le visage un peu congestionné et un sourire bizarre.

Margaret fut réveillée par la clarté de la lune qui baignait sa chambre. Elle ne se rappelait pas s'être couchée et avait l'impression de respirer au ralenti. Elle savait, au contact du coton sur sa peau qu'elle était nue, alors qu'elle ne se souvenait pas s'être déshabillée. Mais cela ne l'inquiéta pas. Elle se sentait détendue, les membres lourds. Si lourds qu'elle pouvait à peine bouger. Elle s'efforça de s'accrocher à des pensées conscientes qui semblaient lui filer entre les doigts comme les plumes frémissantes d'un oiseau paniqué. Elle avait peur de serrer trop fort et de le blesser. Désorientée, elle fronça les sourcils. Il n'y avait pas d'oiseau. Elle devait se ressaisir. Elle se souvint qu'elle était en train de manger une pizza avec Mendez dans le salon. Il avait allumé la télévision et parlait sans arrêt. Les mots succédaient aux mots. Des mots qu'elle n'arrivait pas à se rappeler. Quand était-elle allée se coucher? Elle tourna la tête avec beaucoup de difficulté et vit des chiffres rouges briller dans le noir. Elle plissa les paupières pour essayer de faire le point. Deux. Un. Six. Révélation. Il était deux heures seize du matin. Des heures s'étaient écoulées depuis son dîner avec Mendez. Elle avait eu l'intention de faire quelque chose. Quoi? Quelque chose d'important. Quand Mendez dormirait. Ah oui, retourner au labo. Pourquoi?

Une ombre tomba sur elle. Avec un effort colossal, elle tourna les yeux. Felipe lui souriait. Il était habillé. Stupidement, elle se demanda pourquoi il s'était couché tout habillé. Puis, remontant des profondeurs de son subconscient, une petite bulle de peur vint éclater à la surface; son regard dut la trahir car le sourire de Felipe s'élargit.

— Inutile de lutter contre le Rohypnol, ma chère. Vous savez que vous ne gagnerez pas.

Rohypnol. Rohypnol? Ce mot lui disait quelque chose. Il y avait à nouveau un oiseau dans sa main, ailes frémissantes, cœur palpitant. Cette fois, elle serra le poing. Rohypnol. Incolore. Inodore. La drogue du viol. Le jus de pomme. Elle avait la bouche sèche, très sèche, un peu amère. Elle voulut se toucher. Entre les jambes. Pour savoir ce qu'il lui avait fait, mais c'était comme si elle n'avait pas de bras. Elle ne pouvait pas les bouger. Elle ne les sentait même pas. Elle entendit à nouveau la voix douce, hypnotique.

— Dès que je suis entré dans mon bureau, j'ai su que vous étiez venue.

Elle se força à tourner la tête pour mieux le voir. Elle essaya de faire le point sur ses lèvres. Important de comprendre ce qu'il disait. Il souriait.

— Vous avez lu mes pauvres tentatives d'excuses. Le problème, c'est que pour qu'une excuse soit convaincante, il faut qu'elle vienne du cœur.

Il haussa les épaules.

— Je me suis aperçu que le passeport n'était plus là où je l'avais laissé. Et je vous ai revue, dans le labo, en train de me demander de quelle région du Mexique je venais.

Il secoua la tête.

— Pas très subtile, ma chère.

Il contourna le pied du lit et le clair de lune enveloppa à nouveau Margaret, comme un linceul. Elle inclina la tête avec beaucoup de mal pour suivre Mendez des yeux. Il s'assit au bord du lit, puis lui effleura du bout des doigts le front, le nez, les lèvres, le menton.

— Quand je suis arrivé aux États-Unis, je n'avais aucune raison de cacher que j'étais colombien. Mais les gens ne peuvent pas s'empêcher de faire des suppositions. Le physique latin, l'accent, le nom. Un latino. Un Mexicain. Et quand tout s'est déclenché, j'ai trouvé plus commode de continuer comme ça. De mettre le maximum de distance entre mes racines et moi. Après tout, je suis citoyen américain maintenant. Personne ne pouvait savoir que j'avais gardé la double nationalité. Personne n'avait de raison de faire le rapprochement.

Il baissa lentement le drap pour regarder le corps nu de Margaret et fit glisser sa main le long de son cou, puis entre ses seins.

— Tant de beauté, soupira-t-il. Quel dommage.

Margaret ne pouvait rien faire d'autre que regarder et sentir la panique monter en elle. Sa respiration s'accéléra un peu. Elle poussa un petit grognement.

— Margaret, Margaret, je vous ai dit de ne pas lutter.

Il referma la main sur son sein et en frotta la pointe avec le pouce. Puis il se pencha sur elle pour l'embrasser doucement sur les lèvres. Ensuite, il se redressa et remonta le drap.

— Quel gaspillage.

Il se leva, se dirigea vers la coiffeuse. Margaret l'entendit ouvrir quelque chose, étaler des objets sur la surface du meuble. Des objets durs. Verre et métal. Mais elle ne pouvait pas voir ce que c'était.

— Un nom comme Mendez. Un accent dont je n'ai jamais pu me débarrasser malgré tous mes efforts. Vous ne pouvez pas savoir le handicap que ça représente dans ce pays. À jamais hispanique. À jamais étranger. Mais jamais américain. Même avec un passeport américain. Tout ce que j'ai accompli, je l'ai obtenu malgré mes origines, Margaret, malgré les préjugés auxquels je me suis heurté chaque fois

387

que j'ai postulé pour un emploi. Et finalement, ils ont eu leur revanche. Un oubli de paperasse de rien du tout – même pas ma faute – et me voilà obligé de prendre ma retraite. Obligé d'abandonner au sommet de ma carrière.

Il tourna vers elle des yeux brillants de colère et de haine.

— Et ensuite, qu'est-ce qu'ils font, les dirigeants de ce grand pays aux précieux idéaux de liberté et d'égalité ? Ils se mettent à larguer du poison sur mon pays. À pulvériser des maladies génétiques sur des innocents, des femmes, des enfants, de pauvres paysans colombiens qui s'échinent pour gagner trois fois rien. Et dans quel but ? Dans la vaine tentative de stopper l'importation d'une drogue branchée que votre propre Président a avoué avoir lui-même consommée.

Margaret dut se forcer à se concentrer sur ce qu'il disait.

— Je ne pouvais plus supporter de ne rien faire. Il était temps d'agir. Temps de donner une leçon à l'Amérique. Temps de montrer à ces politiciens qu'ils ne peuvent pas fouler aux pieds les droits et la souveraineté d'un autre peuple. Temps d'apprendre aux Américains qu'ils peuvent mourir aussi facilement que nous.

Margaret trouva au fond d'elle la force de parler. Elle balbutia :

— Vous... vous avez manipulé le virus.

Il sourit.

— Bien sûr. Vous ne trouvez pas ça amusant ? La grippe espagnole. La revanche colombienne.

Oh, désolé, j'avais oublié que les Américains ne comprennent pas l'ironie.

Lentement, très lentement, le brouillard se dissipait autour de Margaret.

— Lorsqu'un de mes étudiants m'a apporté un échantillon de tissu, c'est comme si Dieu me l'avait envoyé. Il avait participé bénévolement à l'expédition qui a récupéré le *Seadragon* dans l'Arctique. Il y a à peu près dix-huit mois. Vous avez dû lire des articles à ce sujet. L'équipage du sous-marin est mort de la grippe espagnole en 1918. Le vaisseau était prisonnier sous la banquise. C'est en cherchant une autre épave que des plongeurs l'ont découvert. Des scientifiques ont pensé que l'équipage avait probablement été préservé par le froid à l'intérieur, et que si l'on arrivait à remonter le sous-marin à la surface, il serait possible de récupérer des tissus et de cultiver le virus vivant. Ils ont échoué, bien sûr. Ils ont prélevé des tissus, mais n'ont pas pu cultiver le virus vivant. Même là-dessous, il ne fait pas assez froid.

Il lui tourna le dos et reprit ce qu'il était en train de faire.

— Mon étudiant avait réussi à en subtiliser un peu. Il pensait que je réussirais là où les autres avaient échoué. J'étais flatté par sa foi en moi, et triste de le décevoir. Je lui ai dit que c'était une perte de temps. C'était irréalisable. Ce qui était vrai. Mais ce que je ne lui ai pas dit, c'est que je pouvais cloner le virus à partir de l'ARN viral du tissu qu'il m'avait remis. Il était presque intact. Ensuite, je n'ai eu aucun mal à le manipuler à ma façon.

— Vous... êtes... fou, articula péniblement Margaret.

Il fit volte-face.

— Non, Margaret. Simplement plus intelligent que les autres.

— Vous ne... tuerez pas... que des Américains.

L'effort qu'elle fournissait pour parler lui éclaircissait les idées.

— Vous tuerez des Américains... de toutes les races... de toutes les couleurs... Et des gens... dans le monde entier. Même... des Colombiens.

Il secoua la tête en souriant de sa stupidité.

— Vous ne pensez tout de même pas que j'aurais créé un virus sans mettre au point son vaccin? C'est ce qui m'a permis de vendre l'idée aux Colombiens qui font passer les clandestins chinois. Une fois la grippe répandue, ils peuvent vendre le vaccin au plus offrant. Beaucoup d'argent à la clé. Bien entendu, les Colombiens ont droit à un traitement de faveur. Et, naturellement, je suis déjà vacciné.

Margaret toussa. Sa langue était si sèche qu'elle se collait à son palais.

— Ça ne marchera pas... Vous le savez... Personne... ne peut produire assez de vaccin... à temps. Quand la grippe... sévira... ce sera... trop tard.

Il haussa les épaules et se détourna. Quand il lui fit de nouveau face, quelques instants plus tard, il tenait une seringue à la main, l'aiguille pointée vers le plafond. Il enfonça légèrement le piston pour expulser un petit jet de liquide, puis s'approcha du lit. Paniquée, Margaret trouva la force de bouger ses bras et ses jambes, mais pas celle de résister. Elle entendit sa propre voix s'étrangler dans sa gorge et produire un gémissement animal.

— Détendez-vous, Margaret. Je veux que vous

sachiez l'effet que ça fait. De vivre avec la mort au-dessus de sa tête. De se demander où et quand elle frappera.

Elle sentit le contact froid du désinfectant sur son bras puis la morsure aiguë de l'aiguille. Elle n'avait pas la force d'empêcher Mendez d'appuyer sur le piston de la seringue pour infiltrer le virus dans son sang. La pensée soudaine que son bébé serait lui aussi contaminé la plongea dans un désespoir glacé.

— À moins, bien sûr, que vous ne soyez assez astucieuse pour trouver ce qui déclenche le virus.

Il retira l'aiguille, lui tamponna le bras, se redressa, puis retourna vers la coiffeuse pour ranger ses affaires. Margaret revit le visage hagard du pauvre Steve au moment où il avait cessé de lutter. Et elle pensa à tous ces individus sans visage qui allaient mourir comme lui, comme elle. Des centaines de millions.

L'ombre de Mendez tomba à nouveau sur elle.

— Au revoir, Margaret. Il est temps que je rentre chez moi.

Quand elle se réveilla, elle ne savait pas combien de temps elle avait dormi. Quelques minutes. Quelques heures. La lune brillait toujours de l'autre côté de la fenêtre mais elle avait changé de place. La moitié de la pièce se trouvait plongée dans l'ombre. Margaret tourna la tête avec facilité. Le réveil de la table de nuit lui apprit qu'il était un peu plus de 4 heures. En même temps qu'elle reprenait conscience, les souvenirs affluèrent à sa mémoire et elle laissa échapper un gémissement involontaire. Un profond gémissement de détresse. Elle se sentait plus malheureuse pour l'enfant qu'elle portait que pour elle-même.

Elle pensa que Mendez devait déjà être parti depuis longtemps. Elle tentait de rassembler ses forces pour se lever quand, au rez-de-chaussée, retentit un fracas suivi d'un juron lancé par une voix d'homme. Puis Clara se mit à aboyer et la voix lui cria de se taire. Immobile dans son lit, Margaret écouta attentivement mais n'entendit plus rien. Soudain, une portière claqua. Mendez devait être en train d'embarquer ses affaires dans la Bronco. Peut-être venait-il de prendre cette nuit seulement la décision de s'enfuir. Pourquoi ne l'avait-il pas simplement tuée ? Mais dès qu'elle formula la question dans sa tête, la réponse lui parut évidente. Parce qu'il l'aimait. Parce qu'il savait qu'il ne pourrait jamais la posséder. Parce qu'il voulait la faire souffrir, comme il avait souffert de son rejet. Elle ferma les yeux et prit conscience qu'elle respirait presque normalement à présent. Mais elle avait toujours l'esprit confus, le corps un peu engourdi. Elle tourna la tête, souleva le bras, et vit la trace de piqûre, là où le virus avait pénétré en elle. Mue par une impulsion soudaine, elle réussit à s'asseoir dans son lit et fournit un effort supplémentaire pour dégager ses jambes du drap et les poser par terre, mais elles se dérobèrent quand elle voulut se lever. Elle s'effondra comme un château de cartes sur le tapis. Une partie d'elle-même aurait voulu fermer les yeux tandis que l'autre, plus décidée, combattait cette envie. Margaret avait l'impression d'avoir de la guimauve à la place des muscles. Il lui fallut une volonté d'acier et plusieurs minutes pour réussir à se traîner sur les

392

genoux dans le couloir. En haut de l'escalier, elle s'allongea et écouta ; il n'y avait aucun bruit. Même si elle parvenait à descendre, elle ne savait pas ce qu'elle ferait une fois en bas. Elle était sans force. Mais elle pouvait parler. Si elle trouvait un téléphone... Elle se laissa dégringoler au bas des marches en se brûlant les jambes, les bras et la poitrine sur le tapis.

Étendue dans le hall, le souffle court, elle entendit un moteur tousser, puis s'emballer. Alors, elle ne pensa plus à téléphoner. Tout ce qu'elle voulait maintenant, c'était arrêter Mendez. Par n'importe quel moyen. Elle n'aurait jamais imaginé que l'adrénaline pouvait être un carburant aussi puissant. Elle la sentit se diffuser dans son sang sous l'effet conjugué de la colère et du désespoir ; animée d'une énergie nouvelle, elle s'aida du portemanteau pour se remettre sur ses pieds. Elle faillit retomber quand il se décrocha du mur et s'abattit sur le sol. Le montant de la porte la sauva ; elle s'y accrocha désespérément, retrouva son équilibre et chancela jusqu'à la cuisine. Les lumières étaient éteintes, mais le clair de lune pénétrait par la fenêtre de derrière. Elle traversa la cuisine en s'appuyant sur l'îlot central et atteignit l'armurerie. Le râtelier à fusils contre lequel elle s'était cognée un peu plus tôt l'aida à se maintenir debout. Elle entendit le moteur de la Bronco tourner au ralenti dehors, de l'autre côté du garage ouvert, à moins de dix mètres d'elle. Pourquoi Mendez n'était-il pas encore parti ? Soudain, elle eut peur qu'il ne revienne et la trouve là, nue, sans défense. Comment avait-elle pu s'imaginer qu'elle allait l'arrêter ? Elle l'entendit appeler Clara. Le chien aboya d'abord au loin, puis se rapprocha. Une portière claqua. Puis, au bout de quelques secondes, une autre.

C'est alors qu'elle se rendit compte à quoi elle se retenait. Elle tâtonna sur le mur à la recherche de l'interrupteur et cligna soudain des yeux sous la violence de la lumière. Six fusils étaient rangés dans le râtelier. Elle en attrapa un, le posa, cassé, sur le dessus du meuble et ouvrit le tiroir du haut d'une main maladroite. La première boîte de cartouches qu'elle sortit s'ouvrit en répandant son contenu par terre. Margaret se laissa tomber à genoux pour attraper les cartouches qui roulaient sur le sol. Pendant ce temps, elle entendit la Bronco faire marche arrière sur le terre-plein, en face du garage. Avec un petit cri, elle referma les doigts sur une cartouche, puis sur une deuxième. Elle les glissa l'une après l'autre dans les deux canons et referma le fusil. Toujours à genoux, elle se traîna jusqu'à la porte, s'appuya sur la poignée pour se relever. La porte s'ouvrit aussitôt et faillit la renverser, mais Margaret s'accrocha à l'encadrement et retrouva son équilibre. Debout, haletante, elle entendit Mendez enclencher la marche avant. Les phares de la Bronco balayèrent le garage et l'aveuglèrent. Surpris par l'apparition de Margaret, Mendez écrasa la pédale de frein. Elle épaula le fusil, tira en direction de la lumière et chancela sous la force du recul ; par pur réflexe, son doigt appuya sur la gâchette et vida le second canon. Elle entendit le moteur de la Bronco s'emballer, le klaxon se déchaîner, et elle tomba.

Chapitre 25

I

Elle prit d'abord conscience des voix. Il semblait y en avoir beaucoup. Elle avait l'impression de flotter dans un auditorium plein de monde. Elle voulut ouvrir les yeux, mais ses paupières étaient trop lourdes, comme si on avait posé des pièces dessus pour les tenir fermées, ce qu'on fait aux morts. Quand elle les souleva enfin, elle vit une grande clarté et des ombres qui se déplaçaient. Où était-elle ? Étendue sur quelque chose de moelleux, elle fixait un plafond. Un ventilateur tournait paresseusement au-dessus de sa tête. Elle sentit une odeur familière. Troublante. Qu'est-ce que c'était ? Sa respiration s'accéléra. La fumée de cigare. La fumée de cigare froide. Mendez ! Les cigares de Mendez. Elle essaya de s'asseoir et la douleur lui enserra le crâne comme un bandeau d'acier. Elle entendit une voix familière. Une voix d'homme.

— Elle se réveille, doc. Elle se réveille.

Un visage flotta dans son champ de vision. Un visage familier. Il n'avait aucun lien avec la voix. C'était une femme. Qui faisait partie de son équipe. Une médecin légiste.

— Élizabeth, s'entendit-elle dire.

La main chaude d'Élizabeth lui caressa le front.

— Restez tranquille, docteur Campbell. Ça va aller.

Mais Margaret savait que ce n'était pas vrai. Elle savait des choses que les autres ignoraient. Elle se souvenait de la nuit précédente avec une précision épouvantable. Du moins se souvenait-elle d'une partie de la soirée. Elle ne savait pas comment elle l'avait terminée. Ni comment elle se retrouvait là. Elle se souleva sur un coude et vit les adjoints du shérif du comté de Montgomery la regarder avec une curiosité non dissimulée. Il y avait aussi des enquêteurs de la police scientifique en combinaison de Tyvek blanche et des hommes en civil. L'un d'eux lui cachait le reste de la pièce. Le salon de Mendez. Elle était allongée sur son canapé, sous une couverture. Elle se concentra sur le visage penché au-dessus d'elle et fit enfin le lien avec la voix qu'elle avait reconnue un peu plus tôt. C'était Hrycyk.

— Bon Dieu, doc, qu'est-ce qui s'est passé ici ?

Elle écarta péniblement ses lèvres sèches. Elle avait l'impression que sa langue avait doublée de volume dans sa bouche.

— À vous de me raconter, dit-elle en se laissant retomber sur le dos.

Hrycyk disparut de sa vue et revint un instant plus tard, appuyé au dossier d'une chaise. Il l'observait attentivement.

— Un voisin, à huit cents mètres d'ici, téléphone aux flics. Ça fait plus d'une heure qu'il entend un klaxon sans interruption. Les flics arrivent à l'aube. Ils trouvent Mendez dans sa Bronco, effondré au volant, avec ce qui lui reste de tête appuyée sur le klaxon. Il a aussi un grand trou dans la poitrine. Son pied droit coincé sur l'accélérateur fait rugir le moteur. Et à l'arrière, derrière une grille, il y a un chien qui aboie à s'en faire péter les cordes vocales.

Il se tut et sortit ses cigarettes.

— Je préférerais que vous ne fumiez pas ici, agent Hrycyk. C'est une scène de crime, dit Élizabeth.

Il grogna et remit son paquet dans sa poche.

— Vous êtes bien tous pareils, bordel. Bon, j'en étais où? Ah, ouais. La porte du garage est entièrement levée. Les phares de la Bronco éclairent l'intérieur. Et vous êtes couchée par terre en tenue d'Ève, agrippée à un fusil à deux coups. Mendez est tout ce qu'il y a de plus mort. Et on dirait foutrement que c'est vous qui lui avez réglé son compte.

Il la dévisagea un long moment, attendant apparemment une réaction. Finalement, ne pouvant contenir davantage sa curiosité, il demanda :

— Pourquoi l'avez-vous tué, Margaret?

Margaret sentit au silence qui envahissait la pièce que Hrycyk n'était pas le seul à vouloir le savoir.

— Parce que c'est lui, dit-elle.

— Lui quoi?

— Lui qui a manipulé le virus.

Elle sortit un bras de sous la couverture et le tendit vers lui pour qu'il voie la trace de piqûre laissée par la seringue.

— Il me l'a injecté.

Soudain ses yeux se remplirent de larmes.

— Je suis contaminée. Ce salaud m'a contaminée.

Hrycyk ouvrit des yeux grands comme des soucoupes.

— Bon Dieu, Margaret. Nom de Dieu de bordel de merde.

Elle se redressa sur le coude et essuya ses larmes. Elle pensait à quelque chose. Quelque chose d'important. Quelque chose qu'elle voulait déjà faire avant.

— Il faut que j'aille au labo, dit-elle.

— Quel labo?

— Doucement, docteur, recommanda Élizabeth. Ne vous excitez pas.

Hrycyk l'ignora et répéta :

— Quel labo?

— Mendez a un laboratoire. Ici, au ranch.

Elle se creusa la tête pour essayer de se rappeler pourquoi c'était important. Elle voulut se relever et la couverture glissa. Embarrassé par sa nudité, Hrycyk rougit et rabattit rapidement la couverture sur ses épaules.

— Mais bon sang, qu'on lui apporte de quoi s'habiller! cria-t-il.

Quelqu'un arriva avec un peignoir en éponge et des baskets. Margaret s'enveloppa du peignoir qu'elle serra étroitement autour de sa taille, enfila ses chaussures et se mit péniblement sur pied. Elle chancela un peu quand le sang se retira d'un coup de sa tête.

— Vous ne devriez pas... commença Élizabeth.

— Il faut que je boive.

L'un des adjoints lui apporta un verre d'eau qu'elle avala d'une traite.

— OK, on y va.

— On va où? demanda Hrycyk.

— De l'autre côté de la prairie. Il y a une vieille grange...

Elle lui agrippa le bras en disant :

— Restez à côté de moi.

Gêné, il passa un bras autour de sa taille pour la soutenir. Cette sollicitude ne collait pas avec son image – du moins celle qu'il voulait donner.

Les juments alezanes gambadaient dans l'herbe d'où montait une légère brume. Au loin, deux bancs de brouillard planaient sur le lac. La Bronco de Mendez était silencieuse, le nez plié sur le montant du garage, le pare-brise éclaté. Il y avait du sang à l'intérieur mais le corps avait été enlevé. Des voitures de patrouille, le fourgon de la police scientifique, une ambulance et plusieurs véhicules banalisés bloquaient la route de terre. Deux corbeaux perchés sur la barrière regardèrent Margaret, au bras de l'agent Hrycyk, traverser la prairie à la tête d'un petit groupe de représentants des forces de l'ordre.

On ne voyait pas grand-chose dans la grange entourée d'arbres. Margaret se souvenait de l'odeur de crottin des énormes pneus du tracteur. Ils foulèrent le sol poussiéreux jusqu'à la trappe que deux hommes du shérif soulevèrent. L'un d'eux descendit l'échelle pour allumer la lumière. Lorsque ce fut fait, Margaret insista pour descendre à son tour. Ils l'aidèrent, d'en haut et d'en bas, et elle se retrouva, tremblante, dans le puits où elle avait écouté l'intermezzo de *Cavalleria Rusticana*, quatorze heures plus tôt, quand elle avait encore toute la vie devant elle.

Les tubes au néon du laboratoire s'allumèrent en

clignotant. Il était exactement dans l'état où Mendez l'avait laissé la veille. Hrycyk siffla entre ses dents.

— Alors c'est ici qu'il a fait ça, hein? Qu'il a créé un monstre qu'on peut même pas voir. Putain. Ça fait penser à Frankenstein.

Il se tourna vers Margaret.

— Qu'est-ce que vous cherchez?

Elle secoua la tête, scrutant chaque surface du regard.

— Je ne sais pas, dit-elle en fronçant les sourcils. Je ne peux pas m'en souvenir.

Une ombre gigantesque obscurcissait son cerveau, elle n'arrivait pas à voir ce qui se cachait derrière.

Elle examina le dessus de la paillasse qui occupait le centre de la pièce, les appareils d'électrophorèse, l'appareil photo numérique, l'ordinateur, le scanner. Puis ses yeux sautèrent au plan de travail. C'était là qu'elle avait vu quelque chose qui s'était incrusté dans son cerveau. Une chose significative qui ne l'avait pas tout de suite frappée. Il y avait le petit four électrique, les autres iMac, le microscope électronique, et tout le matériel annexe, bocaux, flacons, livres, papiers, cafetière, cendrier. Son regard se porta ensuite sur les incubateurs, le congélateur, la chaîne stéréo, la petite centrifugeuse. Puis, soudain, elle comprit ce que c'était.

— La cafetière, dit-elle.

— Quoi? fit Hrycyk, déconcerté.

Elle s'écarta de l'agent de l'INS médusé et traversa le laboratoire. Il y avait un placard sous le plan de travail. Elle s'accroupit et ouvrit les portes. L'étagère supérieure croulait sous les paquets d'Arabica de Colombie emballés sous vide. Sur l'étagère inférieure, deux paquets étaient ouverts et quelques grains s'étaient répandus sur la mélamine. Il y avait aussi un moulin électrique dans lequel restait un peu de poudre. Mais le café avait depuis longtemps perdu sa fraîcheur.

Hrycyk s'accroupit à côté d'elle.

— Je ne saisis pas. Il aimait le café, et alors ?

— C'est justement ça le problème. Il était allergique au café.

II

Margaret et Hrycyk étaient assis dans le bureau de Mendez, à Baylor, depuis deux heures. Ils ne parlaient pas. Une secrétaire était venue leur proposer un café. Ils avaient décliné l'offre et accepté à la place un verre d'eau. Margaret se sentait complètement vidée. Elle avait refusé tout traitement médical. Après avoir fait sa déposition officielle, elle s'était rendue directement à Baylor avec Hrycyk. Ils avaient apporté des échantillons de café. Hrycyk s'était absenté à plusieurs reprises et était revenu chaque fois imprégné d'une odeur de cigarette.

Ils levèrent la tête ensemble lorsque la porte s'ouvrit sur un jeune homme d'une trentaine d'années aux cheveux bruns. Contrairement à son ancien patron, le jeune généticien portait une blouse impeccable, boutonnée. Il les regarda, s'assit, puis leva un grain de café qu'il tenait entre le pouce et l'index.

— Vous aviez raison, dit-il. C'est bien ça. Mendez

401

a collé dans son virus un agent activé par une protéine qui ne reconnaît que le parfum du café arabica de Colombie.

Il ajouta avec un petit sourire et en secouant la tête :

— Formidable. Tout simplement formidable. Cet homme était un génie.

— Un putain de génie mort, grogna Hrycyk.

Le jeune homme tressaillit comme s'il avait reçu une gifle.

Margaret se sentit envahie d'un soulagement immense. Tant qu'elle ne boirait pas de café, son enfant et elle seraient saufs, même si elle devait vivre jusqu'à la fin de ses jours avec le virus de Mendez.

— Le café colombien. Il avait vraiment un sens de l'humour très aigu. Il ne se doutait pas qu'on serait assez malins pour comprendre. En fait, les Chinois ne boivent pas beaucoup de café. Mais je parie qu'il y a du colombien dans presque tous les mélanges servis en Amérique. Il faut faire vite. Un seul cas pourrait déclencher une pandémie.

Debout dans la cabine téléphonique, au bout du hall, elle chercha fébrilement la liste de la FEMA dans son sac. Elle était certaine de l'avoir. Elle trouva, tout au fond, des bouts de papier divers, pliés, froissés, tachés. Mais pas la liste de la FEMA. Elle jura, ouvrit d'une main tremblante son carnet d'adresses et chercha le numéro de téléphone de Li à Georgetown qu'elle avait griffonné deux jours plus tôt. Elle voulait lui dire que Xiao Ling ne risquait rien. Et au fond d'elle-même, elle espérait, sans y croire, que cela allait peut-être changer quelque chose. Elle glissa sa carte de crédit dans la fente et composa le numéro. Elle entendit sonner. De longues sonneries. Cinq. Six. Sept. À la dixième, elle raccrocha. Elle n'avait pas noté son numéro de mobile. Il était sur la liste de la FEMA. Soudain, elle la revit sur son bureau. Elle retourna chercher Hrycyk en courant.

III

Ils tournèrent à l'intersection de Wisconsin et M, et passèrent sous un dôme doré soutenu par des colonnes grecques. De là, on voyait le pont qui enjambait Rock Creek. Plus heureuse que Li ne l'avait jamais vue, Xinxin courait devant eux, ne ralentissant que lorsque Xiao Ling ou Meiping lui criaient de ne pas aller trop loin. La matinée était superbe, plus printanière qu'automnale, sous un ciel limpide ; la chaleur du soleil sur leur visage les mettait de bonne humeur. La visite de la Maison Blanche était prévue pour l'après-midi, ils avaient tout le temps.

Xinxin savait où ils allaient. Li les avait emmenées plusieurs fois, Meiping et elle, au Starbucks de M Street ; elle salivait d'avance en pensant au chocolat chaud nappé de caramel qu'il commanderait pour elle. Li profita d'un arrêt de la circulation pour les faire traverser à la hauteur de Johnny Rockets. Il hésita un instant à les emmener chez Häagen-Dazs pour manger une glace mais la crème glacée ne figurait pas sur la liste. Ils dépassèrent le Bistro Français et entrèrent au Starbucks Coffee Shop.

Il y avait plus de monde qu'il ne s'y attendait. Beaucoup de gens assis à des tables lisaient le journal ou bavardaient en groupes sous les photos des tasses fumantes de Caramel Macchiato ou de Cappuccino. Li installa les filles au bar qui courait le long de la vitrine et partit passer les commandes. Il revint avec deux grands cappuccinos pour Meiping et lui, le chocolat favori de Xinxin, et une bouteille d'eau pour Xiao Ling.

Ils parlèrent avec animation de leur visite à la Maison Blanche. Li avait obtenu une visite VIP. Xinxin voulait savoir s'ils verraient le chien du Président. Xiao Ling regarda Li et Meiping boire leur café et plissa le nez.

— Je me demande comment vous pouvez boire ce truc. C'est horrible.

Li haussa les épaules.

— On finit par y prendre goût.

— Vous avez déjà essayé? demanda Meiping.

Xiao Ling secoua la tête.

— Le mien est génial! s'écria Xinxin.

— Mais ce n'est pas du café, ma chérie, s'esclaffa Li.

Son téléphone mobile sonna dans sa poche; il hésita à répondre. Seules quelques personnes connaissaient ce numéro, donc ce ne pouvait être qu'un appel professionnel. Peut-être la confirmation de leur vol du lendemain. Il le sortit de sa poche et l'ouvrit.

— *Wei?*

— Li Yan?

Un groupe qui bavardait à la table à côté se mit à rire bruyamment. Il entendit à peine sa voix mais sut que c'était elle. Il se crispa aussitôt. Il se leva, se dirigea vers la porte et sortit sur le trottoir.

— Margaret?

— Li Yan, c'est le café. Ne la laisse surtout pas boire de café.

Il ne comprit pas tout de suite. Comment Margaret pouvait-elle savoir qu'ils étaient dans un Starbucks?

— Qu'est-ce que tu dis?

— Le déclencheur. C'est le café.

Et alors même qu'elle prononçait ces mots et qu'il faisait enfin le rapprochement, il vit, à travers la vitre, Meiping proposer son cappuccino à Xiao Ling pour qu'elle le goûte. Elle riait. Il pouvait lire sur ses lèvres, il l'entendait presque dire : *Ce n'est que du café. Ça ne peut pas te faire de mal.*

Le hurlement de Li couvrit le brouhaha des conversations. Il l'entendit de loin comme si quelqu'un d'autre l'avait poussé. Ses jambes lui parurent peser des tonnes et bouger au ralenti quand il traversa le café en trombe devant les clients ahuris. Il bouscula une table qui se renversa contre la vitrine, aussitôt éclaboussée de café chaud. Une voix furieuse éclata à son oreille. Une main lui agrippa le bras. Xiao Ling portait la tasse à ses lèvres. Il lui asséna un coup qui la fit voler en l'air ; elle éclata sur le sol. Sidérée et effrayée, Xiao Ling se figea sans comprendre ce qui lui arrivait. Xinxin se mit à sangloter de terreur. Pourquoi Oncle Li frappait-il sa mère? Li entoura d'un bras les épaules de sa sœur et la tira à lui. Il la serra à l'étouffer, conscient qu'elle venait d'échapper de justesse à la mort.

Un membre du personnel surgit à son côté en exigeant de savoir ce qu'il lui prenait. Et qui allait nettoyer ce gâchis ? Quelqu'un se baissa pour ramasser son téléphone mobile qui avait glissé sous une chaise. Il entendait la voix de Margaret. Pressante, inquiète.

— Li ? Li ? Bon sang, Li, tu es là ? Qu'est-ce qui s'est passé ?

Il reprit le téléphone, le colla à son oreille, et d'une voix d'un calme qui le surprit lui-même, répondit :

— Je suis là, Margaret.

— Tout va bien ?

— Tout va bien.

Pendant un moment, ils ne trouvèrent rien d'autre à dire, ne sachant pas trop comment mettre fin à la conversation.

— Alors... commença Margaret.

— Alors... quoi ?

— Tu retournes toujours en Chine ?

— Je n'ai pas de raison de rester, Margaret.

Autre silence. Puis :

— Et si je te donnais une raison ?

Li jeta un coup d'œil à sa sœur. Meiping et elle le regardaient d'un air à la fois effrayé et curieux. Xinxin, toujours en pleurs, s'accrochait aux jambes de sa mère. Une fille arriva avec un seau et une serpillière pour laver le sol autour de ses pieds.

— Quelle raison ?

Quelle raison pouvait-elle lui donner ? Qu'elle l'aimait ? Peut-être l'aimait-elle, en effet. Peut-être

406

l'aimait-il, lui aussi. Mais ils avaient déjà fait un bout de chemin ensemble et l'essai n'avait pas été concluant.

— J'attends un enfant de toi, Li Yan.

De toutes les raisons qu'il aurait pu imaginer, jamais celle-là ne lui serait venue à l'esprit. Mais il sut immédiatement que c'était la seule dont il avait besoin.

Note : à l'époque de la rédaction de ce livre, le gouvernement fédéral américain n'avait pas abandonné les fumigations au *fusarium oxysporum* sur les cultures de coca en Colombie. Mais il en était question.

Remerciements

Comme toujours, beaucoup de gens m'ont apporté une aide inestimable au cours de mes recherches pour ce livre. J'aimerais, en particulier, exprimer ma profonde reconnaissance aux personnes suivantes :

Dr Richard H. Ward, doyen du Centre de droit pénal de la Sam Houston State University, Texas ; Steven C. Campman, médecin légiste, San Diego, Californie ; Pr Joe Cummins, professeur honoraire de génétique, université de Western Ontario ; Kong Xianming, agent de liaison à l'ambassade de Chine, Washington DC ; Caree Vander Linden, USAMRIID, Fort Detrick, Maryland ; Sheriff Victor K. Graham et Chief Deputy Jean Sanders, Huntsville, Texas ; Chief Frank Eckhardt, chef de la police de Huntsville, Texas ; Mike McMahon, INS, Houston, Texas ; Dr Richard Watkins, directeur de Holliday Unit, Huntsville, Texas ; Major Katheryn Bell, Texas Department of Criminal Justice ; Dan Richard Beto, directeur du Correctional Management Institute of Texas ; Jerrold Curry, Banque alimentaire de Houston ; Desta Kimmel, attachée de presse des Astros, Houston ; J.-D. Perkins pour sa connaissance extraordinaire des sous-marins ; Bonni Hrycyk pour ses conseils et la permission d'utiliser son nom; Dick et Barbara Muller pour leur hospitalité et leur empressement à m'enseigner l'histoire, la géographie et les vicissitudes de la vie politique de Washington DC; Sean Hill pour m'avoir servi de sherpa à Houston, et Michelle Ward pour son hospitalité et son merveilleux sens de l'humour.

Les données scientifiques de ce livre sont vraies; cela pourrait arriver.

Achevé d'imprimer par N.I.I.A.G.
en janvier 2008
pour le compte de France Loisirs, Paris

N° d'éditeur : 50623
Dépôt légal : février 2008

Imprimé en Italie